Ullstein

Das Buch

London, 1901: Der Tod von Queen Victoria lässt zwei Familien an ihren ehrwürdigen Nachbargräbern zusammentreffen. Zwei Familien, wie sie unterschiedlicher nicht sein könnten – traditionsbewusst die Waterhouses, mondän und aufgeklärt die Colemans. Man ginge sich gern aus dem Weg, doch zum gegenseitigen Missfallen freunden sich die beiden kleinen Töchter, Maude und Lavinia, miteinander an. Schlimmer noch – sie knüpfen zarte Bande zu Simon, dem aufgeweckten Sohn des Totengräbers.
Der morbide Charme des Friedhofs zieht nicht nur die Kinder in den Bann. Warum versucht Jenny, das Dienstmädchen der Colemans, ihre Spaziergänge dorthin zu verbergen? Und auch Kitty Coleman, Maudes elegante Mutter, die an einem eintönigen Leben zwischen scheinheiligem Ehemann und bornierter Schwiegermutter zu zerbrechen droht, unternimmt heimliche Ausflüge auf den Friedhof – Ausflüge, die Simon mit Interesse beobachtet. Als Kitty einen ungeheuerlichen Schritt in ihre persönliche Freiheit wagt, ahnt sie nicht, dass dieser tödliche Folgen haben wird und das Schicksal Simons, der Colemans und der Waterhouses unausweichlich miteinander verknüpft.

Die Autorin

Tracy Chevalier, geboren 1962 in London, wuchs in Washington D.C. auf. 1984 zog sie nach London, wo sie als Lektorin arbeitete. Bei List erschien 1999 *Das Mädchen mit dem Perlenohrring*, das zu einem der international erfolgreichsten Bücher des Jahres avancierte. Tracy Chevalier lebt mit ihrer Familie in London.

Von Tracy Chevalier sind in unserem Hause bereits erschienen:

Das Mädchen mit dem Perlenohrring

Tracy Chevalier

Wenn Engel fallen

Roman

Aus dem Englischen
von Ursula Wulfekamp

Ullstein

Besuchen Sie uns im Internet:
www.ullstein-taschenbuch.de

Umwelthinweis:
Dieses Buch wurde auf chlor- und säurefreiem Papier gedruckt.

Ungekürzte Ausgabe im Ullstein Taschenbuch
Februar 2005

Titel der englischen Originalausgabe: *Falling Angels*
(HarperCollins Publishers, London)
Umschlagkonzept und -gestaltung: Sabine Wimmer, München
Titelabbildung: Alessandra Scandella, Mailand
Gesetzt aus der Galliard
Satz: Franzis print & media GmbH, München
Druck und Bindearbeiten: Ebner & Spiegel, Ulm
Printed in Germany
ISBN 3-548-26149-3

Wieder für Jonathan

Januar 1901

Kitty Coleman

Als ich heute Morgen aufwachte, lag ein Fremder in meinem Bett. Der Schopf blonder Haare neben mir auf dem Kissen gehörte eindeutig nicht meinem Mann. Ich wusste nicht, ob ich schockiert oder amüsiert sein sollte.

Tja, dachte ich, das ist auch eine Art, das neue Jahrhundert zu beginnen.

Dann fiel mir der vergangene Abend wieder ein, und mir wurde beinahe übel. Ich fragte mich, wo Richard wohl war in diesem riesigen Haus, und wie das Zurücktauschen vor sich gehen sollte. Alle anderen – einschließlich des Mannes, der neben mir lag – waren im Umgang mit solchen Dingen sehr viel bewanderter als ich. Als wir. Seines großtuerischen Auftretens am gestrigen Abend zum Trotz war Richard im Grunde ebenso unerfahren wie ich, auch wenn es ihn mehr verlockt hatte. Sehr viel mehr. Das gab mir zu denken.

Ich stieß den Schlafenden mit dem Ellbogen an, zuerst sanft, dann heftiger, bis er schließlich brummend aufwachte.

»Hinaus mit dir«, sagte ich. Und er ging tatsächlich, ohne ein Widerwort. Gott sei Dank versuchte er nicht, mich zu küssen. Wie ich nachts den Bart ertragen hatte, wird mir immer ein Rätsel bleiben – wahrscheinlich hatte der Bordeaux seinen Teil beigetragen. Meine Wangen waren rot zerkratzt.

Als Richard einige Minuten später hereinkam, die Kleider über dem Arm, konnte ich es kaum ertragen, ihn anzusehen. Ich war verlegen, ärgerte mich aber auch – es ärgerte mich, dass ich verlegen war und nicht von ihm erwartete, ebenfalls verlegen zu sein. Noch ärgerlicher war, dass er mir einfach einen Kuss gab, »Guten Morgen, Liebling« sagte und sich anzog. Ich konnte ihr Parfüm an seinem Hals riechen.

Aber ich konnte nichts sagen. Ich selbst habe immer betont, dass ich ein Freigeist bin – und ich bin stolz darauf. Das kehrt sich jetzt gegen mich.

Während ich dalag und Richard beim Anziehen zusah, dachte ich an meinen Bruder. Harry hatte immer gespöttelt, ich würde zu viel denken, und sich geweigert, einzugestehen, dass er selbst seinen Teil dazu beigetragen hatte. Was war mit den vielen Abenden, an denen er mir alles erklärte, was seine Lehrer ihm vormittags beigebracht hatten? Er sagte, das helfe ihm, den Stoff nicht zu vergessen. Lehrte er mich damit nicht, mir meine eigenen Gedanken zu machen und eine eigene Meinung zu haben? Vielleicht tat es ihm später Leid. Das werde ich nun nie mehr erfahren. Ich habe erst vor einigen Tagen die Trauerkleidung abgelegt, doch manchmal kommt es mir vor, als hielte ich gerade erst das Telegramm in Händen.

Harry wäre zutiefst betroffen, zu sehen, wohin sein Unterricht geführt hat. Nicht dass solche Dinge Intelligenz verlangen – die meisten der Leute hier sind dumm wie Bohnenstroh, einschließlich meines Blondschopfes. Mit keinem von ihnen habe ich ein richtiges Gespräch führen können – ich musste mich an den Wein halten.

Ehrlich gesagt bin ich froh, nicht zu dem Kreis zu gehören – gelegentlich in diesem seichten Wasser zu waten reicht mir vollauf. Ich vermute, dass es Richard anders ergeht, aber wenn er sich ein solches Leben vorgestellt hat, dann hat er die falsche Frau geheiratet. Oder vielleicht habe ich die falsche Wahl getroffen – obwohl ich mir das nie hätte vorstellen können, damals, als wir verrückt nacheinander waren.

Ich glaube, Richard hat mich zu dieser Sache gezwungen, um mir zu beweisen, dass er nicht so konventionell ist, wie ich befürchte. Doch auf mich hat es die gegenteilige Wirkung. Er ist genau das geworden, was ich mir bei unserer Hochzeit nicht hatte vorstellen können. Er ist normal geworden.

Heute Morgen fühle ich mich seltsam hohl. Daddy und Harry hätten mich ausgelacht, aber insgeheim hatte ich gehofft, dass sich mit dem neuen Jahrhundert für uns alle etwas verändern würde; dass England wie durch ein Wunder seinen schäbigen schwarzen Mantel ablegen und darunter etwas Glitzerndes, Neues zum Vorschein kommen würde. Das zwanzigste Jahrhundert ist erst elf Stunden alt, doch ich weiß genau, dass sich nichts geändert hat als ein paar Ziffern.

Genug. Heute wollen sie ausreiten, aber das ist nichts für mich. Ich werde mich mit meinem Kaffee nach unten in die Bibliothek zurückziehen, wo ich zweifellos keinen Menschen antreffen werde.

Richard Coleman

Ich dachte, eine andere Frau würde Kitty dazu bringen, zu mir zurückzukommen, Eifersucht würde mir ihre Schlafzimmertür wieder öffnen. Doch zwei Wochen sind vergangen, und sie weist mich ebenso ab wie zuvor.

Ich betrachte mich ungern als verzweifelt, aber ich verstehe nicht, warum meine Frau so schwierig ist. Ich biete ihr ein anständiges Leben, und dennoch ist sie unglücklich, obwohl sie mir den Grund dafür nicht sagen kann – oder will.

Das könnte jeden Mann dazu veranlassen, die Ehefrau zu tauschen, und sei es auch nur für eine Nacht.

Maude Coleman

Als Daddy den Engel auf dem Grab neben unserem sah, schrie er: »Was zum Teufel …?!«

Mummy lachte nur.

Ich schaute und schaute, bis mir der Nacken wehtat. Er hing über uns, einen Fuß nach vorne ausgestreckt, eine Hand deutete zum Himmel. Er trug eine lange Robe mit einem eckigen Halsausschnitt, und die offenen Haare fielen ihm auf die Flügel. Er blickte auf mich herab, aber so fest ich ihn auch anstarrte, er nahm mich einfach nicht wahr.

Mummy und Daddy begannen zu streiten. Daddy gefällt der Engel nicht. Ich weiß nicht, ob er Mummy gefällt – dazu hat sie nichts gesagt. Ich glaube, die Urne, die Daddy auf unser Grab hat stellen lassen, stört sie mehr.

Ich wollte mich hinsetzen, aber ich traute mich nicht. Es war sehr kalt, viel zu kalt, um auf dem Stein zu sitzen, und außerdem ist die Königin tot, und ich glaube, das bedeutet, dass niemand sich hinsetzen darf, oder spielen oder irgendetwas tun darf, was Spaß macht.

Als ich gestern Abend im Bett lag, hörte ich die Glocken läuten, und als dann heute Morgen Nanny in mein Zimmer kam, sagte sie, dass gestern Abend die Königin gestorben war. Ich aß meinen Haferbrei sehr langsam, um zu sehen, ob er anders schmeckt als gestern, weil doch jetzt die Königin nicht mehr da ist. Aber er schmeckte wie immer – versalzen. So macht Mrs. Baker ihn immer.

Alle Leute, die wir auf dem Weg zum Friedhof trafen, waren

schwarz gekleidet. Ich hatte ein graues Wollkleid an und eine weiße Schürze, was ich vielleicht sowieso getragen hätte, aber Nanny meinte, das wäre das Richtige für ein Mädchen, wenn gerade jemand gestorben ist. Kleine Mädchen brauchen nicht Schwarz zu tragen. Nanny half mir beim Anziehen. Sie ließ mich meinen schwarzweißen Karomantel tragen und die passende Mütze dazu, aber bei meinem Muff aus Kaninchenfell war sie nicht sicher, da musste ich Mummy fragen, und Mummy sagte, es sei egal, was ich anhabe. Sie trug ein blaues Seidenkleid und dazu einen Umhang, was Daddy nicht eben freute.

Während sie sich über den Engel stritten, vergrub ich mein Gesicht im Muff. Der Pelz ist ganz weich. Dann hörte ich ein Geräusch, wie wenn jemand auf Stein klopft, und als ich den Kopf hob, sah ich ein Paar blaue Augen, die mich über den Grabstein neben unserem hinweg anschauten. Ich starrte die Augen an, und dann tauchte hinter dem Stein das Gesicht eines Jungen auf. Seine Haare waren voller Erde, und seine Wangen waren auch dreckig. Er zwinkerte mir zu; dann verschwand er wieder hinter dem Stein.

Ich schaute zu Mummy und Daddy, die den Pfad ein Stück hinaufgegangen waren, um den Engel von dort aus zu betrachten. Sie hatten den Jungen nicht bemerkt. Ich trat rückwärts zwischen die Gräber, ließ aber Mummy und Daddy nicht aus den Augen. Als ich sicher war, dass sie nicht hersahen, duckte ich mich hinter den Stein.

Dort hockte der Junge.

»Wieso sind deine Haare so dreckig?«, fragte ich.

»Ich bin in ’nem Grab gewesen«, sagte er.

Ich schaute ihn genauer an. Er war überall voller Erde – seine Jacke, seine Knie, seine Schuhe. Sogar in seinen Wimpern hingen ein paar Krumen.

»Darf ich mal den Pelz anfassen?«, fragte er.

»Das ist ein Muff«, sagte ich. »Mein Muff.«

»Darf ich ihn anfassen?«

»Nein.« Dann kam ich mir gemein vor. Ich hielt ihm den Muff hin.

Der Junge spuckte sich auf die Finger und wischte sie an seiner Jacke ab, dann streichelte er den Pelz.

»Was hast du denn in dem Grab gemacht?«, fragte ich.

»Meinem Pa geholfen.«

»Wobei?«

»Beim Graben, was sonst?«

Dann hörten wir etwas, wie wenn ein Kätzchen miaut. Wir lugten über den Grabstein, und da stand auf dem Pfad ein Mädchen und sah mir direkt in die Augen, genau wie ich es bei dem Jungen getan hatte. Sie war ganz in Schwarz gekleidet und war bildhübsch; sie hatte blanke braune Augen und lange Wimpern und eine cremig weiße Haut. Ihr braunes Haar war lang und lockig und viel schöner als meins, das glatt herunterhängt, als wäre es frisch gemangelt, und gar keine richtige Farbe hat. Großmutter nennt mich schlammwasserblond, was vielleicht stimmt, aber nicht sehr nett ist. Großmutter sagt immer, was sie denkt.

Das Mädchen erinnerte mich an mein Lieblingskonfekt, Haselnuss-Pralinés, und ich brauchte sie nur anzusehen und wusste sofort, dass ich sie mir zur besten Freundin wünschte. Ich habe keine beste Freundin und bete immer darum, dass ich eine bekomme. Wenn ich in St. Anne's sitze und mir mit jeder Sekunde kälter wird (warum ist es in Kirchen immer so kalt?), frage ich mich oft, ob Gebete wirklich helfen, aber dieses eine Mal hat Gott sie offenbar erhört.

»Sei so gut, Livy, und nimm dein Taschentuch.« Die Mutter des Mädchens kam den Weg herauf, mit einem kleineren Mädchen an der Hand. Hinter ihnen folgte ein großer Mann mit einem rötlichen Bart. Das kleinere Mädchen war nicht so hübsch. Obwohl sie der Älteren ähnlich sah, war ihr Kinn nicht so spitz, die Haare nicht so lockig, die Lippen nicht so voll. Ihre Augen waren haselnussfarben und nicht richtig braun, und sie sah aus, als könnte sie nichts überraschen. Sie bemerkte den Jungen und mich sofort.

»Lavinia«, sagte das ältere Mädchen, zuckte mit den Schultern und warf den Kopf zurück, so dass ihre Locken flogen.

»Mama, ich möchte, dass du und Papa mich Lavinia nennt und nicht Livy.«

Auf der Stelle beschloss ich, sie nie Livy zu nennen.

»Sei nicht so vorlaut zu deiner Mutter, Livy«, sagte der Mann. »Für uns bist du Livy, und damit hat sich die Sache. Lavinia nennen wir dich, wenn du älter bist.«

Lavinia verzog das Gesicht und sah zu Boden.

»Jetzt hör auf zu weinen«, fuhr er fort. »Sie war eine gute Königin, und sie hat ein langes Leben gelebt, aber es gibt keinen Grund, warum ein fünfjähriges Mädchen so viel um sie weinen sollte. Außerdem bekommt Ivy May dann Angst.« Er deutete mit dem Kopf auf die Schwester.

Ich schaute wieder zu Lavinia. Soweit ich sehen konnte, weinte sie überhaupt nicht, aber sie wand sich das Taschentuch um die Finger. Ich winkte sie zu uns.

Lavinia lächelte. Als ihre Eltern sich abwandten, trat sie vom Pfad hinter den Grabstein.

»Ich bin auch fünf«, sagte ich, als sie bei uns stand. »Aber im März werde ich sechs.«

»Wirklich?«, sagte Lavinia. »Ich werde im Februar sechs.«

»Warum nennst du deine Eltern Mama und Papa? Ich nenne meine Mummy und Daddy.«

»Mama und Papa ist viel vornehmer.« Lavinia starrte den Jungen an, der neben dem Grabstein kniete. »Wie heißt du, bitte?«

»Maude«, antwortete ich, bevor mir klar wurde, dass sie den Jungen angesprochen hatte.

»Simon.«

»Du bist ein sehr schmutziger Junge.«

»Sei still«, sagte ich.

Lavinia schaute zu mir. »Weshalb soll ich still sein?«

»Er ist ein Totengräber, deswegen ist er so dreckig.«

Lavinia trat einen Schritt zurück.

»Ein Totengräber-Lehrling«, sagte Simon. »Zuerst war ich 'n Mietwaise für den Bestatter, aber sobald ich den Spaten schwingen konnte, hat mein Pa mich als Lehrling eingestellt.«

»Bei der Beerdigung meiner Großmutter hatten wir drei Mietwaisen«, sagte Lavinia. »Einer wurde ausgepeitscht, weil er gelacht hat.«

»Meine Mutter sagt, dass es so große Beerdigungen gar nicht mehr oft gibt«, sagte ich. »Sie sagt, die sind sehr teuer, und das Geld sollte lieber für die Lebenden ausgegeben werden.«

»In meiner Familie gibt es bei Beerdigungen immer Mietwaisen. Bei meiner werden auch welche sein.«

»Stirbst du denn bald?«, fragte Simon.

»Natürlich nicht!«

»Habt ihr eure Nanny auch zu Hause gelassen?«, fragte ich. Ich fand, wir sollten über etwas anderes reden, bevor Lavinia sich ärgerte und wieder ging.

Sie lief rot an. »Wir haben keine Nanny. Mama ist sehr gut in der Lage, sich selbst um uns zu kümmern.«

Ich kannte keine Kinder, die keine Nanny hatten.

Lavinia sah auf meinen Muff. »Gefällt dir mein Engel?«, fragte sie. »Ich durfte ihn aussuchen. Mein Vater hat es mir erlaubt.«

»Meinem Vater gefällt er nicht«, antwortete ich, obwohl ich wusste, dass ich eigentlich nicht wiederholen sollte, was Daddy gesagt hatte. »Er hat ihn sentimentalen Kitsch genannt.«

Lavinia zog die Stirn kraus. »Und mein Papa findet eure Urne abscheulich. Außerdem – was soll an meinem Engel nicht schön sein?«

»Mir gefällt er«, sagte der Junge.

»Mir auch«, log ich.

»Ich finde ihn wunderschön«, seufzte Lavinia. »Wenn ich in den Himmel komme, möchte ich von genau so einem Engel emporgetragen werden.«

»Der ist der schönste Engel auf dem ganzen Friedhof«, sagte der Junge. »Und ich kenne sie alle. Einunddreißig sind's. Soll ich sie euch zeigen?«

»Einunddreißig ist eine Primzahl«, sagte ich. »Sie ist unteilbar, außer durch sich selbst und eins.« Daddy hatte mir gerade die Primzahlen erklärt, auch wenn ich nicht alles genau verstanden hatte.

Simon holte ein Stück Kohle aus der Tasche und fing an, etwas hinten auf den Grabstein zu malen. Bald hatte er einen Totenschädel mit zwei gekreuzten Knochen gezeichnet – runde Augenhöhlen, ein schwarzes Dreieck als Nase, zwei Reihen eckiger Zähne und auf einer Seite des Gesichts einen Schatten.

»Nicht«, sagte ich. Er achtete nicht auf mich. »Das darfst du nicht.«

»Ich tu's aber trotzdem. Hab ich schon bei vielen gemacht. Guck dir doch die Steine an.«

Ich sah zu unserem Familiengrab. Ganz unten auf der Säule, auf der die Urne stand, war ein winziger Totenschädel. Daddy würde wütend werden, wenn er das sah. Ich merkte, dass alle Steine rund um ums einen Totenschädel hatten. Das war mir nie zuvor aufgefallen.

»Den kriegt jedes Grab hier auf'm Friedhof«, fuhr er fort.

»Und warum?«, fragte ich. »Warum ein Totenschädel?«

»Das erinnert einen dran, was da drunter liegt, oder? Da unten liegen bloß Knochen, ganz egal, was auf dem Grab steht.«

»Du bist ein ungezogener Junge«, sagte Lavinia.

Simon stand auf. »Ich mal einen für dich«, sagte er. »Hinten auf deinen Engel.«

»Wehe«, sagte Lavinia.

Sofort steckte Simon das Kohlestück weg.

Lavinia sah sich um, als wollte sie gehen.

»Ich kenn ein Gedicht«, sagte Simon unvermittelt.

»Was für eines? Tennyson?«

»Mit Tennis hat's nix zu tun. Es geht so:

Es war ein junger Mann aus Nunfry,
Der erwacht in 'nem Sarg aus Lotblei;
›Hier ist's ganz bequem‹,
Sagt er recht vornehm,
›Aber mir war nicht bewusst, dass ich tot bin.‹«

»Iiih, das ist ja eklig!«, rief Lavinia. Simon und ich lachten.

»Mein Pa sagt, dass viele Leute lebendig begraben werden«,

erzählte Simon. »Er sagt, er hört sie, wie sie im Sarg rumkrabbeln, wenn er die Erde raufschaufelt.«

»Wirklich? Mummy hat Angst davor, lebendig begraben zu werden«, sagte ich.

»So etwas will ich nicht hören!«, rief Lavinia und hielt sich die Ohren zu. »Ich gehe.« Sie ging zwischen den Gräbern hindurch zu ihren Eltern. Ich wollte ihr folgen, aber Simon redete weiter.

»Unser Opa ist hier auf der Wiese begraben.«

»Nie im Leben.«

»Doch.«

»Wo ist sein Grab?«

Simon deutete auf eine Reihe von Holzkreuzen auf der anderen Seite des Weges. Armengräber – Mummy hatte mir davon erzählt und erklärt, dass auf dem Gelände nur Leute lagen, die sich kein richtiges Grab leisten konnten.

»Und welches Kreuz ist seins?«, fragte ich.

»Er hat keins. 'n Kreuz hält nicht lange. Wir haben 'ne Rose hingepflanzt, damit wir immer wissen, wo er ist. Die haben wir aus 'nem Garten unten am Berg geklaut.«

Ich bemerkte einen Rosenstrauch, der für den Winter beschnitten war, wie es sich gehörte. Wir wohnen am Fuß des Berges, und vor unserem Haus wachsen viele Rosen. Vielleicht gehörte der Rosenstrauch ja uns.

»Der hat auch hier gearbeitet«, sagte Simon. »Wie mein Pa und ich. Er hat immer gesagt, das hier wär der schönste Friedhof von ganz London. Wollte auf keinem andern nicht liegen. Von den andern hat er viele Geschichten gekannt. Überall Knochenhaufen. Leichen, wo nur 'n Sack voll Erde drauf liegt. Puh, das stinkt vielleicht!« Simon wedelte mit der Hand vor der Nase herum. »Und nachts haben Leute die Leichen geklaut. Hier, hat er gesagt, fühlt er sich wenigstens sicher, wo die Mauer drumrum so hoch ist und obendrauf Stacheln hat.«

»Ich muss jetzt gehen«, sagte ich. Er sollte nicht glauben, ich hätte Angst wie Lavinia, aber ich mochte nichts über den Geruch von Leichen hören.

Simon zuckte mit den Achseln. »Ich könnte dir ’n paar Sachen zeigen.«

»Vielleicht ein andermal.« Ich lief unseren Familien nach, die gemeinsam weitergeschlendert waren. Lavinia nahm meine Hand und drückte sie, und das freute mich so, dass ich ihr einen Kuss gab.

Als wir Hand in Hand den Hügel hinaufgingen, sah ich aus dem Augenwinkel eine Gestalt, die wie ein Gespenst von Stein zu Stein sprang, uns folgte und überholte und dann vor uns her lief. Ich wünschte mir, wir wären bei ihm geblieben.

Ich stupste Lavinia an. »Der Junge ist komisch, findest du nicht?«, sagte ich und wies mit dem Kopf auf den Schatten, der gerade hinter einen Obelisken huschte.

»Ich kann ihn gut leiden«, sagte Lavinia, »auch wenn er gruselige Sachen erzählt.«

»Wünschst du dir nicht, wir könnten einfach davonlaufen? So wie er?«

Lavinia lächelte mich an. »Sollen wir ihm folgen?«

Das hatte ich nicht erwartet. Ich schaute zu unseren Eltern – nur Lavinias Schwester beobachtete uns. »Komm«, flüsterte ich.

Als wir davonliefen, um ihn zu suchen, drückte sie mir die Hand.

Kitty Coleman

Ich wage es nicht, jemandem davon zu erzählen, sonst werde ich noch wegen Landesverrat angeklagt, aber ich war schrecklich aufgeregt, als ich hörte, dass die Königin gestorben ist. Die Taubheit, die ich seit Neujahr empfinde, ist wie fortgeblasen, und ich musste mich sehr bemühen, mich angemessen zu verhalten. Der Anfang des neuen Jahrhunderts bedeutete nur eine Veränderung der Ziffern, doch jetzt wird tatsächlich etwas anders werden – wir bekommen einen neuen Herrscher. Ich bin überzeugt, dass Edward sich sehr viel besser eignet, uns zu repräsentieren, als seine Mutter.

Doch bislang hat sich noch gar nichts verändert – es wurde erwartet, dass wir zum Friedhof marschieren und unsere Trauer bekunden, obwohl niemand von der königlichen Familie dort liegt und auch die Königin nicht dort ruhen wird. Doch der Tod ist dort, und das genügt wohl.

Der verfluchte Friedhof. Ich konnte ihn noch nie leiden.

Ich darf nicht ungerecht sein – das liegt nicht an dem Ort selbst, der seinen eigenen düsteren Charme hat mit den ansteigenden Gräberzeilen – Steine aus Granit, ägyptische Obelisken, gotische Türmchen, Plinthen mit Säulen, weinende Frauen, Engel und natürlich Urnen –, die sich bis zu der prachtvollen Libanonzeder ganz oben hinaufziehen. Ich bin sogar bereit, über die groteskeren Grabmäler hinwegzusehen – protzige Zurschaustellung des gesellschaftlichen Standes einer Familie. Was mich stört, sind die Gefühle, die dieser Friedhof in den Trauernden hervorruft – viel zu schwülstig für meinen Geschmack.

Außerdem ist es der Friedhof der Colemans und nicht der meiner Familie. Mir fehlt der kleine Kirchhof in Lincolnshire, wo Mummy und Daddy liegen und wo jetzt auch ein Gedenkstein für Harry steht, obwohl er irgendwo im Süden Afrikas begraben ist.

Es ist alles so unmäßig und übertrieben – unsere lächerliche Urne nicht minder. Ihre Proportionen passen überhaupt nicht zu der Umgebung! Wenn nur Richard vorher mit mir darüber gesprochen hätte. Eigentlich sieht die Urne ihm gar nicht ähnlich – all seiner Fehler zum Trotz ist er doch sehr vernunftbetont, und er muss gewusst haben, dass sie einfach zu groß ist. Ich vermute, bei der Sache hatte auch seine Mutter ein Wort mitzureden. Ihr Geschmack ging immer schon ins Protzige.

Ich fand es amüsant, ihn heute über den Engel schimpfen zu hören, der auf das Nachbargrab gesetzt wurde, direkt neben unsere Urne. (Viel zu nah, um ehrlich zu sein – es sieht aus, als könnten die beiden sich jederzeit aufeinander stürzen.) Ich musste mich beherrschen, nicht in Lachen auszubrechen.

»Wie können sie es wagen, uns ihren Geschmack aufzuzwingen!«, sagte er. »Bei der Vorstellung, mir jedes Mal, wenn wir hier sind, diesen sentimentalen Kitsch ansehen zu müssen, dreht sich mir der Magen um.«

»Der Engel ist sentimental, aber harmlos«, sagte ich. »Und zumindest ist er aus italienischem Marmor.«

»Der Marmor kann mir gestohlen bleiben! Ich will den Engel nicht neben unserem Grab haben.«

»Ist dir schon der Gedanke gekommen, dass sie möglicherweise genau dasselbe über unsere Urne sagen?«

»An unserer Urne gibt es nichts auszusetzen.«

»Und sie werden sagen, dass es an ihrem Engel nichts auszusetzen gibt.«

»Der Engel wirkt einfach lächerlich neben der Urne. Und überhaupt steht er viel zu nah.«

»Genau«, sagte ich. »Du hast ihnen keinen Platz gelassen.«

»Doch habe ich das. Eine zweite Urne hätte wunderbar ausgesehen. Vielleicht eine, die etwas kleiner ist als unsere.«

Ich hob die Augenbrauen auf dieselbe Art, wie ich es tue, wenn Maude etwas Dummes sagt. »Oder auch gleich groß«, räumte Richard ein. »Doch, das hätte sich wirklich beeindruckend gemacht. Ein Urnenpaar. Statt dessen haben sie uns diesen Kitsch da hingestellt.«

Und so ging es immer weiter. Ich kann zwar nicht behaupten, dass die Engel mit den ausdruckslosen Gesichtern, die hier und dort auf dem Friedhof stehen, mir wirklich gefallen, aber sie stören mich weniger als die Urnen. Urnen sind meiner Ansicht nach ein etwas seltsames Grabmal, wenn man bedenkt, dass die Römer sie als Behälter für menschliche Asche verwendeten. Ein heidnisches Symbol für eine christliche Gesellschaft. Als ich das Richard sagte, plusterte er sich ein bisschen auf, aber eine richtige Antwort fiel ihm nicht ein. »Die Urne verleiht dem Coleman-Grab Würde und Anmut«, meinte er nur.

Da bin ich mir weniger sicher; eher schon platteste Banalität und deplatzierte Symbolik, aber ich war klug genug, den Mund zu halten.

Noch während er sich über den Engel ereiferte, tauchte niemand anderes auf als dessen Besitzer, ganz in Schwarz gekleidet. Albert und Gertrude Waterhouse – keine Verwandtschaft zum Maler, wie sie gestanden. (Was erst einmal nicht gegen sie spricht – ich könnte jedes Mal schreien, wenn ich in der Tate Gallery seine überfrachteten Bilder sehe. Die Dame von Shalott in ihrem Boot sieht aus wie im Opiumrausch.) Wir sind ihnen nie zuvor begegnet, obwohl sie die Grabstätte schon seit mehreren Jahren besitzen. Sie sind ziemlich unauffällig – er ein Mann mit rötlichem Bart, der ewig lächelt, sie eine dieser kleinen Frauen, deren Taille durch das Kinderkriegen verschwunden ist, so dass kein Kleid mehr richtig sitzt. Und ihr Haar ist eher kraus als lockig, und die Frisur hält trotz der Nadeln nie richtig.

Ihre ältere Tochter, Lavinia, die wohl im selben Alter ist wie Maude, hat wunderschönes Haar, glänzend braun und lockig. Sie hat ein sehr bestimmendes Wesen und ist ein verwöhntes Ding – offenbar hat ihr Vater den Engel auf ihr Drängen hin gekauft. Als Richard das hörte, verschlug es ihm die Sprache. Und sie trug ein schwarzes, mit Krepp abgesetztes Kleid – etwas vulgär und völlig unangemessen für ein Mädchen in ihrem Alter.

Natürlich war Maude von der Kleinen sofort angetan. Während wir gemeinsam über den Friedhof spazierten, tupfte Lavinia sich immer wieder mit einem schwarz bordierten Taschentuch die Augen, und als wir am Grab eines kleinen Jungen vorbeikamen, der seit fünfzig Jahren unter der Erde liegt, weinte sie. Ich hoffe nur, dass Maude sie sich nicht zum Vorbild nimmt. Ich kann solchen Unsinn nicht ertragen. Eigentlich ist Maude ja sehr vernünftig, aber ich habe gesehen, wie sehr das Verhalten des Mädchens sie beeindruckte. Sie verschwanden gemeinsam, Gott weiß wohin, um irgendetwas auszuhecken, und als sie zurückkamen, waren sie dicke Freundinnen.

Ich halte es für höchst unwahrscheinlich, dass Gertrude Waterhouse und ich je dicke Freundinnen werden. Als sie zum x-ten Mal wiederholte, wie traurig es doch sei mit der Königin, konnte ich mir nicht verkneifen zu bemerken, dass Lavinia das Trauern offenbar großen Spaß bereite.

Zuerst sagte Gertrude Waterhouse gar nichts, dann meinte sie: »Das Kleid, das Sie tragen, ist wirklich bildhübsch. Ein höchst ungewöhnliches Blau.«

Richard schnaubte. Wir hatten uns heftigst über mein Kleid gestritten. Um ehrlich zu sein, war mir meine Wahl zu dem Zeitpunkt schon recht peinlich – kein einziger Erwachsener, dem wir auf der Straße begegnet waren, hatte etwas anderes als Schwarz getragen. Mein Kleid war tiefblau, aber ich fiel doch weit mehr auf, als mir recht war.

Ich entschied mich für eine kühne Antwort. »Ja, ich fand es nicht ganz passend, wegen Königin Victoria Schwarz zu tragen«, erklärte ich. »Jetzt wird sich alles verändern. Unter ihrem Sohn wird alles anders werden. Ich bin überzeugt, dass Edward ein sehr guter König sein wird. Lange genug hat er ja gewartet.«

»Zu lange, wenn Sie mich fragen«, sagte Mr. Waterhouse. »Der arme Kerl, über das beste Mannesalter ist er längst hinaus.« Er schaute beschämt drein, als wäre er überrascht, dass er seine Meinung zum Besten gegeben hatte.

»Das sehen die Damen offenbar anders«, sagte ich. Ich konnte der Versuchung einfach nicht widerstehen.

»Oh!« Gertrude Waterhouse sah schockiert drein.

»Gütiger Gott, Kitty!«, zischte Richard. »Meine Frau sagt ständig Dinge, die sich nicht gehören«, entschuldigte er sich bei Albert Waterhouse, der verlegen lachte.

»Das macht nichts, ich bin mir sicher, dass sie das auf andere Art und Weise wettmacht«, sagte er.

Es herrschte Stille, während wir diese Bemerkung auf uns wirken ließen. Erschrocken fragte ich mich, ob er vielleicht auf Silvester anspielte. Doch davon konnte er unmöglich etwas wissen – in solchen Kreisen verkehrt er nicht. Ich selbst habe versucht, nicht mehr daran zu denken. Richard hat seitdem nicht mehr davon gesprochen, aber mittlerweile habe ich das Gefühl, als wäre ich in der Nacht einen kleinen Tod gestorben, und nichts wird je wieder ganz so sein wie zuvor, neuer König hin oder her.

In dem Augenblick kamen die Mädchen zurück, ganz außer Atem. Sie waren eine willkommene Ablenkung. Die Waterhouses verabschiedeten sich rasch und gingen, und ich glaube, alle waren erleichtert, bis auf die beiden Mädchen. Lavinia wurde tränenselig, und ich befürchtete, Maude würde auch zu weinen beginnen. Hinterher redete sie in einem fort von ihrer neuen Freundin, bis ich ihr schließlich versprach, ich würde versuchen, ein Treffen für die beiden zu arrangieren. Ich hoffe, sie wird die Kleine bald vergessen, denn die Waterhouses sind genau die Art Familie, die mir das Gefühl geben, ein schlechter Mensch zu sein.

Lavinia Waterhouse

Heute hatte ich auf dem Friedhof ein Abenteuer mit meiner neuen Freundin und einem ungezogenen Jungen. Ich bin schon oft auf dem Friedhof gewesen, aber ich musste immer in Mamas Nähe bleiben. Doch heute trafen Mama und Papa die Familie, der das Grab neben unserem gehört, und während sie über Sachen redeten, über die Erwachsene eben so reden, waren Maude und ich mit Simon unterwegs – das ist der Junge, der auf dem Friedhof arbeitet. Wir liefen die Egyptian Avenue hinauf und durch die Grüfte rund um die Libanonzeder. Es ist wundervoll dort, ich bin vor Aufregung fast ohnmächtig geworden.

Dann hat Simon mit uns einen Rundgang zu allen Engeln gemacht. Er zeigte uns einen wunderschönen Kinderengel ganz in der Nähe der Katakomben-Terrasse. Ich habe ihn noch nie zuvor gesehen. Er trug eine kleine Tunika und hatte kurze Flügel, und er hatte den Kopf weggedreht, als wäre er wütend und hätte gerade mit dem Fuß aufgestampft. Er ist so wunderhübsch, dass ich mir fast wünschte, ich hätte den für unser Grab ausgesucht. Aber er war nicht in dem Buch mit den Engeln, das der Steinmetz uns gezeigt hat. Außerdem finden Mama und Papa sicher, dass der, den ich für unser Grab ausgesucht habe, der Schönste ist.

Simon führte uns zu anderen Engeln in der Nähe, und dann wollte er uns ein Grab zeigen, das er und sein Vater gerade ausgehoben hatten. Also wirklich. Ich wollte es mir eigentlich nicht ansehen, aber Maude schon, und sie sollte nicht denken, dass ich Angst hatte. Also sind wir hingegangen und haben hineingeschaut, und obwohl ich Angst hatte, bekam ich auch ein ganz seltsames Gefühl und hätte mich am liebsten in das Loch hineingelegt. Das habe ich natürlich nicht getan, nicht in meinem schönen Kleid.

Und als wir dann gehen wollten, ist ein schrecklicher Mann aufgetaucht. Sein Gesicht war ganz rot und voller Stoppeln, und er roch nach Schnaps. Ich habe aufgeschrien, obwohl ich's nicht wollte und sofort wusste, dass es Simons Vater war, weil sie beide dieselben Augen haben, blau wie Himmelsfetzen. Er hat Simon angeschrien, wo er denn gewesen wäre und was wir dort suchten, und er sagte ganz schreckliche Wörter. Papa würde uns schlagen, wenn Ivy May oder ich solche Wörter verwendeten. Und dabei schlägt Papa uns eigentlich nicht. So schlimm war das, was er gesagt hat.

Dann hat der Mann Simon um das Grab gejagt, so lange, bis Simon hineingesprungen ist! Also wirklich. Mehr wollte ich nun aber nicht sehen – Maude und ich sind wie die Kaninchen den Berg hinuntergeflitzt, bis wir ganz unten waren. Maude überlegte noch, ob wir nicht zurückgehen und nachsehen sollten, ob mit Simon alles in Ordnung war, aber ich habe mich geweigert und gesagt, dass unsere Eltern sich bestimmt schon Sorgen um uns machten. Aber in Wirklichkeit wollte ich bloß nicht noch einmal dem Mann begegnen, so einen Schrecken hat er mir eingejagt. Der ungezogene Junge wird sich schon selbst helfen können. Er ist bestimmt oft unten in den Gräbern.

Maude ist also meine neue Freundin und ich ihre – obwohl ich nicht einsehe, warum ein Mädchen, das kein bisschen hübsch ist, einen so schönen Muff haben soll, und außerdem eine Nanny, wo ich keines von beidem habe. Und eine wunderschöne Mutter mit einer ganz schmalen Taille und großen, dunklen Augen. Als ich Mama anschaute, habe ich mich richtig ein wenig geschämt. Es ist wirklich sehr ungerecht.

Gertrude Waterhouse

Nachdem wir die Nachricht erfahren hatten, lag ich die ganze Nacht wach und sorgte mich wegen unserer Kleidung. Albert konnte seinen schwarzen Straßenanzug tragen, dazu die Manschettenknöpfe aus Gagat und ein schwarzes Band um den Hut. Für Männer ist Trauer immer einfacher. Und Ivy May ist zu klein, als dass ich mir um ihre Kleidung Gedanken machen müsste.

Doch Livy und ich mussten nach dem Hinscheiden unserer Königin manierlich gekleidet sein. Mir selbst war es weniger wichtig, was ich trug, aber Livy ist sehr eigen und wird kratzbürstig, wenn sie nicht genau das bekommt, was sie will. Ich verabscheue es, wenn sie Szenen macht – mir ist dann wie bei einem Tanz, dessen Schritte ich nicht kenne, sie hingegen sehr wohl, so dass ich mir unbeholfen und töricht vorkomme. Dabei ist sie erst fünf Jahre alt! Albert sagt, ich sei zu nachgiebig ihr gegenüber, aber immerhin hat er ihr den Engel gekauft, den sie für das Grab haben wollte, obwohl er weiß, wie wenig Geld wir für Derartiges haben, wo wir doch auf ein neues Haus sparen. Doch ich will ihm deswegen keine Vorwürfe machen. Schließlich ist es wichtig, dass das Grab die Gefühle unserer Familie unseren Angehörigen gegenüber angemessen zum Ausdruck bringt. Livy weiß das ebenfalls, und sie hatte Recht – das Grab brauchte tatsächlich etwas Aufmerksamkeit, vor allem nachdem die schauderhafte Urne nebenan aufgestellt worden war.

Ich stand heute Morgen sehr früh auf und fand noch ein Stück schwarzen Wollkrepp, den ich nach der Trauerzeit um meine Tante aufbewahrt hatte. Ich hatte ihn versteckt, denn eigentlich hätte ich ihn verbrennen sollen, und ich wusste, dass Livy entrüstet gewesen wäre, hätte sie ihn im Haus entdeckt. Der Stoff reichte nicht für einen Flor für unser beider Kleider, also machte ich nur für ihres einen und nähte aus dem Rest einen Trauerflor für meinen Hut. Als ich fertig war, stand Livy gerade auf und war so entzückt über den Flor, dass sie gar nicht fragte, woher ich ihn hatte.

Weil ich doch so wenig geschlafen hatte und so früh aufgewacht war, war ich so müde, als wir schließlich den Friedhof erreichten, dass mir beinahe die Tränen kamen, als ich das blaue Seidenkleid von Kitty Coleman sah. Es war ein Affront für das Auge, wie ein Pfau, der bei einer Beerdigung die Federn spreizt. Ich fühlte mich regelrecht schäbig, und es war mir fast peinlich, neben ihr zu stehen, denn sie stellte mich dermaßen in den Schatten und erinnerte mich auch daran, dass meine Figur nicht mehr das ist, was sie einmal war.

Der einzige Trost, der mir blieb – und es ist ein sehr schändlicher Trost, dessentwegen ich Gott um Vergebung bitten werde –, war, dass ihre Tochter sehr unscheinbar ist. Es erfüllte mich mit Stolz, meine hübsche Livy neben der hausbackenen kleinen Maude zu sehen.

Ich kehrte natürlich meine höflichsten Manieren hervor, aber es war unverkennbar, dass Kitty Coleman mich langweilig fand. Und dann machte sie schneidende Bemerkungen über Livy und despektierliche Äußerungen – nicht direkt über die Königin, aber ich hatte doch das Gefühl, dass Victoria auf gewisse Art beleidigt worden war. Und sie machte meinen armen Albert so verlegen, dass er etwas sagte, das gar nicht seinem Wesen entspricht. Hinterher konnte ich mich nicht einmal überwinden, ihn zu fragen, was er damit gemeint hatte.

Je nun – sie und ich brauchen einander nicht wiederzusehen. In den vielen Jahren, die wir die benachbarten Grabstätten nun schon besitzen, sind wir uns jetzt das erste Mal begegnet. Mit etwas Glück wird es nicht wieder dazu kommen, obwohl ich es sicher jedes Mal befürchten werde. Leider werde ich in Zukunft nicht mehr ganz so gerne auf den Friedhof gehen wie früher.

Albert Waterhouse

Verdammt gut sieht sie ja aus, diese Frau. Aber ich weiß nicht, was ich mir gedacht habe, als ich das sagte. Morgen mache ich es wieder wett und kaufe Trudy ihre Lieblingspastillen, die mit Veilchengeschmack.

Doch ich habe mich gefreut, Richard Coleman kennen zu lernen, Urne hin oder her. (Jetzt ist es nun mal passiert, habe ich zu Trudy gesagt. Jetzt steht die Urne da, und wir können uns alle Worte sparen.) Er hat eine ganz gute Stellung bei einer Bank. Sie leben unten am Berg, und nach allem, was er erzählte, könnte das genau das richtige Viertel für uns sein, wenn wir wirklich aus Islington wegziehen. Außerdem gibt es dort ein gutes Kricketteam, in das er mich einführen könnte. Ein nützlicher Kontakt.

Ich neide ihm seine Frau nicht, so hübsch sie ist. Ein Unband, und kapriziös obendrein. Das wäre nichts für mich. Livy ist schwierig genug.

SIMON FIELD

Als die Mädchen weg sind, bleibe ich ’ne Weile unten im Grab. Weswegen sollte ich auch rauskommen? Meinem Pa ist es zu dumm, mir nachzuspringen oder oben am Loch zu stehen und runterzubrüllen. Wenn er mich braucht, weiß er, wo ich bin. »Dieser Friedhof hat hohe Mauern drumrum«, sagt er immer. »Du kannst rausklettern, aber zum Schluss kommst du doch vorne wieder rein, mit den Füßen voran.«

Der Himmel ist ganz hübsch von hier unten, aus acht Fuß Tiefe. Er hat dieselbe Farbe wie der Muff von dem Mädchen. Ihren Muff, so hat sie ihn genannt. Der Pelz war so weich. Am liebsten hätte ich mein Gesicht drin vergraben, so wie ich sie’s hab tun sehen.

Ich lege mich auf die Erde und gucke zum Himmel. Manchmal fliegt ein Vogel über mir vorbei, ganz hoch oben. Von den Seiten krümelt Erde runter, mir aufs Gesicht. Aber ich hab keine Angst, dass die Grube einstürzen könnte. Bei den tiefen Gräbern stützen wir die Wände mit Planken ab, aber bei kleinen wie diesem sparen wir uns die Mühe. Dieses Grab ist im Lehm, guter, feuchter Lehm, der hält. Es kommt schon vor, dass ’ne Grube einstürzt, aber das ist fast immer im Sand, oder wenn der Lehm trocken ist. Es sind schon Männer unten in ’nem Grab umgekommen. Mein Pa sagt mir immer, ich soll eine Hand aufs Gesicht legen und die andere hochhalten, wenn ich in einem Grab unten bin und es einstürzt. Dann habe ich ein Luftloch in der Erde und die anderen können an meinen Fingern sehen, wo ich bin.

Da kommt jemand und guckt ins Grab runter. Er ist schwarz gegen das Licht, also kann ich nicht sehen, wer es ist. Aber ich weiß, dass es nicht mein Pa ist – der hier riecht nicht nach Fusel.

»Was tust du dort unten, Simon?«, fragt der Mann.

Da weiß ich, wer's ist. Ich springe auf und wische mir den Dreck vom Rücken und vom Hintern und den Beinen.

»Ich ruh mich nur kurz aus, Sir.«

»Du wirst nicht dafür bezahlt, dich auszuruhen.«

»Ich werde gar nicht bezahlt, Sir«, sage ich, bevor ich's mir überlegen kann.

»Tatsächlich? Ich denke, deine Bezahlung besteht darin, dass du hier etwas lernst. Du erlernst ein Handwerk.«

»Aber vom Lernen werd ich nicht satt, Sir.«

»Jetzt reicht es mit deiner Frechheit, Simon. Du stehst im Dienst der Londoner Friedhofsverwaltung. Draußen vor der Pforte warten jede Menge Jungen, die liebend gerne deine Stelle übernehmen würden. Vergiss das nicht. Also, bist du jetzt fertig mit dem Grab?«

»Ja, Sir.«

»Dann deck es ab und geh zu deinem Vater. Er soll die Gerätschaften forträumen. Er kann wahrhaftig Hilfe brauchen. Ich weiß überhaupt nicht, warum ich ihn noch behalte.«

Ich weiß warum. Mein Pa kennt den Friedhof in- und auswendig. Er kann jedes Grab aufbuddeln, er weiß genau, wer wie tief unter der Erde liegt und ob's Sand ist oder Lehm. Das weiß er alles von meinem Opa. Und wenn er will, kann er ganz schnell schaufeln. Seine Arme sind hart wie Stein. Am besten ist er, wenn er ein bisschen was getrunken hat, aber nicht zu viel. Dann tun er und Joe graben und lachen, und ich hieve den Kübel hoch und leer ihn aus. Aber wenn er zu viel getrunken hat, dann schaufeln und rackern nur Joe und ich.

Ich gucke mich nach dem langen Baumstamm um mit den Aststümpfen dran, an dem ich aus den flacheren Gräbern klettere. Mein Pa muss ihn schon weggenommen haben.

»Mr. Jackson!«, rufe ich, aber er ist schon weg. Ich rufe noch mal, doch er kommt nicht zurück. Mein Pa wird denken, dass ich rausgekommen bin und das Grab zugedeckt habe – der kommt auch nicht noch mal her.

Ich versuche, kleine Stufen in die Seitenwand zu machen, damit ich rausklettern kann, aber ich habe keinen Spaten, nur meine Hände, und die Erde ist zu hart. Außerdem, jetzt ist sie fest, aber ich weiß nicht, ob sie wirklich hält. Ich will ja nicht, dass das Grab über mir einstürzt.

Jetzt, wo ich in dem Loch gefangen bin, wird mir kalt. Ich hocke mich hin und lege die Arme um die Beine. Ab und zu rufe ich laut. Heute werden noch vier andere Gräber geschaufelt und ein paar Grabmäler aufgestellt, aber nicht hier in der Nähe. Trotzdem, vielleicht hört mich ein Besucher, oder eines der Mädchen kommt noch mal her. Manchmal höre ich Stimmen und rufe »Hilfe, Hilfe!«. Aber es kommt niemand. Die Leute bleiben von Gräbern weg, die frisch gegraben sind. Die haben Angst, dass irgendwas aus dem Loch rausspringt und sie packt.

Über mir wird der Himmel dunkelgrau, und ich höre die Glocke, die den Besuchern sagt, dass der Friedhof jetzt zumacht. Da geht jeden Tag ein Junge rum und läutet. Ich schreie, bis mir der Hals weh tut, aber die Glocke ist lauter als ich.

Nach 'ner Weile bimmelt die Glocke nicht mehr, und dann ist es dunkel. Ich springe auf und ab, um warm zu werden, und dann hocke ich mich wieder hin und lege die Arme um die Knie.

Jetzt, wo's dunkel ist, riecht es hier in dem Loch mehr nach Lehm und Nässe. Durch den Friedhof fließt ein Seitenarm vom Fleet River. So kalt und klamm wie's hier ist, muss das ganz in der Nähe sein.

Am Himmel sind jetzt keine Wolken mehr, und dann sehe ich langsam kleine Sterne blitzen, immer mehr, bis das Stück Himmel über mir voll davon ist, als hätte jemand Mehl gesprenkelt, um Teig drauf auszurollen.

Die Sterne gucke ich mir die ganze Nacht an. Was soll ich hier unten schon andres tun? Ich sehe Sachen in den Sternen – ein Pferd, 'ne Picke, 'nen Löffel. Manchmal gucke ich weg und gucke wieder hin, und dann sind sie ein Stück weitergewandert.

Nach 'ner Weile rutscht das Pferd über den Rand vom Himmel und ist weg, dann der Löffel. Einmal sehe ich 'nen Stern, wo über den Himmel fliegt. Ich frage mich, wo der hin verschwindet.

Ich denke an die Mädchen, die eine mit dem Muff und die andere mit dem hübschen Gesicht. Die liegen jetzt im Bett, warm und weich. Da wäre ich jetzt auch gern.

Solange ich mich nicht bewege, ist es nicht so schlimm. Aber wenn ich's dann doch tue, tut's so weh, als würde mir jemand mit 'ner Holzplanke eins überziehen. Nach 'ner Weile kann ich mich überhaupt nicht mehr rühren. Wahrscheinlich ist mir das Blut eingefroren.

Am schlimmsten ist die Zeit, bevor die Nacht zu Ende ist, wenn's bald hell werden soll, aber noch nicht hell wird. Mein Pa sagt, das wäre die Zeit, wo die meisten Leute sterben, weil sie nicht mehr drauf warten können, dass es Tag wird. Ich gucke den Sternen zu. Die Picke verschwindet, und ich heule ein bisschen, und dann bin ich wohl eingeschlafen, weil als ich wieder hochsehe, sind die Sterne weg und es ist hell und die Tränen sind mir auf den Backen gefroren.

Es wird heller und noch heller, aber keiner kommt. Mein Mund ist zugeklebt, solchen Durst habe ich.

Dann höre ich das Kirchenlied »Holy, Holy, Holy«, das mein Pa so gerne pfeift, wenn er arbeitet. Das ist komisch, weil er schon seit Jahren nicht mehr in 'ner Kirche war. Das Pfeifen kommt immer näher, und ich will schreien, aber das geht nicht, es tut mir zu weh.

Ich höre ihn um das Loch rumgehen und Planken hinlegen und dann den grünen Teppich, wo wie Gras aussieht, damit es rund um das Grab hübsch ordentlich ist. Dann legt er die Riemen über die Grube, auf denen die Kiste runtergelassen wird, und dann die beiden Holzplanken, auf die sie den Sarg stellen, eine an jedem Ende. Mein Pa guckt nicht runter und sieht mich nicht. Er hat schon so viele Löcher gebuddelt, er braucht nicht mehr runtergucken.

Ich versuche, den Mund aufzukriegen, aber es geht einfach

nicht. Dann höre ich die Pferde schnauben und das Lederzeug ächzen und die Räder knirschen auf dem Pfad, und ich weiß, wenn ich jetzt nicht hier rauskomme, komme ich nie mehr hier raus. Ich versuche mich aufzurappeln und schreie, weil mir alles wehtut, bloß hört man nix, weil ich immer noch nicht den Mund aufkriege. Ich komme auf die Beine, und mein Mund geht wieder, und ich schreie: »Pa! Pa!« Ich kling wie 'ne Krähe oben im Baum. Zuerst passiert nichts. Ich schreie wieder, und mein Pa beugt sich über das Loch und guckt runter.

»Verdammt, Junge! Was machst 'n du da unten?«

»Hol mich raus, Pa! Hol mich hier raus!«

Pa legt sich auf den Bauch und streckt die Arme zu mir runter. »Schnell, Junge! Pack meine Hände!« Aber ich schaff's nicht, sie sind zu weit weg. Pa guckt sich um und schüttelt den Kopf. »Keine Zeit, Junge. Keine Zeit.« Er springt auf und geht weg, und ich schreie wieder.

Dann kommt Pa mit Mr. Jackson zurück. Der sieht mich ganz böse an, aber er sagt nichts und geht davon, während Pa rumsteht und ihm nachstiert. Dann kommt Mr. Jackson wieder und wirft das Seil runter, mit dem wir messen, wie tief wir schon gegraben haben. Bei jedem Fuß ist ein Knoten. Ich packe den Knoten und halte mich fest, und er und Pa ziehen mich aus dem Loch, so dass ich auf dem grünen Teppich lande, wo wie Gras aussieht. Ich springe auf, obwohl mir alles wehtut, und da stehe ich dann vor den Bestattern mit ihren Zylindern und den jungen Mietwaisen in ihren winzigen schwarzen Mänteln, und die Pferde nicken, sodass die schwarzen Federn an ihren Köpfen auf und ab wippen. Und hinter der Kutsche mit dem Sarg stehen die Trauernden, alle in Schwarz, und alle glotzen sie mich an. Am liebsten würde ich losprusten, so wie sie mich angucken, aber dann sehe ich Mr. Jacksons böses Gesicht und renne weg.

Später, als Pa mir Rum eingeflößt und mich ans Feuer gesetzt hat, in 'ne Decke gewickelt, gibt er mir 'n paar Ohrfeigen. »Tu das ja nie wieder, Junge!«, sagt er – als wäre ich freiwillig die ganze Nacht da unten geblieben. »Sonst bin ich meine Stelle los, und was würd dann aus uns werden?« Dann kommt Mr. Jackson und schlägt mich mit der Peitsche, damit ich die Lektion auch ja lerne. Aber das macht mir nix, ich spüre die Peitsche fast gar nicht. Nichts kann so wehtun wie die Kälte da unten in dem Grab.

Dezember 1901

Richard Coleman

Ich habe Kitty gesagt, dass wir zu Silvester bei denselben Leuten eingeladen sind wie im vergangenen Jahr. Sie sagte nichts, sah mich nur mit diesen dunkelbraunen Augen an, mit denen sie mich vor all den Jahren verführt hat und die mich jetzt nur abschätzen. Wenn sie mich nicht so angesehen hätte, hätte ich vielleicht nicht gesagt, was ich dann sagte.

»Ich habe die Einladung bereits angenommen«, fuhr ich fort, obwohl ich das noch gar nicht getan hatte. »Ich habe gesagt, dass wir mit Vergnügen kommen.«

Wir werden Silvester jedes Jahr auf diese Weise verbringen – solange, bis Kitty wieder meine Frau ist.

März 1903

Lavinia Waterhouse

Es grenzt schlicht an ein Wunder. Meine beste Freundin auf der anderen Seite unseres Gartenzauns! Kann es im Leben etwas Wunderbareres geben?

Als ich mir heute Morgen das Haar bürstete und dabei aus dem Fenster auf unseren neuen Garten hinausschaute, war ich tief betrübt. Obwohl er wirklich hübsch ist und Ivy May und ich ein sehr schönes Zimmer haben, von dem wir auf den Garten hinaussehen können, hat mir doch unser altes Haus gefehlt. Es war kleiner und lag an einer betriebsamen Straße und nicht gleich bei einem Park, der so schön ist wie Hampstead Heath. Aber dort bin ich geboren, dort bin ich aufgewachsen, dort sind meine ganzen Erinnerungen. Ich wollte das Stück Tapete im Flur mitnehmen, auf dem Papa jedes Jahr markiert hatte, um wie viel Ivy May und ich gewachsen waren, aber er sagte, das dürfte ich nicht, weil dann die Wand ruiniert wäre. Als wir auszogen, habe ich wirklich Tränen vergossen.

Und dann sah ich aus dem Augenwinkel etwas wedeln, und als ich zum Haus gegenüber schaute, am anderen Ende des Gartens, hing ein Mädchen zum Fenster hinaus und winkte! Also wirklich. Ich kniff die Augen zusammen, und dann erkannte ich sie – es war Maude, das Mädchen vom Friedhof. Ich wusste, dass wir in die Nähe des Friedhofs gezogen waren, aber ich hatte nicht gewusst, dass sie auch hier wohnt. Da habe ich mit meinem Taschentuch zurückgewunken, bis mir der Arm wehtat. Sogar Ivy May, der gar nichts auffällt, wenn ich sie nicht kneife (und manchmal nicht einmal dann), krabbelte aus dem Bett, um zu sehen, was los war.

Maude rief etwas herüber, aber sie war zu weit weg, und ich konnte nichts verstehen. Dann zeigte sie auf den Zaun zwischen unseren Gärten und hielt zehn Finger hoch. Wir sind so seelenverwandt, dass ich sofort verstand, wir sollten uns in zehn Minuten dort treffen. Ich warf ihr eine Kusshand zu und zog mich an, so schnell ich konnte.

»Mama! Mama!«, rief ich den ganzen Weg die Treppe hinunter. Mama kam aus der Küche gelaufen, sie dachte wohl, ich wäre krank oder hätte mir wehgetan. Aber als ich ihr von Maude erzählte, schien sie sich überhaupt nicht zu freuen. Die ganze Zeit hatte sie nicht gewollt, dass ich die Colemans besuche, obwohl sie nie gesagt hat, warum. Vielleicht hatte sie sie mittlerweile vergessen gehabt. Doch ich habe Maude nie vergessen, selbst nach dieser langen Zeit nicht. Ich weiß, dass es uns bestimmt ist, Freundinnen zu sein.

Ich lief hinunter zum Gartenzaun, aber der ist zu hoch zum Drübergucken. Ich rief Maude etwas zu, und sie rief zurück, und eine Sekunde später tauchte ihr Gesicht über dem Zaun auf.

»Ach! Wie bist du da raufgekommen?«, rief ich.

»Ich stehe auf der Vogeltränke«, sagte sie und kippelte ein bisschen. Dann schaffte sie es, sich hochzuziehen, und ehe ich michs versah, war sie über den Zaun geklettert und auf meiner Seite gelandet! Sie war ziemlich zerkratzt von den Rosen, die da wachsen, die Arme. Ich bin ihr um den Hals gefallen und habe sie geküsst, und dann bin ich mit ihr zu Mama gegangen, die ganz lieb zu ihr war, das muss ich sagen, und die Kratzer mit Jod behandelte.

Dann ging ich mit ihr in mein Zimmer, um ihr meine Puppen zu zeigen. »Ich habe dich nicht vergessen«, sagte ich. »Jedes Mal, wenn wir auf dem Friedhof waren, habe ich Ausschau nach dir gehalten und gehofft, dich zu treffen.«

»Ich auch«, sagte sie.

»Aber ich habe dich nie gesehen. Nur ab und zu den ungezogenen Jungen.«

»Simon. Der mit seinem Vater Gräber gräbt.«

»Jetzt, wo ich hier wohne, können wir zusammen dorthin gehen, und er kann uns die ganzen Engel zeigen. Das wird schön.«

»Ja.«

Dann wollte Ivy May uns ärgern und hat die Köpfe meiner Puppen so fest gegeneinander geschlagen, dass ich dachte, sie würden zerspringen. Ich habe ihr gesagt, sie soll weggehen, aber Maude meinte, Ivy May würde sie nicht stören, weil sie selbst keine Geschwister zum Spielen hätte. Tja ... Ivy May strahlte wie ein Honigkuchenpferd – soweit sie überhaupt strahlen kann.

Egal. Dann hat Maude mit uns gefrühstückt, und wir konnten überhaupt nicht aufhören zu reden.

Es ist wirklich ein Wunder des Himmels, dass die Engel uns in dieses Haus und mich zu meiner besten Freundin geführt haben.

Maude Coleman

Es ist schon komisch, wie Dinge passieren. Daddy sagt immer, dass ein Zufall meist alles andere als ein Zufall ist, wenn man nur genau genug nachforscht. Das hat er heute wieder einmal bewiesen.

Ich blickte gerade zum Fenster hinaus, als ich auf der anderen Seite des Gartens ein Mädchen am Fenster stehen sah, die sich die Haare bürstete. Ich hatte sie noch nie dort gesehen. Früher hatten zwei unverheiratete alte Damen drüben gewohnt, aber die waren vor ein paar Wochen ausgezogen. Dann warf das Mädchen den Kopf zurück und zuckte mit den Schultern, und da wusste ich, dass es Lavinia ist. Ich war so überrascht, dass ich sie nur anstarren konnte.

Ich hatte sie so lange nicht gesehen – seit dem Tod der Königin vor über zwei Jahren. Obwohl ich Mummy öfter gefragt hatte, ob wir uns nicht besuchen könnten, hatte sie immer eine Ausrede parat. Einmal versprach sie, sich beim Friedhof nach der Adresse der Waterhouses zu erkundigen, aber ich glaube nicht, dass sie das getan hat. Nach einer Weile habe ich gar nicht mehr gefragt, weil ich wusste, dass das ihre Art ist, nein zu sagen. Ich habe keine Ahnung, warum sie nicht wollte, dass ich eine beste Freundin habe, aber ich konnte nichts tun, außer auf dem Friedhof herumzugehen, wenn wir dort waren, und zu hoffen, die Waterhouses würden zufällig auch gerade dort sein. Doch das waren sie nie. Ich hatte die Hoffnung, je eine beste Freundin zu haben, schon aufgegeben. Und ich bin keinem anderen Mädchen begegnet, die so wie Lavinia mit mir über den Friedhof gehen mochte.

Und jetzt war sie da, auf der anderen Seite des Gartens. Ich habe gewunken, und als sie mich endlich sah, hat sie auch gewunken, wie wild. Ich war sehr froh, dass sie sich so freute, mich zu sehen. Ich machte ihr ein Zeichen, dass wir uns im Garten treffen sollten, und dann bin ich nach unten gelaufen, um meinen Eltern von dem erstaunlichen Zufall zu erzählen.

Mummy und Daddy waren schon beim Frühstücken und lasen die Zeitung – Daddy die *Mail*, Mummy die *St. Pancras Gazette*. Als ich ihnen sagte, wer unsere neuen Nachbarn sind, war Daddy überhaupt nicht erstaunt, sondern erklärte, er hätte den Waterhouses von dem Haus erzählt.

Mummy warf ihm einen komischen Blick zu. »Ich wusste gar nicht, dass du mit ihnen befreundet bist«, sagte sie.

»Er hat mich in der Bank aufgesucht«, antwortete Daddy. »Schon vor längerem. Er sagte, sie würden gerne in dieses Viertel ziehen, und ob ich von einem Haus hier in der Gegend wüsste. Und als das Haus frei wurde, habe ich ihm davon erzählt.«

»Jetzt sind wir also im Leben ebenso Nachbarn wie im Tod«, sagte Mummy. Sie klopfte heftig mit dem Löffel auf ihr Ei.

»Angeblich ist er ein guter Kricketspieler«, sagte Daddy. »Unser Team kann einen brauchen.«

Als klar wurde, dass es kein Zufall war, sondern dass die Waterhouses durch Daddy hierher gekommen sind, war ich seltsamerweise enttäuscht. Ich wollte so gern an das Schicksal glauben, aber Daddy hat wieder einmal bewiesen, dass es so etwas nicht gibt.

Gertrude Waterhouse

Im Traum würde es mir nicht einfallen, Alberts Entscheidungen zu tadeln. Er weiß in diesen Dingen besser Bescheid, und freilich freue ich mich über unser neues kleines Haus; es hat ein Stockwerk mehr als das alte in Islington, und im Garten wachsen Rosen, statt dass die Nachbarshühner im Dreck herumscharren.

Doch mir sank das Herz, als ich feststellte, dass wir nicht nur im selben Viertel wohnen wie die Colemans, sondern dass wir direkte Nachbarn sind und der Garten ihres Hauses an unseren angrenzt. Und natürlich ist ihr Haus noch ein Stockwerk höher als unseres, und sie haben einen überwältigenden Garten. Als ich einmal allein war, kletterte ich auf einen Stuhl und blickte über den Zaun. Drüben steht eine Weide, es gibt einen Teich und ein Beet mit Rhododendren und einen wunderschönen großen Rasen, auf dem die Mädchen sicher den ganzen Sommer lang Krocket spielen werden.

Kitty Coleman arbeitete im Garten, sie setzte gerade Primeln. Ihr Kleid hatte dieselbe zartgelbe Farbe, und dazu trug sie einen wunderschönen breitkrempigen Hut, den sie mit einem Chiffonschal festgebunden hatte. Selbst bei der Gartenarbeit ist sie elegant gekleidet. Sie sah mich nicht, zum Glück, das wäre mir so peinlich gewesen, dass ich vom Stuhl gefallen wäre. Ich sprang so schon zu schnell wieder auf den Boden und vertrat mir dabei den Knöchel.

Ich würde niemandem gestehen – nicht einmal Albert –, wie sehr es mich verstimmt, dass ihr Garten so schön ist. Sicher, er geht nach Süden und bekommt viel Sonne, was natürlich hilft. Außerdem muss sie jemanden haben, der ihr zur Hand geht, zumindest mit dem Rasen; er sieht aus, als würde er gewalzt. Ich werde mir mit unseren Rosen alle Mühe geben, aber bei mir gehen Pflanzen leicht ein. Ich bin wirklich hoffnungslos, was das Gärtnern anbetrifft. Außerdem liegt unser Garten auf der Nordseite, was es nicht einfacher macht. Und im Augenblick können wir uns keine Hilfe leisten. Ich hoffe, sie bietet mir nicht an, ihren Gärtner herüberzuschicken – ich weiß nicht, was ich darauf antworten sollte.

Nachdem Maude über den Zaun gepurzelt war, gebot es die Höflichkeit, den Colemans unsere Aufwartung zu machen, zumindest, um die Kratzer zu erklären. Ihr Haus ist sehr elegant – im Vorgarten stehen viele Rosen, und die Treppen, die zur Haustür hinaufführen, sind schwarzweiß gefliest. (Die Tür von unserem Haus geht direkt auf den Bürgersteig hinaus. Doch ich muss mich bemühen, nicht ständig Vergleiche anzustellen.)

Ich hatte gehofft, nur meine Karte abgeben zu können, aber Kitty Coleman empfing uns sehr freundlich in ihrem Damenzimmer. Die Farben, in denen sie es eingerichtet hat, sind nicht jedermanns Geschmack – Senfgelb mit dunkelbraunen Mustern, was heute wohl modisch ist. Sie nannte es »Goldgelb« und »Schokoladenbraun«, was schöner klingt, als es aussieht. Mir ist unser Burgunderrot lieber. Es geht doch nichts über einen schlichten burgunderroten Salon. Aber ich habe auch kein Damenzimmer – wenn ich einen Raum hätte, der so hell ist wie der ihre im ersten Stock, würde ich ihn vielleicht auch gelb streichen lassen.

Obwohl ich das bezweifle.

Sie hat einen sehr erlesenen Geschmack – bestickte Seidentücher auf den Sofas, Farne in Töpfen, Vasen mit getrockneten Blumen und ein kleiner Flügel. Ihr neumodisches Kaffeeservice schockierte mich ein wenig, es ist mit winzigen schwarzen und gelben Karos gemustert, wovon mir regelrecht schwindelig wurde. Mir persönlich sind schlichte Rosenmuster lieber. Aber *chacun a son goût*. Ach!, ich beging den Fehler, das laut zu sagen, und sie antwortete auf Französisch. Ich verstand kein

Wort. Es war meine eigene Schuld – dumm von mir, angeben zu wollen.

Einen Trost habe ich immerhin. Nein, zwei. Die beiden Mädchen sind entzückt voneinander, und Livy kann eine vernünftige Freundin nur gut tun. Zumindest wird Maude einen ausgleichenden Einfluss auf sie haben, wenn sie nicht Livys Bann erliegt, wie wir alle – alle außer meiner lieben Ivy May, die sich von den Spintisierereien ihrer Schwester nicht anstecken lässt. Sie überrascht mich immer wieder. So still sie ist, bei ihr gewinnt Livy nie die Oberhand.

Und der zweite Trost: Kitty Coleman empfängt am Dienstagnachmittag, genau wie ich. Als sie das feststellte, sagte sie mit einem kleinen Lächeln: »Ach, wie schade.« Aber ich werde meinen Empfangstag nicht verlegen – gewisse Traditionen bin ich nicht bereit aufzugeben. Und ich weiß, dass sie ihren ebenfalls nicht verlegen wird. Auf diese Art können wir wenigstens diese gesellschaftliche Verpflichtung vermeiden.

Ich kann nicht genau sagen, warum ich sie nicht mag. Sie ist durchaus höflich und hat gute Manieren und ist sehr schön. Ihr Haus ist elegant, ihr Mann sieht gut aus, ihre Tochter ist klug. Doch ich möchte nicht mit ihr tauschen. Sie hat etwas Unzufriedenes an sich, das auf alles in ihrer Umgebung abfärbt. Ich weiß, es ist unrecht von mir, das zu sagen, aber ich bezweifle, dass sie ein aufrechtes christliches Leben führt. Ich vermute, dass sie zu viel denkt und zu wenig betet. Aber die Colemans sind die einzigen Leute, die wir hier in der Nachbarschaft kennen, und die beiden Mädchen haben einander schon so ins Herz geschlossen, dass ich fürchte, wir werden uns zwangsläufig häufiger begegnen.

Als wir wieder daheim waren und in unserem hinteren Salon saßen, musste ich immerfort durchs Fenster zu ihrem prächtigen Haus hinübersehen. Es wird stets dort stehen und mich an ihren höheren Stand erinnern. Dieser Gedanke bedrückte mich so sehr, dass ich meine Teetasse zu heftig abstellte und sie einen Sprung bekam. Da kamen mir die Tränen und ich ließ mich nicht einmal dadurch trösten, dass Ivy May (die Umarmungen eigentlich nicht mag) mir die Arme um den Hals schlang.

Juni 1903

Maude Coleman

Lavinia und ich können es gar nicht mehr erwarten, auf den Friedhof zu kommen. Jetzt, wo wir zu zweit dorthin gehen können, wird es noch viel schöner sein als früher. Aber seitdem die Waterhouses in das Haus gegenüber gezogen sind, haben wir es nicht geschafft, weil ständig etwas los war: Ostern fuhren wir zu Tante Sarah aufs Land, dann war Lavinia krank, und dann musste entweder Mummy oder Mrs. Waterhouse einen Besuch machen oder eine Besorgung erledigen. Wie ärgerlich – jetzt wohnen wir so nah am Friedhof, aber niemand will uns hinbringen, und allein dürfen wir nicht losziehen. Wie schade, dass Nanny zu ihrer alten Mutter zurück ist, um sie zu pflegen, sonst würde sie uns begleiten.

Gestern habe ich Mummy gefragt, ob sie mit uns hingehen würde.

»Ich habe keine Zeit«, sagte sie. Mir kam es zwar nicht so vor, als hätte sie keine Zeit – sie las nur ein Buch –, aber das sagte ich nicht. Eigentlich sollte sie sich jetzt, wo Nanny nicht mehr da ist, um mich kümmern. Aber meistens schauen Jenny und Mrs. Baker nach mir.

Ich fragte sie, ob Jenny mit Lavinia und mir auf den Friedhof gehen könnte.

»Jenny hat wirklich keine Zeit, euch dort beim Spielen zuzusehen.«

»Ach bitte, Mummy, nur ein bisschen.«

»Red nicht in diesem weinerlichen Tonfall. Den hast du dir von Lavinia abgeschaut, und er passt überhaupt nicht zu dir.«

»Entschuldigung. Aber vielleicht – vielleicht hat Jenny etwas für dich oben im Ort zu besorgen. Dann könnte sie uns hinbringen.«

»Hast du nicht noch zu lernen?«

»Ich bin schon mit allem fertig.«

Mummy seufzte. »Es wird gut sein, wenn du im Herbst in die Schule kommst. Dein Erzieher kann nicht mehr mit dir Schritt halten.«

Ich wollte mich gerne nützlich machen. »Hast du nicht noch Bücher, die in die Bibliothek zurückgebracht werden müssen?«

»Doch, das stimmt. Also gut, sag Jenny, sie soll herkommen. Und wenn sie schon dort ist, soll sie gleich nachfragen, ob der Stoff gekommen ist, den ich bestellt habe.«

Lavinia und ich rannten den Berg hinauf und zogen Jenny mit uns. Sie beschwerte sich die ganze Zeit und war völlig außer Atem, als wir oben ankamen, was ihr nicht passiert wäre, wenn sie sich die Luft gespart und nicht so viel gejammert hätte. Außerdem hätten wir uns gar nicht so zu beeilen brauchen – Ivy May weigerte sich zu rennen, und Lavinia musste zurückgehen und sie holen. Manchmal ist es eine Plage, Ivy May überallhin mitnehmen zu müssen, aber Mrs. Waterhouse bestand darauf. Doch sobald wir auf dem Friedhof waren, ließ Jenny uns tun, wozu wir Lust hatten, solange Ivy May bei uns blieb. Wir liefen sofort los und suchten nach Simon.

Es war großartig, auf dem Friedhof zu sein, ohne dass jemand auf uns aufpasste. Wenn ich mit Mummy und Daddy oder Großmutter da bin, meine ich immer ganz still und ernst sein zu müssen, obwohl ich eigentlich gern das tun würde, was Lavinia und ich jetzt taten – herumlaufen und alles erkunden. Während wir nach Simon suchten, spielten wir alle möglichen Spiele: Wir sprangen von Grab zu Grab und durften dabei nicht auf den Boden treten (was nicht schwer ist, weil die Gräber eng nebeneinander stehen); eine von uns musste auf der rechten, die andere auf der linken Seite des Weges gehen, und wer als Erste einen Obelisken sah, oder eine Frau, die an einer Urne lehnte, oder ein Tier, bekam einen Punkt; und oben um die

Libanonzeder spielten wir Fangen. Lavinia kreischt wirklich etwas laut, wenn man sie jagt, und ein paar Erwachsene ermahnten uns, ruhig zu sein und uns zu benehmen. Danach bemühten wir uns, leiser zu sein, aber wir hatten so viel Spaß, dass es uns sehr schwer fiel.

Endlich fanden wir Simon, ganz oben auf dem Friedhof, nicht weit vom Nord-Eingang. Zuerst sahen wir ihn nicht, bloß seinen Pa, der neben einem neuen Grab stand und einen Eimer mit Erde heraufzog mit einem Seilzug, der auf einem Gestell über der Grube stand. Er kippte die Erde in eine große Holzkiste auf Rädern, die mehrere Fuß hoch war und voller Erde.

Wir schlichen näher und versteckten uns hinter einem Grabstein; wir wollten nicht, dass Simons Pa uns sieht, weil er dreckig ist und ein rotes Gesicht und einen Schnurrbart hat, und wir konnten sogar von hinter dem Stein riechen, dass er nach Alkohol stank. Lavinia sagt, er wäre wie eine Gestalt aus Dickens. Wahrscheinlich sind das alles Totengräber.

Wir hörten Simon unten im Grab singen, ein Lied, das Jenny manchmal an Feiertagen mit anderen Leuten auf der Heath singt:

Zum Scherzen, Herzen, Verlustier'n,
das sag ich frei heraus,
nach Hampstead Heath musst du marschier'n,
die Kurzweil geht nie aus.

Simons Pa schaute nicht einmal zu uns herüber, aber irgendwie wusste er, dass wir da waren, denn er rief: »Na, ihr drei Fräuleinchens, was sucht ihr denn hier?«

Simon hörte auf zu singen. Sein Pa sagte: »Jetzt kommt schon her, ihr alle drei zusammen.«

Lavinia und ich sahen uns an, aber bevor wir entscheiden konnten, was wir tun sollten, war Ivy May schon hinter dem Grabstein hervorgetreten, und da mussten wir ihr folgen.

»Bitte, Sir, wir möchten zu Simon.« Ich war selbst überrascht, dass ich ihn Sir nannte.

Er schien auch überrascht und blickte uns an, als könnte er

nicht glauben, dass wir wirklich da waren. Dann rief er ins Loch hinunter: »Junge, du hast Besuch!«

Nach einem Moment tauchte Simons Kopf aus dem Grab auf. Er starrte uns an.

»Nun, du ungezogener Junge«, sagte Lavinia. »Willst du nichts sagen?«

»Können wir 'ne Weile tauschen, Pa?«, fragte er.

»Da unten ist der Platz 'n bisschen knapp für mich und Joe«, sagte Simons Pa. Simon sagte nichts, und dann lachte sein Vater. »Na, dann komm schon rauf zu deinen Mädchen.«

Simon kletterte aus dem Loch, und sein Pa stieg hinunter. Er grinste uns an, bevor er verschwand. Simon zog den Eimer herauf und leerte ihn in den Holzkasten.

»Was ist das?«, fragte ich und deutete auf den Kasten.

»Die Erdlade«, antwortete Simon. »Da kommt die Erde rein, wo wir rausschaufeln, und wenn der Sarg in der Grube ist, fahren wir sie an den Rand und klappen die Seite auf – seht ihr, da ist 'n Scharnier –, und dann fällt die Erde direkt ins Grab. Dann wird's nicht dreckig rundrum, klar? Da drüben stehen noch zwei, die sind beide schon voll.« Er deutete auf die anderen beiden Kästen, die an der Mauer standen. »Am Fußende bleibt bloß 'n kleines Häufchen Erde, damit die Trauernden sie reinwerfen können.«

»Können wir in das Grab gucken?«

Simon nickte, und wir traten vorsichtig an den Rand der Grube. Sie war tiefer, als ich gedacht hätte. Unten stand Simons Pa mit einem weiteren Mann. Ich konnte nur ihre Köpfe sehen – der von Simons Pa war wie Stahlwolle, der von dem anderen Mann völlig kahl. Sie hackten mit der Schaufel auf die Seitenwände der Grube ein. Die beiden hatten kaum genug Platz, um sich umzudrehen. Der Glatzköpfige schaute zu uns hoch. Er hatte ein langes Gesicht und eine Nase, die wie eine Wurst aussah. Er und Simons Pa waren wohl Kollegen beim Grabschaufeln, und Simon half ihnen.

Simon hievte wieder einen Eimer voll Lehmklumpen nach oben. Obenauf wand sich ein Wurm.

»Findet ihr beim Graben manchmal etwas?«, fragte ich. »Außer Würmern?«

Simon kippte den Lehm in die Erdlade und ließ dann den Eimer wieder in das Grab hinab. »Porzellanscherben. Manchmal einen Füller. Einmal einen Kreisel. Hier war mal 'ne Schule, bevor's 'n Friedhof wurde. Und davor war's der Garten von 'nem großen Haus.«

Simons Pa schaute hoch. »Junge, wir brauchen hier unten mehr Planken.«

Simon reichte ihm einige von einem Holzstapel, und ich entdeckte, dass rund um die Wände der Grube in regelmäßigen Abständen Holzplanken eingesetzt waren.

»Wie tief ist es?«, fragte ich.

»Bis jetzt sind's zwölf Fuß«, sagte Simon. »Aber wir müssen bis auf siebzehn runter, Pa, oder?«

Ich starrte hinunter. »So tief?«

»Da müssen noch viele Leute rein. 'n Sarg ist achtzehn Zoll hoch, dazwischen immer ein Fuß Abstand, reicht also für sechs Särge. Das ist 'ne ganze Familie.«

Ich rechnete im Kopf nach – es war wie eine Aufgabe, die mein Erzieher mir oft stellte. »Sieben Särge.«

»Nee, ganz oben ist mehr als nur ein Fuß.«

»Ach, natürlich. Sechs Fuß unter der Erde.«

»So viel nun auch wieder nicht«, sagte Simon. »Das sagt man bloß so. Wir lassen zwei Fuß über dem letzten Sarg.«

»Worüber redet ihr beide denn?«, wollte Lavinia wissen.

Simons Pa fing an, mit dem Holzhammer auf eine Planke einzuschlagen.

»Ist es nicht gefährlich da unten?«, fragte ich.

Simon zuckte mit den Achseln. »Eigentlich nicht. Das Holz stützt die Erde ab. Außerdem ist es Lehm, der stürzt nicht so leicht ein. Der hält von selbst. Aber bei Sand, da muss man aufpassen. Im Sand lässt sich's leichter graben, aber der hält auch nicht. Sand ist tödlich.«

»Ach, hört auf, ihr beiden, über so langweilige Sachen zu reden!«, rief Lavinia. »Zeig uns lieber ein paar Engel.«

»Lass ihn, Lavinia«, sagte ich. »Siehst du denn nicht, dass er arbeitet?« Ich liebe Lavinia wirklich – immerhin ist sie meine beste Freundin –, aber von den Dingen, die mich brennend interessieren, will sie nur selten etwas hören. Nie will sie durch das Teleskop schauen, das Daddy manchmal im Garten aufstellt, oder in der Bibliothek etwas in der *Encyclopaedia Britannica* nachlesen. Ich hätte Simon gern mehr über die Gräber und das Graben gefragt, aber Lavinia ließ mich nicht.

»Vielleicht später, wenn wir hier fertig sind«, sagte Simon.

»Wir haben nur eine halbe Stunde Zeit«, erklärte ich. »Das hat Jenny gesagt.«

»Wer ist Jenny?«

»Unser Hausmädchen.«

»Wo ist die jetzt?«

»Oben im Ort. Sie hat uns bis zum Eingang gebracht.«

»Sie ist mit einem Mann weggegangen«, sagte Ivy May.

Simon schaute zu ihr. »Wer ist ’n das?«

»Ivy May, meine kleine Schwester«, sagte Lavinia. »Aber das stimmt nicht, was sie sagt. Du hast doch auch keinen Mann gesehen, oder, Maude?«

Ich schüttelte den Kopf, war mir aber nicht sicher.

»Er hatte einen Schubkarren, und sie ist mit ihm auf den Friedhof gegangen«, beharrte Ivy May.

»Hat er rote Haare gehabt?«, fragte Simon.

Ivy May nickte.

»Ach, der. Der wird sie nageln.«

»Was?«, rief ich. »Jemand tut Jenny weh? Dann müssen wir ihr helfen!«

»Nee, nicht schlagen«, sagte Simon. »Das ist ...«, er schaute zu mir und Lavinia und verstummte dann. »Auch egal.«

Simons Pa unten im Grab lachte. »Tja, Junge, da bist du wohl danebengetappt, was? Hast vergessen, mit wem du redest? Musst schon aufpassen, was du sagst, wenn du dich mit Mädchen rumtreibst.«

»Halt den Mund, Pa.«

»Wir sollten gehen«, sagte ich; ich machte mir Sorgen um

Jenny. »Bestimmt ist die halbe Stunde schon um. Wie kommen wir am schnellsten zum Haupteingang?«

Simon deutete auf eine Pferdestatue ganz in unserer Nähe. »Geht da am Pferd vorbei und dann den Weg runter.«

»Nicht den Weg!«, rief Lavinia. »Der führt direkt durch die Abweichler!«

»Ja und?«, meinte Simon. »Die beißen dich nicht. Die sind mausetot.«

Die Sektion der Glaubensabweichler war das Gelände, auf dem alle Leute begraben sind, die nicht zur Church of England gehören – vor allem Katholiken, aber auch Baptisten und Methodisten und andere. Ich habe gehört, dass auch Selbstmörder dort liegen, aber das sagte ich Lavinia nicht. Ich bin nur zwei Mal da gewesen. Es war gar nicht so viel anders als der restliche Friedhof, doch ich kam mir trotzdem komisch vor, wie in einem fremden Land. »Komm, Lavinia«, sagte ich; Simon sollte nicht glauben, dass wir etwas gegen Andersgläubige hätten. »Es macht doch nichts. Außerdem – war deine Mutter nicht katholisch, bevor sie deinen Vater geheiratet hat?« Ich hatte vor kurzem bei Lavinia zu Hause unter einem Kissen einen Rosenkranz gefunden, und da hatte die Zugehfrau Elizabeth mir das erzählt.

Lavinia wurde rot. »Nein! Und außerdem, selbst wenn – was wäre so schlimm daran?«

»Gar nichts – das sage ich doch.«

»Ich weiß was«, unterbrach Simon. »Geht doch beim schlafenden Engel vorbei. Kennt ihr den? Der ist am Hauptweg, nicht bei den Abweichlern.«

Wir schüttelten den Kopf.

»Ich zeig's euch. Das ist nicht weit. Ich geh nur eben mal kurz weg, Pa«, rief er ins Loch hinunter.

Simons Pa brummte.

»Kommt, schnell.« Simon rannte den Weg hinunter, und wir liefen ihm nach. Dieses Mal rannte sogar Ivy May.

Den Engel, den er uns zeigte, hatten wir noch nie gesehen. Alle anderen Engel auf dem Friedhof gehen oder fliegen oder zeigen auf etwas oder stehen mit gesenktem Kopf da. Doch dieser lag auf der Seite, die Flügel angelegt, und schlief tief und fest. Ich hatte gar nicht gewusst, dass Engel auch schlafen müssen, wie die Menschen.

Lavinia fand ihn natürlich wunderschön. Ich wollte lieber noch weiter über Gräber reden, aber als ich mich zu Simon umdrehte, um ihn noch etwas wegen der Erdlade zu fragen, war er schon weg. Er war zu seinem Grab zurückgelaufen, ohne sich zu verabschieden.

Es kostete mich einige Zeit, Lavinia von dem Engel wegzuzerren, aber als wir am Haupteingang ankamen, war Jenny nicht da. Ich wusste immer noch nicht, was Simon gemeint hatte mit ihr und dem Mann, und machte mir ein bisschen Sorgen. Lavinia hingegen war es völlig egal. »Komm, lass uns nach nebenan zum Steinmetz gehen und die Engel ansehen«, sagte sie. »Nur eine Minute.«

Ich war noch nie dort gewesen. Im Hof standen alle möglichen Steine herum, große Blöcke und Brocken, glatte Grabsteine, Säulen, sogar eine Gruppe Obelisken stand in einer Ecke. Es war sehr staubig dort, und der Boden war voller Steinchen. Überall war das Geräusch der Männer zu hören, die die Steine mit dem Meißel bearbeiteten.

Lavinia ging geradewegs in den Laden. »Dürfen wir uns das Buch mit den Engeln ansehen, bitte?«, fragte sie den Mann hinter der Theke. Das fand ich sehr mutig von ihr. Aber er wirkte überhaupt nicht überrascht – er holte aus dem Regal hinter sich ein großes, staubiges Buch und legte es auf die Theke.

»Aus dem haben wir unseren Engel ausgesucht«, erklärte Lavinia. »Ich schaue es mir so gerne an. Da sind Hunderte von Engeln drin. Sind sie nicht schön?« Sie blätterte die Seiten durch. Darauf waren Zeichnungen der unterschiedlichsten Engel zu sehen – sie standen, knieten, schauten nach oben, schauten nach unten, hatten die Augen zu, hielten Kränze, Trompeten, Stofftücher. Da waren Kinderengel und Zwillingsengel und große Cherubim und kleine Engelköpfe mit Flügeln.

»Sie sind – ganz hübsch«, sagte ich. Ich weiß nicht warum,

aber ich mag Friedhofsengel nicht besonders. Sie sind so glatt und ausdruckslos, und ihre Augen sind leer – selbst wenn ich direkt vor ihnen stehe, blicken sie mich nicht an. Wozu soll ein Bote denn gut sein, wenn er einen nicht einmal sieht?

Daddy kann Engel nicht leiden, sagt er, weil sie sentimental sind. Mummy findet, dass sie trivial sind. Das Wort musste ich nachschlagen – es bedeutet seicht, banal, platt. Ich finde, sie hat Recht. So wirken zumindest ihre Augen. Mummy sagt, Engel würden mehr Aufmerksamkeit bekommen, als ihnen zusteht. Wenn auf dem Friedhof ein Engel auf einem Grab steht, schaut jeder auf ihn und nicht auf die anderen Grabmäler, und dabei gibt es im Grunde überhaupt nichts zu sehen.

»Warum gefallen dir Engel so gut?«, fragte ich Lavinia.

Sie lachte. »Wie könnten sie einem denn nicht gefallen? Sie sind die Boten Gottes, und sie bringen Liebe. Wenn ich in ihre sanften Gesichter sehe, fühle ich mich friedvoll und geborgen.«

Ich hatte den Verdacht, dass Daddy mit sentimental genau solche Sachen meint. »Wo genau ist Gott?«, fragte ich und dachte an die Engel, die zwischen uns und Ihm hin und her fliegen.

Lavinia war so entsetzt, dass sie aufhörte zu blättern. »Na, da oben natürlich.« Sie deutete auf den Himmel draußen vor der Tür. »Hörst du in der Sonntagsschule nicht zu?«

»Aber da oben sind Sterne und Planeten«, widersprach ich. »Das weiß ich – ich habe sie durch Daddys Teleskop gesehen.«

»Pass du nur auf, Maude Coleman«, sagte Lavinia. »Du begehst gleich Blasphemie.«

»Aber …«

»Hör auf!« Lavinia hielt sich die Ohren zu. »Ich will es nicht hören!«

Ivy May kicherte.

Ich gab auf. »Jetzt gehen wir zurück zu Jenny.«

Dieses Mal wartete Jenny am Haupteingang schon auf uns. Sie war rot im Gesicht und außer Atem, als wäre sie wieder den Berg hinaufgelaufen, aber sie war nicht verletzt. Da war ich froh.

»Wo seid ihr bloß gewesen?«, rief sie. »Ich habe mich schrecklich gesorgt!«

Wir wollten gerade den Berg hinuntergehen, als ich sie fragte, ob sie wegen Mummys Stoff gefragt hatte.

»Das Buch!«, kreischte sie und lief auf den Friedhof zurück, um es zu holen. Ich will gar nicht wissen, wo sie es hatte liegen lassen.

Jenny Whitby

Ich muss ja sagen, ich war nicht grade begeistert, für die Gnädigste Botengänge zu machen. Die weiß doch genau, wie viel ich zu tun hab. Von sechs in der Früh bis abends neun – und noch später, wenn Gäste kommen. Ein freier Tag im Jahr, abgesehen von Weihnachten. Und dann will sie auch noch, dass ich Bücher zurückbringe und Stoff abhole – Sachen, die sie genauso gut selbst tun kann. Zum Bücherlesen hab ich sowieso keine Zeit, selbst wenn ich's wollte – was ich nicht tue.

Trotzdem, es war ein schöner Tag, die Sonne schien, und ich muss sagen, es war schon nett rauszukommen, obwohl ich nicht gerne den Berg zum Ort hochgehe. Eigentlich wollte ich die Mädchen oben beim Friedhof absetzen und schnell zu den Läden gehen und dann zurückkommen, aber dann hab ich ihn gesehen. Er war allein, hat einen Handkarren über den Hof geschoben und beim Gehen geschunkelt, als würde er tanzen. Dann hat er zu mir rübergeguckt und gelächelt, und ich dachte mir, da schau einer an.

Also bin ich mit den Mädchen rauf auf den Friedhof und hab ihnen gesagt, sie könnten 'ne halbe Stunde tun, was sie wollten, aber nicht länger. Die suchten nach 'nem kleinen Jungen, um mit ihm zu spielen, und ich sagte, sie müssten aufpassen, dass er nicht frech wird. Und sie müssten auf die Kleine Acht haben, auf Ivy May. Irgendwie wird sie immer abgehängt – obwohl ich wette, dass sie das mit Fleiß macht. Ich hab ihnen gesagt, sie müssen sich an der Hand halten, und dann sind sie alle in eine Richtung davon, und ich in die andere.

November 1903

Kitty Coleman

Heute Abend waren wir mit den Waterhouses bei dem großen Feuer auf der Heath. Die Mädchen wollten gern hingehen, die Männer verstehen sich recht gut (obwohl Richard sich insgeheim über Albert Waterhouse lustig macht und ihn einen Hanswurst nennt), nur Gertrude Waterhouse und ich müssen gute Miene zum bösen Spiel machen. Wir standen rund um das riesige Feuer auf dem Parliament Hill, aßen Würstchen und gebackene Kartoffeln und staunten darüber, dass wir auf genau der Anhöhe standen, von der aus Guy Fawkes hatte beobachten wollen, wie das Parlament in Flammen aufging. Ich sah den Leuten zu, die näher an das Feuer traten oder von ihm zurückwichen und versuchten, eine Stelle zu finden, an der sie die Hitze ertragen konnten. Aber selbst wenn einem das Gesicht glüht, bleibt der Rücken kalt – wie die Kartoffeln, außen verbrannt, innen roh.

Ich vertrage Hitze weitaus besser als Richard oder Maude – überhaupt als die meisten anderen Menschen. Ich trat näher und noch näher, bis meine Wangen brannten. Als ich mich umdrehte, stand der Kreis von Menschen weit hinter mir – ich war ganz allein am Rande des Feuers.

Richard schaute nicht einmal in die Flammen, sondern nach oben, in den klaren Himmel. Das sieht ihm ähnlich – seine Liebe ist nicht Glut, sondern die kalte Ferne des Universums. Vor unserer Verlobung nahm er mich – mit Harry als Anstandsbegleiter – zu Veranstaltungen der Astronomen mit, um die Sterne zu beobachten. Damals fand ich das höchst romantisch.

Doch heute Abend, als ich seinem Blick zum sternenübersäten Himmel folgte, spürte ich nur die Leere zwischen den Stecknadelkopfgroßen Lichtpunkten und mir. Sie war wie eine schwere Decke, die sich über mich breiten wollte. Das erstickte mich fast ebenso wie meine Angst, lebendig begraben zu werden.

Ich kann nicht verstehen, was er an den Sternen findet – er und jetzt auch Maude, denn mittlerweile nimmt er sie oft mit, wenn er nachts mit seinem Teleskop auf die Heath geht. Ich habe nichts gesagt, denn im Grunde kann ich mich nicht darüber beschweren, und Maude tut seine Aufmerksamkeit sehr gut, das ist unverkennbar. Trotzdem bedrückt es mich, denn ich sehe, dass er in ihr dieselbe kalte Vernunft fördert, die ich an ihm entdeckte, sobald wir verheiratet waren.

Natürlich ist es dumm von mir. Auch ich wurde von meinem Vater dazu erzogen, logisch zu denken, und ich hasse die Sentimentalität unserer Zeit, wie die Waterhouses sie verkörpern. Aber insgeheim bin ich froh, dass Maude mit Lavinia befreundet ist. Enervierend und melodramatisch wie Lavinia manchmal ist, ist sie nicht kalt – ein Gegengewicht zur eisigen Hand der Astronomie.

Ich stand am Feuer, alle um mich herum waren ausgelassen, und ich dachte mir, wie seltsam ich doch bin – das weiß selbst ich. Zu viel Platz, und ich bekomme Angst, zu wenig, und ich bekomme auch Angst. Es gibt für mich tatsächlich keinen Ort, an dem ich mich wohl fühle – entweder ich stehe zu nah am Feuer oder zu weit entfernt.

Hinter mir war Gertrude Waterhouse, beide Arme um ihre Töchter gelegt. Maude stand neben Lavinia, und sie alle lachten – Maude etwas verhalten, als wäre sie nicht sicher, ob sie in das Lachen einstimmen dürfe. Das tat mir weh um ihretwillen.

Manchmal ist es schmerzlich für mich, mit den Waterhouses zusammen zu sein. Lavinia mag ihre Mutter ja herumkommandieren, aber zwischen den beiden besteht eine Zuneigung, die ich für Maude nicht aufbringen kann. Nach mehreren Stunden in deren Gesellschaft bin ich immer wieder fest entschlossen, mich beim Gehen bei Maude einzuhaken, wie Gertrude es bei Lavinia tut. Und mich mehr um sie zu kümmern – ihr etwas vorzulesen, ihr beim Nähen zu helfen, mit ihr in den Garten zu gehen oder in die Stadt zu fahren.

Doch so war es nie zwischen uns. Maudes Geburt war für mich ein Schock, von dem ich mich nie erholt habe. Als ich nach dem Äther wieder zu mir kam und sie zum ersten Mal im Arm hielt, kam ich mir vor, als wäre ich ans Bett genagelt, gefesselt von ihrem Mund an meiner Brust. Natürlich liebte ich sie – liebe ich sie –, aber das Leben, das ich mir für mich erhofft hatte, war mit dem Tag vorüber. Die Geburt rief eine Bedrückung in mir wach, die sich mit zunehmender Häufigkeit einstellt.

Zumindest hatte ich Glück mit meinem Arzt. Als er mich einige Tage nach der Geburt besuchte, schickte ich die Schwester aus dem Raum und sagte ihm, ich wolle keine Kinder mehr bekommen. Er erbarmte sich meiner und erklärte mir die Zeiten, die Anzeichen, auf die ich achten solle, und was ich meinem Mann sagen könne, um ihn in jenen Tagen abzuweisen. Es klappt nicht bei jeder Frau, aber bei mir hat es geklappt, und Richard hat nie etwas gemerkt – nicht dass er dieser Tage noch oft in mein Bett kommt. Natürlich musste ich den Arzt bezahlen, ein bizarres Honorar – »um sicherzustellen, dass Sie meine Lektion auch wirklich gelernt haben«, so formulierte er es –, nur einmal, als ich körperlich wiederhergestellt war. Ich schloss die Augen, und es war nicht so schlimm. Ich überlegte mir, dass er das vielleicht gegen mich verwenden und mich erpressen könnte, um mehr Honorar dieser Art zu fordern, aber das tat er nie. Dafür und für den Biologieunterricht werde ich ihm immer dankbar sein. Ich vergoss sogar eine Träne, als ich später von seinem Tod erfuhr. Ein verständnisvoller Arzt ist zuweilen recht nützlich.

Um Maude gegenüber gerecht zu sein – das Gefühl, in der Falle zu sitzen, kannte ich schon lange vor ihrer Geburt. Das erste Mal empfand ich es eines Morgens, als Richard und ich gerade von unseren Flitterwochen zurückgekommen und in London in unser Haus gezogen waren. Er gab mir einen Abschiedskuss in meinem neuen Damenzimmer – ich hatte dafür einen Raum gewählt, der nach vorn zur Straße hinausging und nicht zum Garten, damit ich immer die Welt draußen sehen konnte – und ging zum Zug, um zur Arbeit zu fahren. Ich schaute ihm durchs Fenster nach und empfand denselben Neid wie damals, wenn ich meinen Bruder zur Schule gehen sah. Als er um die Ecke gebogen war, wandte ich mich ab und blickte mich in dem unbelebten, stillen Raum um, am Rande der Stadt, die der Mittelpunkt der Welt ist, und brach in Tränen aus. Ich war gerade erst zwanzig, und mein Leben lag wie eine einzige weite Wüste vor mir, ohne dass ich das Geringste daran hätte ändern können.

Natürlich kam ich darüber hinweg. Ich wusste genau, dass ich in vieler Hinsicht großes Glück hatte: Ich hatte eine Ausbildung genossen, einen liberalen Vater gehabt, ich habe einen Mann, der gut aussieht und wohlhabend genug ist, dass wir uns eine Köchin und ein Dienstmädchen leisten können, und der mich nicht daran hindert, mich fortzubilden, selbst wenn er mir nicht die große, weite Welt bieten kann, nach der es mich verlangt. An dem Morgen trocknete ich mir die Tränen und war froh, dass zumindest meine Schwiegermutter nicht da war, um mich weinen zu sehen. Ein kleiner Trost – und dafür dankte ich meinem Gott.

Meine Ehe ist nicht mehr das, was sie einmal war. Jetzt warte ich mit Grauen auf Richards Ankündigung für Silvester. Ich denke nicht, dass ihm der Abend wirklich Spaß macht. Er tut es mehr, um mich zu bestrafen. Aber ich glaube nicht, dass ich je wieder so sein kann, wie er mich haben möchte – die lebenslustige Gattin, die mit der Welt und ihrem Mann zufrieden ist.

Wenn ich diese Frau sein könnte – selbst wenn ich es nur vorzutäuschen vermöchte –, würden wir Silvester zu Hause verbringen. Doch ich kann es nicht.

Heute Abend habe ich versucht, meine Trübsal zu verbannen und zumindest Maude nicht zu vernachlässigen. Als wir vom Feuer aufbrachen, ging ich zu ihr, nahm ihre Hand und steckte sie in meine Ellenbeuge. Maude fuhr zusammen, als hätte ich sie gebissen, dann schaute sie ganz schuldbewusst wegen ihrer Reaktion. Ziemlich unbeholfen hielt sie meinen Arm umklammert, aber immerhin gingen wir so ein Stück des Weges, bis sie eine Ausflucht machte und ihrer Freundin nachlief. Zu meiner Schande muss ich gestehen, dass ich erleichtert war.

Mai 1904

Maude Coleman

Ich weiß, dass ich das eigentlich nicht sagen sollte, aber Großmutter gelingt es immer, uns den Tag zu verderben, wenn sie zu Besuch kommt, und zwar noch bevor sie überhaupt da ist. Bis ihr Brief gestern kam, war alles so schön; wir saßen auf der Terrasse um den Tisch und lasen uns gegenseitig aus der Zeitung vor. Das ist die Zeit, die ich mit Mummy und Daddy am liebsten mag. Es war ein warmer Frühlingstag, die Blumen in Mummys Garten gingen langsam auf, und Mummy wirkte endlich einmal glücklich.

Daddy las ein bisschen aus der *Mail* vor und Mummy aus der Lokalzeitung, die Verbrechen, die letzte Woche begangen wurden – Betrügereien, prügelnde Ehemänner oder kleine Diebstähle. Mummy liebt die Seiten mit den Polizeiberichten.

»Hört euch das an«, sagte sie. »›James Smithson wurde zur Last gelegt, die Katze seines Nachbarn gestohlen zu haben. Zu seiner Verteidigung erklärte Mr. Smithson, die Katze habe seinen Sonntagsbraten gestohlen, und er habe sich nur sein Eigentum zurückgeholt, das sich jetzt in der Katze befände.‹«

Darüber mussten wir alle lachen, aber als Jenny den Brief hereinbrachte, hörte Mummy sofort auf.

»Was in aller Welt soll ich nur den ganzen Tag mit ihr anfangen?«, fragte sie, nachdem sie den Brief gelesen hatte.

Daddy gab keine Antwort, runzelte nur die Stirn und las weiter seine Zeitung.

Da habe ich den Vorschlag gemacht, das Kolumbarium zu besuchen. Ich war mir zwar nicht ganz sicher, was ein Kolumbarium eigentlich ist, aber am Friedhof ist gerade eines eröffnet worden, und es klingt so prachtvoll, dass es Großmutter gefallen könnte.

»Das ist eine gute Idee«, sagte Mummy. »Wenn sie zustimmt.«

Daddy schaute von der *Mail* auf. »Es würde mich sehr überraschen, wenn sie zustimmen würde, sich etwas derart Geschmackloses anzusehen.«

»Ach, ich weiß nicht«, entgegnete Mummy. »Eigentlich finde ich die Idee hervorragend. Ich bin erstaunt, dass du nicht der Meinung bist, wo dir Urnen doch so gut gefallen.«

Als ich das Wort »Urne« hörte, wusste ich, dass sie wieder anfangen würden zu streiten, also bin ich nach unten zum Gartenzaun gelaufen, um Lavinia zu sagen, dass wir am nächsten Tag vielleicht zum Friedhof gehen würden. Daddy und Mr. Waterhouse haben auf jeder Seite eine Leiter aufgestellt, damit wir leichter über den Zaun klettern können, nachdem ich einmal runtergefallen bin und mir das Handgelenk verstaucht habe.

Eigentlich habe ich Angst vor Großmutter. Sie sieht immer aus, als hätte sie eine Gräte verschluckt und könnte sie nicht rauskriegen, und sie sagt immer Sachen, für die ich bestraft würde, wenn ich sie sagte. Als sie heute ankam, meinte sie zu mir: »Guter Gott, Kind, was bist du doch unscheinbar. Niemand würde auf die Idee kommen, dass du Kittys Tochter bist. Oder meine Enkelin.« Sie erinnert einen ständig daran, dass sie früher einmal eine Schönheit war.

Wir setzten uns ins Damenzimmer, und Großmutter erklärte wieder einmal, wie sehr ihr die Farben missfallen, in denen Mummy es eingerichtet hat. Mir gefallen sie. Sie erinnern mich immer an die Imbissstube, in die Jenny mich manchmal mitnimmt, wo auf jedem Tisch ein Topf mit Senf und eine Flasche braune Soße stehen. Vielleicht hat Mummy die Farben dort gesehen und beschlossen, ihr Damenzimmer so einzurichten – obwohl ich mir Mummy eigentlich nicht in einer Imbissstube vorstellen kann, mit dem ganzen Rauch und dem Fett und den unrasierten Männern. Mummy sagt immer, sie mag Männer mit glatter Haut lieber, wie Daddy.

Mummy ging nicht auf Großmutters Bemerkungen ein. »Kaffee, bitte, Jenny«, bat sie.

»Nicht für mich«, sagte Großmutter. »Nur eine Tasse heißes Wasser und eine Zitronenscheibe.«

Ich stand hinter ihnen am Fenster, so dass ich durch die Jalousie hinaussehen konnte. Draußen war die Luft ganz staubig, weil auf der Straße so viel los war – Pferdewagen, mit denen die Milch oder Kohle oder Eis ausgefahren wurden, der Bäckerjunge, der mit seinem Brotkorb von Tür zu Tür ging, Lieferboten mit Briefen, Dienstmädchen, die Besorgungen erledigten. Jenny sagt immer, dass sie gegen den Staub einen Krieg führt, den sie jeden Tag aufs Neue verliert.

Ich schaue gerne nach draußen. Als ich mich wieder umdrehte, kam es mir in dem Zimmer sehr still vor. Der Staub tanzte in einem Sonnenstrahl.

»Was lauerst du da im Hintergrund?«, sagte Großmutter. »Komm zu uns und lass dich ansehen. Spiel uns etwas auf dem Klavier vor.«

Entsetzt schaute ich zu Mummy. Sie weiß, wie ungern ich spiele.

Aber sie ließ mich im Stich. »Ja, spiel uns was vor, Maude«, sagte sie. »Etwas aus deiner letzten Stunde.«

Ich setzte mich ans Klavier und wischte mir die Hände an der Schürze ab. Ich wusste, dass Großmutter lieber ein Kirchenlied hören würde als Mozart, also spielte ich »Abide with me«, das Mummy nicht ausstehen kann. Nach ein paar Takten sagte Großmutter: »Du liebes bisschen, Kind, das ist ja hanebüchen. Kannst du denn nicht besser spielen?«

Ich hörte auf und schaute nur auf die Tasten; mir zitterten die Hände. Ich hasse es, wenn Großmutter zu Besuch kommt.

»Kommen Sie, Mutter Coleman, sie ist erst neun«, verteidigte Mummy mich schließlich. »Und so lange spielt sie noch gar nicht.«

»Für ein Mädchen ist es unabdingbar, solche Dinge zu erlernen. Macht sie wenigstens Fortschritte beim Nähen?«

»Nein«, antwortete Mummy ehrlich. »Das hat sie von mir

geerbt. Aber sie kann sehr gut lesen. Im Augenblick liest sie gerade *Sinn und Sinnlichkeit*, nicht, Maude?«

Ich nickte. »Und zum zweiten Mal *Alice hinter den Spiegeln*. Daddy und ich haben das Schachspiel daraus nachgestellt.«

»Lesen«, sagte Großmutter und sah noch mehr nach verschluckter Gräte aus. »Damit kommt ein Mädchen nicht weit. Es bringt sie nur dazu, sich Gedanken zu machen. Vor allem solcher Quatsch wie diese Alice-Bücher.«

Mummy setzte sich etwas aufrechter hin. Sie liest ständig. »Weshalb sollte ein Mädchen sich keine Gedanken machen, Mutter Coleman?«

»Wenn sie zu viel denkt, wird sie nie ein zufriedenes Leben führen«, sagte Großmutter. »Wie du. Ich habe meinem Sohn immer gesagt, dass du nicht glücklich sein wirst. ›Heirate sie, wenn du's nicht lassen kannst‹, hab ich gesagt, ›aber sie wird nie zufrieden sein.‹ Und ich habe Recht behalten. Dir fehlt etwas, aber das ganze Denken sagt dir nicht, was das ist.«

Mummy antwortete nicht, sie saß nur da und verschränkte die Hände im Schoß so fest, dass die Knöchel weiß wurden.

»Doch *ich* weiß, was dir fehlt.«

Mummy warf mir einen Blick zu und schüttelte dann den Kopf, was für Großmutter bestimmt war und bedeutete, dass Großmutter gleich etwas sagen würde, das eigentlich nicht für meine Ohren gedacht war. »Du solltest noch ein paar Kinder bekommen«, sagte sie, ohne auf Mummy zu achten. Sie achtet nie auf Mummy. »Der Arzt sagt, es gibt körperlich keinen Grund, der dagegen spricht. Und du hättest doch gerne ein Brüderchen oder ein Schwesterchen, nicht, Maude?«

Ich schaute von Großmutter zu Mummy. »Ja«, sagte ich, um Mummy dafür zu bestrafen, dass sie mich zum Klavier spielen gezwungen hatte. Sobald ich es gesagt hatte, kam ich mir gemein vor, aber es stimmt ja auch. Oft bin ich ganz neidisch auf Lavinia, weil sie Ivy May hat, auch wenn Ivy May uns manchmal stört, weil wir sie immer mitnehmen müssen.

In dem Augenblick kam Jenny mit dem Tablett, und wir waren alle erleichtert, sie zu sehen. Nachdem sie serviert hatte, ging sie wieder, und ich schlüpfte mit ihr hinaus. Mummy sagte gerade etwas über die Sommerausstellung an der Royal Academy. »Das ist sicher alles nur Quatsch«, sagte Großmutter gerade, als ich die Tür zuzog.

»*Quatsch*«, wiederholte Jenny, sobald wir in der Küche standen, schüttelte den Kopf und zog die Nase kraus. Sie klang genau wie Großmutter, und ich musste lachen, bis mir der Bauch wehtat.

Manchmal frage ich mich, wieso Großmutter uns überhaupt noch besucht. Sie und Mummy sind fast nie einer Meinung, und Großmutter ist nicht gerade sehr höflich. Und dann muss Mummy wieder alles glatt bügeln. »Das Privileg des Alters«, sagt Daddy nur, wenn Mummy sich beklagt.

Einen Moment kam ich mir gemein vor, Mummy oben allein gelassen zu haben, aber ich ärgerte mich immer noch darüber, dass sie gesagt hatte, ich würde genauso schlecht nähen wie Klavier spielen. Also blieb ich in der Küche und half Mrs. Baker mit dem Mittagessen. Es gab aufgeschnittene Rinderzunge und Salat und zum Nachtisch Löffelbiskuit. Das Mittagessen ist nie besonders aufregend, wenn Großmutter zu Besuch kommt.

Als Jenny mit dem Kaffeetablett wieder in die Küche kam, erzählte sie, sie hätte zufällig gehört, wie Großmutter sagte, dass sie tatsächlich das Kolumbarium besuchen will, »obwohl es für *Heiden* ist«. Ich wartete gar nicht ab, was sie sonst noch erzählte, sondern rannte sofort zu Lavinia.

Ehrlich gesagt war ich überrascht, dass Mrs. Coleman tatsächlich das Kolumbarium besichtigen wollte. Vermutlich spricht diese Art der Bestattung ihren Ordnungssinn und ihre Sparsamkeit an, auch wenn sie betonte, für Christen käme etwas Derartiges natürlich nie in Frage.

Auf jeden Fall war ich erleichtert, etwas mit ihr unternehmen zu können. Mir graut immer vor ihren Besuchen, obwohl es mittlerweile einfacher geworden ist als in der ersten Zeit nach meiner Hochzeit. Ich habe wirklich zehn Jahre gebraucht, um zu lernen, wie ich mit ihr umgehen muss – wie mit einem Pferd, nur dass ich mit Pferden nie viel zu schaffen hatte; sie sind so groß und ungeschlacht und machen mir ein wenig Angst.

Doch mit ihr kann ich jetzt umgehen. Zum Beispiel die Sache mit den Porträts. Zur Hochzeit hat sie uns mehrere dunkle Ölporträts verschiedener Colemans aus dem letzten Jahrhundert geschenkt, und alle haben dieselbe sauertöpfische Miene wie sie – was erstaunlich ist, weil sie doch in die Familie eingeheiratet hat und dieses Gesicht nicht geerbt haben kann.

Die Bilder erdrücken einen, aber Mrs. Coleman bestand darauf, dass sie im Flur aufgehängt werden, damit alle Besucher sie sehen und bewundern können; und Richard griff nicht ein, um es ihr auszureden. Er widerspricht ihr überhaupt sehr selten. Sein einziger Akt der Rebellion bestand darin, die Tochter eines Arztes aus Lincolnshire zu heiraten, und wahrscheinlich wird er den Rest seiner Tage jeden anderen Konflikt mit ihr vermeiden. Also wurden die Bilder aufgehängt. Nach sechs Monaten fand ich einige botanische Aquarelle in genau derselben Größe, mit denen ich sie ersetzen konnte; die Porträts wurden nur hingehängt, wenn Mrs. Coleman zu Besuch kam. Zum Glück ist es nicht ihre Art, überraschend hereinzuschneien – sie kündigt sich immer einen Tag vorher an, so dass ich reichlich Zeit hatte, die Bilder umzuhängen.

Nach mehreren Jahren des Umhängens wurde ich etwas selbstbewusster und ließ die Aquarelle schließlich hängen. Natürlich bemerkte sie die neuen Bilder sofort beim Betreten des Hauses, noch bevor sie ihren Mantel aufknöpfte. »Wo sind die Familienporträts?«, herrschte sie mich an. »Warum hängen sie nicht an ihrem Platz?«

Zum Glück war ich gewappnet. »Ach, Mutter Coleman« (es geht mir gegen den Strich, sie so zu nennen – sie ist mir keine Mutter), »ich hatte Angst, dass die Zugluft von der Haustür ihnen schaden könnte, deswegen habe ich sie in Richards Arbeitszimmer aufhängen lassen, wo seine Vorfahren ihm ein Quell der Freude sein können.«

Ihre Antwort war typisch. »Ich weiß auch nicht, warum du sie die ganze Zeit dort hast hängen lassen. Ich hätte deswegen ja gerne etwas gesagt, aber schließlich ist es dein Heim, und es steht mir nicht an, dir zu sagen, was du hier zu tun und zu lassen hast.«

Jenny musste so lachen, dass sie beinahe Mrs. Colemans Mantel fallen ließ. Sie kennt das Theater um die Bilder nur allzu gut, schließlich war sie es, die mir jedes Mal beim Umhängen geholfen hat.

Allerdings trug ich schon sehr früh einen Sieg über Mrs. Coleman davon, und der half mir über viele nervenaufreibende Nachmittage hinweg, nach denen ich mich mit einer Dosis Beecham's zur Nervenstärkung ins Bett zurückziehen musste. Dieser Triumph war Mrs. Baker. Ich wollte sie nur wegen ihres Namens als Köchin anstellen – ein so frivoler Grund, dass ich ihm einfach nicht widerstehen konnte. Und ich konnte es mir nicht verkneifen – ich erzählte ihn auch Mrs. Coleman.

Als sie das hörte, spie sie den Tee aus, so entsetzt war sie.

»Wegen ihres Namens? Das ist absoluter Mumpitz! Welche Art ist das, einen Haushalt zu führen?«

Zu meiner immensen Genugtuung hat sich Mrs. Baker – eine kleine, zurückhaltende Frau, die mich immer an ein Reisigbündel denken lässt – als wahre Perle erwiesen, eine sparsame, fähige Köchin, die gewisse Dinge intuitiv versteht, ohne dass ich sie zu erläutern brauche. Wenn ich ihr zum Beispiel sage, dass Mrs. Coleman zum Mittagessen kommt, serviert sie eine Bouillon und keine Mulligatawny-Suppe, pochierte Eier und kein Omelett. Doch, sie ist wirklich eine Perle.

Mit Jenny ist es schwieriger, obwohl ich sie lieber mag als Mrs. Baker, die so eine Art hat, einen von der Seite anzusehen, dass sie immer etwas misstrauisch wirkt. Jenny hat einen großen Mund und breite Wangenknochen – ein Gesicht wie gemacht, um zu lachen. Beim Arbeiten lächelt sie ständig, als wollte sie gleich in Lachen ausbrechen, und das tut sie auch regelmäßig – wenn sie in der Küche lacht, höre ich es sogar hier oben. Ich wehre mich zwar gegen den Gedanken, aber manchmal frage ich mich doch, ob ihr Lachen nicht auch gegen mich gerichtet ist. Das ist es bestimmt.

Mrs. Coleman sagt natürlich, ihr wäre nicht zu trauen. Vermutlich hat sie Recht. Jenny hat etwas Rastloses an sich, und ich könnte mir denken, dass ihr eines Tages ein Malheur zustößt, unter dessen Folgen wir dann alle zu leiden haben. Doch ich möchte sie unbedingt im Haus behalten, allein schon, um Mrs. Coleman zu ärgern.

Und sie tut Maude gut – sie ist ein warmherziges Ding. (Mrs. Baker ist kalt wie Zinn.) Seitdem Maudes Kindermädchen weg ist und ich mich um sie kümmern soll, ist Jenny unersetzlich geworden und behält sie stets im Auge. Sie geht oft mit ihr zum Friedhof – eine Marotte, die Maude leider von Lavinia übernommen hat und die ich nicht sofort unterbunden habe, was ich hätte tun sollen. Jenny beschwert sich kaum darüber – vermutlich freut sie sich über die kleine Pause. Auf jeden Fall ist sie immer bester Laune, wenn sie zum Friedhof aufbrechen.

Maude sagte, dass die Waterhouses gerne zum Kolumbarium

mitkommen würden, und ich hatte nichts dagegen. Ich vermute, dass Gertrude Waterhouse zwar nicht die Art Frau ist, die Mrs. Coleman sich für ihren Sohn gewünscht hätte (die war ich auch nicht), aber dem Wesen nach entspricht sie ihr sicher mehr. Zumindest über ihre Verehrung der verstorbenen Königin würden sich die beiden unterhalten können.

Das Kolumbarium befindet sich in einem Gewölbe im Circle of Lebanon, wo um die große Libanonzeder eine Art Graben angelegt wurde, in dem lauter Familiengrüfte liegen. Um dorthin zu gelangen, geht man die Egyptian Avenue entlang, eine düstere, mit Rhododendren überwachsene Grabreihe; der Eingang ist im ägyptischen Stil gehalten, kunstvolle Säulen mit Lotosblüten. Das Ganze ist ziemlich spektakulär – sicher galt es um 1840 als stilvoll und modisch, aber mich reizt es eher zum Lachen. Der Baum allerdings ist wunderschön, die verwachsenen Zweige breiten sich fast waagerecht aus, wie ein Schirm aus blaugrünen Nadeln. Wenn sich dann, wie heute, ein blauer Himmel darüber spannt, geht einem das Herz auf.

Vielleicht hätte ich die Mädchen besser auf das Kolumbarium vorbereiten sollen. Maude ist eher phlegmatisch und robust, und Ivy May – die jüngere Waterhouse mit den großen, haselnussbraunen Augen – geht ohnehin kaum aus sich heraus. Aber Lavinia ist ein Mädchen, dem jeder Anlass Recht ist, in Ohnmacht zu fallen, und genau das tat sie, kaum hatte sie einen Blick durch das schmiedeeiserne Gitter ins Kolumbarium geworfen. Nicht dass es da viel zu sehen gegeben hätte – eine kleine, hohe Gruft, in die lauter Nischen eingelassen sind, etwa einen auf eineinhalb Fuß groß. Alle sind leer, bis auf zwei ziemlich weit oben, die bereits mit Steinplatten verschlossen sind, und eine dritte, in der eine Urne steht, die aber noch nicht verschlossen ist. Angesichts der Tatsache, dass auf den Gräbern ringsum so viele Urnen stehen, ist es ziemlich unverständlich, warum Lavinia so ein Theater veranstaltete.

Insgeheim empfand ich es ja als Genugtuung, wie ich gestehen muss, denn bis zu dem Augenblick hatten sich Gertrude Waterhouse und Mrs. Coleman prächtig verstanden. Ich würde zwar nicht sagen, dass ich eifersüchtig war, aber ich bekam dennoch das Gefühl, nicht zu genügen. Doch je länger Gertrude sich um ihre unpässliche Tochter kümmern musste und ihr Riechsalz unter die Nase hielt, während Ivy May ihr mit einem Taschentuch Luft zufächelte, desto größer wurde Mrs. Colemans Missbilligung. »Was fehlt dem Mädchen denn?«, bellte sie.

»Ich fürchte, sie ist sehr empfindsam«, antwortete Gertrude, die arme Seele. »Ihr Gemüt verträgt solche Anblicke nicht.«

Mrs. Coleman schnaubte verächtlich. Das ist oft schlimmer, als wenn sie etwas sagt.

Während wir warteten, dass Lavinia wieder zu sich kam, fragte Maude mich, warum dieser Bau Kolumbarium hieß.

»Das ist das lateinische Wort für Taubenhaus – einem Verschlag, in dem Vögel leben.«

»Aber hier leben keine Vögel.«

»Nein. Die kleinen Nischen sind für Urnen, das siehst du ja, wie die, die auf unserem Grab steht, nur viel kleiner.«

»Aber warum werden dort Urnen aufgehoben?«

»Die meisten Menschen werden nach ihrem Tod in einem Sarg beerdigt. Aber einige wollen lieber verbrannt werden. In den Urnen, die hier stehen, wird ihre Asche aufbewahrt.«

»Verbrannt?« Maude sah leicht entsetzt drein.

»Das richtige Wort heißt ›einäschern‹«, sagte ich. »Da ist nichts Schlimmes dabei. In gewisser Weise ist es sogar weniger beängstigend, als beerdigt zu werden. Auf jeden Fall geht es viel schneller. Seit einigen Jahren wird die Methode zunehmend beliebt. Vielleicht würde ich gerne eingeäschert werden.« Diese letzte Bemerkung warf ich so dahin; eigentlich hatte ich mir noch nie wirklich Gedanken darüber gemacht. Doch als ich auf die Urne in der Nische schaute, gefiel mir die Vorstellung immer mehr – obwohl ich nicht wollen würde, dass meine Asche in einer Urne aufbewahrt wird. Sie sollte irgendwo zwischen den Blumen verstreut werden, damit sie besser wachsen.

»Quatsch!«, unterbrach Mrs. Coleman. »Und ein Mädchen in Maudes Alter sollte so etwas schon gar nicht hören.« Doch nachdem sie sich einmal für das Thema erwärmt hatte, war sie natürlich nicht mehr zu bremsen. »Außerdem ist es unchristlich und gesetzlich verboten. Ich frage mich, ob es überhaupt erlaubt ist, so etwas« – sie deutete auf das Kolumbarium – »zu bauen, wo es doch zu einer kriminellen Handlung verleitet.«

Während sie das sagte, kam ein Mann die Stufen neben dem Kolumbarium herab, die von der oberen zur unteren Ebene des Rondells führen. Als er ihre Worte hörte, blieb er unvermittelt stehen. »Verzeihung, gnädige Frau«, sagte er und verbeugte sich vor Mrs. Coleman. »Ich habe zufällig gehört, was Sie gerade sagten. Die Einäscherung ist keineswegs verboten. Sie war in England nie verboten – sie war lediglich gesellschaftlich nicht sanktioniert, und deshalb wurde sie selten durchgeführt. Aber Krematorien gibt es schon seit vielen Jahren – das erste wurde 1885 in Woking gebaut.«

»Wer sind Sie überhaupt?«, herrschte Mrs. Coleman ihn an. »Und was geht es Sie an, was ich sage?«

»Verzeihung, gnädige Frau«, wiederholte der Mann und verbeugte sich wieder. »Ich bin Mr. Jackson, der Oberaufseher des Friedhofs. Ich wollte Sie lediglich über den Sachverhalt der Einäscherung aufklären und Ihnen versichern, dass das Kolumbarium in keinster Weise illegal ist. Das Einäscherungsgesetz, das vor zwei Jahren erlassen wurde, regelt das Verfahren und das Vorgehen in ganz Großbritannien. Der Friedhof erfüllt lediglich eine öffentliche Nachfrage und spiegelt damit die öffentliche Meinung wider.«

»*Meine* Meinung zu dieser Sache spiegelt er gewiss nicht wider, junger Mann!«, zischte Mrs. Coleman. »Und ich besitze hier eine Grabstätte – seit beinahe fünfzig Jahren schon.«

Über ihre Bezeichnung »junger Mann« musste ich lächeln – er sah aus wie mindestens vierzig, sein buschiger Schnurrbart war schon ergraut. Er war recht groß und trug einen dunklen Anzug und dazu eine Melone. Hätte er sich nicht vorgestellt, hätte ich ihn für einen Trauernden gehalten. Wahrscheinlich war ich ihm schon öfter begegnet, konnte mich nur nicht an ihn erinnern.

»Ich sage auch nicht, dass Einäscherungen nicht durchgeführt werden dürfen«, fuhr Mrs. Coleman unbeirrt fort. »Für Andersgläubige ist das durchaus eine Möglichkeit. Für Hindus und Juden. Atheisten und Selbstmörder. Für solche, die keinen Pfifferling auf ihre Seele geben. Aber ich bin zutiefst schockiert, etwas Derartiges auf geweihter Erde errichtet zu sehen. Es gehört in die Sektion der Glaubensabweichler, wo die Erde nicht geweiht ist. Hier ist es eine Beleidigung des Christentums.«

»Alle, deren sterbliche Überreste hier im Kolumbarium liegen, waren ausnahmslos Christen, gnädige Frau«, sagte Mr. Jackson.

»Aber was ist mit der Wiederauferstehung? Wie sollen Leib und Seele am Tage des Jüngsten Gerichts vereint werden, wenn der Leib …« Mrs. Coleman beendete ihren Satz nicht, sondern wies gestikulierend auf die Nischen.

»… verschmort und verkohlt ist«, ergänzte Maude den Satz für sie. Ich musste ein Lachen unterdrücken.

Mr. Jackson ließ sich von ihrer Wortgewalt nicht beeindrucken, sondern schien daran sogar noch zu wachsen. Ruhig stand er da, die Hände hinter dem Rücken verschränkt, als würde er sich nicht über eine theologisch heikle Frage verbreiten, sondern über eine mathematische Gleichung. Maude und ich und die Waterhouses – Lavinia war mittlerweile wieder zu sich gekommen – starrten ihn nur an und warteten auf seine Antwort.

»Es besteht doch sicher kein Unterschied zwischen den zersetzten Überresten einer Leiche, die begraben wurde, und der Asche einer kremierten«, sagte er.

»Da besteht ein gewaltiger Unterschied!«, fuhr Mrs. Coleman auf. »Aber das ist eine überaus geschmacklose Unterhaltung, insbesondere vor den Ohren der kleinen Mädchen hier, von denen eine gerade aus einer Ohnmacht erwacht.«

Mr. Jackson sah sich um, als nähme er uns erst jetzt wahr. »Ich bitte um Verzeihung, meine Damen«, sagte er und verbeugte sich wieder. »Ich wollte damit keineswegs Anstoß erregen.« Doch er ließ es nicht dabei bewenden, wie Mrs. Coleman es eindeutig von ihm erwartete. »Ich möchte nur sagen, dass für Gott keine Aufgabe unmöglich ist, und nichts, was wir mit unseren sterblichen Überresten tun, wird Ihn daran hindern, wenn Er unsere Seele und unseren Leib wieder vereinen will.«

Darauf trat eine kurze Stille ein, nur unterbrochen von Gertrude Waterhouse, die hörbar Luft holte. Was er mit seinen Worten andeutete – nämlich, dass Mrs. Coleman mit ihrer Argumentation möglicherweise die Allmacht Gottes in Frage stellte –, entging ihr nicht. Und auch Mrs. Coleman nicht, die zum ersten Mal, seit ich sie kenne, um eine Antwort verlegen schien. Das währte natürlich nicht lange, aber der Moment war unendlich genugtuend.

»Junger Mann«, sagte Mrs. Coleman schließlich, »wenn Gott wollte, dass wir unsere Toten verbrennen, hätte er das in der Bibel kundgetan. Komm, Maude«, sagte sie dann und wandte ihm den Rücken zu. »Wir sollten unserem Grab unsere Aufwartung machen.«

Während sie mit der widerstrebenden Maude davonging, warf Mr. Jackson mir einen Blick zu, und ich lächelte. Er verbeugte sich erneut, murmelte etwas in dem Sinn, dass er viel zu tun habe, und hastete davon, ganz rot im Gesicht.

Tja, dachte ich. Na so was.

Lavinia Waterhouse

Ich wollte gar nicht ohnmächtig werden, wirklich nicht. Ich weiß, dass Maude glaubt, ich würde das absichtlich tun, aber das stimmt nicht – diesmal nicht. Es war nur, als ich in das Kolumbarium schaute, sah ich, wie sich etwas bewegte. Wirklich. Ich dachte, es könnte der Geist einer der armen Seelen sein, deren Asche dort liegt, und der nach seinem Körper sucht. Dann spürte ich etwas am Nacken und wusste, dass es ein Geist sein musste. Und da fiel ich in Ohnmacht.

Als ich das Maude später erzählte, sagte sie, es wäre wahrscheinlich der Schatten der Zeder an der Rückwand des Kolumbariums gewesen. Aber ich weiß, was ich gesehen habe, und es war nicht von dieser Welt.

Hinterher war mir ganz elend, aber niemand achtete auf mich, es erbot sich nicht einmal jemand, mir ein Glas Wasser zu holen – alle starrten nur auf den Mann, der von Einäscherung und all solchem Zeug redete. Ich verstand überhaupt nichts von dem, was er sagte, so langweilig war es.

Dann zog Maudes Großmutter sie fort, und unsere Mütter folgten langsam. Nur Ivy May wartete auf mich. Manchmal kann sie wirklich lieb sein. Ich stand auf und klopfte gerade mein Kleid ab, als ich über mir etwas hörte und nach oben sah – da war Simon auf dem Dach des Kolumbariums! Obwohl ich es gar nicht wollte, schrie ich auf, weil doch gerade das mit dem Geist passiert war. Ich glaube, außer Ivy May hat mich niemand gehört – niemand kam, um nachzusehen, was los war.

Als ich mich wieder gefasst hatte, sagte ich: »Was tust du dort oben, du ungezogener Junge?«

»Ich guck dich an«, sagte er frech.

»Gefalle ich dir denn?«, fragte ich.

»Klar.«

»Besser als Maude? Ich bin hübscher.«

»Ihre Ma ist die Schönste von allen«, sagte er.

Ich verzog das Gesicht. Das hätte er sich wirklich sparen können. »Komm, Ivy May«, sagte ich. »Wir müssen zu den anderen.« Ich streckte die Hand nach ihr aus, aber sie ergriff sie nicht. Sie schaute nur zu Simon hinauf, die Hände hinter dem Rücken verschränkt, als würde sie etwas untersuchen.

»Ivy May sagt nicht viel, was?«, fragte er.

»Das stimmt.«

»Manchmal schon«, sagte sie.

»Da siehst du's«, nickte Simon. Er lächelte sie an, und zu meiner Überraschung lächelte Ivy May ebenfalls.

Da kam der Mann zurück – Mr. Jackson, der über das Verbrennen und so geredet hatte. Er bog um die Ecke, sah Simon und mich und blieb stehen.

»Was tust du da oben, Simon? Du solltest deinem Vater helfen. Und was machst du mit den Mädchen? Die sind nichts für deinesgleichen. Hat er euch belästigt, junges Fräulein?«, fragte er mich.

»Ja, er hat mich ungemein belästigt«, sagte ich.

»Simon! Das kostet deinen Vater seine Stelle. Geh und sag ihm, er soll den Spaten sofort weglegen. Und du bleibst auch nicht hier, Junge.«

Ich war mir nicht sicher, ob er das wirklich ernst meinte. Aber Simon sprang auf und starrte den Mann an. Es sah aus, als wollte er etwas sagen, doch dann schaute er zu mir und hielt den Mund. Dann nahm er ein paar Schritte Anlauf, und bevor ich michs versah, war er über unsere Köpfe hinweg vom Dach des Kolumbariums in den Kreis mit der Zeder gesprungen. Ich war so überrascht, dass ich nur mit offenem Mund dastand. Er war mindestens zehn Fuß weit gesprungen.

»Simon!«, rief der Mann. Simon kletterte in die Zeder und kroch einen Ast entlang. Als er fast am Ende angelangt war, setzte er sich mit dem Rücken zu uns hin und ließ die Beine baumeln. Seine Füße waren bloß.

»Sie hat gelogen. Er hat uns nicht belästigt.«

Ivy May redet oft ausgerechnet dann, wenn ich will, dass sie den Mund hält. Am liebsten hätte ich sie kräftig gekniffen.

Mr. Jackson hob die Augenbrauen. »Und was hat er dann getan?«

Ich wusste nicht, was ich darauf erwidern sollte, und sah zu Ivy May.

»Er hat uns den Weg gezeigt«, sagte Ivy May.

Ich nickte. »Wir haben uns nämlich verlaufen.«

Mr. Jackson seufzte. Sein Kinn bewegte sich auf und ab, als würde er kauen. »Dann werde ich euch zwei junge Damen nun zu eurer Mutter bringen. Wisst ihr, wo sie ist?«

»Bei unserem Grab«, sagte ich.

»Und wie heißt du?«

»Lavinia Ermyntrude Waterhouse.«

»Ach, auf der Wiese, mit dem Engel.«

»Ja, den Engel habe ich ausgesucht, müssen Sie wissen.«

»Dann kommt mit.«

Als wir uns umdrehten, um ihm zu folgen, kniff ich Ivy May tatsächlich, aber es machte gar keinen richtigen Spaß, weil sie nicht schrie – wahrscheinlich glaubte sie, sie hätte ihren Mund an dem Tag schon oft genug aufgemacht.

Edith Coleman

Ich verkürzte meinen Besuch. Ich hatte zwar vorgehabt, zum Abendessen zu bleiben, um auch Richard zu sehen, doch der Ausflug zum Friedhof hatte mich dermaßen ermüdet, dass ich dem Mädchen auftrug, mir eine Droschke zu rufen, sobald wir zum Haus meines Sohnes zurückkehrten. Das Mädchen stand mit einer Dosis Beecham's auf dem Tablett im Flur – das erste Mal, dass sie genügend Sinn und Verstand zeigte, die Bedürfnisse eines Menschen vorherzusehen. Sie hatte es in Zitronensaft aufgelöst, was völlig überflüssig ist, und das sagte ich ihr auch, aber sie kicherte nur. Unverschämtes Ding. Ich hätte ihr sofort die Tür gewiesen, aber Kitty schien es nicht einmal zu bemerken.

Es war überaus ärgerlich, dass Kitty mich vor dem Friedhofsbesuch nicht über die Waterhouses aufgeklärt hatte – das hätte mir eine peinliche Situation erspart. (Ich frage mich, ob sie es nicht vielleicht sogar absichtlich unterließ.) Als wir an unserem Grab standen, machte ich eine Bemerkung über den Engel auf dem benachbarten Grab. Richard hat mehrmals durchblicken lassen, dass er die Besitzer bitten will, den Engel durch eine Urne wie die unsrige zu ersetzen. Ich fragte Gertrude Waterhouse lediglich nach ihrer Meinung – ohne auf den Namen auf dem Grabstein zu achten. Es überraschte mich nicht minder zu hören, dass der Engel ihnen gehört, wie es sie überraschte, zu erfahren, dass er uns nicht gefällt. Damit endlich die Wahrheit auf den Tisch kam – irgendjemand muss das schließlich tun, und offenbar bleibt diese Aufgabe stets mir überlassen –, überwand ich die mir eigene gesellschaftliche Scheu und erklärte, uns allen wäre es lieber, wenn auf den Gräbern zwei gleiche Urnen stünden. Aber dann fiel Kitty mir in den Rücken und sagte, mittlerweile gefalle ihr der Engel recht gut, während Gertrude Waterhouse erklärte, ihnen gefalle unsere Urne überhaupt nicht. (Man stelle sich vor!)

Dann mischte sich dieses lästige Waterhouse-Mädchen ein und sagte, wenn auf den Gräbern dieselben Urnen stünden, würde jeder denken, die beiden Familien seien verwandt. Ich muss sagen, dieses Argument gab mir zu denken. Eine derartige Verbindung mit den Waterhouses wäre für die Colemans alles andere als vorteilhaft.

Und ich halte auch nicht viel davon, dass diese kleine Waterhouse so großen Einfluss auf meine Enkelin hat – sie ist völlig überkandidelt und könnte Maude anleiten, unbesonnen und maßlos zu werden. Maude täte gut daran, sich eine andere Freundin zu suchen.

Ich habe meinen Teil getan, was den Engel und die Urne anbetrifft. Nun müssen die Männer die Sache unter sich regeln, während wir Frauen lediglich die Folgen zu tragen haben. Es ist höchst unwahrscheinlich, dass Richard jetzt noch etwas unternehmen wird, da der Engel seit über drei Jahren dort steht, und offenbar pflegen er und Albert Waterhouse im Kricketteam einen recht freundschaftlichen Umgang miteinander.

Es war alles überaus peinlich, und ich war wütend auf Kitty, die an dieser Situation schuld war. Es sieht ihr ähnlich, mich absichtlich in Verlegenheit zu bringen. Der Umgang mit ihr war nie einfach, aber früher, zu Beginn ihrer Ehe, war ich ihr gegenüber nachsichtiger, weil ich wusste, dass sie Richard glücklich machte. Doch es ist unverkennbar, dass sie sich seit einigen Jahren nicht mehr verstehen. Natürlich würde ich nie mit Richard darüber reden, aber offen gestanden bin ich überzeugt, dass sie ihn nicht mehr in ihr Bett lässt – sonst hätten sie mehr Kinder, und Richards Miene wäre nicht so düster. Ich kann nichts tun, als Kitty gegenüber Andeutungen fallen zu lassen, aber das zeitigt keinerlei Wirkung – sie beglückt Richard nicht mehr, und es ist unwahrscheinlich, dass sie mich noch einmal zur Großmutter machen wird.

Um also die Situation mit Gertrude Waterhouse zu überspielen, wechselte ich das Thema und sprach über die Wartung des Friedhofs; ich war mir sicher, dass wir in dem Punkt einer Meinung sein würden. Nachdem wir geheiratet hatten, fuhr mein Gatte mit mir zum Friedhof, um mir das Familiengrab der Colemans zu zeigen, und da bekam ich erneut bestätigt, dass ich einen guten Mann gewählt hatte. Der Friedhof war ein sicherer, ordentlicher Ort: Die Mauern waren hoch, die Beete und Wege gepflegt, das Personal unauffällig und höflich. Die vielfach gepriesene Landschaftsarchitektur interessierte mich nicht und die Exzesse mit der Egyptian Avenue und dem Circle of Lebanon missfielen mir, doch nahm ich sie hin als Elemente, die den Ruf dieses Friedhofs als bevorzugte letzte Ruhestätte unserer Gesellschaftsschicht begründeten. Wer war ich, mich zu beschweren?

Doch mittlerweile lässt der Standard zu wünschen übrig. Heute sah ich abgestorbene Tulpen in den Beeten. Vor dreißig Jahren wäre das niemals vorgekommen – damals wurde eine Pflanze ersetzt, sobald sie verblüht war. Aber nicht nur die Friedhofsverwaltung ist nachlässig geworden – einige Grabbesitzer pflanzen sogar Wildblumen auf ihre Gräber! Als Nächstes werden sie noch Kühe herbeitreiben, die die Butterblumen fressen.

Als Beispiel für die mangelhafte Wartung machte ich auf den Efeu aufmerksam, der von einem benachbarten Grab (nicht dem der Waterhouses) auf unseres herüberkriecht. Wenn nichts unternommen wird, wird er bald die Urne überwuchern und womöglich umreißen. Kitty wollte ihn entfernen, aber ich habe es ihr untersagt und erklärt, es sei Aufgabe der Friedhofsverwaltung, dafür zu sorgen, dass der Efeu anderer Leute sich nicht auf unserer Grabstätte breit macht. Ich bestand darauf, dass sie den Efeu als Beweismittel wachsen ließ und dass der Oberaufseher persönlich auf die Situation aufmerksam gemacht wurde.

Zu meiner Überraschung marschierte Kitty auf der Stelle

davon, um den Oberaufseher zu finden, und ließ mich allein mit Gertrude Waterhouse zurück, so dass wir uns gezwungenermaßen unterhalten mussten, bis sie wiederkam – was sehr lange dauerte. Sie muss einmal rund um den ganzen Friedhof gegangen sein.

Der Gerechtigkeit halber muss ich sagen, dass Gertrude Waterhouse nicht allzu übel ist. Ihr fehlt es nur an Rückgrat. Sie sollte sich eine Scheibe von meiner Schwiegertochter abschneiden; die hat mehr davon, als ihr gut tut.

Simon Field

Mir gefällt's da oben im Baum. Man guckt über den ganzen Friedhof und auf die Stadt. Da oben hat man seine Ruhe, und niemand sieht einen. Eine von den großen schwarzen Krähen hockt sich auf den Ast neben mich. Ich schmeiße nichts nach ihr und schreie auch nicht. Ich lasse sie einfach nur neben mir sitzen.

Ich bin aber nicht lange da oben geblieben. Als die Mädchen ein paar Minuten weg sind, steige ich runter und suche nach ihnen. Ich laufe grade den Hauptweg entlang, da sehe ich Mr. Jackson auf mich zukommen und hechte hinter ein Grab.

Er redet mit einem der Gärtner. »Wer ist die Frau mit den Mädchen?«, fragt er. »Die Frau in dem apfelgrünen Kleid?«

»Das ist Mrs. Coleman, Kitty Coleman. Sie wissen schon, die Grabstätte bei den Armengräbern da unten mit der großen Urne? Die gehört denen.«

»Ach, natürlich. Die Urne und der Engel, die zu nah beieinander stehen.«

»Genau die. Zum Anbeißen, was?«

»Gib Acht, was du sagst, Mann.«

Der Gärtner lachte. »Klar, Meister. Ich geb schon Acht.«

Als sie vorbei sind, gehe ich zu den Gräbern runter. Ich muss aufpassen, weil unten auf der Wiese 'n paar Gärtner arbeiten. Hier ist alles sauber, das Gras ist geschnitten und das Unkraut gejätet und die Pfade geharkt. Es gibt Stellen auf dem Friedhof, wo sie da nicht so hinterher sind, aber auf der Wiese wird immer grade was hergerichtet. Mr. Jackson sagt, es muss gut aussehen für die Kunden, sonst kaufen sie keine Grabstellen und dann gibt's kein Geld, um uns zu bezahlen. Mein Pa sagt, das ist Quatsch – Leute sterben jeden Tag und brauchen was, wo sie begraben werden, und dafür zahlen sie, ob das Gras geschnitten ist oder nicht. Er sagt, wichtig ist nur, dass das Grab anständig gegraben ist.

Ich verstecke mich hinter dem Grab mit dem Engel drauf. Livys Grab. Hinten ist immer noch kein Totenschädel drauf, obwohl es mir in den Fingern juckt, wenn ich den Stein so nackt sehe. Ich hab Wort gehalten.

Die Damen stehen vor den beiden Gräbern und reden, und Livy und Maude sitzen im Gras und machen Kränze aus Gänseblumen. Ab und zu strecke ich vorsichtig den Kopf raus, aber sie sehen mich nicht. Nur Ivy May. Die starrt mich an mit den großen grünbraunen Augen, wie eine Katze, die starr stehen bleibt, wenn sie einen sieht, und abwartet, ob man ihr jetzt einen Tritt versetzt oder sie streichelt. Sie sagt nichts, und ich lege einen Finger auf den Mund und mache ganz leise »psst«. Der schulde ich noch was, weil sie meinem Pa seine Stelle gerettet hat.

Dann höre ich, wie die Dame in dem grünen Kleid sagt: »Ich werde dem Oberaufseher Bescheid geben. Mr. Jackson. Vielleicht kann er jemanden schicken, der hier nach dem Rechten sieht.«

»Das nützt auch nichts«, sagt die alte Dame. »Die Einstellung hat sich einfach verändert. Die Einstellung dieser neuen Zeit, die ihre Toten nicht mehr respektiert.«

»Nun, er kann zumindest den Efeu entfernen lassen, wenn ich es schon nicht tun darf«, sagt die Dame in Grün. Sie tritt mit den Füßen von innen gegen ihren Rock. Das gefällt mir; es ist, als würde sie den Rock wegstoßen wollen. »Ich gehe ihn suchen. Ich bin gleich wieder da.« Sie geht den Pfad rauf, und ich schleiche ihr nach, schlüpfe von Grab zu Grab.

Ich würde ihr ja gern sagen, wo Mr. Jackson ist, aber ich weiß es selber nicht. Heute werden drei Gräber gegraben, und wir haben vier Beerdigungen. In der Nähe vom Affenbrotbaum wird eine Säule aufgestellt, ein paar neue Gräber sind eingesunken, da muss Erde nachgefüllt werden. Mr. Jackson könnte überall sein, oder vielleicht verkauft er gerade jemandem eine Grabstelle. Aber das kann sie nicht wissen.

Auf dem Hauptweg wird sie beinahe von zwei Pferden totgetrampelt, die einen Granitblock ziehen. Sie macht einen Satz zurück, aber sie kreischt nicht, wie viele Damen es tun würden. Sie bleibt bloß stehen, ganz weiß im Gesicht, und ich muss mich hinter einer Eibe verstecken, während sie ein Taschentuch rauskramt und sich die Stirn und den Nacken abwischt.

Kurz vor der Egyptian Avenue kommen ihr ein paar Männer entgegen, mit Schaufeln über der Schulter. Das sind richtige Grobiane – mein Pa und ich gucken immer zu, dass wir nicht zu viel mit denen zu tun haben. Aber als sie stehen bleibt und etwas sagt, gucken die beiden zu Boden, als hätte sie sie verhext. Einer zeigt den Weg hinauf und nach rechts, und sie dankt ihnen und geht in die Richtung, in die er gezeigt hat. Als sie an ihnen vorbei ist, gucken die beiden sich an, und einer sagt was, was ich nicht verstehe, und die beiden lachen.

Aber sie sehen nicht, wie ich ihr nachgehe. Ich springe von Grab zu Grab, verstecke mich hinter den Steinen. Die Granitblöcke sind warm unter den Füßen, wo die Sonne draufgeschienen hat. Manchmal bleibe ich 'ne Minute stehen, um die Wärme zu spüren. Dann laufe ich ihr wieder nach. Von hinten sieht ihr Rücken aus wie ein Stundenglas. Auf ein paar von den Gräbern stehen Stundengläser mit Flügeln dran. Dass die Zeit fliegt, soll das bedeuten, sagt mein Pa. Du glaubst, du hättest viel Zeit zu leben auf dieser Welt, aber das stimmt gar nicht.

Sie biegt in den Weg bei der Pferdestatue ein, zu den Abweichlern, und da erst fällt mir ein, dass sie dort die Rosskastanien beschneiden. Wir biegen um 'ne Ecke, und da steht Mr. Jackson mit vier Gärtnern – zwei stehen neben ihm, zwei sind in eine große Kastanie gestiegen. Einer sitzt rittlings auf einem Ast und schiebt sich darauf vor, hält sich gut mit den Beinen fest. Einer der Gärtner auf der Erde macht 'nen Witz, dass der Ast wie 'ne Frau ist, und alle lachen, außer Mr. Jackson und die

Dame, von der noch niemand weiß, dass sie da ist. Aber sie lächelt.

Um den Ast haben sie Seile gebunden, und die beiden Männer oben im Baum ziehen die große Säge zwischen sich hin und her. Manchmal hören sie auf, um sich den Schweiß vom Gesicht zu wischen oder um die Säge zu richten, wenn sie sich verkantet hat.

Ein paar von den Männern sehen die Dame im grünen Kleid. Sie rempeln sich an, aber keiner sagt was zu Mr. Jackson. Die Dame sieht glücklicher aus, jetzt, wo sie den Männern im Baum zuschaut, als vorhin zusammen mit den anderen Damen. Ihre Augen sind schwarz, als wären sie rundum mit Kohle verschmiert, und ein paar Haarsträhnen hängen ihr ins Gesicht.

Plötzlich kracht etwas, und der Ast, an dem sie sägen, bricht ab. Die Dame schreit auf, und Mr. Jackson dreht sich um und sieht sie. Die Männer lassen den Ast an den Seilen hinab, und als er auf dem Boden liegt, zersägen sie ihn.

Mr. Jackson geht zu der Dame. Er ist ganz rot im Gesicht, als hätte er die ganze Zeit gesägt und nicht bloß den anderen gesagt, was sie tun sollen.

»Verzeihung, Mrs. Coleman, ich hatte Sie nicht bemerkt. Sind Sie schon lange hier?«

»Lange genug, um zu hören, wie ein Ast mit einer Frau verglichen wird.«

Mr. Jackson hustet, als hätte er sich beim Biertrinken verschluckt.

Mrs. Coleman lacht. »Schon in Ordnung«, sagt sie. »Eigentlich war es sehr amüsant.«

Mr. Jackson weiß wohl nicht, was er sagen soll. Zu seinem Glück ruft einer von den Männern im Baum: »Müssen hier noch andere Äste abgesägt werden, Meister?«

»Nein, bringt nur diesen zur Feuerstelle. Dann sind wir hier fertig.«

»Machen Sie hier Feuer?«, fragt Mrs. C.

»Ja, nachts, um Holz und Blätter und andere Abfälle zu verbrennen. Womit kann ich Ihnen dienen, gnädige Frau?«

»Ich wollte Ihnen danken, dass Sie mit meiner Schwiegermutter über Einäscherung gesprochen haben«, sagt sie. »Das war sehr lehrreich, obwohl es sie ziemlich verstört hat, dass jemand ihr so direkt widersprach.«

»Festen Überzeugungen muss mit festen Worten begegnet werden.«

»Wen zitieren Sie damit?«

»Mich selbst.«

»Ach.«

Eine Minute sagen die beiden gar nichts. Dann sagt sie: »Ich glaube, ich würde gerne eingeäschert werden, jetzt, wo ich weiß, dass man Gott damit nicht mehr Mühe bereitet, als wenn man sich beerdigen lässt.«

»Das sollten Sie sorgsam abwägen, bevor Sie eine Entscheidung treffen, gnädige Frau. Das ist nichts, das man auf die leichte Schulter nehmen sollte.«

»Da bin ich mir nicht so sicher«, sagt sie. »Manchmal denke ich, dass es völlig gleichgültig ist, was ich tue oder nicht, oder was mit mir passiert.«

Er guckt sie entsetzt an, als hätte sie geflucht. Dann kommt einer der Pförtner den Weg raufgelaufen und sagt: »Sir, die Anderson-Prozession ist schon unten an der Swain's Lane.«

»Schon?«, sagt Mr. Jackson. Er holt die Uhr aus der Tasche. »Verflixt, die kommen zu früh. Schick einen Jungen zum Grab, er soll den Männern sagen, dass sie sich bereithalten. Ich komme sofort.«

»In Ordnung, Meister.« Der Mann macht sich wieder davon.

»Geht es hier immer so geschäftig zu?«, fragt Mrs. C. »Solche Betriebsamkeit ist der stillen Andacht nicht gerade förderlich. Obwohl es hier bei den Abweichlern sicher etwas ruhiger ist.«

»Ein Friedhof ist wie jedes andere Unternehmen auch«, sagt Mr. Jackson. »Das vergessen die Leute leicht. Heute ist sogar ein relativ ruhiger Tag für Beerdigungen. Aber ich fürchte, wir können Ruhe und Frieden nicht garantieren, außer an Sonntagen. Das bringt die Natur unserer Arbeit mit sich – es ist unmöglich vorherzusagen, wann Menschen versterben. Wir müssen rasch handeln – nichts lässt sich im Voraus planen. Es ist schon vorgekommen, dass wir an einem Tag zwanzig Beerdigungen hatten, an anderen Tagen dafür keine einzige. Gnädige Frau, hatten Sie noch etwas auf dem Herzen? Ich fürchte, ich muss gehen.«

»Ach, es kommt mir sehr trivial vor, im Vergleich zu all dem.« Sie deutet mit der Hand rings um sich. Ich muss meinen Pa fragen, was trivial bedeutet.

»Hier ist nichts trivial. Worum geht es?«

»Um unsere Grabstätte unten auf der Wiese. Von einem anderen Grab kriecht Efeu herüber. Ich glaube zwar, es ist unsere Aufgabe, ihn zurückzuschneiden, aber er stört meine Schwiegermutter; ihrer Ansicht nach sollte die Friedhofsverwaltung sich beim benachbarten Grabbesitzer beschweren.«

Jetzt weiß ich, was trivial heißt.

Mr. Jackson lächelt ein Lächeln, das man bei ihm nur sieht, wenn er Kunden hat; es ist, als täte ihm der Rücken weh, aber er will sich's nicht anmerken lassen. Mrs. C. sieht aus, als wäre ihr das alles sehr peinlich.

»Ich lasse das sofort entfernen«, sagt er, »und ich werde auch mit den anderen Grabbesitzern reden.« Er guckt sich um, als ob er jemanden sucht, den er damit beauftragen kann, also trete ich hinter dem Stein vor, hinter dem ich mich versteckt hatte. Das könnte gefährlich sein, ich weiß, dass er noch wütend auf mich ist, weil ich mich mit Livy und Ivy May rumgetrieben hab, anstatt zu arbeiten. Aber ich will, dass Mrs. C. mich sieht.

»Ich mach's, Sir«, sage ich.

Mr. Jackson sieht überrascht drein. »Simon, was tust du denn hier? Hast du Mrs. Coleman behelligt?«

»Ich weiß nicht, was behelligen ist, Sir, aber ich hab's auf jeden Fall nicht getan. Ich sag nur, dass ich den Efeu wegmachen kann.«

Mr. Jackson will was sagen, aber Mrs. C. ist schneller. »Danke, Simon, das wäre sehr nett von dir.« Und sie lächelt mich an.

Keine Dame hat noch nie was so Nettes zu mir gesagt und mich noch dazu angelächelt. Ich kann mich gar nicht rühren, ich staune sie nur an, wie sie lächelt.

»Geh schon, Junge, geh«, sagt Mr. Jackson leise.

Ich lächele sie auch an. Dann gehe ich.

Januar 1905

Jenny Whitby

Ganz schön ärgerlich, die ganze Sache. Wir hatten uns eingerichtet, er und ich. Alle waren zufrieden – die Gnädigste, die Mädchen, er und ich. (Ich komme immer an letzter Stelle.) Einmal die Woche oder so bin ich mit den Mädchen zum Friedhof hoch. Ich hab meinen Spaß gehabt, sie hatten den ihren, und die Gnädigste konnte in Ruhe zu Hause zu sitzen und lesen.

Aber dann ist sie auf die Idee verfallen, selber mit den Mädchen zum Friedhof zu gehen. Im Sommer ist sie zwei, drei Mal die Woche dort rauf. Die Mädchen waren im siebten Himmel, aber für mich war's die Hölle.

Dann ist sie nicht mehr hin und hat wieder mich geschickt, und ich dachte, so, jetzt geht's wieder weiter wie vorher. Aber jetzt ist Winter, und die Mädchen gehen nicht so oft, und wenn sie gehen wollen, dann will sie sie hinbringen. Manchmal sogar, wenn die Mädchen eigentlich gar keine Lust haben. Es ist ganz schön kalt da oben mit den vielen Steinen. Sie müssen rumlaufen, damit sie nicht frieren. Bloß ich weiß genau, wie ich mich da oben warm halten kann.

Ein oder zwei Mal hab ich die Gnädigste dazu gebracht, dass ich an ihrer Stelle hochgehe. Sonst muss ich mich nachmittags rausschleichen. Am Abend ist er nie da. Gärtner arbeiten weniger als Hausmädchen, was ich ihm immer wieder unter die Nase reibe.

»So isses, und wir kriegen doppelt so viel Geld«, sagt er dann. »Das Leben ist beschissen, stimmt's?«

Ich fragte ihn, was die Gnädigste denn hat – warum sie ständig auf den Friedhof rennt.

»Vielleicht aus demselben Grund wie du«, sagt er.

»Nie im Leben!«, sage ich und lache. »Wen würde die denn schon wollen – vielleicht einen Totengräber?«

»Eher schon den Meister«, sagt er.

Da hab ich gelacht, aber er hat's ernst gemeint – er sagt, alle haben sie gesehen, wie sie bei den Abweichlern miteinander geredet haben.

»Nur geredet?«

»Ja, genau wie wir«, sagt er. »Und ich finde, wir reden viel zu viel, du und ich. Jetzt mach die Klappe zu und die Beine breit.«

Unverschämter Kerl.

Oktober 1905

Gertrude Waterhouse

Ich treibe bei meinen Empfangstagen gern einigen Aufwand – ich halte sie immer im vorderen Salon ab und verwende das Teeservice mit dem Rosenmuster, und Elizabeth backt einen Kuchen – diese Woche war es Zitronenkuchen.

Gelegentlich fragt Albert, ob wir nicht den vorderen Salon als Esszimmer benutzen sollen, um nicht im Hinterzimmer sitzen zu müssen, wo es etwas beengt ist, wenn der Tisch ausgeklappt wird. Nun, Albert hat in den meisten Dingen Recht, aber wenn es um die Haushaltsführung geht, setze ich mich durch. Es ist ein gutes Gefühl, ein »bestes« Zimmer zu haben, in dem ich Gäste empfangen kann, selbst wenn es nur ein oder zwei Mal die Woche benutzt wird. Deswegen habe ich darauf bestanden, dass wir die Zimmeraufteilung belassen, wie sie ist, auch wenn ich zugeben muss, dass es tatsächlich etwas umständlich ist, den Tisch drei Mal am Tag ausklappen zu müssen.

Außerdem – es ist sehr dumm von mir, und ich würde es Albert nie sagen, aber mir ist es lieber, im vorderen Salon zu empfangen, weil dort niemand vom Coleman-Haus hineinsehen kann. Das ist wirklich lächerlich, allein schon deshalb, weil Kitty Coleman in ihrem Damenzimmer empfängt – laut Livy, die ein paar Mal mit Maude dabei war (ich natürlich nie) –, und das Damenzimmer liegt auf der anderen Seite des Hauses und geht zur Straße hinaus und nicht zum Garten. Und selbst wenn es auf dieser Seite läge, hätte sie wohl kaum Zeit, zu uns herüberzusehen. Und dennoch, die Vorstellung, sie im Rücken hereinschauen zu haben, behagt mir nicht. Das würde mich nervös machen, so dass ich mich nicht richtig um meine Gäste kümmern könnte.

Ich bin immer etwas angespannt, wenn Lavinia zu Kitty Colemans Empfangstagen geht, was zu meiner Erleichterung nicht allzu häufig der Fall ist. Nach der Schule kommen die Mädchen sogar meist zu uns. Maude sagt, es wäre hier viel behaglicher, was ich nach längerem Überlegen als Kompliment betrachte und nicht als abschätzige Bemerkung über die räumliche Beengtheit auffasse. Sie ist ein liebes Ding, und ich tue mein Bestes, nicht immer ihre Mutter in ihr zu sehen.

Insgeheim freut es mich, dass die Mädchen sich trotz des vielen Platzes und der Eleganz im Coleman-Haus hier wohler fühlen. Livy sagt, dass es dort drüben seht kalt und zugig ist, außer in der Küche, und dass sie Angst hat, sich zu erkälten – obwohl sie, von ihren Ohnmachtsanfällen einmal abgesehen, eigentlich recht robust ist und einen herzhaften Appetit hat. Sie sagt auch, dass ihr unsere bequemen dunklen Sofas und Sessel und die Samtvorhänge lieber sind als Kitty Colemans Rohrmöbel und Jalousien.

Bis die anderen beiden Mädchen von der Schule nach Hause kommen, hilft Ivy May mir mit den Gästen, reicht den Kuchen herum und bringt Elizabeth die Teekanne zum Nachfüllen in die Küche. Die Damen, die mich besuchen – Frauen, die hier in der Straße wohnen oder die ich aus der Kirche kenne, und treue Freundinnen, die den weiten Weg aus Islington auf sich nehmen, Gott segne sie –, sind immer freundlich zu ihr, obwohl sie sie alle vor ein ähnliches Rätsel stellt wie mich.

Sie ist wirklich ein komisches kleines Ding. Zuerst verstörte es mich, dass sie so wenig reden wollte, aber im Laufe der Zeit habe ich mich daran gewöhnt, und sie umso mehr ins Herz geschlossen. Ivy Mays Schweigen ist nach Livys Dramen und Tränen manchmal sehr beruhigend. Und im Kopf fehlt ihr nichts – sie liest und schreibt recht gut für eine Siebenjährige, und das Rechnen fällt ihr leicht. In einem Jahr schicke ich sie zusammen mit Livy und Maude zur Schule, da wird es womöglich schwerer für sie werden – ihre Lehrerinnen haben vielleicht nicht so viel Geduld mit ihr wie wir.

Einmal fragte ich sie, warum sie so wenig spricht, und da antwortete sie: »Wenn ich dann doch etwas sage, hörst du mir richtig zu.« Es ist verblüffend, dass ein so junger Mensch das schon herausgefunden haben sollte. Ich könnte mir eine Scheibe davon abschneiden – ich rede wirklich oft in einem fort, aus Nervosität und um das Schweigen zu überbrücken. In Gegenwart von Kitty Coleman würde ich manchmal am liebsten im Boden versinken, wenn ich mich selbst plappern höre wie ein dressiertes Äffchen. Kitty Coleman lächelt nur, als wäre sie fürchterlich gelangweilt, würde das aber aus Höflichkeit verbergen.

Sobald sie nach Hause kommt, übernimmt Livy das Vorlegen des Kuchens, und die kleine Ivy May sitzt dann still in der Ecke. Manchmal bricht es mir fast das Herz. Aber ich bin froh, die Mädchen um mich zu haben, und tue mein Bestes, ihnen alles möglichst behaglich zu machen. Hier kann ich zumindest einen gewissen Einfluss auf sie ausüben. Ich habe keine Ahnung, was Kitty Coleman macht, wenn sie bei Maude sind. Laut Livy nimmt sie sie meist gar nicht groß zur Kenntnis.

Ja, sie sind gerne hier, aber am allerliebsten sind sie auf dem Friedhof. Ich musste Livys Besuche dort beschränken, sonst würde sie jeden Tag dorthin gehen. Jetzt befürchte ich, dass sie mich belügt. Eine Nachbarin erzählte mir, sie meinte, Livy und Maude eines Tages mit einem Jungen dort herumlaufen gesehen zu haben, als die beiden eigentlich bei Maude hätten spielen sollen, aber als ich Livy danach befragte, stritt sie es ab und behauptete, die Nachbarin brauche wohl eine neue Brille! Ich sah nicht überzeugt drein, und Livy begann zu weinen, weil sie glaubte, ich misstraue ihr. Jetzt weiß ich wirklich nicht mehr, was ich von der ganzen Sache halten soll.

Ich wollte mit Kitty Coleman über die Häufigkeit der Friedhofsbesuche reden – schließlich geht ja meist sie mit ihnen dorthin. So peinlich war mir ein Gespräch nur selten! Ihr gelingt es immer, dass ich mir hinterher einfältig vorkomme. Als ich meinte, es sei vielleicht nicht zuträglich, wenn die Mädchen so häufig auf dem Friedhof wären, antwortete sie: »Ach, sie bekommen reichlich frische Luft, das tut ihnen gut. Und wenn der Friedhof sie so fasziniert, dann haben wir das Königin Victoria zu verdanken; sie hat die Trauer in derart lächerliche Höhen getrieben, dass Mädchen mit einer romantischen Veranlagung in einen regelrechten Rausch geraten können.«

Also wirklich! Ich war beschämt und obendrein ziemlich verärgert. Abgesehen von der beleidigenden Äußerung über Livy weiß Kitty Coleman sehr wohl, wie teuer mir unsere verstorbene Königin ist, Gott hab sie selig. Es gehört sich nicht, die Toten zu kritisieren. Und das sagte ich Kitty Coleman auch, direkt ins Gesicht.

Doch sie lächelte nur und meinte: »Wann sollen wir sie denn kritisieren, wenn nicht jetzt? Zu ihren Lebzeiten wären wir vermutlich wegen Landesverrats angeklagt worden.«

»Die Monarchie ist über jede Kritik erhaben«, erwiderte ich mit aller Würde, derer ich mächtig war. »Die Mitglieder der königlichen Familie sind unsere souveränen Vertreter, die wir ehren sollten, und wenn wir das nicht tun, spricht das nicht für uns.«

Wenig später verabschiedete ich mich und ging; ich war noch immer wütend. Erst hinterher fiel mir auf, dass ich ihr nicht klar und deutlich gesagt hatte, Livy solle weniger häufig auf den Friedhof gehen. Sie ist unmöglich – ich werde sie nie verstehen. Offen gestanden will ich das auch gar nicht.

Februar 1906

Maude Coleman

Mittlerweile kenne ich jeden Zoll des Friedhofs. Ich kenne ihn besser als unseren Garten. Mummy nimmt uns ständig mit dorthin, selbst im Winter nach der Schule, wenn es schon dunkel wird und wir eigentlich gar nicht unbedingt hinwollen.

Natürlich macht es Spaß, dort zu spielen. Zuerst suchen wir nach Simon, und wenn er darf, läuft er eine Weile mit uns herum. Wir spielen Versteck und gehen zu den Engeln (es gibt zwei neue), und manchmal sitzen wir auf unseren Gräbern, und Lavinia erzählt Geschichten von den Leuten, die hier begraben sind. Sie hat ein altes Buch über den Friedhof, aus dem sie gerne vorliest – von dem Mädchen, dessen Kleid Feuer fing, oder von dem Oberstleutnant, der im Burenkrieg fiel und der als »tapfer und herzensgut« beschrieben wird, oder von dem Mann, der bei einem Zugunglück ums Leben kam. Oder sie erfindet einfach Geschichten, was ich ziemlich langweilig finde, aber Simon gefällt das gut. Ich habe nicht so viel Phantasie wie sie. Ich interessiere mich mehr für die Pflanzen und die Bäume und für die Gesteinsarten, aus denen die Grabmäler gemacht sind. Wenn Ivy May dabei ist, lasse ich sie Wörter vorlesen, die auf den Gräbern stehen, damit sie mir zeigt, wie gut sie das schon kann.

Ich weiß nicht, was Mummy macht, wenn wir spielen – sie geht davon, und ich sehe sie meist nicht mehr, bis sie nach uns suchen kommt und mit uns heimgeht. Sie sagt, es tut uns gut, an die frische Luft zu kommen, und wahrscheinlich hat sie Recht, aber manchmal friere ich, und ehrlich gesagt wird es mir allmählich ein bisschen langweilig. Komisch – früher, als ich nicht durfte, wollte ich unbedingt auf den Friedhof gehen, und jetzt, wo ich ständig dort bin, ist es gar nichts Besonderes mehr.

Kitty Coleman

Er will mich nicht. Ich bin verrückt nach ihm, aber er will mich nicht.

Seit nunmehr fast zwei Jahren gehe ich auf den Friedhof, einzig um ihn zu sehen. Und doch will er mich nicht.

Anfangs war ich sehr vorsichtig – obwohl ich nur seinetwegen hinging, wollte ich nicht, dass er es merkte. Ich nahm immer die Mädchen mit, dann ließ ich sie zum Spielen davonlaufen und tat, als würde ich nach ihnen suchen, während ich in Wirklichkeit nach ihm suchte. Ich bin die Wege auf- und abgewandert und tat, als wäre ich fasziniert von den Unterschieden zwischen dem lateinischen und dem griechischen Kreuz, zwischen den Obelisken aus Portland-Gestein und solchen aus Granit oder zwischen den in den Stein gravierten Namen und den metallenen Lettern. Ich weiß nicht, was die Arbeiter von mir denken, aber mittlerweile haben sie sich an mich gewöhnt und nicken mir immer respektvoll zu.

Ich habe über den Friedhof sehr viel erfahren, das ich vorher nicht wusste. Ich weiß, wo sie das Erdreich hinkippen, das überschüssig ist, wenn ein neuer Sarg ins Grab kommt, wo das Holz zum Abstützen der tiefen Gräber aufbewahrt wird und die grünen Teppiche, die sie um frisch gegrabene Gräber legen und die wie Gras wirken. Ich weiß, welche Totengräber beim Arbeiten singen und wo sie ihre Schnapsflaschen verstecken. Ich habe die Geschäftsbücher gesehen und die detaillierten Grundrisse, auf denen die Verwaltungsnummer einer jeden Grabparzelle eingetragen ist. Ich habe mich an die Pferde gewöhnt, die Steinplatten über den Friedhof ziehen. Mittlerweile kenne ich den Friedhof mehr als einen Betrieb denn als einen Ort der inneren Andacht.

Er verwaltet den Friedhof, als wäre er ein Passagierdampfer, der über die Meere kreuzt. Wenn nötig, kann er den Arbeitern gegenüber hart und streng sein – einige der Männer sind wirklich sehr derb. Doch ich glaube auch, dass er gerecht ist, und gute Arbeit erkennt er immer an.

Vor allem aber ist er freundlich zu mir, ohne mir das Gefühl zu geben, dass ich weniger wert bin.

Wir reden über alles Mögliche – über die Welt und was sie treibt, über Gott und was Er treibt. Er fragt mich nach meiner Meinung und lacht mich nicht aus, sondern macht sich Gedanken über das, was ich sage. Er ist so, wie ich mir Richard immer gewünscht habe. Doch es war ein Fehler, zu glauben, mein Mann würde sich nach unserer Hochzeit verändern; statt dessen ist er nur noch gesetzter geworden.

John Jackson ist kein gut aussehender Mann. Er ist nicht wohlhabend, allerdings auch nicht arm. Er stammt nicht aus einer besseren Familie. Er geht nicht zu Abendgesellschaften, ins Theater oder zu Ausstellungseröffnungen. Er ist kein gebildeter Mann, obwohl er vieles weiß – als er mir bei den Abweichlern das Grab von Michael Faraday zeigte, erklärte er mir dessen Experimente mit dem Magnetfeld sehr viel besser, als Richard oder selbst mein Bruder es je gekonnt hätte.

Er ist aufrichtig, ein religiöser Mensch, ein moralischer Mann, ein Mann mit Prinzipien. Und ebendiese Eigenschaften sind mein Verderben.

Ich bin es nicht gewohnt, zurückgewiesen zu werden. Nicht dass ich mich jemals direkt angeboten hätte, aber es macht mir Spaß zu kokettieren, und ich erwarte, dass darauf eingegangen wird, sonst täte ich es nicht. Doch er kokettiert nicht. Als ich es einmal versuchte, in den ersten Wochen noch, sagte er, er möge kokette Frauen nicht, er sei einzig an der Wahrheit interessiert, und von da an unterließ ich es. Und so erzählte ich ihm im Verlauf der Monate – immer wieder von seinen Pflichten auf dem Friedhof unterbrochen – das Wenige, was es über mein bescheidenes Leben zu berichten gibt: wie sehr mir meine verstorbenen Eltern und mein Bruder fehlen, von meiner dumpfen Verzweiflung, von meiner erfolglosen Suche nach einem Platz am Feuer, an dem mir weder zu heiß noch zu kalt ist. (Einige wenige Dinge habe ich ihm vorenthalten – mein Wissen, wie man verhindert, ein Kind zu bekommen; mein kaltes Bett; die Silvestereinladung, auf der Richard besteht. Letzteres würde ihn schockieren. Ich selbst bin weniger schockiert als vielmehr resigniert.)

Als ich ihm schließlich im Herbst nach einem Sommer, der mir als Sommer des Werbens erschien, mit offenen Worten sagte, wozu ich bereit bin, lehnte er ab.

Daraufhin ging ich eine Weile nicht mehr zum Friedhof und ließ statt dessen Jenny die Mädchen begleiten, wenn sie hingehen wollten. Doch ich hielt es einfach nicht aus. Und so haben wir uns im letzten Jahr immer wieder gesehen, allerdings nicht mehr so häufig und ohne die gesteigerten Erwartungen. Es tut weh, aber er hält an seinen Prinzipien fest, und mittlerweile akzeptiere ich, dass sie mehr zählen als ich.

Und so treffen wir uns, und er unterhält sich freundlich mit mir. Heute hat er gesagt, er habe sich immer eine Schwester gewünscht, und nun habe er eine bekommen. Ich habe nicht geantwortet, dass ich bereits einen Bruder hatte und keinen zweiten möchte.

April 1906

Lavinia Waterhouse

Es ist wirklich schön, jemanden zu haben, um den man richtig trauern kann. Und jetzt, wo ich elf bin und alt genug, um richtige Trauerkleidung zu tragen, ist es noch schöner. Es hätte Tantchen wirklich gerührt, mich so gekleidet zu sehen, und Papa bekam feuchte Augen, als er mich sah, »ganz das Abbild meiner lieben Schwester«.

Ich habe *The Queen* und *Cassell's* gründlich studiert, um ja keinen Fehler zu begehen, und habe sogar ein kleines Handbuch geschrieben, um anderen Mädchen in meiner Lage zu helfen, wenn sie Fragen zur korrekten Traueretikette haben. Ich habe Maude gefragt, ob sie mir nicht helfen wollte, aber sie hatte keine Lust. Manchmal redet sie in einem fort über Gestirne oder Planeten oder Steine, die sie auf der Heath gefunden hat, oder Pflanzen im Garten ihrer Mutter, bis ich nur noch schreien möchte.

Also musste ich es ganz alleine machen. Ich glaube, es ist sehr schön geworden – zumindest sagt Mama das. Ich habe es in meiner schönsten Handschrift auf schwarz umrahmtes Papier geschrieben und mir von Ivy May einen Engel auf das Titelblatt malen lassen. Sie kann ganz gut zeichnen, und das Buch sieht sehr hübsch aus. Ich schreibe hier den ganzen Text noch einmal ab, damit er nie verloren geht.

Ein vollständiges Manual zu Fragen der Etikette in Trauerfällen
von Miss Lavinia Ermyntrude Waterhouse

Es ist sehr traurig, wenn jemand stirbt. Aus diesem Anlass begehen wir Trauer. Wir tragen besondere schwarze Kleidung und schwarzen Schmuck, wir schreiben Briefe auf ein besonderes Papier, und wir gehen nicht zu Festlichkeiten oder Konzerten.

- Die Länge der Trauerzeit ist unterschiedlich, abhängig vom Verwandtschaftsgrad des Verstorbenen.
- Die Witwe trauert am längsten, weil sie am traurigsten ist. Wie schrecklich es doch ist, den Gemahl zu verlieren! Sie trauert zwei Jahre – 18 Monate tiefe Trauer, sechs Monate Halbtrauer. Einige Damen trauern noch länger. Unsere verstorbene Königin trug um ihren Gemahl Albert den Rest ihres Lebens Trauer – vierzig Jahre lang!
- Wie traurig ist es, wenn eine Mutter ihr Kind verliert, oder ein Kind seine Mutter. Sie trauern ein Jahr.
- Um Geschwister – sechs Monate
  Um Großeltern – sechs Monate
  Um Onkel und Tanten – zwei Monate
  Um Großonkel und Großtanten – sechs Wochen
  Um andere Verwandte ersten Grades – vier Wochen
  Um Verwandte zweiten Grades – vier Wochen

Kleidung

Es ist sehr wichtig, sich mit der richtigen Trauerkleidung auszustatten. Diese Kleidung muss neu sein, und sie muss nach der Trauerzeit verbrannt werden, da es Unglück bringt, sie im Haus aufzubewahren.

- Jay's an der Regent Street ist das Geschäft, in dem alle guten Familien Londons ihre Trauerkleidung kaufen.
- Damen tragen Kleider aus Paramatta-Seide, die bei Volltrauer um Gemahl, Eltern oder Kinder mit Flor besetzt sind. Bei der Trauer um Großeltern und Geschwister tragen Damen einfache schwarze Seide, die mit Flor besetzt ist. Bei Trauer um alle anderen tragen Damen Schwarz ohne Flor.

- Damen tragen schwarze Handschuhe und schwarz bordierte weiße Taschentücher.
- Nach einer Weile dürfen sie den Flor entfernen. Das nennt man Lockerung der Trauer ersten Grades.
- Dann gibt es noch die Halbtrauer. Damen tragen Grau, Lavendel oder Lila oder Schwarz mit weißen Streifen. Die Handschuhe sind auf jeden Fall grau.

Schmuck
Während der Volltrauer dürfen Damen Gagat-Medaillons und -Ohrringe anlegen. Die Medaillons können eine Haarsträhne des Verstorbenen enthalten. In Halbtrauer können Damen etwas Gold oder Silber und Perlen und Diamanten tragen.

Briefpapier
Das Briefpapier muss einen schwarzen Trauerrand haben. Es ist sehr wichtig, dass dieser Rand breit genug ist, um dem geliebten Verstorbenen die richtige Ehre zu erweisen, aber nicht zu breit, sonst wirkt es vulgär.

Herren
Herren tragen dasselbe wie sonst zur Arbeit, dazu aber ein schwarzes Hutband, ein schwarzes Einstecktuch und schwarze Handschuhe. Sie tragen keinen Schmuck.

Kinder (unter zehn)
Kinder dürfen, wenn sie wollen, Schwarz tragen, doch meist tragen sie weiße Kleidung, manchmal auch Lavendel, Lila oder Grau. Sie können Handschuhe tragen. Kinder über zehn sollten Volltrauer anlegen.

Maude Coleman

Als wir heute zum Friedhof hinaufgingen, öffneten sie gerade das Waterhouse-Grab. Ich wusste, dass morgen das Begräbnis von Lavinias Tante stattfinden soll, hatte aber gedacht, dass sie das Grab erst später am Tag öffnen würden. Es war seltsam, Simon und seinen Pa an einer unserer Grabstätten arbeiten zu sehen und nicht an einer fremden. Irgendwie hatte ich immer gedacht, unsere Gräber würden ewig so bleiben, wie sie sind, aber jetzt weiß ich, dass man sie mit einer Brechstange aufhebeln und dabei sogar einen Engel zu Fall bringen kann.

Sobald Lavinia die Männer rund um das Grab stehen sah, packte sie mich am Arm, und ich fragte mich, ob sie wohl eine Szene machen würde. Ich muss ehrlich sagen, ich hatte ein bisschen die Nase voll von ihr. Seit ihre Tante gestorben ist, redet sie über nichts als schwarze Kleider und wann sie wohl wieder Schmuck tragen darf – als ob sie sonst viel tragen dürfte! Nach allem, was sie sagt, sind die Trauervorschriften ziemlich streng. Das wäre, glaube ich, nichts für mich. Wahrscheinlich würde ich die Regeln ständig brechen und es nicht einmal wissen.

Dann rief Mummy plötzlich: »John!« Ich habe sie noch nie so laut schreien hören. Wir fuhren alle zusammen, und ehe ich michs versah, hatte Simons Pa Mr. Jackson weggestoßen, so dass er hinfiel. Und dann landete der Waterhouse-Engel auf dem Boden.

Es war alles sehr seltsam. Lange Zeit konnte ich mir überhaupt keinen Reim darauf machen, was passiert war. Ich hatte keine Ahnung, warum Simons Pa Mr. Jackson geschubst hatte und warum Mr. Jackson sich dafür bedankte, obwohl er ganz blass war im Gesicht. Ich hatte keine Ahnung, warum der Engel heruntergefallen war. Und ich hatte keine Ahnung, woher Mummy Mr. Jacksons Vornamen kannte.

Als ich sah, dass der Kopf des Engels vom Rumpf abgebrochen war, musste ich mich zwingen, nicht zu lachen. Lavinia fiel natürlich in Ohnmacht. Dann lief Simon mit dem Kopf des Engels unter dem Arm davon, und da hab ich wirklich lachen müssen – ich musste an das Gedicht über Isabella denken, die den Kopf ihres Geliebten im Basilikumtopf vergräbt.

Zum Glück hörte Lavinia mich nicht lachen – sie war wieder zu sich gekommen und musste sich übergeben. Erstaunlicherweise machte Mummy richtig Aufhebens um sie, legte den Arm um sie und reichte ihr ein Taschentuch.

Lavinia starrte Mummys Taschentuch an. »Nein, nein, ich darf nur mein Trauertaschentuch verwenden«, sagte sie.

»In diesem Fall nicht«, sagte Mummy. »Wirklich nicht.«

»Sind Sie sicher?«

»Gott wird dich nicht dafür bestrafen, wenn du ein normales Taschentuch verwendest.«

»Aber das hat doch nichts mit Gott zu tun!«, widersprach Lavinia ganz ernst. »Es hat etwas mit dem Respekt vor den Toten zu tun. Meine Tante wäre sehr gekränkt, wenn sie denken müsste, ich würde nicht bei allem, was ich tue, an sie denken.«

»Deine Tante möchte vermutlich nicht, dass du an sie denkst, während du dir den Mund abwischst, nachdem du dich erbrochen hast.«

Ivy May kicherte. Lavinia sah sie missbilligend an.

»Die Zeiten ändern sich«, fuhr Mummy fort. »Heute erwartet niemand mehr von dir oder deinen Eltern, dass ihr tiefe Trauer anlegt. Vielleicht erinnerst du dich nicht, aber König Edward begrenzte die Trauerzeit für seine Mutter auf drei Monate.«

»Das weiß ich noch. Aber meine Mutter trug länger Schwarz als alle anderen. Und ich würde mich schämen, wenn ich für meine Tante nicht Schwarz tragen würde.«

»Kann ich behilflich sein, gnädige Frau?«, fragte Mr. Jackson, der zu ihnen trat.

»Könnten Sie bitte eine Droschke rufen, die uns heimfährt?«, sagte Mummy, ohne ihn anzusehen.

Mr. Jackson ging davon, um nach einer Droschke zu pfeifen. Als er zurückkam, war Lavinia schon wieder auf den Beinen, aber sie war noch immer sehr blass und schwach.

»Sollen wir sie zum Vorhof bringen?«, schlug Mr. Jackson vor. »Kannst du allein gehen, kleines Fräulein, oder soll ich dich tragen?«

»Ich kann selber gehen«, sagte Lavinia. Zögernd machte sie ein paar Schritte. Mummy legte ihr den Arm um die Schulter, und Mr. Jackson fasste sie am Ellbogen. Langsam gingen sie den Weg zum Eingang zurück. Ivy May und ich gingen hinterher, und da dachte ich, dass sich Mummys und Mr. Jacksons Hand unter Lavinias Oberarm berührten. Ich war mir nicht ganz sicher, und fast hätte ich Ivy May gefragt, ob sie das auch sah, aber dann überlegte ich es mir doch anders.

Mr. Jackson musste Lavinia die Stufen zum Vorhof hinuntertragen, aber dann bestand sie darauf, wieder alleine zu gehen. Am Tor wartete ein Hansom, der für vier Leute etwas eng ist, selbst wenn drei davon noch Kinder sind. Wahrscheinlich war es die erste Droschke, die Mr. Jackson hatte auftreiben können. Er half Lavinia einzusteigen – er musste sie richtig hineinheben, so schwach war sie. Dann half er mir hinein und zum Schluss Ivy May. Die saß bei mir auf dem Schoß, damit Mummy noch Platz hatte. Sie saß ganz still und zappelte überhaupt nicht; ein kompaktes kleines Bündel, aber es gefiel mir gut, sie auf dem Schoß zu haben, und ich legte die Arme um sie, um sie festzuhalten. Da wünschte ich mir, ich hätte einen Bruder oder eine Schwester, die ab und zu bei mir auf dem Schoß sitzen könnten.

Mr. Jackson half meiner Mutter einzusteigen und schloss die Tür. Sie machte das Fenster auf, und er steckte kurz den Kopf hinein und sagte: »Auf Wiedersehen, die jungen Damen. Ich hoffe, dass du dich schnell erholst, Fräulein«, meinte er mit einem Nicken zu Lavinia. »Dein Engel wird in null Komma nichts wieder ganz sein.«

Lavinia sah ihn kaum an, sondern lehnte sich zurück und schloss die Augen.

Als die Räder sich zu drehen begannen, hörte ich eine Stimme leise sagen: »Morgen.« Ich dachte, das wäre Mr. Jackson, der erklärte, der Engel würde für das Begräbnis am kommenden Tag repariert sein.

Mummy muss es auch gehört haben, denn sie setzte sich plötzlich ganz aufrecht hin, als hätte Miss Linden ihr das Lineal in die Seite gebohrt, wie sie es bei uns im Unterricht immer tut, wenn sie unsere Haltung bemängelt.

Dann sausten wir den Berg hinunter, und ich sah Simon aus dem Hof des Steinmetzen kommen, ohne den Engelskopf. Er bemerkte uns auch, und dann sah ich ihn aus dem Augenwinkel neben der Droschke herlaufen, bis er nicht mehr mithalten konnte.

Simon Field

Ich weiß genau, wie's passiert ist. Ich seh's vor mir.

Um die Marmorplatte vom Waterhouse-Grab wegzunehmen, müssen wir sie vom Fuß des Sockels abhebeln, auf dem der Engel steht. Das tun Joe und ich, und mein Pa und Mr. Jackson gucken zu. Mr. Jackson gibt gute Ratschläge, wie er's oft tut. Ich würde ihm gern sagen, dass wir schon wissen, was wir tun, aber er ist der Meister – er kann reden, so viel er will.

Joe hat das Brecheisen unter die Platte geschoben und lehnt sich gegen die Säule vom Engel, um mit seinem ganzen Gewicht zu stemmen. Aber Joe ist groß und stark, und er drückt sich mit dem Rücken von der Säule ab, so dass die anfängt zu wackeln. Da müssen die Maurer beim Fundament für den Sockel gepfuscht haben. Ich buddele jetzt seit sechs Jahren im Friedhof rum, aber so was hab ich noch nie nicht erlebt.

Und schlimmer noch, der Zement, der den Engel auf dem Sockel festhält, bröckelt, und der Engel wackelt hin und her.

»Joe«, sage ich. »Hör auf.«

Joe hört zwar auf, mit der Brechstange zu hebeln, aber er lehnt noch immer am Sockel, und der Engel kippelt wieder. Und dann sehe ich den Riss im Zement, aber bevor ich was sagen kann, fällt der Engel auch schon runter. Ich höre eine Frau schreien, grade wie der Engel auf die Coleman-Urne knallt. Der Kopf bricht ab, er fällt auf die eine Seite und der Rest auf die andere. Der Körper landet direkt da, wo Mr. Jackson steht, bloß steht er nicht mehr da, weil mein Pa ihn weggestoßen hat.

Das passiert alles ganz langsam und irgendwie auch wieder ganz schnell. Dann kommen Kitty Coleman und die Mädchen zu uns gerannt. Livy sieht den kopflosen Engel, kreischt und fällt in Ohnmacht, was nix Neues ist. Mrs. C. hilft Mr. Jackson auf die Beine – der ist ganz käsig im Gesicht. Und er keucht beim Atmen und wischt sich mit dem Taschentuch übers Gesicht. Dann guckt er auf die Basis des Sockels und den Mörtel und räuspert sich und sagt: »Den Steinmetz erwürge ich eigenhändig.«

Ich weiß, was er meint.

Dann sagt er: »Danke, Paul« zu meinem Pa, ganz leise und feierlich. Das klingt komisch, weil er meinen Pa nie nicht mit Namen anredet.

Mein Pa zuckt nur mit den Schultern. »Ich versteh' eh nicht, wozu die den Engel da brauchen«, sagt er. »Urnen und Engel und Säulen und weiß der Kuckuck was noch alles. Kitsch und Quatsch. Wenn man tot ist, ist man tot. Da braucht man keinen Engel nicht, wo einem das noch sagt. Da ist mir 'n Armengrab allemal lieber.« Mein Pa klopft auf eins der Holzkreuze auf einem Armengrab. »Mein Pa liegt in so 'nem Grab, da reicht das für mich auch.«

»Das ist man gut so«, sagt Mr. Jackson. »Denn genau da wirst du auch enden.«

Man könnte meinen, dass mein Pa beleidigt wäre deswegen, aber irgendwas an der Art, wie Mr. Jackson das sagt, macht, dass mein Pa lächelt. Der Meister lächelt auch, und das sieht richtig lustig aus, weil er doch grade beinahe erschlagen worden wäre. Es ist, als wären sie Kumpel, wo in der Kneipe beim Bier sitzen und über 'nen Witz lachen.

»Und jetzt kümmern wir uns mal um das Mädchen«, sagt mein Pa dann und zeigt auf Livy. Maude kniet neben ihr, und Mrs. C. geht zu ihr. Livy setzt sich auf. Ihr fehlt nichts – das tut's nie.

Ivy May steht neben mir. »Du hättest das Zeichen auf den Engel malen müssen«, sagt sie.

Es dauert, bis ich verstehe, dass sie den Totenschädel meint. »Geht nicht«, sage ich. »Livy hat's mir verboten.«

Ivy May schüttelt den Kopf, und ich komme mir schäbig vor, als hätte ich sie im Stich gelassen. Aber ich hab keine Zeit, noch was zu sagen, weil Mr. Jackson zu mir sagt: »Simon, lauf zum Steinmetz und sag Mr. Watson, er soll sofort herkommen. Und wenn er sich weigert, gib ihm das.« Er reicht mir den Engelkopf, wo keine Nase mehr hat. Er ist schwer, und beinah lass ich ihn fallen, so dass Livy wieder kreischt. Dann klemme ich ihn mir unter den Arm und renne los.

Jenny Whitby

Ich war im Garten am Teppichklopfen, als er über den Zaun purzelt, mir direkt vor die Füße. »He!«, hab ich geschrien. »Was tust du denn hier? Du dreckige kleine Kröte, springst über den Zaun, als tät das Haus dir gehören. Das hat uns gerade noch gefehlt, der Dreck vom Friedhof hier in unserem Garten!«

Der Rotzlöffel grinst mich bloß an. »Warum nicht?«, sagt er. »Von dem Dreck bringst du selbst genug her am Saum von deinem Kleid. Obwohl wir dich in letzter Zeit nicht mehr so oft bei uns gesehen haben wie früher.«

»Halt die Klappe!«, sage ich. Ganz schön frech war der. Simon, so heißt er. Ich hab ihn auf dem Friedhof selten gesehen, aber die Mädchen reden ständig von ihm. Er ist der Bruder, den Maude nie hatte, denke ich mir immer.

Ich hab ihn gesehen, wie er sich hinter den Gräbern versteckte, damit er zugucken konnte, wenn der Gärtner und ich unseren Spaß hatten. Er hat geglaubt, ich würde ihn nicht sehen, aber das stimmt nicht. Er wollte eben wissen, wie's geht. Mir war das egal – ich fand's sogar ganz lustig. Aber jetzt nicht mehr. Der Gärtner will nichts mehr mit mir zu tun haben. Der miese Schuft.

»Ich hab nie viel von ihm gehalten«, sagt Simon jetzt, als wüsste er genau, was ich denke. »Ich finde, du kannst von Glück reden, dass du ihn los bist.«

»Halt die Klappe«, sage ich. »Das geht dich gar nichts an.« Solange ich mit ihm rede, kann ich 'ne kleine Pause machen –

das Teppichklopfen bricht mir in letzter Zeit fast das Kreuz. »Was hast du hier überhaupt zu suchen?«

»Wollt' mal sehen, wo die Mädchen wohnen.«

»Und wie hast du gewusst, wo du sie findest?«

»Ich bin der Droschke nachgelaufen. Dann ist sie mir davongewitscht, aber ich hab weiter rumgeguckt und gesehen, wie Maude und ihre Ma hier ausgestiegen sind. Bloß Livy war nicht mehr dabei.«

»Natürlich nicht. Die leben dort drüben – Miss Livy und ihre Schwester.« Ich deutete auf das Haus gegenüber.

Simon sah es sich genau an. Er ist ein mickriges kleines Kerlchen, obwohl er doch ständig am Graben ist. Sein Gesicht ist ganz knochig um die Augen, und seine Handgelenke sind rot und knubbelig und gucken aus den Ärmeln raus, weil ihm die Jacke zu klein ist.

»Wart mal eben«, sagte ich. Ich ging in die Küche, wo Mrs. Baker ein Huhn ausnahm. »Wer ist der Junge?«, fragte sie sofort. Ihr entgeht rein gar nichts. Ich kann nichts vor ihr geheim halten. Ich hab mitgekriegt, wie sie mich in letzter Zeit so scheel anguckt, aber sagen tut sie nichts.

Ich hab nicht geantwortet, sondern eine Scheibe Brot abgeschnitten und Butter drauf geschmiert. Dann bin ich damit wieder raus zu Simon, der richtig große Augen gekriegt hat. Runtergeschlungen hat er die Stulle. Ich hab den Kopf geschüttelt und bin ins Haus, um ihm noch eine zu machen. Als ich Butter drauftat, noch dicker diesmal, sagte Mrs. Baker: »Wer einem Streuner was gibt, wird ihn nie mehr los.«

»Das geht Sie nichts an!«, hab ich gefaucht.

»Das Brot geht mich sehr wohl etwas an. Ich habe es heute Morgen gebacken, und ein zweites Mal backe ich nicht.«

»Dann ess ich eben keins.«

»Das glaube ich kaum«, sagte sie. »Wenn ich dich ließe, würdest du mir dieser Tage die Küche leer essen. Pass nur auf, Jenny Whitby.«

»Lassen Sie mich in Ruhe«, fauchte ich und lief hinaus, bevor sie noch etwas sagen konnte.

Während Simon die Stulle aß, machte ich weiter mit dem Teppichklopfen.

»Guck mal«, sagte er nach einer Weile. »Das ist ja die Livy im Fenster. Was macht die denn da?«

Ich guckte rüber. »Das tun die beiden ständig. Stehen im Fenster von ihrem Zimmer und machen sich Zeichen. Die haben eine Geheimsprache, die niemand versteht außer ihnen.«

»Ich wette, dass ich's versteh.«

Ich lachte. »Also gut – was sagt sie denn gerade?« Miss Livy streckte den Finger in die Luft und senkte den Kopf. Dann schnitt sie sich mit der Hand die Kehle durch und zog eine Schnute.

»Sie redet vom Friedhof«, sagte Simon.

»Woher weißt du das?«

»So sieht der Engel auf ihrem Grab aus.« Simon senkte den Kopf und deutete nach oben. »Oder zumindest hat er so ausgesehen. Der Kopf ist ihm abgefallen – deswegen hat sie das mit dem Hals gemacht.«

Dann hat er mir erzählt, was mit dem Engel passiert ist und wie sein Pa dem Aufseher das Leben gerettet hat. Ganz schön spannend.

»Guck«, sagte Simon dann. »Livy hat mich gesehen.«

Miss Livy zeigte auf Simon.

Dann ging über uns ein Fenster auf, und als ich hochsah, steckte Miss Maude den Kopf raus und guckte nach unten.

»Ich sollte jetzt gehen«, sagte Simon. »Ich muss meinem Pa mit dem Grab helfen.«

»Ach, bleib doch noch. Miss Maude kommt gleich runter.«

»Danke fürs Brot«, sagte Simon und machte sich davon.

»Hier kriegst du immer eine Stulle, wenn du kommst«, sagte ich; ich guckte dabei in den Garten und nicht zu ihm. »Und du brauchst auch nicht über den Zaun zu klettern, um reinzukommen. Wenn's Gartentor abgesperrt ist, liegt der Schlüssel unter dem lockeren Stein bei der Kohlenschütte.«

Simon nickte und ging zur Pforte hinaus.

Ich hätte ihm was mitgeben sollen. Mir dreht sich das Herz

im Leibe um, wenn ein Junge so darben muss. Ich kriegte Hunger, wie ich bloß daran dachte. Ich ging in die Küche und machte mir selbst ein Brot. Zum Teufel mit Mrs. Baker.

Lavinia Waterhouse

Heute Abend war ich mit Maude und ihrem Vater zum Sternegucken auf der Heath. Ich war mir nicht sicher, ob sich so etwas gehört am Tag der Beerdigung meiner lieben Tante, aber Mama und Papa meinten, ich soll gehen. Beide wirkten ziemlich müde – Mama hat mich sogar angekeift. Ich schaute unter Sternegucken im *Cassell's* nach und in *The Queen*, aber es wird nirgends erwähnt, deswegen dachte ich, dass es wohl erlaubt ist, solange es mir nicht allzu viel Spaß macht.

Und zuerst hat es das auch nicht. Wir machten uns in der Dämmerung auf den Weg, weil Maudes Vater den Mond sehen wollte, wenn er über den Horizont steigt. Er suchte nach etwas, das Kopernikus heißt. Ich dachte, das wäre ein Mensch, aber Maude sagte, das ist ein Krater, der früher einmal ein Vulkan war. Ich bin mir nicht ganz sicher, was sie und ihr Vater meinen, wenn sie über den Mond und die Sterne reden. Sie haben mich durch das Teleskop schauen lassen und mich gefragt, ob ich einen Krater sehen könnte – was immer das sein mag. Eigentlich konnte ich gar nichts sehen, aber um ihnen eine Freude zu machen, habe ich ja gesagt.

Ich fand es viel schöner, den Mond ohne das Teleskop anzuschauen – da konnte ich ihn viel besser sehen. Er war wunderschön, ein blassorangefarbener Halbmond gerade über dem Horizont.

Dann habe ich mich auf die Decke gelegt, die sie mitgebracht hatten, und zu den Sternen hinaufgeschaut, die gerade auftauchten. Ich muss eingeschlafen sein, weil als ich aufwachte, war es dunkel, und es waren jede Menge Sterne am Himmel. Und dann sah ich einen Engel, der herabfiel, und noch einen! Ich wollte sie Maude zeigen, aber natürlich waren sie verschwunden, bis sie hinschaute.

Maude sagte, sie heißen Sternschnuppen und wären eigentlich kleine Stückchen von alten Kometen, die verbrennen, und sie würden Meteore heißen. Aber ich weiß, was sie wirklich sind – sie sind Engel, die mit Botschaften Gottes auf dem Weg von Ihm zu uns straucheln. Ihre Flügel blitzen am Himmel auf, bis sie sich wieder gefangen haben.

Als ich das zu erklären versuchte, sahen Maude und ihr Vater mich an, als hätte ich den Verstand verloren. Da habe ich mich wieder hingelegt und weiter geschaut und den Mund gehalten, wenn ich wieder einen Engel sah.

Richard Coleman

Heute Abend war der Mond wunderbar, und Kopernikus war deutlich zu erkennen. Ich musste an eine Nacht vor vielen Jahren denken, als ich mit Kitty und ihrem Bruder hinausgegangen war, um den Mond zu betrachten. Damals konnten wir Kopernikus fast ebenso klar sehen wie heute. Kitty sah im Mondlicht wunderschön aus, und ich war glücklich, auch wenn Harry im Hintergrund über Kopernikus den Astronomen plapperte, um mich zu beeindrucken. In der Nacht habe ich beschlossen, um ihre Hand anzuhalten.

Heute Abend wünschte ich mir, zum ersten Mal seit langem, dass Kitty bei uns wäre und nicht in ein Buch vertieft zu Hause säße. Sie kommt nie mehr zum Sternebeobachten mit. Zumindest interessiert Maude sich dafür. Manchmal glaube ich, dass meine Tochter das einzig wirklich Gute an unserer Familie ist.

Als es schließlich dazu kam, zögerte er überhaupt nicht. Er legte mich auf eine Böschung, wo die letzten Primeln verblühten, und ich zerdrückte sie mit meinem Gewicht, so dass ihr Mandelduft in der Luft lag. Über uns thronte ein Engel, aber John wollte nicht, dass wir uns einen anderen Platz suchten. Als wollte er den Engel herausfordern, ihn zu erschrecken, wie der andere gestern. Mich störte der Engel nicht, sein Kopf war gesenkt, so dass er mir direkt in die Augen sah – schließlich verdanke ich es einem Engel, dass er in meinen Armen lag.

Ich hob den Rock meines grauen Kleides und entblößte meine Beine. Im Dämmerlicht sahen sie aus wie Stiele von Pilzen oder die Staubfäden einer exotischen Blume, einer Orchidee oder Lilie. Er legte die Hände auf mich, teilte meine Lippen dort unten und schob sich in mich. So weit war mir alles bekannt. Neu war, dass er seine Hände dort ließ und mich unerbittlich knetete. Ich zog seinen Kopf auf meine Brust, und er biss mich durch das Kleid hindurch.

Endlich hob sich die Schwere, die ich empfinde, seit ich geheiratet habe – vielleicht sogar, seit ich auf der Welt bin –, sie hob sich, kochte in einer aufsteigenden Schaumblase langsam auf. Der Engel schaute mich aus seinen leeren Augen an, und zum ersten Mal war ich froh, dass er mich mit seinem Blick nicht verurteilen konnte, nicht einmal als die Blase platzte und ich aufschrie.

Als ich hinterher in seinen Armen dalag, schaute ich durch die Zweige der Zypresse, die sich über uns wölbten, zum Himmel. Der Halbmond stand noch fast am Horizont, aber über mir waren Sterne erschienen, und ich sah einen fallen, als wollte er mich an die Folgen meines Tuns erinnern. Ich hatte an dem Tag alle Anzeichen bemerkt und in mir gespürt, aber ich hatte nicht auf sie geachtet. Ich hatte endlich meine Wonne erlebt, und ich wusste, dass ich dafür bezahlen würde. Ich würde es ihm nicht sagen, aber damit würde alles für uns zu Ende sein.

Mai 1906

Albert Waterhouse

Warum ich vom Friedhofssteinmetz zwei Rechnungen erhalten habe, ist mir ein Rätsel. »Für Instandsetzungsarbeiten am Grabschmuck«, hieß es auf der einen. Die zweite betraf die Gravur des Namens meiner Schwester in die Säule. Bei ihrer Beerdigung war mir nicht aufgefallen, dass mit dem Grab etwas nicht in Ordnung war. Trudy sagte, sie wüsste von nichts, aber Livy wurde ganz aufgeregt, als ich die Sache erwähnte, und lief aus dem Zimmer. Später sagte sie, sie hätte einen Hustenanfall gehabt, aber ich habe sie nicht husten hören. Und Ivy May sah mich nur an, als kennte sie die Antwort, wolle sie mir aber nicht sagen.

Meine Töchter stellen mich vor ein noch größeres Rätsel als diese merkwürdige Rechnung – ich habe sie mit einer entsprechenden Bemerkung an den Oberaufseher weitergeleitet. Soll er sich darum kümmern, er erscheint mir ganz tüchtig.

Juli 1906

EDITH COLEMAN

Wie schon so oft, bin wieder einmal ich diejenige, die in einer unerfreulichen Situation die Zügel in die Hand nehmen muss. Die Sitten unserer Zeit verkommen zusehends. Das stelle ich immer wieder fest: bei der törichten Mode, die sich Damengarderobe nennt, beim schockierend freizügigen Theater, bei dieser närrischen Suffragettenbewegung, von der jetzt allerorten die Rede ist. Selbst, ich muss es leider sagen, beim Auftreten unseres eigenen Königs. Ich hoffe nur, dass seine Mutter nie von seinen Eskapaden mit dieser Mrs. Keppel erfuhr.

Den jungen Menschen mangelt es an der moralischen Grundfeste ihrer Vorfahren, und immer wieder wird von meiner Generation verlangt, in die Bresche zu springen. Ich möchte mich darüber nicht beschweren – wenn ich helfen kann, tue ich natürlich alles, was notwendig ist, allein schon aus christlicher Nächstenliebe. Doch wenn es im Haus meines eigenen Sohnes passiert, empfinde ich es als beinahe persönlichen Affront – eine Beleidigung seines Ansehens und des Namens unserer Familie.

Offenbar ist Kitty blind. Mit blieb es überlassen, Licht in die dunklen Ecken zu tragen und sie zu erhellen.

Ich war zum Mittagessen bei ihnen, das auf diesem abscheulichen schwarzgelb karierten Service aufgetragen wurde – ein weiteres Beispiel für die Frivolität dieser Zeit. Weitaus schlimmer allerdings waren die Manieren ihres Dienstmädchens. Nachdem es die Schüsseln auf den Tisch geknallt hatte und hinausgeschlurft war, saß ich wie betäubt da. Kitty wich meinem Blick aus, schob den gedünsteten Fisch und die neuen Kartoffeln auf ihrem Teller hin und her. Ich missbillige mangelnden Appetit – reine Selbstsucht angesichts des vielen Elends, das auf der Welt herrscht. Das hätte ich auch gesagt, doch die Sache mit Jenny lag mir mehr am Herzen.

Anfangs bemühte ich mich um Zartgefühl. »Meine Liebe«, sagte ich, »Jenny sieht nicht gerade blühend aus. Hast du mit ihr darüber gesprochen?«

Kitty sah mich verwundert an. »Jenny?«, wiederholte sie abwesend.

»Dein Dienstmädchen.« Ich sprach etwas nachdrücklicher. »Sie steckt in der Bredouille. Das kann dir doch nicht entgangen sein.«

»Was hat sie denn?«

»Nun komm schon, meine Liebe, mach die Augen auf. Das Problem liegt doch auf der Hand.«

»Wirklich?«

Ich konnte mir nicht helfen, ich verlor ein wenig die Geduld. Am liebsten hätte ich Kitty geschüttelt, als wäre sie ein Mädchen in Maudes Alter. In gewisser Hinsicht ist Maude reifer als ihre Mutter. Ich war enttäuscht gewesen, dass sie nicht mit uns zu Mittag aß – zuweilen ist es einfacher, mit ihr zu reden als mit Kitty. Aber mir wurde gesagt, sie sei bei ihrer Freundin. Zumindest konnte ich nun offener mit Kitty sprechen, als es mir in Maudes Beisein möglich gewesen wäre.

»Sie hat sich in den Schlamassel geritten. Mit einem Mann«, fügte ich hinzu. Noch deutlicher konnte ich nicht werden.

Kitty klapperte höchst unschicklich mit dem Besteck und starrte mich aus ihren dunkelbraunen Augen an, die meinem Sohn vor vielen Jahren einmal den Kopf verdreht haben. Sie war sehr bleich.

»Sie ist mindestens im sechsten Monat«, fuhr ich fort, da Kitty offenbar nicht zu sprechen in der Lage war. »Vermutlich weiter. Ich habe immer schon gesagt, dass das mit dem Mädchen kein gutes Ende nehmen würde. Sie hat mir nie gefallen – viel zu aufsässig. Das sieht man ja auf einen Blick. Und sie singt beim Arbeiten – das kann ich bei Dienstboten nicht leiden. Vermutlich wird der Mann sie nicht heiraten, und selbst wenn, kann sie unmöglich hier bleiben. In der Stellung willst du keine verheiratete Frau und Mutter. Du brauchst ein Mädchen, das keinerlei Verpflichtungen hat.«

Meine Schwiegertochter starrte mich völlig entgeistert an. Es war offenkundig, dass die Situation sie überforderte – ich würde die Sache in die Hand nehmen müssen.

»Ich werde nach dem Essen mit ihr sprechen«, sagte ich. »Überlass das mir.«

Kitty schwieg. Dann nickte sie.

»Und jetzt iss deinen Fisch«, sagte ich.

Sie schob ihn noch etwas auf dem Teller hin und her und meinte dann, sie habe Kopfweh. Eine derartige Verschwendung kann ich nicht gutheißen, doch in diesem Fall verzichtete ich darauf, etwas zu sagen, da sie eindeutig unter Schock stand und in der Tat leidend aussah. Zum Glück habe ich eine robustere Konstitution und verspeiste meine Portion Fisch, der sehr gut war bis auf die Tatsache, dass die Soße etwas zu üppig war. Gott sei gedankt, dass es Mrs. Baker gibt – sie wird in den nächsten Wochen den Haushalt leiten müssen, bis wir einen Ersatz gefunden haben. Als Kitty sie einstellte, hatte ich meine Zweifel, aber sie ist eine gute, einfache Köchin und ein aufrechter Christenmensch. Es hat seine Vorteile, eine Witwe einzustellen – sie erwartet nicht mehr viel vom Leben, genauso wenig wie ich.

Jenny kam herein, um abzuräumen. Ich konnte nur den Kopf schütteln über ihre Dreistigkeit. Wie sie durchs Haus gehen und glauben konnte, ihre dicke Taille würde nicht bemerkt werden, ist mir ein Rätsel. Aber wahrscheinlich kennt sie ihre Herrin. Wenn ich Kitty nicht darauf aufmerksam gemacht hätte, wäre es ihr vielleicht erst aufgefallen, wenn das Mädchen mit dem schreienden Balg im Arm aufgetaucht wäre! Ich bemerkte, dass Kitty Jenny musterte, als sie sich über den Tisch beugte, um unsere Teller fortzunehmen, und ein beinahe ängstlicher Ausdruck lag auf ihrem Gesicht. Es war offenkundig, dass sie nicht in der Lage sein würde, Jenny zu kündigen. Ich selbst empfand keine Angst, nur rechtschaffenen Zorn und Entschlossenheit.

Kitty sagte nichts außer: »Keinen Kaffee für mich, Jenny.«

»Und kein heißes Wasser für mich«, fügte ich hinzu. Weshalb die Sache noch hinauszögern?

Das Mädchen murrte, und als es ging, dachte ich, dass es eigentlich ein Segen war – eine Möglichkeit, diesen faulen Apfel loszuwerden.

Ich sagte Kitty, sie solle ruhen; dann wartete ich eine Weile, bevor ich in die Küche ging, wo Mrs. Baker gerade den Tisch abwischte. Ich gehe nicht oft in die Küche, also hatte sie wohl Grund, überrascht zu sein. Aber in ihrem Blick lag mehr als das. Mrs. Baker ist nicht dumm – sie wusste, weshalb ich gekommen war.

»Der Fisch war recht gut, Mrs. Baker«, sagte ich freundlich. »Vielleicht beim nächsten Mal etwas weniger Butter in die Soße.«

»Danke, gnä' Frau«, antwortete sie durchaus korrekt, aber gleichzeitig klang sie auch ein wenig gekränkt.

»Wo ist Jenny? Ich möchte mit ihr reden.«

Mrs. Baker hielt inne. »In der Spülküche, gnä' Frau.«

»Sie wissen also Bescheid.«

Mrs. Baker zuckte mit den Schultern und wischte dann weiter den Tisch ab. »Jeder, der Augen im Kopf hat, weiß doch Bescheid.«

Als ich zur Spülküche ging, überraschte sie mich mit den Worten: »Lassen Sie sie, gnä' Frau. Lassen Sie sie doch.«

»Wollen Sie mir sagen, wie das Haus hier geführt werden sollte?«, fragte ich.

Sie gab keine Antwort.

»Es hat keinen Zweck, in einem solchen Fall sentimental zu sein, Mrs. Baker. Es ist zu ihrem eigenen Besten.«

Mrs. Baker zuckte wieder mit den Schultern. Das überraschte mich – sonst ist sie eine recht vernünftige Frau. Natürlich kommt sie aus völlig anderen Verhältnissen als ich, aber manchmal hatte ich gedacht, dass sie und ich eine gewisse Ähnlichkeit haben.

Es dauerte nicht lange. Jenny weinte und lief natürlich hinaus, aber es hätte schlimmer sein können. In gewisser Weise war sie sicher erleichtert, dass die Wahrheit endlich herausgekommen war. Sie hatte sehr wohl gewusst, dass irgendjemand es früher oder später bemerken würde. Das Warten muss entsetzlich gewesen sein, und ich denke mir, dass ich das Mädchen von seiner Not erlöst habe.

Leid tut mir nur, dass Maude da war. Ich hatte gedacht, sie sei bei den Waterhouses, aber als ich aus der Spülküche kam, stand sie in der Tür zur Speisekammer. Ich hatte nur leise mit Jenny geredet, deshalb glaube ich nicht, dass Maude meine Worte gehört hat, aber sie hörte Jenny schreien, und es wäre mir lieber gewesen, sie wäre nicht dabei gewesen.

»Ist Jenny krank?«, fragte sie.

»Ja«, sagte ich, denn meiner Ansicht nach war das die beste Erklärung. »Sie wird uns verlassen müssen.«

Maude sah erschrocken drein. »Stirbt sie?«

»Sei nicht dumm.« Das war genau die Art theatralische Frage, die ihre Freundin Lavinia stellen würde – Maude plapperte ihr einfach nach. Ich habe ja immer schon gesagt, dass das Mädchen einen schlechten Einfluss auf sie ausübt.

»Aber was …«

»Du hast uns beim Mittagessen gefehlt«, unterbrach ich sie. »Ich dachte, du wärst bei deiner Freundin.«

Maude errötete. »Das … das war ich auch«, stotterte sie. »Aber Lavinia hat … Husten, und deswegen bin ich wieder heimgekommen. Ich helfe Mrs. Baker mit dem Sodabrot.«

Sie konnte noch nie gut lügen. Ich hätte sie der Lüge überführen können, aber die Sache mit Jenny hatte mich erschöpft, und deswegen ließ ich es auf sich beruhen. Und wenn ich ehrlich bin, wollte ich es auch gar nicht wissen. Es kränkt mich, denken zu müssen, dass meine eigene Enkelin lieber mit der Köchin Brot backt als mit mir zu Mittag zu essen.

Maude Coleman

Ich hätte nie gedacht, dass Großmutter in die Küche käme. Ich war sicher gewesen, dass sie mich dort nie finden würde und ich bei Mrs. Baker bleiben konnte, bis sie wieder ging – dann brauchte ich nicht mit ihr zu Mittag zu essen. Sogar Mummy hat geglaubt, ich wäre bei Lavinia. Und das wäre ich auch gewesen, aber Lavinia hat Verwandte besucht.

Dabei hätte ich es beinahe geschafft, mich vor Großmutter zu verstecken. Ich stellte gerade die Haferflocken, das Mehl und das Soda in die Speisekammer zurück, als ich Großmutter in die Küche kommen und mit Mrs. Baker reden hörte. Ich habe mich in die hinterste Ecke der Speisekammer verkrochen, traute mich aber nicht, die Tür zuzuziehen, sonst hätte sie vielleicht gesehen, dass die Tür sich bewegt.

Sie ging in die Spülküche, ohne in die Speisekammer hineinzuschauen, und da hat sie mit ganz leiser Stimme auf Jenny eingeredet, so dass es mir kalt den Rücken hinunterlief. Mit der Stimme spricht sie immer, wenn sie einem etwas Schreckliches sagt – wenn sie entdeckt hat, dass man eine Vase zerbrochen hat oder nicht in die Kirche gegangen ist oder in der Schule schlechte Noten bekommen hat. Jenny begann zu weinen, und da hätte ich die Speisekammertür zuziehen können, aber ich wollte hören, was sie redeten. Ich bin zur Tür der Spülküche geschlichen und hörte Großmutter sagen: »… Lohn bis Ende der Woche, aber du musst deine Habseligkeiten sofort packen.«

Da schrie Jenny auf und stürzte aus der Spülküche die Treppe hinauf. Großmutter trat heraus, und da stand ich in der Tür, die Schürze über und über mit Mehl bestäubt.

Es überraschte mich, dass Großmutter meinte, Jenny wäre krank, aber in der letzten Zeit ist sie wirklich sehr langsam geworden, und dick, als wäre ihr der Bauch aufgequollen. Vielleicht sollte sie Lebertran nehmen. Dann sagte Großmutter, deswegen müsste Jenny uns verlassen. Ich dachte mir, dann muss sie doch sehr krank sein, aber Großmutter wollte nicht mehr dazu sagen.

Zum Glück wollte Großmutter dann gehen, sonst hätte ich einen ganzen langweiligen Nachmittag mit ihr verbringen müssen, weil Mummy sich mit Kopfweh ins Bett zurückgezogen hatte. Ich brachte sie zur Tür, und beim Gehen sagte sie noch, ich soll Mummy ausrichten, dass jetzt alles zur Zufriedenheit geregelt sei. Was sie damit meinte, habe ich lieber nicht gefragt.

Als sie fort war, stieg ich wieder nach unten und fragte statt dessen Mrs. Baker. »Jenny geht weg?«

Mrs. Baker schwieg kurz, dann sagte sie: »Wahrscheinlich.«

»Dann ist sie sehr krank?«

»Krank? So nennt sie das also?«

Da klopfte es von draußen an der Küchentür. »Vielleicht ist es Lavinia«, sagte ich hoffnungsvoll und lief zur Tür.

»Erzähl ihr nichts davon«, warnte Mrs. Baker.

»Warum nicht?«

Mrs. Baker seufzte und schüttelte den Kopf. »Egal. Sag ihr, was du willst. Sie wird's bald genug selbst herausfinden.«

Es war Simon. Er grüßte nicht; er grüßt nie. Er kam in die Küche und sah sich um. »Wo ist denn Jenny? Oben?«

Ich schaute zu Mrs. Baker, die gerade die Schüssel und das Sieb forträumte, die wir fürs Brotbacken gebraucht hatten. Sie runzelte die Stirn, sagte aber nichts.

»Sie ist krank«, sagte ich. »Vielleicht muss sie weggehen.«

»Die ist nicht krank«, sagte Simon. »Die hat zu viel gebumst.«

»Bumsen – ist das wie nageln?«, fragte ich betreten. Ich hoffte, niemand hatte Jenny wehgetan.

»Maude!«, zischte Mrs. Baker, und ich schrak zusammen.

Sonst fährt sie mich nie an – nur den Schlachterjungen, wenn das Fleisch nicht frisch ist, oder den Bäcker; den hat sie einmal beschuldigt, er würde Sägemehl in sein Brot backen. Sie wandte sich an Simon. »Hast du ihr diese schmutzigen Wörter beigebracht? Schau sie dir an – sie weiß nicht einmal, was sie sagt. Schande über dich, Bengel!«

Simon warf mir einen merkwürdigen Blick zu. »'tschuldigung«, sagte er. Ich nickte, obwohl ich nicht genau wusste, wofür er sich eigentlich entschuldigte. In vieler Hinsicht weiß er so wenig – er ist nie zur Schule gegangen, kann kaum lesen, und was er entziffern kann, hat er von den Grabsteinen gelernt. Aber andererseits weiß er Sachen über die Welt, von denen ich keine Ahnung habe.

Simon wandte sich an Mrs. Baker. »Gibt's Brot?«

»Das ist noch im Ofen, du ewiger Bettler«, fuhr Mrs. Baker ihn an. »Da wirst du warten müssen.«

Simon schaute sie nur an. Es schien ihm überhaupt nichts auszumachen, dass sie ihn gerade einen Bettler genannt hatte. Sie seufzte, stellte die Schüssel und das Sieb beiseite und ging zur Anrichte, wo sie einen Brotkanten fand. »Tu dir ein bisschen Butter drauf«, sagte sie und reichte ihm den Knust. »Wo sie ist, weißt du ja.«

Simon verschwand in der Speisekammer.

»Mach ihm eine Tasse Tee, Maude!«, befahl sie mir, griff nach der Schüssel und ging damit in die Spülküche. »Nur einen Löffel Zucker«, fügte sie über die Schulter hinzu.

Ich tat ihm zwei hinein.

Simon hatte die Butter dick auf das Brot geschmiert, fast wie Käsestücke. Ich sah ihm beim Essen zu; seine Zähne machten eckige Muster in die Butter.

»Simon«, flüsterte ich. »Was heißt bumsen?« Ich kam mir sehr verkommen vor, das Wort zu sagen, nachdem ich wusste, dass es schockierend ist.

Simon schüttelte den Kopf. »Das kann ich dir nicht sagen. Frag deine Ma.«

Ich wusste, dass ich das nie tun würde.

Simon Field

Das Sodabrot riecht gut, das da im Ofen backt. Am liebsten würde ich drauf warten, bis es fertig ist, aber ich weiß, ich kann von Glück reden, dass ich von Mrs. Baker überhaupt was kriege. Die ist mit dem Brot nicht so generös wie Jenny.

Ich will zu Jenny. Maude denkt, dass sie oben in ihrem Zimmer ist. Als ich also mit dem Brot fertig bin, tue ich, als würde ich gehen, aber ich ziehe die Tür nicht richtig zu. Dann warte ich und gucke durchs Fenster, bis Maude und Mrs. B. in der Spülküche verschwinden, dann schleiche ich ganz leise wieder rein und laufe die Treppe rauf, bevor jemand mich sieht.

Außer in der Küche bin ich noch nie in dem Haus gewesen. Es ist groß mit ganz vielen Stufen, und ich bleibe immer wieder stehen, weil's so viel zu gucken gibt. An den Wänden sind Bilder von allem Möglichen, von Häusern und Leuten, aber vor allem von Vögeln und Blumen. Ein paar von den Vögeln kenne ich vom Friedhof, und von den Blumen auch welche. Es sind richtige Blumen, nicht nur die Blüte, sondern das ganze Drumherum auch noch. Ich hab mal im Pförtnerhaus ein Buch von Mr. Jackson mit solchen Bildern gesehen.

Die Teppiche auf den Stufen und im Flur sind fast nur grün mit ein bisschen Gelb und Blau und Rot als Muster. Auf jedem Absatz steht eine Pflanze, eine von denen mit den langen, dünnen Blättern, die wedeln, wenn ich dran vorbeigehe. Jenny kann sie nicht leiden, weil sie die kleinen Blätter abwaschen muss, und das dauert ewig. »Keiner hat mich gefragt, was für Pflanzen sie sich zulegen sollen«, hat sie mal gesagt. »Warum können es nicht welche von den Schusterpalmen mit den großen Blättern sein? Die sind viel leichter abzuwaschen.«

Ich gehe immer weiter rauf bis zum obersten Absatz. Da sind zwei Türen, beide zu. Eine muss ich ja nehmen, also mache ich die eine auf und gucke rein. Es ist Maudes Zimmer. Ich bleibe lange stehen und sehe mir alles an. Da sind ganz viel Spielsachen und Bücher, mehr als ich je auf einen Haufen gesehen hab. Und ein ganzes Regal nur voller Puppen, große und kleine, und ein anderes Regal mit Spielen – bunte Kartons, Legespiele und so. Und eben ganz viele Regale mit Büchern. Da ist ein braunweißes Schaukelpferd mit 'nem schwarzen Ledersattel, wo auf Rollen steht. Ein Puppenhaus aus Holz, mit schicken Möbeln in allen Zimmern und winzigen Teppichen und Stühlen und Tischen. Und an den Wänden von Maudes Zimmer hängen Bilder, von Kindern und Hunden und Katzen und was, was wie 'ne Karte vom Himmel aussieht, wo die ganzen Sterne verbunden sind und Bilder machen wie die, die ich gesehen hab, als ich die kalte Nacht unten in dem Grab war.

In dem Zimmer ist es kuschelig warm – im Kamin hat grade noch ein Feuer gebrannt, und davor steht ein Schutzgitter mit Wäsche drüber zum Trocknen. Am liebsten würde ich hier bleiben, aber das geht nicht – ich muss Jenny finden.

Ich gehe raus und zur anderen Tür und klopfe an.

»Lassen Sie mich«, sagt sie.

»Jenny, ich bin's.«

»Lass mich in Ruhe.«

Ich knie mich hin und gucke durchs Schlüsselloch. Jenny liegt auf dem Bett, auf der Seite, die Hände unterm Gesicht. Ihre Augen sind rot, aber sie heult nicht. Neben ihr liegt ihr Korsett. Ich kann ihren dicken Bauch unter dem Kleid sehen.

Ich gehe trotzdem rein. Sie raunzt mich nicht an, also setze ich mich auf den Stuhl. In dem Zimmer gibt's nicht viel, nur den Stuhl und das Bett, einen Nachttopf und einen Eimer mit Kohlen, einen grünen Teppich auf dem Boden und eine Hakenleiste, wo ihre Kleider hängen. Auf dem Fenstersims stehen zwei Flaschen, eine grün und eine blau. Es ist dunkel hier, weil es nur ein kleines Fenster gibt, und das geht nach Norden, zur Straße.

»Jenny«, sage ich, »Jenny, was willst du bloß machen?«

»Ich weiß es nicht«, sagt sie. »Wahrscheinlich muss ich wieder zu meiner Mutter. Ich muss bis zum Abend weg sein.«

»Du solltest zu meiner Ma gehen – das macht die nämlich, Kinder zur Welt bringen. Nellie heißt sie, in 'ner Nebenstraße von der Leytonstone High Street, gleich beim Rose and Crown. Jeder kennt sie. Du hättest schon viel früher zu ihr gehen sollen, dann hätt' sie's dir weggemacht.«

»Das würde ich nie tun!« Jenny klingt, als wäre sie entsetzt.

»Warum nicht? Du willst es doch nicht, oder?«

»Das ist eine Sünde. Das ist Mord!«

»Aber du hast doch eh schon gesündigt, oder? Dann ist es doch egal.«

Da sagt sie nichts mehr, schüttelt nur den Kopf und zieht die Beine an, dass sie um ihren Bauch liegen. »Jetzt ist es sowieso zu spät«, sagte sie. »Das Kind ist bald da, und damit hat sich's.« Dann bricht sie in Tränen aus und flennt ganz scheußlich. Ich gucke mich um und finde auf dem Stuhl einen braunen Wollschal. Den lege ich über sie.

»Mein Gott, was soll ich bloß machen?«, heult Jenny. »Mum bringt mich um. Ich schick ihr fast alles, was ich hier verdiene – wie soll sie ohne dem zurechtkommen?«

»Du musst dir 'ne andere Stelle suchen, und deine Ma kümmert sich um das Kleine.«

»Aber mich wird niemand wollen, wenn sie rausfinden, was passiert ist. Sie gibt mir nie im Leben ein Empfehlungsschreiben. Und eine andere Stelle hab ich nie gehabt. Ich brauche eine Empfehlung von ihr.«

Ich denke 'ne Minute nach. »Du kannst Mrs. C. aber dazu bringen, dir eine zu geben«, sage ich schließlich. Mir ist nicht ganz wohl dabei, weil ich mag Maudes Ma. Ich denke immer noch dran, wie sich mich angelächelt hat an dem Tag, wo sie das grüne Kleid angehabt hat.

Jenny guckt mich ganz neugierig an. »Wie meinst du das?«

»Du weißt doch was von ihr«, sage ich. »Von ihr und Mr. Jackson, und dass sie sich auf dem Friedhof treffen. Da könntest du was drüber sagen.«

Jenny setzt sich auf. »Das ist nicht recht. Außerdem, reden ist keine Sünde. Und die haben doch nur geredet, oder vielleicht nicht?«

Ich zucke mit den Schultern.

Sie streicht sich das Haar aus dem Gesicht, wo's an ihren Backen klebt. »Und was soll ich sagen?«

»Sag ihr, du erzählst ihrem Mann von ihr und Mr. Jackson, wenn sie dir kein gutes Empfehlungsschreiben gibt.«

»Oooh, das ist gemein.« Jenny überlegt 'ne Minute. Dann kriegt sie einen ganz komischen Blick, wie ein Dieb, der grade in 'nem vornehmen Haus ein offenes Fenster gesehen hat. »Vielleicht kann ich sogar meine Stelle behalten. Sie *muss* mich behalten, wenn sie nicht will, dass ich ihrem Mann was erzähle.«

Mir wird ganz anders, als sie das sagt. Ich mag Jenny gut leiden, aber sie will zu viel. »Ich weiß nicht«, sage ich. »Mein Pa sagt immer, man soll nicht um zu viel bitten. Nur um das, was man braucht, sonst kriegt man am Ende gar nichts.«

»Und sieh mal, wie weit dein Pa damit gekommen ist – er ist immer noch Totengräber.«

»Ist 'n Dienstmädchen vielleicht was Besseres als 'n Totengräber?«

»Jetzt raus mit dir. Wenn ich mit ihr reden will, dann sollte ich mich lieber wieder in mein Korsett zwängen.«

So, wie sie dreinschaut, weiß ich, dass ich nichts sagen kann, um sie abzuhalten. Also gehe ich raus und die Treppe runter. Ich komme zum nächsten Absatz, und da gehen vier Türen von ab, alle zu. Eine Minute horche ich, aber ich höre nichts. Ich bin noch nie in so 'nem Haus gewesen. Meine Ma und meine Schwestern haben zu fünft zwei Zimmer. Hier könnten fünf oder sechs Familien auf einmal wohnen. Ich gucke mir die Türen an. Sie sind aus Eiche, mit glänzenden Messingklinken – die hat bestimmt Jenny poliert. Ich suche mir eine aus und gehe rein.

Ich hab schon von solchen Zimmern gehört, aber nie eins gesehen. Überall sind Fliesen, weiße Fliesen auf'm Boden und die Wände rauf bis über meinen Kopf. Auf einer Reihe ganz oben sind Blumen drauf, wie Tulpen, rot und grün. Da ist 'ne große weiße Wanne und ein weißes Waschbecken, und die silbernen Leitungen und Hähne sind alle poliert, von der Jenny. An 'nem Ständer hängen große weiße Handtücher, ich fasse eins an. Da, wo meine Finger waren, ist ein schwarzer Fleck, und mir wird ganz flau, weil sonst alles so sauber hier ist.

In einem kleinen Zimmer, das von dem abgeht, steht ein Klosett, auch weiß, mit einem Sitz aus Mahagoni, wie manchmal der Sarg von reichen Leuten. Ich denke an den Lokus und den Eimer, den Pa und ich benutzen, und das ist so anders als was ich hier sehe, dass ich mir gar nicht vorstellen kann, dass sie beide für dasselbe Geschäft da sind.

Ich gehe raus und suche mir 'ne andere Tür aus, zu einem Zimmer, das nach vorne rausgeht. Die Wände sind gelb, und obwohl's nach Norden geht, wie das Zimmer von Jenny, sind da zwei große Fenster mit Balkons, auf die man sich hinstellen kann, und das Licht wird richtig golden, wenn's auf die Wände fällt. Zwei Sofas stehen so aneinander, dass sie einen Winkel machen, und darauf liegen Tücher mit Schmetterlingen und Blumen. Und es gibt ein Klavier und kleine Tischchen mit Büchern und Zeitschriften, und auf der Anrichte stehen Photographien von Mrs. C. und Maude und Maudes Pa und ein paar anderen Leuten.

Dann höre ich Jenny auf dem Absatz draußen. Ich hab keine Zeit mehr, aus dem Zimmer zu flitzen, und irgendwie weiß ich, dass sie und Mrs. C. gleich hier reinkommen. Also verstecke ich mich schnell hinter einem Sofa. Da würden meine Schwestern als Erstes hingucken, wenn wir Versteck spielen. Aber Jenny und Mrs. C. suchen nicht nach mir.

Jenny Whitby

Simon gegenüber tat ich zwar sehr forsch, aber mir graute davor, mit der Gnädigsten zu reden. Sie ist die ganze Zeit immer nett zu mir gewesen, und ich weiß ja, dass ich gesündigt habe. Und ich mag niemanden erpressen müssen. Aber ich brauche die Stellung hier – ich brauche meinen Lohn. Ich kam mir vor, als hätte ich ein Zimmer nass gewischt und nicht richtig aufgepasst, und jetzt stand ich in der hintersten Ecke, und rund um mich war der Boden feucht, und ich musste ganz weit springen, um da wieder rauszukommen.

Als ich mich ein bisschen hergerichtet hatte, die Haube aufgesetzt und mir das Gesicht gewaschen hatte, ging ich nach unten. Als ich auf dem Absatz war, kam sie aus ihrem Schlafzimmer, und ich wusste, dass ich es gleich da sagen musste. Ich machte den Mund auf, aber bevor ich auch nur ein Wort rausbringen konnte, sagte sie: »Jenny, ich möchte gern mit dir reden. Gehen wir doch ins Damenzimmer.«

Ich ging hinter ihr her. »Setz dich«, sagte sie. Ich setzte mich aufs Sofa. Ich mache hier jeden Tag sauber, aber gesessen hab ich hier noch nie. Mit gefällt das Zimmer.

Sie ging zu einem der Fenster und schaute durch die Jalousie nach draußen. Sie trug ein hellgraues Kleid und eine Kamee am Hals. Die Farbe steht ihr nicht – sie sah müde und blass aus.

Ich schluckte, weil mein Hals ganz trocken war und ich kein Wort rausbrachte. Ich hatte mir gar nicht richtig überlegt, was ich sagen würde.

Aber dann kam's ganz anders, als wie ich's mir gedacht hatte. Nie im Leben hätte ich mir vorstellen können, dass sie so was sagen würde.

Sie drehte sich vom Fenster her zu mir um. »Es tut mir Leid, von deinem Problem zu hören, Jenny«, sagte sie als Erstes. »Und es tut mir Leid, wie Mrs. Coleman mit dir umgegangen ist. Sie kann gelegentlich sehr streng sein.«

»Sie ist ein böses Weib«, sagte ich, bevor ich mir auf die Zunge beißen konnte. Aber nachdem ich das gesagt hatte, fiel es mir leichter, weiterzureden. »Und jetzt muss ich Ihnen etwas sagen, gnä' Frau.«

»Bitte, hör erst mir zu. Vielleicht können wir uns gegenseitig helfen.«

»Ich Ihnen helfen? Das kann ich mir nicht vorstellen, gnä' Frau. Es gibt doch nichts ...«

»Jenny, ich brauche deine Hilfe.«

»Sie – mich brauchen? Wo Sie mich auf die Straße geworfen haben wie einen alten Besen, nach allem, was ich für Sie und Miss Maude und Mr. Coleman getan hab, nur weil ich ... weil ich ...« Ich konnte nicht anders. Ich musste weinen.

Sie ließ mich ein bisschen weinen. Dann sagte sie etwas, ganz leise, so dass ich sie gar nicht verstand, und sie musste es wiederholen. »Ich bin in derselben Bredouille wie du.«

Ich kapierte nicht, was sie damit meinte, aber das vornehme Wort klang so ernst, dass ich aufhörte zu weinen.

»Es ist noch nicht so ... weit fortgeschritten«, sagte sie. »Und deswegen kann ich noch etwas unternehmen. Aber ich weiß nicht, zu wem ich gehen soll. Ich weiß nicht, wen ich fragen könnte. Mit meinen Freundinnen darüber zu sprechen ist unmöglich. Und deswegen bitte ich dich, mir zu helfen und mir zu sagen, zu wem ich gehen kann, um ... das zu tun. Verstehst du mich?«

Ich sah sie an, ich dachte an die Mahlzeiten, bei denen sie nichts gegessen hatte, an das viele Kopfweh, das sie hatte, und die Nickerchen am Nachmittag, und dass ich seit zwei Monaten gewisse Leibwäsche für sie nicht mehr gewaschen hatte, und da fiel der Groschen. Es war mir bloß nicht aufgefallen, weil ich meine eigenen Sorgen gehabt hatte.

»Ja«, sagte ich und war ganz ruhig. »Ich verstehe.«

»Ich möchte nicht irgendwo hingehen, wo man mich kennt. Es muss weit weg sein von hier, aber nicht so weit, dass ich nicht gut hingelangen kann. Weißt du, zu wem ich gehen könnte?«

Da fiel noch ein Groschen, und ich wusste, was sie von mir wollte. »Das ist eine Sünde«, sagte ich.

Sie sah wieder zum Fenster raus. »Die begehe ich, nicht du.«

Ich ließ sie warten. Sie servierte mir die Erpressung wie auf dem Silbertablett, auf dem ich ihr jeden Morgen die Post in dieses Zimmer trage. Ich würde nicht einmal etwas von ihr und Mr. Jackson sagen müssen. Das war auch gut so, weil ich keine Ahnung gehabt hatte, was die beiden getrieben hatten – bis jetzt.

Und ich kapierte auch, warum sie mich das jetzt fragte. Sie dachte, sie würde mich sowieso los sein, also würde ich niemandem davon erzählen können. Aber das hatte seinen Preis, dass ich den Mund hielt. Das war meine Erpressung.

»Das kostet Sie aber«, sagte ich.

»Wie viel willst du?« Sie sagte es, als würde sie erwarten, dass ich eine Summe nenne. Aber da überraschte ich sie.

»Meine Stellung hier.«

Sie starrte mich an. »Wie wäre es, wenn ich dir Geld gebe? Für dich und das Kind, euren Unterhalt, bis du eine andere Stellung gefunden hast?«

»Nein.«

»Du bekommst natürlich ein gutes Empfehlungsschreiben. Wir müssten das Kind gar nicht erwähnen. Wir könnten einen anderen Grund nennen, warum du uns verlässt – dass deine Mutter krank ist und du sie pflegen musst.«

»Lassen Sie meine Mutter da raus.«

»Ich will damit nicht sagen …«

»Ich will hier bleiben.«

»Aber – was soll ich Mrs. Coleman sagen? Sie hat dich entlassen. Ich kann ihre Entscheidung nicht rückgängig machen.« Sie klang verzweifelt.

»Sie sind hier die Hausherrin, gnä' Frau. Sie können tun, was Ihnen Spaß macht. Das haben Sie ja sowieso schon getan.«

Eine Weile sagte sie gar nichts. Das Kind bewegte sich in mir – ich spürte, wie es mich mit seinem kleinen Fuß stieß.

»Also gut«, sagte sie schließlich. »Du bekommst deine Stellung wieder, sobald das Kind da ist. Aber du musst heute gehen, und du darfst das Kind nicht mitbringen oder von jemandem herbringen lassen, damit du es siehst. Du kannst es jeden Sonntag besuchen.«

»Und samstagnachmittags. Ich will auch den Samstagnachmittag freihaben.« Ich war von mir selbst überrascht – das mit der Erpressung lief so gut, dass ich richtig mutig wurde.

»Also gut, auch den Samstagnachmittag. Aber du darfst niemandem von dieser Sache erzählen, sonst sehe ich zu, dass dir dein Kind weggenommen wird. Verstehen wir uns?«

»Ja, gnä' Frau.« Es war komisch zu hören, wie sie versuchte, hart zu sein – das bringt sie nicht recht fertig.

»Also gut. Wohin soll ich gehen?«

»Nach Leytonstone. Zu Nellie, gleich um die Ecke von der High Street beim Rose and Crown.«

Da hörte ich ein Geräusch hinter dem Sofa, auf dem ich saß, und wusste, dass da jemand war. Aber sie schien nichts gemerkt zu haben – sie starrte wieder zum Fenster raus. Ich guckte hinter mich und sah Simon dort hocken. Es hat mich gar nicht gewundert, dass er gelauscht hatte – das sah dem Schlingel ähnlich. Er starrte mich finster an, weil ich seine Mum ins Spiel gebracht hatte. Ich zuckte mit den Schultern – was hätte ich sonst sagen sollen?

»Und jetzt geh«, sagte sie, ohne mich anzusehen. »Geh und pack deine Sachen. Ich besorge eine Droschke für dich.«

»Ja, gnä' Frau.« Ich stand auf. Jetzt, wo wir die Sache hinter uns hatten, wollte ich noch etwas zu ihr sagen, aber ich wusste nicht, was. Also sagte ich nur: »Auf Wiedersehen, gnädige Frau,« und sie sagte: »Auf Wiedersehen, Jenny.« Ich ging zur Tür und machte sie auf. Bevor ich hinausging, sah ich noch einmal zu ihr. Sie stand noch immer am Fenster, die Augen geschlossen, und presste die Hände zusammengeballt auf ihren Bauch.

»Ach«, sagte sie, als würde sie seufzen.

Simon steckte immer noch hinter dem Sofa.

Hoffentlich ist seine Mum vorsichtig.

September 1906

Albert Waterhouse

Ich glaube nicht, dass ich irgendjemandem davon erzählen werde, nicht einmal Trudy – aber neulich abends habe ich Kitty Coleman nach Hause begleitet. Ich kam gerade vom Kricketspielen auf der Heath mit Richard Coleman, als mir einfiel, dass Trudy mich gebeten hatte, dem Vikar von St. Anne's etwas auszurichten – irgendeine Lappalie wegen Altarblumen oder so. Aus solchen Dingen versuche ich mich immer herauszuhalten – das ist Trudys Aufgabe. Aber ich sagte Richard, ich würde gleich in den Bull and Last nachkommen, und machte mich pflichtschuldig auf den Weg.

Hinterher wollte ich gerade zum Pub gehen, als ich die Swain's Lane hochschaute und Kitty Coleman sah. Sie ging langsam dahin, den Kopf gesenkt, und stieß mit den Füßen gegen ihren Rock. Ich fand das sehr merkwürdig, schließlich dämmerte es schon, und sie war ganz allein und schien eigentlich nur durch die Gegend zu laufen.

»Guten Abend, Mrs. Coleman«, sagte ich und zog den Hut. »Ein schöner Abend, um spazieren zu gehen, nicht? Ganz, als würde der Sommer seine letzte Kraft verspritzen.« Bei meiner Wortwahl musste ich erröten. Ich weiß nicht, was es mit Kitty Coleman auf sich hat – sie bringt mich immer dazu, Dinge zu sagen, die ich nicht sagen sollte.

Doch sie schien es gar nicht zu bemerken – sie starrte mich nur an wie ein Gespenst. Ich war erschrocken über ihr Aussehen. Richard hatte erwähnt, dass sie krank gewesen war und nicht so gut aussah wie sonst. Aber es war mehr als das.

Ihre Schönheit ist dahin, so Leid es mir tut, das sagen zu müssen.

»Haben Sie ein bestimmtes Ziel?«

Kitty Coleman zögerte. »Ich war ... ich wollte den Berg hinaufgehen, aber ich schaffe es nicht.«

»Der Berg zum Friedhof hinauf ist ziemlich steil. Und wenn Sie vor kurzem unpässlich gewesen sind, kommt er Ihnen sicher vor wie ein Gebirge. Soll ich Sie zu Ihrem Mann bringen? Ich bin mit ihm im Pub verabredet.«

»Ich will Richard nicht sehen«, sagte Kitty Coleman schnell.

Ich wusste zwar nicht, wie ich das verstehen sollte, aber ich konnte sie kaum einfach dort stehen lassen – sie sah so elend aus und kam mir vor wie ein Kind. »Soll ich Sie nach Hause bringen?«

Ich streckte ihr meinen Arm hin, obwohl ich mir dabei etwas dumm vorkam und mich fragte, was Trudy dazu sagen würde, wenn sie uns zusammen sehen könnte. Ich weiß, sie hält nicht viel von Kitty Coleman. Zum Glück war Trudy mit den Mädchen zu Hause. Maude war auch dort, sie wollte über Nacht bei uns bleiben.

Nach einer Sekunde nahm Kitty Coleman meinen Arm. Der kürzeste Weg zu ihr nach Hause führte direkt am Bull and Last vorbei, aber den schlug ich nicht ein. Es wäre mir merkwürdig vorgekommen, mit Kitty Coleman am Pub vorbeizuflanieren, ihr Mann hätte ja zufällig hinausgucken können, und er wähnte mich doch beim Vikar. Ich hätte es ihm erklären können, aber es wäre mir dennoch nicht richtig vorgekommen. Also machte ich einen Umweg, und sie schwieg dazu. Ich versuchte, eine Unterhaltung in Gang zu bringen, aber sie sagte wenig, höchstens »ja« und »danke«, auch wenn es gar nichts gab, wofür sie sich hätte bedanken brauchen.

Egal. Ich brachte sie nach Hause und kam mir dabei etwas albern vor, aber auch ein bisschen stolz – ihr Gesicht ist vielleicht nicht mehr so hübsch wie früher, doch sie hält sich immer noch sehr aufrecht und trug ein adrettes graues Kleid, auch wenn es etwas zerknittert war. Einige Passanten starrten uns an, und unwillkürlich hielt ich mich etwas gerader.

»Kommen Sie jetzt zurecht, Mrs. Coleman?«, fragte ich, als wir vor ihrer Haustüre standen.

»Natürlich, danke.«

»Schonen Sie sich ein bisschen. Gönnen Sie sich eine gemälzte Milch und gehen Sie früh schlafen.«

Sie nickte und ging ins Haus. Erst auf dem Weg zum Pub fiel mir auf, dass sie mich kein einziges Mal mit Namen angesprochen hatte. Vielleicht hatte sie mich gar nicht erkannt.

Im Bull and Last zog Richard mich damit auf, dass ich so lange beim Vikar gewesen war. Ich nickte nur und bestellte mir ein Bier.

Oktober 1906

Lavinia Waterhouse

Ich war zutiefst entsetzt, als ich Maudes Mutter erblickte.

Beinahe hätten wir sie gar nicht gesehen. Wir waren nur auf dem Heimweg von der Schule schnell zu Maude gegangen, weil ich mir ein Buch über Pflanzen von ihr ausleihen wollte, damit ich einige Abschnitte daraus für einen Schulaufsatz abschreiben kann. Maude wollte es eigentlich gar nicht holen, und ich dachte, sie wäre dagegen, dass ich abschreibe, weil wir unsere Aufsätze eigentlich selbst verfassen sollen. (Es ist so langweilig, sich etwas zu überlegen, vor allem wenn es über den »Lebenszyklus des Laubes« geht!) Aber jetzt glaube ich, der wirkliche Grund war, weil sie nicht wollte, dass ich ihre Mutter sehe. Wenn ich es mir recht überlege, kommt Maude seit Monaten fast jeden Tag zu mir – noch öfter als früher.

Sie ging ganz schnell mit mir in ihr Zimmer, um das Buch zu holen, und genauso schnell wieder nach unten. Und in dem Augenblick kam Mrs. Coleman aus dem Damenzimmer. Sie war so in Gedanken versunken, dass ich nicht einmal sicher war, ob sie uns wirklich sah, bis Maude »Guten Tag, Mummy« sagte, sehr leise, und sie ganz leicht nickte.

Ich war von ihrem Aussehen so überrascht, dass ich hinterher gar nicht mit Maude darüber reden wollte – was ich eigentlich traurig finde, weil ich immer dachte, wir würden uns alles sagen. Aber ich schaffte es einfach nicht, sie zu fragen, warum ihre Mutter so dünn ist, und warum sie plötzlich so viele graue Haare hat und ihre Haut wie Spülwasser aussieht. Und schlimmer noch – denn graue Haare kann man ja färben oder ausreißen (wie Mama es macht) und farblose Haut mit etwas Tonikum auffrischen –, Mrs. Coleman ist nicht mehr so spritzig wie früher. Natürlich wirkte sie deswegen manchmal etwas kokett – der Grund, warum Mama wenig von ihr hält –, aber ohne ihr Strahlen ist sie langweilig.

Es ist unverkennbar, dass bei den Colemans etwas nicht stimmt. Nicht nur dass Maudes Mutter nicht mehr sie selbst ist – vor einigen Monaten wurde ihr Dienstmädchen Jenny plötzlich krank und musste sie verlassen. Vielleicht haben die beiden dieselbe Krankheit. Maude sagt, dass Jenny bald zurückkommt. Ich werde sie mir ansehen, ob sie auch graue Haare bekommen hat. Es wird gut sein, wenn sie wieder da ist, denn die Aushilfen sind schrecklich. Maude konnte bisher keine einzige von ihnen leiden, und das Haus ist auch nicht allzu sauber, zumindest soweit ich das sehen konnte. Die Pflanzen auf den Treppenabsätzen sind völlig verstaubt.

Ich habe nichts dergleichen zu Maude gesagt, der Armen. Auf dem Weg zu mir war sie ganz bedrückt. Ich bemühte mich, besonders nett zu ihr zu sein, und schlug sogar vor, wir könnten zur offiziellen Einweihung unserer Bücherei gehen. Den ganzen Sommer über haben sie daran gebaut, in der Chester Road, und am Donnerstagnachmittag ist dort eine Feier. Von mir aus hatte ich nicht unbedingt hingehen wollen – nichts als langweilige Reden –, aber vielleicht muntert es Maude auf, sie liebt Büchereien doch so sehr. Und dann könnten wir auch früher aus der Schule heimgehen und würden die letzte Stunde verpassen – Rechnen. Ich hasse Rechnen – Zahlen sind einfach fade. Um ehrlich zu sein, mag ich keines unserer Fächer, außer Hauswirtschaft und Aufsatz, obwohl Miss Johnson meint, meiner Phantasie müssten Zügel angelegt werden – was ich für ein großes Kompliment halte!

Mama wird für uns beide um Erlaubnis bitten müssen, dass wir vor der letzten Stunde gehen dürfen, denn Maudes Mutter ist eindeutig nicht in der Lage, das zu tun. Und wahrscheinlich werden Mama und Ivy May uns begleiten müssen, obwohl es nur ein paar Minuten zu Fuß sind. Maude und ich sind elf Jahre alt, und trotzdem dürfen wir nirgends allein hingehen, außer zur Schule. Mama sagt, man wisse nie, was passieren könne, und liest aus der Zeitung alle möglichen Schrecknisse vor – Säuglinge, die auf der Heath ausgesetzt werden und erfrieren, oder Leute, die im Teich ertrinken, oder rüpelhafte Männer, die kleinen Mädchen auflauern.

Als wir zu Hause waren, fragte ich Mama, ob wir alle zur Einweihung der Bücherei gehen könnten. Sie sagte ja, die Gute. Sie sagt immer ja, wenn ich etwas will.

Dann richtete Maude eine merkwürdige Bitte an sie. »Mrs. Waterhouse«, sagte sie, »könnten Sie meine Mutter vielleicht bitten, mit uns zu kommen? In den letzten Monaten ging es ihr nicht so gut, und etwas frische Luft würde ihr gut tun.«

Mama war etwas verblüfft darüber – Maude könnte ihre Mutter doch selbst fragen! –, aber sie sagte, sie würde es versuchen. Ich war etwas verstimmt; ich weiß nicht, ob ich mit jemandem gesehen werden möchte, der sich so gehen lässt. Doch, ich muss zu meiner besten Freundin halten. Außerdem kann Mama Mrs. Coleman vielleicht gar nicht überreden, mit uns zu kommen – schließlich sind sie nicht gerade gut befreundet. Aber wenn sie doch mitkommt, stehle ich mich vielleicht nachts hinaus und stelle ihr eine Flasche Haarfärbemittel vor die Tür.

Gertrude Waterhouse

Ich brachte es nicht übers Herz, Maude den Wunsch abzuschlagen. Es ist erschreckend, sich vorzustellen, dass ein Mädchen seine eigene Mutter nicht bitten kann, es zu einer Veranstaltung zu begleiten. Ich hätte sie gerne gefragt, warum sie glaubte, nicht selbst fragen zu können, aber sie sah so niedergeschlagen und traurig aus, dass ich nur sagte, ich würde mein Bestes tun, und es dabei beließ. Ich glaubte nicht, dass ich viel würde ausrichten können, selbst in einer solch trivialen Angelegenheit. Kitty Coleman hat noch nie auf mich gehört, und wenn Maude sie nicht zu dieser kleinen Eröffnung hier in der Nachbarschaft überreden konnte, war es unwahrscheinlich, dass ich dazu in der Lage sein sollte.

Dennoch, gleich am nächsten Vormittag, als die Mädchen in der Schule waren, ging ich Kitty besuchen. Sobald ich sie sah, machte ich mir Vorwürfe, es nicht schon früher getan zu haben. Sie sah wirklich gespenstisch aus – dünn und verkniffen –, und ihr wunderschönes Haar hat allen Glanz verloren. Es ist einfach erschreckend, einen ehemals lebensüberschäumenden Menschen auf einmal völlig blutleer zu sehen. Wäre ich gehässig, hätte es mich vielleicht gefreut, festzustellen, dass ihre Schönheit dahin war. Statt dessen rührte Kitty mir ans Herz. Ich nahm sogar ihre Hand und drückte sie, was sie überraschte, aber sie zog sie nicht zurück. Ihre Hand war eisig.

»Ach, Ihre Hand ist ja so kalt!«, rief ich.

»Wirklich?«, fragte sie abwesend.

Ich nahm das gelbe Seidentuch, das über der Sofalehne drapiert war, und legte es ihr um die Schultern. »Es tut mir so Leid, dass Sie krank waren.«

»Sagte jemand, ich wäre krank?«

»Ach, ich …« Ich war verwirrt. »Maude – sie sagte, Sie hätten vor einiger Zeit eine Lungenentzündung gehabt.« Das zumindest entsprach der Wahrheit, oder so glaubte ich wenigstens, aber Kitty Colemans Reaktion gab mir zu denken.

»Das hat Maude gesagt?«, fragte sie. Ich überlegte mir, ob Kitty wohl je eine Frage beantworten und nicht nur zurückgeben würde. Doch dann zuckte sie mit den Achseln. »Warum auch nicht?«, murmelte sie, was ich überhaupt nicht verstand, aber ich drang nicht weiter in sie.

Sie klingelte nach dem Mädchen, doch als es erschien – nicht ihr übliches Hausmädchen –, starrte Kitty es ausdruckslos an, als hätte sie vergessen, warum sie es überhaupt gerufen hatte. Das Mädchen starrte ebenso ausdruckslos zurück.

»Vielleicht eine Tasse Tee für Ihre Herrin«, schlug ich vor.

»Ja«, wisperte Kitty, »das wäre schön.«

Als das Mädchen gegangen war, fragte ich: »Sind Sie beim Arzt gewesen?«

»Weshalb?«

»Damit Sie wieder zu Kräften kommen. Vielleicht könnten Sie etwas einnehmen – ein Stärkungstonikum. Oder Sie könnten in Kur gehen.« Vergeblich versuchte ich mich an Heilmittel zu erinnern, die sie gegen ihr Leiden einnehmen könnte. Mir fielen nur Romane ein, in denen die Heldin in einen deutschen Badeort fährt, oder des milderen Klimas wegen nach Südfrankreich.

»Der Arzt sagt, ich muss durch reichlich Essen und frische Luft wieder zu Kräften kommen«, wiederholte Kitty mechanisch. Ihrem Aussehen nach zu urteilen nahm sie wohl kaum mehr als einen Bissen am Tag zu sich, und ich bezweifle, ob sie je das Haus verließ.

»Genau deswegen bin ich zu Ihnen gekommen. Ich habe vor, mit den Mädchen am Donnerstag zur neuen Bücherei in der Chester Road zu gehen, die dann eröffnet wird. Ich wollte Sie fragen, ob Sie und Maude nicht mitkommen möchten. Wir könnten hinterher zum Tee in den Waterlow Park gehen.« Ich kam mir etwas töricht vor; ich klang, als würde ich eine Expedition in die Antarktis vorschlagen und nicht nur einen Ausflug in die Nachbarschaft.

»Ich weiß nicht«, antwortete sie. »Das ist ziemlich weit.«

»Zur Bücherei ist es gar nicht weit«, sagte ich schnell, »und wir brauchen zum Teetrinken ja nicht den Berg hinaufzugehen – es gibt sicher einen Salon in der Nähe. Oder Sie könnten zu mir kommen.« Kitty war noch nie bei mir gewesen. Eigentlich wollte ich nicht, dass sie meinen beengten Salon sah, aber ich hatte das Gefühl, den Vorschlag machen zu müssen.

»Ich bin nicht ...«

Ich wartete darauf, dass Kitty den Satz beendete, doch das tat sie nicht. Irgendetwas war mit ihr passiert – sie kam mir vor wie ein Lamm, das sich verlaufen hat und ziellos über die Weide irrt. Die Aussicht, ihr Hirte zu sein, gefiel mir gar nicht, aber ich wusste auch, dass Gott nicht wollte, dass Seine Hirten Seine Schäfchen beurteilten. Ich ergriff wieder ihre Hand. »Was fehlt Ihnen denn, meine liebe Mrs. Coleman? Was bereitet Ihnen so großen Kummer?«

Kitty sah mich lange an. Ihre Augen waren so dunkel, dass ich glaubte, in einen Brunnen zu blicken. »Ich habe mein ganzes Leben damit verbracht, darauf zu warten, dass etwas passiert«, sagte sie schließlich. »Und mir ist klar geworden, dass es nicht passieren wird. Oder es ist bereits passiert, aber in dem Moment habe ich gerade geblinzelt, und schon war es vorüber. Ich weiß nicht, was schlimmer ist – es versäumt zu haben, oder zu wissen, dass es nichts zu versäumen gibt.«

Was ich darauf sagen sollte, wusste ich nicht, denn ich verstand überhaupt nicht, was sie meinte. Doch etwas musste ich erwidern. »Ich finde, dass Sie viel Glück im Leben haben«, sagte ich und sprach so streng, wie ich mich traute. »Sie haben einen guten Mann und eine brave Tochter und ein wunderschönes Haus mit Garten. Sie haben Essen auf dem Tisch und eine Köchin, die es zubereitet. Viele Menschen würden Sie um

Ihr Leben beneiden.« Doch ich nicht, fügte ich im Stillen hinzu.

»Ja, aber ...« Kitty brach wieder ab und suchte in meinem Gesicht nach etwas. Offenbar entdeckte sie es nicht, denn sie senkte den Blick.

Ich ließ ihre Hand los. »Ich werde Ihnen ein Stärkungsmittel vorbeibringen, das meine Mutter immer machte, wenn ich schwächlich war, aus Brandy und Eigelb und etwas Zucker. Ich bin sicher, dass Ihnen das gut tun wird. Und haben Sie Brillantine? Die bewirkt Wunder mit dem Haar. Geben Sie einfach etwas auf Ihre Bürste. Und kommen Sie doch mit uns zur Einweihung der Bücherei am Donnerstag, meine Liebe.« Kitty öffnete den Mund, um etwas zu sagen, aber mutig redete ich einfach weiter. »Ich bestehe darauf. Maude würde sich so freuen – sie wünscht sich so sehr, dass Sie sie begleiten. Und Sie wollen sie doch nicht enttäuschen. Sie ist ein wirklich liebes Mädchen – und sie ist Klassenbeste.«

»Wirklich?«

Kitty musste doch wissen, wie gut ihre Tochter in der Schule war! »Wir holen Sie am Donnerstag um halb drei ab. Die frische Luft wird Ihnen gut tun.« Bevor sie Einwände erheben konnte, stand ich auf und zog meine Handschuhe über, wartete nicht einmal auf den Tee (das Hausmädchen ist sehr langsam) und verabschiedete mich.

Zum ersten Mal, seit ich Kitty Coleman kenne, war ich diejenige, die den Ton in unserem Verhältnis angab. Doch diese Macht versetzte mich nicht in Hochstimmung, ich fühlte mich nur elend.

Nirgends steht geschrieben, dass es einfach ist, christliche Nächstenliebe zu üben.

Maude Coleman

Ich weiß nicht, warum Lavinia unbedingt zur Eröffnung der Bücherei gehen wollte. Offenbar dachte sie, ich würde begeistert sein, aber sie verwechselt die Einweihung mit der Bücherei selbst. Natürlich freue ich mich, dass wir jetzt eine in unserer Nähe haben, aber mir geht es mehr darum, Bücher ausleihen zu können, als um die Feierlichkeit. Lavinia ist das genaue Gegenteil von mir – sie mochte festliche Anlässe immer schon viel lieber als ich, aber in einer Bücherei kann sie keine fünf Minuten still sitzen. Im Grunde hat sie für Bücher nicht einmal besonders viel übrig – obwohl sie natürlich Dickens mag, und sie und ihre Mutter lesen sich gerne Sir Walter Scott vor. Und sie kann auch einige Gedichte aufsagen – Tennysons »Lady of Shalott« und Keats' »La Belle Dame sans Merci«.

Doch um ihr eine Freude zu machen, sagte ich, ich würde mitgehen, und irgendwie hat Mrs. Waterhouse Mummy überredet, auch mitzukommen – das erste Mal überhaupt, dass sie seit ihrer Krankheit das Haus verlässt. Ich wünschte mir zwar, sie hätte sich etwas Hübscheres angezogen – sie hat so viele wunderschöne Kleider und Hüte, aber dann trug sie nur ein braunes Kleid und einen schwarzen Filzhut mit drei schwarzen Röschen an der Krempe. Sie sah aus wie eine Trauernde unter Festgästen. Aber immerhin kam sie mit – ich fand es schon allein schön, nur neben ihr herzugehen.

Ich glaube, sie wusste nicht einmal genau, wo die neue Bücherei überhaupt ist. Daddy und ich sind an Sommerabenden oft hingegangen, um zu sehen, wie sie mit den Bauarbeiten vorankommen, aber Mummy hat uns nie begleitet. Als wir jetzt von der Swain's Lane in die Chester Road einbogen und die Südmauer des Friedhofs sahen – die sich die Chester Road entlangzieht –, wurde sie ganz nervös. Sie packte mich sogar am Arm, und ohne recht zu wissen, weshalb, sagte ich: »Keine Sorge, Mummy, wir gehen nicht dorthin.« Sie wurde etwas ruhiger, hielt sich aber an mir fest, bis wir am Südeingang vorbei waren und zu der Menschenmenge vor der Bücherei kamen.

Die Bibliothek ist ein sehr schöner Ziegelbau, mit Sandstein abgesetzt; der Eingang hat vier korinthische Säulen, und die Seitenflügel haben hohe Bogenfenster. Zur Eröffnung war die Fassade mit einer weißen Fahne geschmückt, und auf den Stufen war ein kleines Podium errichtet. Auf dem Bürgersteig wimmelte es von Leuten, sie standen bis auf die Straße. Es war windig, und die Fahne flatterte, und die Melonen der Männer und die Federn und Blumen der Frauen flogen davon.

Wir waren noch nicht lange da, als die Reden begannen. Ein Mann trat auf das Podium und sagte laut: »Guten Tag, meine Damen und Herren. Als Vorsitzender des Komitees für Bildung und Bibliotheken von St. Pancras ist es mir ein Vergnügen, Sie zu diesem großartigen Anlass begrüßen zu dürfen – die Eröffnung der ersten unentgeltlichen Bücherei im Stadtteil als ersten Schritt, das Gesetz über öffentliche Bibliotheken in St. Pancras umzusetzen.

Wir sind T. H. W. Idris, dem Parlamentsabgeordneten und früheren Bürgermeister, zu Dank verpflichtet wegen seiner erfolgreichen Bemühungen, Mr. Andrew Carnegie aus Pittsburgh in den Vereinigten Staaten zu bewegen, 40 000 Pfund zur Umsetzung des besagten Gesetzes beizusteuern …«

In dem Augenblick versetzte Lavinia mir einen Rippenstoß. »Schau!«, flüsterte sie aufgeregt und wies mit dem Finger. Ein Trauerzug kam die Chester Road entlang. Als der Vorsitzende auf dem Podium die Kutschen sah, unterbrach er seine Rede, und die Männer in der Menge nahmen den Hut ab, während die Frauen den Kopf senkten. Ich senkte meinen auch, aber ich lugte durch die Wimpern – fünf Kutschen hinter der mit dem Sarg.

Dann kam eine Windbö, so dass alle Frauen ihre Hüte festhielten. Lavinia und Ivy May und ich trugen unsere grünen Schulmützen, die normalerweise nicht so schnell wegfliegen, aber Lavinia nahm ihre ab, schüttelte den Kopf und zuckte mit den Achseln. Das tat sie bestimmt nur, um mit ihren Locken anzugeben.

Die Männer des Bestattungsunternehmens, die neben der ersten Kutsche hergingen, drückten sich die Hüte mit beiden Händen auf den Kopf, aber einer flog trotzdem davon, und der Mann musste ihm in seinem langen schwarzen Mantel nachjagen. Die schwarzen Federbüsche auf den Pferdeköpfen schwankten hin und her, und als einem Pferd der Wind in die Nüstern blies, wieherte es und bäumte sich auf, so dass der Kutscher mit der Peitsche knallen musste, woraufhin einige Damen aufschrien und der Zug zum Stillstand kam. Mummy zitterte und packte mich noch fester am Arm.

Der Wind hatte so an der Fahne gezerrt, dass die nächste Bö sie losriss und durch die Luft flattern ließ. Das lange weiße Tuch segelte über unseren Köpfen und tanzte regelrecht über dem Trauerzug, bis sich der Wind plötzlich legte und die Fahne herunterfiel und auf der Kutsche mit dem Sarg landete. Die Menge hielt den Atem an – Lavinia kreischte natürlich –, und das nervöse Pferd bäumte sich wieder auf.

Es war ein einziges Durcheinander. Doch über all den Rufen, dem Wind und dem Pferdewiehern hörte ich eine Frau lachen. Ich sah mich um, sie stand am Rande der Menge, ganz in Weiß gekleidet mit sehr viel Spitze, die so flatterte, dass die Frau wie ein Vogel aussah. Sie lachte nicht wirklich laut, aber trotzdem war es durchdringend, wie die Schreie des Lumpensammlers, wenn er bei uns durch die Straße geht und »Lumpen! Altes Eisen!« ruft.

Mr. Jackson kam zum Friedhofstor heraus und zog die Fahne von der Kutsche. »Weiterfahren!«, rief er. »Schnell, bevor die Pferde durchgehen!« Er lief zum Tor zurück, schwang es auf und bedeutete der ersten Kutsche hineinzufahren. Sobald die letzte Kutsche auf dem Friedhof war, schwang er das Tor zu und sammelte dann die Fahne ein. Während er sie zusammenfaltete, schaute er zur Bücherei, sah Mummy und hielt unvermittelt inne. Mummy fuhr zusammen, als hätte jemand sie an der Schulter berührt, und ließ meinen Arm los. Dann trat der Vorsitzende vom Podium herunter und ging über die Straße, um die Fahne an sich zu nehmen. Mr. Jackson musste sich ihm zuwenden, und Mummy sackte in sich zusammen. Dann kam eine neue Windbö, und es sah aus, als würde sie gleich umkippen. Einen Augenblick später stand die lachende Frau neben ihr, nahm sie ungezwungen am Arm und stützte sie.

»Hier wird ja einiges geboten«, sagte sie und lachte wieder. »Und dabei haben die Reden noch überhaupt nicht richtig angefangen!«

Sie war klein, kleiner als Mummy, aber sie hielt die Schultern so straff, dass sie selbstbewusst wirkte wie eine hoch gewachsene Dame. Sie hatte große braune Augen, die aussahen, als würden sie ganz vorne in ihrem Gesicht sitzen, so dass man ihrem Blick gar nicht ausweichen konnte. Und wenn sie lächelte, sah man in ihrem Mundwinkel einen Zahn, was mich an ein Pferd erinnerte, das die Zähne bleckt.

Ich wusste sofort, dass ich sie nicht leiden konnte.

»Ich bin Caroline Black«, sagte sie und streckte die Hand aus.

Mummy starrte auf die Hand. Einen Moment später ergriff sie sie. »Kitty Coleman«, sagte sie.

Ich war schockiert, als ich den Namen hörte, aber Mummy wusste eindeutig nichts damit anzufangen. Caroline Black war eine Suffragette, die schon seit Monaten auf der Leserbriefseite der Lokalzeitung eine hitzige Auseinandersetzung mit mehreren skeptischen Herren über das Thema Frauenwahlrecht führte.

Daddy redet sehr abschätzig über die Suffragetten. Er sagt, das Wort klingt wie eine Verbandstechnik aus dem Krimkrieg. Die Suffragetten haben mit Kreide Hinweise auf ihre Versammlungen auf die Bürgersteige in unserem Viertel geschrieben, und Daddy hat ihnen – vielleicht sogar Caroline Black selbst – gelegentlich mit Wassereimern gedroht.

Mittlerweile sprach der Vorsitzende wieder. »... der Stadtrat hat eine Tür geöffnet, durch die jeder Bewohner von St. Pancras eintreten kann, ohne Eintritt bezahlen oder sich ausweisen zu müssen, um sich an den Schätzen der Literatur zu erfreuen, die hier in diesem Gebäude gesammelt und bewahrt werden.«

Die Menge begann zu klatschen. Nur Caroline Black klatschte nicht, und Mummy auch nicht. Ich schaute mich nach Lavinia um, entdeckte sie aber nicht. Mrs. Waterhouse und Ivy May standen noch in unserer Nähe; ich folgte Ivy Mays Blick über die Straße. Lavinia stand am Friedhofstor. Sie sah mich und winkte mich zu sich, öffnete das Tor ein Stück, um mir zu zeigen, dass es nicht verschlossen war. Ich zögerte – ich wollte Mummy nicht mit Caroline Black allein lassen. Andererseits waren die Reden genauso langweilig, wie ich es mir gedacht hatte. Der Friedhof war viel aufregender. Gerade wollte ich zu Lavinia hinübergehen, da erhob Caroline Black unvermittelt die Stimme.

»Das ist alles ja schön und gut, Mr. Ashby. Auch ich begrüße den freien Zugang zu Literatur und Bildung. Aber können wir einen solchen Anlass wirklich als Triumph ansehen, wenn die eine Hälfte der Bevölkerung ihr auf diese Weise errungenes Wissen nicht auf den Bereich anwenden kann, der für uns alle von größter Wichtigkeit ist? Wenn Frauen nicht das Wahlrecht haben, warum sollten sie dann die Schätze der Literatur lesen?«

Während sie redete, wichen die Leute ein Stück von ihr zurück, so dass sie sich allein im Kreis der Zuschauer befand, abgesehen von Mummy und mir, die linkisch neben ihr standen.

Mr. Ashby versuchte, etwas einzuwerfen, aber Caroline Black fuhr fort in ihrer ruhigen Stimme, die sehr weit trug und nicht zu unterbrechen war. »Ich bin sicher, wäre unser Parlamentsabgeordneter Mr. Dickinson jetzt hier, würde er mir zustimmen, dass das Thema Frauenwahlrecht Hand in Hand mit Themen wie öffentlichen Büchereien und allgemeiner Bildung einhergeht. In diesem Moment arbeitet er daran, im Parlament einen Gesetzesentwurf zum Frauenwahlrecht einzubringen. Ich appelliere an Sie alle« – sie deutete auf den Kreis um sich – »als betroffene gebildete Bürger: Bedenken Sie, wann immer Sie dieses Gebäude betreten, dass Ihnen – oder, wenn Sie ein Mann sind, Ihrer Ehefrau, Ihren Schwestern oder Töchtern – das Recht verweigert wird, als verantwortungsbewusste Bürgerin darüber abzustimmen, wer Sie repräsentiert. Aber Sie können sich gemeinsam mit der Women's Suffrage and Political Union dagegen wehren. Kommen Sie zu den Versammlungen der örtlichen WSPU-Gruppe, die jeden Dienstagnachmittag um vier Uhr im Birch Cottage, West Hill in Highgate stattfinden. Ich verlange das Wahlrecht für Frauen!« Sie verbeugte sich ein wenig, als nehme sie einen Applaus entgegen, den nur sie hören könne, und trat einen Schritt zurück, so dass Mummy und ich allein im Kreis standen.

Die Gesichter ringsum waren neugierig auf uns gerichtet; wahrscheinlich fragten die Leute sich, ob wir auch Suffragetten waren. Mrs. Waterhouse warf mir einen Blick entsetzten Mitgefühls zu. Ivy May neben ihr starrte auf meine Mutter. Mummy selbst betrachtete Caroline Black, und zum ersten Mal seit vielen Monaten lächelte sie.

Ich schaute zum Friedhofstor hinüber, aber Lavinia war nicht mehr da. Dann sah ich sie im Friedhof zwischen zwei Gräbern verschwinden.

Ihr Lachen schallte wie eine Fanfare zu mir herüber, so dass ein Ruck durch mich ging und ich die Augen weit öffnete. Ich hatte gedacht, es wäre wieder ein nebliger, dumpfer Tag, doch als ich mich umsah, woher das Lachen stammte, stellte ich fest, dass es ein frischer, böiger Herbstnachmittag war, wie ich ihn liebe; an solchen Tagen wollte ich als Mädchen immer Äpfel essen und mit den Füßen das Laub aufwirbeln.

Dann sah ich John Jackson am Tor stehen, und ich hielt ganz still, damit er mich nicht erblickte. Er sah mich trotzdem. Ich habe öfter versucht, den Berg hinauf zu ihm zu gehen und es ihm zu erklären. Aber ich habe es nie geschafft. Wahrscheinlich versteht er es auch so – er versteht die meisten Dinge.

Ich hörte das Lachen wieder, diesmal direkt neben mir. Caroline nahm mich am Arm, und ich wusste, dass von nun an nichts mehr so sein würde wie zuvor.

SIMON FIELD

Ich bin unten im Grab, stehe auf dem Sarg, als sie daherkommt. Der Trauerzug ist weg, ich schippe Erde herum, um die Ritzen um den Sarg auszufüllen. Dann muss ich die unterste Reihe Stützplanken mit einem Hammer rausschlagen, und mein Pa und Joe ziehen sie mit dem Seil hoch. Das Grab ist zwölf Fuß tief.

Mein Pa und Joe singen:

»Sie ist mein Herz, meine Liebste,
Sie ist mein Täubchen, meine Liebste,
Kein Mädchen, das nur sitzt und träumt,
Sie ist die Königin von Laguna.«

Dann hören sie auf, aber ich singe weiter:

»Ich weiß, sie hat mich gern,
Ich weiß, sie hat mich gern,
Das hat sie mir gesagt,
Sie ist die Lilie von Laguna,
meine Lilie ist sie, meine Rose.«

Dann gucke ich hoch, und da steht Livy am Rand vom Grab und lacht zu mir runter.

»Verdammt, Livy«, sage ich. »Was tust du denn hier?«

Sie schüttelt die Haare und zuckt mit den Achseln. »Ich schau dich an, ungezogener Junge«, sagt sie. »Du darfst nicht ›verdammt‹ sagen.«

»'tschuldigung.«

»Ich komme jetzt zu dir runter.«

»Das geht nicht.«

»Natürlich geht das.« Sie wendet sich an meinen Pa. »Helfen Sie mir?«

»Nicht doch, Fräuleinchen, da wollen Sie nicht runter. Das ist nix für Sie. Außerdem wird dann Ihr hübsches Kleid ganz dreckig und Ihre Schuhe.«

»Das macht nichts – ich kann sie reinigen lassen. Wie kommt man da hinunter – mit einer Leiter?«

»Nee, nee, mit 'ner Leiter nicht«, sagt mein Pa. »Wenn's so tief ist wie hier, sind da lauter Planken, sehen Sie, alle ein oder zwei Fuß, damit die Seiten nicht einstürzen. Auf denen steigen wir runter und wieder hoch. Aber das tun Sie jetzt nicht«, sagt er noch, aber zu spät, weil Livy schon dabei ist. Ich kann bloß ihre zwei Beine sehen, die aus dem Kleid und dem Unterrock rausgucken.

»Komm nicht runter, Livy«, sage ich, aber ich meine's nicht wirklich. Sie klettert das Holzgerüst runter, als hätte sie ihr Leben lang nichts anderes gemacht. Dann steht sie neben mir auf dem Sarg. »Na also«, sagt sie. »Freust du dich, mich zu sehen?«

»Klar.«

Livy guckt sich um und zittert. »Hier unten ist es kalt. Und dreckig!«

»Was hast du denn erwartet? Schließlich ist es ein Grab.«

Livy bohrt die Schuhspitze in die Erde auf dem Sarg. »Wer liegt da?«

Ich zucke mit den Achseln. »Weiß nicht. Pa, wer ist in dem Sarg?«, rufe ich nach oben.

»Nein, lass mich raten«, sagt Livy. »Ein kleines Mädchen, das an Lungenentzündung gestorben ist. Oder ein Mann, der in einem Teich auf der Heath ertrunken ist, als er seinen Hund retten wollte. Oder ...«

»'n alter Mann«, ruft mein Pa runter. »'n natürlicher Tod.« Mein Pa findet gern was raus über die Leute, wo wir begraben, meist hört er einfach den Trauernden am Grab zu.

Livy sieht enttäuscht aus. »Jetzt will ich mich hier hinlegen«, sagt sie.

»Tu's nicht«, sage ich. »Es ist dreckig, das hast du selbst gesagt.«

Sie hört nicht auf mich. Sie setzt sich auf den Sargdeckel und streckt sich dann aus, die Erde kommt ihr in die Haare und überallhin. »So«, sagt sie, verschränkt die Hände über der Brust, als wäre sie tot. Sie guckt zum Himmel rauf.

Ich kann's nicht fassen, dass ihr der Dreck nichts ausmacht. Vielleicht ist sie durchgedreht. »Hör auf, Livy«, sage ich. »Steh auf.«

Sie bleibt liegen, hat die Augen zu, und ich gucke sie an. Komisch, etwas so Hübsches da im Dreck liegen zu sehen. Bei ihrem Mund muss ich an eine von den Kirschen in Schokolade denken, die Maude mir mal gegeben hat. Und ich überlege, ob ihre Lippen wohl auch so schmecken.

»Wo ist Maude?«, frage ich, um nicht mehr dran zu denken.

Livy verzieht das Gesicht, macht die Augen aber nicht auf. »Drüben bei der Bücherei, mit ihrer Mutter.«

»Mrs. C. ist wieder auf den Beinen?«

Ich hätte nix sagen sollen und nicht so überrascht klingen. Livy macht die Augen auf, wie 'n Toter, der plötzlich wieder zum Leben erwacht. »Was weißt du über Maudes Mutter?«

»Nix«, sage ich schnell. »Nur, dass sie krank war. Mehr nicht.«

Das kam zu schnell. Livy merkt es. Komisch – sie ist nicht wie Ivy May, die alles mitkriegt. Aber wenn sie will, merkt sie doch was.

»Mrs. Coleman war krank, aber das war vor mehr als zwei Monaten«, sagt sie. »Und sie sieht wirklich erschreckend aus, aber da ist noch was. Ich weiß es einfach.« Livy setzt sich auf. »Und du weißt, was es ist.«

Ich scharre mit den Füßen. »Ich weiß nix.«

»Natürlich weißt du was.« Livy lächelt. »Du bist ein miserabler Lügner, Simon. Also, was weißt du über Maudes Mutter?«

»Nichts, wo ich dir erzählen werde.«

Livy sieht zufrieden drein, und ich wünsch, ich hätte nicht mal das gesagt. »Ich habe doch gewusst, dass es etwas gibt«, sagt sie. »Und ich weiß, dass du's mir erzählen wirst.«

»Warum sollte ich dir's erzählen?«

»Weil du mich dann küssen darfst.«

Ich gucke auf ihren Mund. Sie hat sich gerade über die Lippen geleckt, und jetzt glitzern sie wie Regen auf Blättern. Jetzt hat sie mich. Ich beuge mich zu ihr vor, aber sie zieht das Gesicht zurück.

»Zuerst musst du's mir sagen.«

Ich schüttele den Kopf. Ich sag's ja nicht gern, aber ich trau der nicht. Ich will meinen Kuss, bevor ich was sage. »Ich sag's dir erst hinterher.«

»Nein, den Kuss hinterher.«

Ich schüttle wieder den Kopf, und Livy sieht, dass ich's ernst meine. Sie legt sich wieder auf die Erde. »Also gut. Aber ich will so tun, als wäre ich Dornröschen und du der Prinz, der mich weckt.« Sie macht die Augen zu und kreuzt wieder die Hände über der Brust, als wäre sie tot. Ich gucke nach oben. Mein Pa hängt nicht überm Grab – wahrscheinlich hat er sich hingesetzt und vertreibt sich das Warten mit der Flasche. Ich weiß nicht, wie lange ich so 'n Glück hab, also beuge ich mich schnell über sie und drücke meinen Mund auf den von Livy. Sie rührt sich nicht. Ihre Lippen sind weich. Ich fahre mit der Zunge drüber – sie schmecken nicht wie Schokoladenkirschen, sondern wie Salz. Ich komme wieder hoch, und Livy macht die Augen auf. Wir gucken uns an, sagen aber nichts. Sie lächelt ein bisschen.

»Simon, jetzt mach voran, Junge. Nach dem hier müssen wir noch eins graben!«, ruft mein Pa runter. Er steht da oben und beugt sich vor, dass er gleich reinfällt. Ich weiß nicht, ob er uns hat küssen sehen – aber sagen tut er nichts. »Brauchen Sie Hilfe beim Raufklettern, Fräulein?«, fragt er.

Ich will nicht, dass er hier runterkommt, solange Livy neben mir steht. Drei Leute in ’nem Grab ist zu viel. »Lass gut sein«, sage ich. »Ich helfe ihr rauf.«

»Ich komme nach oben, sobald Simon meine Frage beantwortet hat«, sagt Livy.

Mein Pa tut, als wollte er gleich runtersteigen, also muss ich schnell was sagen. »Die Mrs. C. hat meine Ma besucht«, flüstere ich.

»Ein Wohltätigkeitsbesuch?«

»Wer sagt, wir brauchen Wohltätigkeit?«

Livy gibt keine Antwort.

»Auf jeden Fall, das war was Geschäftliches, keine Wohlfahrt.«

»Deine Mutter ist Hebamme, nicht?«

»Ja, aber …«

»Meinst du, sie hat noch ein Kind bekommen?« Livy kriegt große Augen. »Hat Maude heimlich ein Brüderchen oder ein Schwesterchen bekommen? Wie aufregend! Ich hoffe sehr, dass es ein Bruder ist.«

»So war’s nicht«, sag ich schnell. »Sie hat keinen Bruder gekriegt und keine Schwester auch nicht. Es war das Gegenteil. Sie hat’s wegmachen lassen, bevor’s geboren wird. Sonst wär’s ein Bastard geworden.«

»Ach!« Livy setzt sich kerzengrade hin und starrt mich an, immer noch mit großen Augen. Ich wünsche, ich hätte nix gesagt. Für manche Leute ist es nicht gut, zu viel vom Leben zu wissen, und Livy ist eine davon. »Ach!«, sagt sie wieder und fängt an zu flennen. Dann legt sie sich wieder flach hin.

»Es ist alles gut gelaufen, Livy. Meine Ma war ganz vorsichtig. Aber es hat gedauert, bis sie sich erholt hat.«

»Was soll ich bloß Maude sagen?«, heult sie.

»Gar nix«, sage ich schnell; die ganze Sache braucht nicht noch schlimmer werden, als sie schon ist. »Sie braucht das nicht wissen.«

»Aber unter den Umständen kann sie unmöglich mit ihrer Mutter leben.«

»Wieso nicht?«

»Sie kann bei uns wohnen. Ich werde Mama darum bitten. Sie sagt bestimmt ja, vor allem wenn sie den Grund erfährt.« Jetzt weint sie nicht mehr.

»Sag ihr kein Sterbenswort, Livy«, sage ich.

Dann höre ich von oben einen Schrei und gucke hoch. Livys Mutter steht da und sieht zu uns runter, und Maude auch. Ivy May steht allein auf der anderen Seite vom Grab.

»Lavinia, du lieber Himmel, was tust du denn da unten?«, ruft ihre Mutter. »Komm da sofort heraus!«

»Hallo, Mama«, sagt Livy ruhig, als hätte sie nicht grade noch geflennt. Sie setzt sich auf. »Habt ihr nach mir gesucht?«

Livys Ma sinkt in die Knie und bricht in Tränen aus, nicht leise wie Livy, sondern ganz laut und schluchzend.

»Es ist alles in Ordnung, Mrs. Waterhouse«, sagt Maude und klopft ihr auf die Schulter. »Lavinia ist nichts passiert. Sie kommt gleich heraus – stimmt's, Lavinia?« Sie wirft uns einen bitterbösen Blick zu.

Lavinia lächelt ein seltsames Lächeln, und ich weiß, dass sie an Maudes Ma denkt.

»Wag es ja nicht, ihr was zu sagen, Livy!«, flüstere ich.

Livy sagt nichts, sie guckt mich nicht mal an. Sie klettert nur über die Planken nach oben und ist weg, bevor ich noch was sagen kann.

Ivy May wirft einen Klumpen Erde in das Grab. Er fällt mir vor die Füße.

Als sie alle weg sind, ist es ganz still. Ich schippe weiter Erde in die Ritzen um den Sarg.

Mein Pa kommt und setzt sich ans Grab und lässt die Beine runterbaumeln. Ich kann den Fusel riechen.

»Willst du mir helfen oder was, Pa?«, sage ich. »Du kannst jetzt die Erdlade herbringen.«

Mein Pa schüttelt den Kopf. »Mädchen wie die zu küssen bringt nix«, sagt er.

Also hat er's doch gesehen. »Warum nicht?«, frage ich.

Mein Pa schüttelt wieder den Kopf. »Mädchen wie die sind nichts für dich, Junge. Und das weißt du auch. Die mögen dich, weil du anders bist, mehr nicht. Einmal lassen sie sich sogar von dir küssen. Aber weiter kommst du mit denen nicht.«

»Ich will nirgendwohin mit denen.«

»Ach, wirklich?« Mein Pa lacht.

»Sei still, Pa. Sei still.« Ich schippe lieber weiter – das ist einfacher, als mit ihm reden.

Lavinia Waterhouse

Endlich bin ich zu einer Entscheidung gekommen.

Seitdem Simon mir das gesagt hat, ist mir elend zumute. Mama glaubt, ich hätte mich dort unten im Grab verkühlt, aber das ist es nicht. Ich leide an moralischem Ekel. Nicht einmal Simons Kuss – von dem nie eine Menschenseele etwas erfahren wird – konnte das Entsetzen über die grauenhafte Neuigkeit von Kitty Coleman aufwiegen.

Als sie mich vom Friedhof abholten, konnte ich es kaum ertragen, Maude anzusehen. Ich wusste, dass sie sich über mich ärgerte, aber mir war wirklich schlecht, und ich konnte nicht sprechen. Wir gingen zur Bücherei zurück, und als ich Maudes Mutter sah, ging es mir noch schlechter. Zum Glück achtete sie gar nicht auf mich – sie war in den Klauen einer widerwärtigen Frau, die eine Suffragette ist, wie Maude mir erzählte. (Ich verstehe das ganze Theater um das Wahlrecht nicht. Politik ist so langweilig – welche Frau würde überhaupt wählen wollen?) Sie gingen Arm in Arm nach Hause, als kennten sie sich seit Jahren, und beachteten mich gar nicht, was mir nur recht war. Es ist wirklich erstaunlich, wie schamlos Maudes Mutter ist angesichts dessen, was sie getan hat.

Seit dem Tag fühle ich mich unbehaglich, wenn ich mit Maude zusammen bin; eine Zeit lang ging es mir sogar so schlecht, dass ich sie überhaupt nicht sehen oder zur Schule gehen konnte. Ich weiß, sie glaubt, das wäre nur gespielt, aber es kam mir wirklich vor, als würde eine schwere Last mich erdrücken. Dann waren Gott sei Dank Herbstferien, und Maude fuhr zu ihrer Tante nach Lincolnshire, und deswegen brauchte ich sie eine Weile nicht zu sehen. Aber jetzt ist sie wieder hier, und mein Wissen belastet mich noch mehr als zuvor. Ich finde es furchtbar, dieses Geheimnis vor ihr zu haben, überhaupt vor allen Leuten, und das ist es, was mich so krank macht.

Ich habe Mama nichts davon erzählt, ich bringe es nicht fertig, sie so zu schockieren. Ich habe Mama und Papa wirklich lieb, und sogar Ivy May. Sie sind einfache Menschen, im Gegensatz zu mir, die ich doch komplizierter bin, aber zumindest weiß ich, dass sie ehrlich sind. In unserem Haus gibt es keine Geheimnisse.

Ich muss etwas tun. Ich kann nicht tatenlos zusehen, wie die Sünde, die im Herzen des Coleman-Hauses lauert, Maude verpestet. Nach drei Wochen der Seelenforschung habe ich mich heute Nachmittag schließlich in mein Zimmer gesetzt und in verstellter Handschrift folgenden Brief geschrieben:

Sehr geehrter Herr Coleman,

es ist meine christliche Pflicht, Sie auf die Unsittlichkeit aufmerksam zu machen, die bezüglich Ihrer Frau in Ihrem Haushalt stattgefunden hat. Sir, es stünde Ihnen an, Ihre Frau nach dem wahren Wesen ihrer Krankheit vor einigen Monaten zu befragen. Ich glaube, Sie werden zutiefst entsetzt sein.
Ich schreibe diesen Brief als eine Person, die um das moralische Wohlergehen Ihrer Tochter, Miss Maude Coleman, besorgt ist. Seien Sie versichert, dass ich nur ihr Bestes will.

Mit hochachtungsvoller Sorge
Verbleibe ich
Aufrichtig
Anonym

Ich werde heute Abend hinausschleichen und den Brief unter ihre Haustür stecken. Dann geht es mir bestimmt bald wieder besser.

November 1906

Jenny Whitby

Das Haus war völlig verkommen. Ich musste es von oben bis unten durchputzen und dann noch mal. Das einzig Gute war, ich hatte keine Zeit, an Jack zu denken. Das, und dass Mrs. Baker sich richtig freute, mich wiederzusehen. Wahrscheinlich hat sie von den Aushilfen die Nase voll. Die waren allesamt ein Reinfall.

Dann war das Problem mit meinen Piezen. Alle paar Stunden waren sie voll, und Milch für Jack kam in Strömen raus und lief an mir runter. Ich musste Baumwolleinlagen tragen und sie ständig wechseln, und trotzdem ist es noch durchgekommen. Zum Glück hat die Gnädigste das nicht gesehen – aber die kriegt ja sowieso nie was mit. Doch einmal ist es passiert, als ich gerade den Kamin in Miss Maudes Zimmer sauber machte. Sie kam rein, und ich musste mir schnell einen Stapel Wäsche an die Brust drücken, obwohl ich schwarz verschmiert war von der Kohle, und schnell eine Ausrede erfinden, um rauszugehen. Sie hat mich zwar komisch angesehen, aber den Mund gehalten. Sie ist froh, dass ich wieder da bin, und wird kaum was gegen mich sagen.

Ich weiß nicht, wie viel sie weiß – Mrs. Baker glaubt, nicht viel, sie wäre noch ein Unschuldslamm. Aber ich bin mir da nicht so sicher – manchmal erwische ich sie, wie sie mich oder ihre Mutter ansieht, und denke mir: Die ist nicht dumm.

Ihre Mutter – also, das ist wirklich komisch. Ich bin richtig ins Haus geschlichen beim ersten Mal, es hat mir gegraut, sie wiederzusehen nach unserem Abschied. Ich dachte, ihr würde alles schrecklich peinlich sein, aber als ich ankam, drückte sie mir die Hand und sagte: »Wie schön, dich wiederzusehen, Jenny. Komm rein, komm rein!« Sie führte mich ins Damenzimmer, wo eine nervöse kleine Frau, eine Miss Black, aufsprang und mir auch die Hand gab.

»Jenny ist unsere Perle«, sagte die Gnädigste zu Miss Black. Also, da bin ich rot angelaufen, ich dachte, sie zieht mich auf. Aber sie schien es ganz ernst zu meinen, als hätte sie die Erpressung völlig vergessen.

»Ich bringe nur eben meine Sachen in mein Zimmer und mache mich dann gleich an die Arbeit«, sagte ich.

»Miss Black und ich haben Großes vor, stimmt's, Caroline?«, meinte die Gnädigste, als hätte sie mich gar nicht gehört. »Du könntest uns eine große Hilfe sein.«

»Ich weiß nicht, gnä' Frau. Soll ich Ihnen einen Tee bringen?«

»Sagen Sie mir, Jenny«, sagte Miss Black, »was halten Sie vom Frauenwahlrecht?«

»Frauen wählen doch nicht«, erwiderte ich.

»Frauen *dürfen* nicht wählen, aber sie sollten das Recht dazu haben, genauso wie die Männer. Dafür kämpfen wir, verstehen Sie? Glauben Sie nicht auch, dass Sie dasselbe Recht haben wie Ihr Vater, Ihr Bruder oder Ihr Mann, zu entscheiden, wer in diesem Land regiert?«

»Ich hab keinen Vater, und einen Bruder oder Mann auch nicht.« Von Söhnen hatte sie nichts gesagt.

»Jenny, wir kämpfen für die Gleichberechtigung«, sagte die Gnädigste.

»Das ist sehr nett von Ihnen, gnä' Frau. Möchten Sie Kaffee oder lieber Tee?«

»Kaffee, glaube ich, was meinst du, Caroline?«

Jetzt stecken die beiden ständig zusammen und hecken was gegen die Regierung aus oder so. Ich sollte mich freuen für die Gnädigste, dass sie jetzt munterer ist als vorher. Aber das tue ich nicht. Irgendwas stimmt nicht mit ihr, sie kommt mir vor wie ein Kreisel, der zu doll aufgezogen ist – er kreiselt zwar, wie er soll, aber er könnte auch kaputtgehen dabei.

Nicht dass ich allzu viel drüber nachdenke – ich hab andere Sorgen. Am ersten Samstag, als ich zu Mum heimfuhr, habe ich geweint, als ich Jack sah. Ich war nur fünf Tage weg, aber er sah aus wie das Kind von jemand anderem. Da hatte ich noch ein bisschen Milch, aber die wollte er nicht – er wollte das Mädchen von gegenüber, das ihn stillt, seit sie ihr eigenes verloren hat. Und als ich ihn an ihren Piezen sah, musste ich wieder weinen.

Wie ich sie die ganzen Monate bezahlen soll, weiß ich nicht. Ich wünschte, das hätte ich mir überlegt, als ich mit der Gnädigsten meine Stellung hier ausgehandelt habe. Vor vier Monaten hätte sie mir alles gegeben, was ich verlangt hätte, aber wenn ich jetzt nach mehr Lohn frage, hält sie mir wahrscheinlich nur einen Vortrag übers Frauenwahlrecht. Eins habe ich gelernt – der andere muss Angst vor Erpressung haben, sonst klappt's nicht. Ich glaube, jetzt kümmert sie nichts mehr außer das Wahlrecht für Frauen.

Und noch was ist komisch – die Gnädigste tut immer so, als wäre diesen Sommer gar nichts gewesen, aber irgendjemand hat die Sache nicht vergessen. Ich stellte abends gerade die Schuhe in den Flur, frisch geputzt für den nächsten Tag, als ein Brief unter der Haustür durchgeschoben wurde, für Mr. Coleman. Ich hob ihn auf und sah ihn mir genau an. Die Handschrift war komisch, wie von einem Schulmädchen, das auf einem wackeligen Tischchen schreibt. Ich machte die Haustür auf und guckte hinaus. Es war neblig, aber ich konnte gerade noch erkennen, dass es Miss Lavinia war, die da gerade die Straße hinauf verschwand.

Ich hab den Brief nicht aufs Tablett für den Herrn gelegt, sondern in die Schürzentasche gesteckt. Und als ich am nächsten Morgen zu einer Tasse Tee in der Küche saß, hab ich ihn Mrs. Baker gezeigt. Seltsam, seit Jack sind sie und ich netter miteinander. Sie weiß nichts von der Erpressung, aber sie muss wohl was ahnen. Sie hat mich nie gefragt, wie ich die Stellung hier zurückbekommen habe.

»Was hat sie dem Herrn schon zu schreiben? Sie wird Ärger anzetteln wollen«, sagte ich.

Mrs. Baker sah sich den Brief genau an; dann ging sie damit zum Kessel und öffnete ihn über dem Dampf. Das mag ich an ihr – manchmal ist sie ja schrecklich knauserig, aber sie kann auch sehr resolut sein.

Ich las über ihre Schulter mit. Als wir fertig waren, guckten wir uns an. »Woher weiß sie davon?«, fragte ich laut, bevor mir einfiel, dass Mrs. Baker von der misslichen Lage der Gnädigsten vielleicht gar keine Ahnung gehabt hatte.

Aber sie wusste Bescheid. Mrs. Baker ist nicht dumm. Sie muss es sich zusammengereimt haben.

»Das dumme Gör«, sagte sie. »Will nur Unfrieden stiften.« Und sie machte die Tür des Küchenofens auf und warf den Brief in die Flammen.

Wie gesagt, sie kann sehr resolut sein.

Edith Coleman

Als sie die Tür öffnete, meinte ich im ersten Augenblick zu träumen. Aber ich wusste sehr wohl, dass ich hellwach war – ich bin kein Mensch, der träumt. Natürlich grinste sie hämisch, um mir zu verstehen zu geben, dass ihr meine Überraschung nicht entging.

»Was in aller Welt tust du denn hier?«, fragte ich sie. »Wo ist die Zugehfrau, die ich angestellt habe?« Während Kittys Unpässlichkeit hatte ich die Leitung des Haushalts übernommen und Zugehfrauen eingestellt, bis wir ein anstelliges Dienstmädchen fanden.

»Ich arbeite wieder hier, gnä' Frau«, antwortete das unverschämte Ding.

»Wer sagt das?«

»Da fragen Sie am besten meine Herrin, gnä' Frau. Darf ich Ihnen den Mantel abnehmen?«

»Du fasst meinen Mantel nicht an. Geh und warte in der Küche. Ich finde alleine nach oben.«

Das Mädchen zuckte mit den Achseln, und ich glaube, ich hörte sie sagen: »Aber gerne.«

Am liebsten hätte ich Jenny zurechtgewiesen, aber das wäre vertane Mühe gewesen – sie war nicht diejenige, mit der ich zu sprechen hatte. Natürlich wäre sie nicht im Haus, wenn Kitty sie nicht wieder eingestellt hätte – hinter meinem Rücken!

Ich ging unangemeldet ins Damenzimmer. Kitty saß mit Miss Black zusammen, die ich bei anderer Gelegenheit kurz kennen gelernt hatte. Schon damals hatte sie keinen besonders günstigen Eindruck auf mich gemacht. Sie hatte sich endlos über das Wahlrecht für Frauen ausgelassen, ein Thema, das ich indiskutabel finde.

Beide erhoben sich, und Kitty trat zu mir und gab mir einen Kuss. »Geben Sie mir doch Ihren Mantel, Mutter Coleman«, sagte sie. »Warum hat Jenny Ihnen den nicht abgenommen?«

»Genau darüber möchte ich mit dir sprechen«, erwiderte ich und behielt meinen Mantel vorläufig an – ich war mir nicht mehr sicher, ob ich wirklich bleiben würde. Es kam mir ungelegen, dass Kitty in Gesellschaft war, denn es widerstrebte mir, vor anderen über Jenny zu sprechen.

»Mutter Coleman, Sie haben Caroline Black bereits kennen gelernt«, sagte Kitty. »Caroline, du erinnerst dich sicherlich an meine Schwiegermutter – Mrs. Coleman.«

»Natürlich«, sagte Miss Black. »Es ist mir eine Freude, Sie wiederzusehen, Mrs. Coleman.«

»Setzen Sie sich zu uns?«, fragte Kitty und wies auf die Sofas. »Jenny hat gerade Tee serviert, und Mrs. Baker hat Schmalzgebäck gemacht.«

Ich nahm Platz, fühlte mich in meinem Mantel aber sehr unbehaglich. Keine der beiden Frauen schien das zu bemerken.

»Caroline und ich haben gerade über die Frauenvereinigung gesprochen«, sagte Kitty. »Wussten Sie, dass die WSPU in London ein Büro eröffnet hat, gleich in einer Nebenstraße vom Aldwych? Das liegt ganz in der Nähe der Zeitungsredaktionen, und von hier können sie sehr viel leichter Einfluss auf das Parlament ausüben als von Manchester aus.«

»Ich bin nicht dafür, dass Frauen zur Wahl gehen«, unterbrach ich sie. »Das ist völlig überflüssig – das können die Ehemänner sehr gut für sie erledigen.«

»Aber es gibt eine große Anzahl lediger Frauen – zu denen auch ich gehöre –, die repräsentiert werden möchten«, entgegnete Miss Black. »Außerdem ist eine Frau nicht immer derselben Ansicht wie ihr Mann.«

»In einer guten Ehe ist die Frau immer derselben Ansicht wie ihr Mann. Sonst hätten sie gar nicht erst heiraten sollen.«

»Tatsächlich? Würdest du dieselbe Partei wählen wie dein Mann, Kitty?«, fragte Miss Black.

»Ich würde höchstwahrscheinlich die Konservativen wählen«, sagt Kitty.

»Sehen Sie?«, sagte ich zu Miss Black. »Die Colemans wählen immer schon konservativ.«

»Aber nur, weil ein konservativer Kandidat im Augenblick eher bereit ist, sich für das Frauenwahlrecht einzusetzen«, widersprach Kitty. »Wenn ein Kandidat der Liberalen oder sogar von Labour uns unterstützen würde, würde ich ihn wählen.«

Diese Äußerung schockierte mich. »Papperlapapp. Das würdest du nicht tun.«

»Für mich geht es nicht um politische Parteien. Für mich geht es um ein moralisches Anliegen.«

»Du solltest dich lieber mit einem moralischen Anliegen in deinem eigenen Hause befassen«, sagte ich.

»Was um Himmels willen meinen Sie damit?« Ich bemerkte sehr wohl, dass Kitty mich beim Sprechen nicht ansah.

»Was hat Jenny hier verloren? Ich habe sie im Juli entlassen.«

Kitty zuckte mit den Achseln und lächelte Miss Black an, als müsse sie sich für mich entschuldigen. »Und ich habe sie im Oktober wieder eingestellt.«

»Kitty, ich habe dein Dienstmädchen vor vier Monaten entlassen, und zwar wegen ihres unmoralischen Lebenswandels. Ein solches Verhalten ist nicht wieder gutzumachen, und sie ist nicht tragbar für dieses Haus.«

Endlich begegnete meine Schwiegertochter meinem Blick. Sie sah beinahe gelangweilt aus. »Ich bat Jenny, wieder zu uns zu kommen, weil sie gute Arbeit leistet, weil sie eine Stelle suchte und wir ein gutes Dienstmädchen brauchten. Die Aushilfen, die Sie eingestellt hatten, waren gelinde gesagt wenig zufriedenstellend.«

Etwas in ihrem Gesicht sagte mir, dass sie log, aber ich wusste nicht, worin diese Lüge bestand.

»Hast du vergessen, was sie getan hat?«, fragte ich.

Kitty seufzte. »Nein, ich habe es nicht vergessen. Aber ich

persönlich halte das nicht für so wichtig. Ich beschäftige mich mit anderen Dingen, und es ging mir vor allem darum, jemanden einzustellen, der hier im Haus gute Arbeit leistet.«

Ich straffte die Schultern. »Das ist hanebüchen«, sagte ich. »Du kannst hier kein Mädchen beschäftigen, das …« Ich unterbrach mich und warf einen Blick zu Miss Black, die mich ruhig ansah. Ich wollte nicht um den heißen Brei reden, aber andererseits gehört es sich nicht, vor einer Fremden so freimütig zu sprechen. Ich beendete meinen Satz nicht; Kitty wusste ohnehin, was ich meinte. Stattdessen sagte ich: »Das ist eine Zumutung für Maude und meinen Sohn!«

»Die beiden wissen nichts davon. Sie denken, dass Jenny krank war.«

»Das moralische Fundament dieses Hauses wird durch die Anwesenheit dieser Person untergraben, ob Richard und Maude die Umstände nun kennen oder nicht.«

Kitty lächelte, was mir überaus unangebracht erschien. »Mutter Coleman«, sagte sie. »Sie wissen, ich bin Ihnen sehr dankbar, dass Sie hier im Haus nach dem Rechten gesehen haben, solange ich krank war. Sie waren sehr großzügig mit Ihrer Zeit und Ihrem Einsatz. Doch jetzt ist es nur richtig, dass ich in meinem Haushalt wieder selbst schalte und walte. Ich habe beschlossen, dass Jenny wieder für uns arbeiten kann, und mehr gibt es dazu nicht zu sagen.«

»Was sagt mein Sohn dazu?«

»Von Haushaltsangelegenheiten hat Richard keinen blassen Schimmer. Ich glaube, das haben Sie selbst mir beigebracht – dass man den Mann mit solchen Dingen nicht belasten darf.«

Ich überging ihre Bemerkung, aber ich vergaß sie nicht. »Ich werde mit ihm reden müssen.«

»Glauben Sie, dass er das begrüßen wird?«

»Ich denke, jeder Mann wird es wissen wollen, wenn die Moral seiner Familie in Gefahr ist.«

»Bleiben Sie zum Tee?« Kittys Frage war durchaus höflich, doch ihre Worte gaben mir zu verstehen, dass sie vermutete, ich könnte es vorziehen zu gehen.

Das zog ich in der Tat vor. »Ich bleibe nicht zum Tee«, sagte ich und stand auf. »Und ich werde keinen Fuß mehr in dieses Haus setzen, bevor diese Person nicht fort ist. Auf Wiedersehen, Kitty.« Ich drehte mich um und ging hinaus. Kitty folgte mir nicht. Das unverschämte Ding stand zu seinem Glück nicht im Flur, um mich zur Tür zu bringen, sonst hätte ich ihm wer weiß was gesagt.

Eine der unglückseligen Folgen, eine resolute Frau zu sein, besteht für mich darin, dass ich gelegentlich in ein Dilemma gerate. Ich hatte nicht die mindesten Bedenken, nötigenfalls die Verbindung zu Kitty abzubrechen, doch bei meinem Sohn und meiner Enkelin liegen die Dinge anders. Es ist schließlich nicht ihre Schuld, dass Kitty in moralischen Fragen lax ist. Andererseits wollte ich Richard nur ungern mit etwas behelligen, das – wie Kitty selbst sagte – Frauensache ist.

Dennoch hatte ich das Gefühl, dass er von der Ungehörigkeit seiner Frau erfahren sollte – wenn nicht über ihre Entscheidung, mir zum Trotz Jenny wieder einzustellen, dann wenigstens über ihre Freundschaft mit dieser anrüchigen Frau. Deswegen lud ich ihn eines Abends zu mir ein unter dem Vorwand, ich müsste in einer Frage den Nachlass seines verstorbenen Vaters betreffend mit ihm reden. Doch sobald ich ihn sah, wusste ich, dass ich kein Wort verlieren würde, weder über Jenny noch über Caroline Black. Er strahlte, selbst nach einem langen Arbeitstag, und ich musste daran denken, wie er aussah, als er und Kitty von den Flitterwochen heimgekehrt waren.

So ist es also, dachte ich freimütig. Sie hat ihn wieder in ihr Bett aufgenommen, damit sie ansonsten tun kann, was ihr beliebt.

Sie ist nicht dumm, meine Schwiegertochter. Sie hat sich sehr verändert seit dem Tag, als Richard sie mir vorstellte – ein unscheinbares, linkisches Mädchen aus der Provinz, das Kleider aus der Vorjahressaison trug. Ich lasse mich höchst ungern auf Spielchen ein; und als ich meinen Sohn nun sah, wusste ich, dass sie mich ausgestochen hatte.

RICHARD COLEMAN

Dieses Jahr bleiben wir an Silvester zu Hause.

Februar 1907

Gertrude Waterhouse

Du liebes bisschen – ich komme gerade mit schrecklichen Kopfschmerzen von Kitty Colemans Empfangstag nach Hause.

Im Januar passierte das, was ich immer schon befürchtet hatte: Kitty Coleman verlegte den Tag, an dem sie empfängt, auf den Mittwoch, damit sie dienstags zu irgendeiner Versammlung in Highgate gehen kann. (Zumindest bedeutet das, dass sie nicht zu meinem Empfangstag kommt.) Jetzt fühle ich mich verpflichtet, zu ihrem zu gehen – nicht jede Woche, denke ich, aber doch ein oder zwei Mal im Monat. Die ersten Male konnte ich noch Ausreden erfinden und sagen, ich hätte mich verkühlt oder die Mädchen kränkelten, aber das geht nicht jede Woche.

Heute also war ich dort; Lavinia und Ivy May hatte ich zur Unterstützung mitgenommen. Als wir ankamen, war das Zimmer bereits voller Frauen. Kitty Coleman begrüßte uns und eilte dann umher, ohne uns vorzustellen. Ich muss sagen, einen lauteren Kreis habe ich noch nie erlebt. Alle redeten gleichzeitig, ohne dass jemand wirklich zuzuhören schien. Aber ich hörte zu, und dabei wurden meine Augen ganz groß und mein Mund ganz klein. Ich traute mich nicht, auch nur ein Wort zu sagen. Der Raum war voller Suffragetten.

Zwei unterhielten sich über eine Versammlung in Whitechapel, die sie besuchen wollten. Eine andere reichte den Entwurf eines Plakates herum; darauf war eine Frau zu sehen, die mit einem Schild zum Zugfenster hinauswinkte, und auf dem Schild stand: »Wahlrecht für Frauen« . Sobald ich das sah, wandte ich mich an meine Töchter. »Lavinia«, sagte ich, »geh und hilf Maude.« Maude servierte den Tee und sah so bedrückt aus, wie ich mich fühlte. »Und hör nicht auf das, was hier geredet wird«, fügte ich hinzu.

Lavinia starrte die ganze Zeit auf Kitty Coleman. »Hast du mich nicht gehört, Lavinia?«, fragte ich. Sie schüttelte den Kopf und zuckte mit den Schultern, als wollte sie meine Worte abschütteln, dann verzog sie das Gesicht und ging zu Maude hinüber.

»Ivy May«, sagte ich, »geh bitte zur Köchin hinunter und frag, ob sie Hilfe braucht.«

Ivy May nickte und verschwand. Sie ist ein artiges Ding.

Eine Frau neben mir erzählte, sie habe gerade bei einer Kundgebung in Manchester gesprochen und sei mit faulen Tomaten beworfen worden.

»Wenigstens waren's keine faulen Eier!«, rief eine andere, und alle lachten.

Nun ja, fast alle. Einige Frauen, die wie ich dachten, schwiegen und sahen so schockiert aus, wie ich mich fühlte. Das müssen Kittys alte Freundinnen gewesen sein, die sich auf eine nette Plauderrunde und Mrs. Bakers hervorragende Rosinenbrötchen gefreut hatten.

Eine von ihnen, die weniger scheu war als ich, ergriff schließlich das Wort. »Und worüber haben Sie bei dieser Kundgebung in Manchester gesprochen?«

Die Tomatenfrau warf ihr einen ungläubigen Blick zu. »Über das Frauenwahlrecht natürlich!«

Die Arme wurde so rot, als hätte jemand sie mit Tomaten beworfen, und ich fühlte mich nicht minder gekränkt als sie.

Caroline Black, das muss ich ihr zugute halten, kam ihr zur Rettung. »Die WSPU setzt sich dafür ein, dass dem Parlament ein Gesetzentwurf vorgelegt wird, der Frauen das Wahlrecht einräumt, wie die Männer es haben«, erklärte sie. »Wir werben um die Unterstützung von Frauen und Männern in ganz England, indem wir öffentlich Reden halten, an die Zeitungen schreiben, bei Parlamentsabgeordneten vorsprechen und Petitionen unterschreiben. Haben Sie die Broschüre der WSPU gesehen? Nehmen Sie doch eine mit – sie ist wirklich sehr aufschlussreich. Wenn Sie gehen, können Sie eine Spende dafür auf den Tisch bei der Tür legen. Und vergessen Sie nicht, die Broschüre weiterzureichen, wenn Sie sie gelesen haben – eine kleine Broschüre kann Großes bewirken, wenn sie kursiert.«

Sie war ganz in ihrem Element, sprach flüssig und ruhig und gleichzeitig so überzeugend, dass einige Frauen eine Broschüre nahmen und Münzen hinlegten – ich auch, wie ich zu meiner Schande gestehen muss. Als die Broschüren an mich gereicht wurden, sah Caroline Black mich mit einem so warmen Lächeln an, dass ich einfach eine nehmen musste. Und ich wagte es nicht, sie in der Sofaritze verschwinden zu lassen, was ich gerne getan hätte. Das tat ich dann zu Hause.

Kitty Coleman führte weniger das Wort als Caroline Black, aber sie war dennoch sehr erregt, ihre Augen funkelten, ihre Wangen waren gerötet, als wäre sie auf einem Ball und würde ununterbrochen tanzen. Sie sah mir nicht ganz gesund aus.

Ich weiß, ich sollte das nicht sagen, aber ich wünschte, sie und Caroline Black hätten sich nie kennen gelernt. Kitty hat sich dramatisch verändert; zweifellos hat sie ihren elenden Zustand überwunden, aber sie ist nicht mehr wie früher – sie ist viel radikaler geworden. Nicht dass ihr altes Wesen mir besonders angenehm gewesen wäre, aber lieber noch als ihr jetziger Zustand. Selbst, wenn sie nicht im Kreis von Suffragetten ist, redet sie ununterbrochen von Politik und Frauen hier und Frauen dort, bis ich mir die Ohren zuhalten möchte. Sie hat sich ein Fahrrad gekauft und fährt selbst bei Wind und Wetter darauf herum, so dass ihre Röcke immer ölverschmiert sind – wenn sie nicht schon voller Kreidespuren sind von den Bekanntmachungen, die sie auf Bürgersteige kritzelt, um auf Versammlungen und Kundgebungen und derlei aufmerksam zu machen. Wenn ich sie irgendwo hier im Viertel mit einem Stück Kreide in der Hand sehe, gehe ich auf die andere Straßenseite und tue, als würde ich sie nicht bemerken.

Jetzt ist sie nachmittags nie zu Hause, sondern immer bei der einen oder anderen Versammlung, und sie vernachlässigt die arme Maude schändlich. Manchmal habe ich das Gefühl, dass Maude meine dritte Tochter ist, so oft ist sie bei uns. Nicht dass ich mich darüber beklagen möchte – Maude ist sehr rücksichtsvoll, hilft mir mit dem Tee oder Ivy May mit den Hausaufgaben. Und sie geht Lavinia mit gutem Beispiel voran, leider mit wenig Erfolg. Sehr erstaunlich, dass eine Tochter eine Mutter haben kann, die überhaupt nicht auf sie Acht gibt und die sich trotzdem gut macht, während eine andere alle Aufmerksamkeit der Welt bekommt und dennoch schwierig und eigensüchtig ist.

Es war eine Erleichterung, nach Kittys Empfang heimzukommen. Lavinia konnte es offenbar auch kaum erwarten. Zu Hause war sie dann sehr nett zu mir, schickte mich zu Bett, damit ich mein Kopfweh kurieren konnte, und bestand darauf, das Abendessen zu machen. Es störte mich nicht einmal, dass sie die Suppe anbrennen ließ.

Jenny Whitby

Guter Gott, ich hoffe nur, diese Empfänge hören bald wieder auf. Seit die Gnädigste sie auf den Mittwoch verlegt hat, komme ich aus dem Herumgerenne nicht mehr raus. Wenigstens hilft Maude mir nach Kräften – auch wenn ich nicht weiß, wie lange das noch anhalten wird. Den ganzen Nachmittag sah sie aus, als wäre sie am liebsten davongelaufen, selbst wie Lavinia da war, um ihr Gesellschaft zu leisten.

Die ist eine komische Kröte. Wenn sie hier ist, verfolgt sie die Gnädigste mit einem ganz empörten Blick. Und wenn dann der Herr nach Hause kommt, guckt sie ihn ganz verwundert und kummervoll an. Aber sie hat nichts gesagt und auch nicht versucht, ihm noch mal einen Brief zu schreiben – da passe ich genau auf. Ich hab nicht die Absicht, von ihr den Frieden hier im Haus stören zu lassen – ich brauche meinen Lohn. Ich hab sowieso schon zu wenig Geld für Jack. Oder eher, ich hab schon genug, aber ich hab was tun müssen, was ich mir nie hätte vorstellen können: Ich versetze Löffel von dem alten Silberbesteck in der Anrichte, das die Mutter der Gnädigsten ihr vermacht hat. Sie benutzen es nie, und außer mir poliert es niemand. Es ist nicht recht von mir, ich weiß, aber was bleibt mir anders übrig?

Als ich heute die Rosinenbrötchen rumreichte, habe ich zum ersten Mal den Suffragetten zugehört. Am liebsten hätte ich ausgespuckt. Ständig reden sie davon, dass sie Frauen helfen wollen, aber sie wollen sich schon genau aussuchen dürfen, wem sie helfen. Für mein Stimmrecht kämpfen sie nicht – nur für die

Frauen, wo Besitz haben oder Studierte sind. Aber dann entblödet diese Caroline Black sich doch nicht, mich zu fragen, ob ich nicht einen Teil meines Lohns »für die Sache« spenden will. Da hab ich ihr gesagt, dass ich keinen Penny spende, bis die Sache sich um mich kümmert.

Ich war so wütend, dass ich es hinterher beim Abwaschen Mrs. Baker erzählen musste.

»Und was hat sie dazu gesagt?«, wollte Mrs. Baker wissen.

»Ach, dass die Männer nie bereit sein würden, allen auf einmal das Stimmrecht zu geben, und dass sie mit ein paar Frauen anfangen müssten, und wenn sie das geschafft hätten, würden sie sich für alle anderen einsetzen. Aber die fangen doch immer bei sich selbst an. Warum kämpfen sie nicht zuerst für unsere Rechte? Sollen doch die Frauen, wo arbeiten gehen, wählen und sagen, wo's langgeht.«

Mrs. Baker lachte. »Und wenn sie dich schlagen – du würdest trotzdem nicht wissen, wen du wählen solltest!«

»Würde ich schon!«, rief ich. »So dumm bin ich auch wieder nicht. Natürlich Labour. Die Arbeiterpartei für eine Frau, die arbeiten tut. Aber die Damen da oben wählen nicht Labour, nicht mal die Liberalen. Die sind alle konservativ wie ihre Männer, aber die Konservativen werden den Frauen nie und nimmer das Wahlrecht geben, ganz gleich, was sie sagen.«

Darauf sagte Mrs. Baker nichts. Vielleicht hat es sie überrascht, dass ich von Politik rede. Ehrlich gesagt war ich selbst überrascht. Das kommt davon, dass ich ewig um diese Suffragetten rumrenne – die bringen mich dazu, dummes Zeug zu reden.

Juli 1907

Maude Coleman

Daddy und ich waren zusammen auf der Heath, als ich es merkte. Es war unser Freitagabend, wir hatten gerade das Teleskop auf dem Parliament Hill aufgebaut. Wir hatten uns einige Sterne angesehen und warteten auf den Mars. Das Warten machte mir nichts aus. Manchmal redeten wir ein bisschen, aber die meiste Zeit saßen wir nur da und beobachteten den Himmel.

Als ich eine Tasse Tee trank – wir nehmen immer eine Thermosflasche mit –, spürte ich ein dumpfes Ziehen im Bauch, als hätte ich zu viel gegessen. Aber ich hatte Mrs. Bakers überbackenes Käsebrot beim Abendessen kaum angerührt – wenn es heiß ist, habe ich nie Hunger. Ich rutschte auf dem Klappstuhl hin und her und versuchte, Daddy zuzuhören.

»Bei der Versammlung der Astronomischen Gesellschaft neulich sagte jemand, dass die Opposition des Mars diesen Monat wahrscheinlich sehr gut zu sehen sein wird«, erzählte er gerade. »Ich weiß nicht, ob unser Teleskop stark genug ist. Wir hätten uns das von der Gesellschaft ausleihen sollen, obwohl es heute Abend vielleicht schon jemand anders hat. Wenn erst das Observatorium gebaut ist, wird alles sehr viel einfacher sein.«

»*Falls* es gebaut wird«, sagte ich. Die Astronomische Gesellschaft von Hampstead sucht auf der Heath nach einem Grundstück für das Observatorium, aber gegen jeden möglichen Bauplatz werden Einwände erhoben, und auf der Leserbriefseite der Lokalzeitungen ist eine hitzige Debatte darüber im Gange.

Es juckte mich zwischen den Beinen, und es war feucht da

unten, als hätte ich Tee im Schoß verschüttet. Dann wusste ich plötzlich, was es war. »Ach«, sagte ich unwillkürlich.

Daddy hob die Augenbrauen.

»Nichts. Es ist nur ...« Ich brach ab, krümmte mich vor Schmerzen.

»Fehlt dir etwas, Maude?«

Plötzlich waren die Schmerzen so stark, dass ich kaum Luft bekam. Ganz kurz hörte es auf, dann fing es wieder an, wie eine Hand, die meinen Bauch zusammenquetschte und dann wieder los ließ.

»Daddy«, stöhnte ich, »mir ist nicht gut. Es tut mir wirklich Leid, aber ich muss nach Hause.«

Daddy verzog das Gesicht. »Was ist denn? Was fehlt dir denn?«

Es war mir so peinlich, dass ich gar nicht wusste, was ich sagen sollte. »Es ist – etwas, wo ich Mummys Hilfe brauche.« Gleich darauf wünschte ich, ich hätte einfach gesagt, ich hätte Bauchweh. Lügen konnte ich noch nie besonders gut.

»Warum ...« Dann brach Daddy ab. Ich glaube, er verstand. Zumindest stellte er keine Fragen mehr. »Ich bringe dich nach Hause«, sagte er und begann, an der Flügelmutter zu drehen, mit der das Teleskop am Ständer befestigt ist.

»Ich kann alleine heimgehen. Es ist nicht weit, und du willst doch nicht alles ein zweites Mal aufbauen müssen.«

»Natürlich bringe ich dich nach Hause. Ich lasse doch meine Tochter nicht nachts alleine über die Heath gehen.«

Am liebsten hätte ich ihm gesagt, dass ich ständig allein unterwegs bin, seit Mummy so viel mit den Suffragetten befasst ist – ich gehe zum Friedhof, in den Ort hinauf, selbst über die Heath nach Hampstead. Manchmal kommt Lavinia mit, aber meistens traut sie sich nicht, so weit zu gehen. Doch jetzt war nicht der richtige Augenblick, ihm das zu erzählen. Außerdem weiß er überhaupt nicht, wie viel Mummy mit den Suffragetten zusammensteckt – sie redet zwar ständig über das Frauenwahlrecht, aber nicht mit ihm, und für die WSPU arbeitet sie meistens nur tagsüber und an den Abenden, an denen Daddy nicht da ist. Er denkt, dass sie den ganzen Tag zu Hause sitzt und liest oder im Garten arbeitet, wie früher.

Ohne ein Wort zu sagen, packten wir alles zusammen. Ich war froh, dass es zu dunkel war, als dass Daddy mein Gesicht hätte sehen können, denn ich war knallrot angelaufen. Er ging mir voraus den Berg hinunter, aber ich war viel langsamer als er, weil ich vor Schmerzen immer wieder stehen bleiben musste. Daddy schien nichts zu merken, sondern ging immer weiter, als wäre nichts passiert. Wenn die Schmerzen nachließen, lief ich ihm so schnell wie möglich nach.

Am Rande der Heath, wo die Männer vom Bull and Last mit ihrem Bier auf dem Bürgersteig herumstanden, sagte ich: »Ab hier kann ich wirklich allein heimgehen, Daddy. Es ist nicht weit, und es sind viele Leute unterwegs. Mir passiert schon nichts.«

»Kommt überhaupt nicht in Frage.« Daddy ging einfach weiter.

Als wir nach Hause kamen, schloss er die Tür auf. Auf dem Flurtisch brannte die Lampe. Daddy räusperte sich. »Deine Mutter ist bei einer Freundin, die krank geworden ist, aber Jenny wird sich um dich kümmern.«

»Ja.« Ich stellte mich mit dem Rücken zur Wand, aus Angst, hinten auf meinem Kleid könnte ein Fleck sein. Ich wäre vor Scham gestorben, wenn Daddy das gesehen hätte.

»Also dann.« Daddy wandte sich zum Gehen, blieb jedoch in der Tür noch mal stehen. »Ist jetzt alles in Ordnung?«

»Ja.«

Sobald er die Tür hinter sich zugezogen hatte, stöhnte ich. Meine Oberschenkel klebten und waren wund, ich wollte nur noch ins Bett. Aber zuerst brauchte ich Hilfe. Ich zündete eine Kerze an und ging nach oben; vor Mummys Damenzimmer blieb ich stehen. Vielleicht war sie ja doch zu Hause, saß auf dem Sofa und las. Sie würde aufschauen und sagen: »Na, welche himmlischen Anblicke hast du denn heute Abend gesehen?«, wie sie es immer tut.

Ich machte die Tür auf. Natürlich war Mummy nicht da. Manchmal habe ich das Gefühl, als wäre es nicht mehr Mummys

Zimmer, sondern der Raum einer Sache. Die alten Spuren von Mummy – das gelbe Seidentuch auf dem Sofa, das Klavier mit den Trockenblumen in der Vase, die Pflanzendrucke – waren zwar noch da, doch sehen tat ich nur das halbfertige Spruchband auf dem Sofa, auf dem TATEN STATT WORTE stand; den Stapel WSPU-Broschüren auf dem Klavier; das Sammelalbum auf dem Tisch und daneben Zeitungsausschnitte, Briefe und Photographien, dazu eine Schere und ein Topf mit Leim; die Schachtel mit Kreiden, Flugblätter, Briefbogen mit Listen. Daddy kam nie hierher. Wenn, dann wäre er sehr überrascht gewesen.

Ich schloss die Tür, stieg die Treppe zu Jennys Zimmer hinauf und klopfte. »Jenny?«, rief ich. Zuerst kam keine Antwort, aber als ich wieder klopfte, hörte ich ein Brummen, und Jenny öffnete die Tür. Sie blinzelte, auf ihrer Wange war eine rote Druckstelle vom Kissen. Sie trug ein langes weißes Nachthemd und war barfuß. »Was ist denn, Miss Maude?«, murmelte sie und fuhr sich übers Gesicht.

Ich schaute auf Jennys dicke gelbe Zehennägel. »Du musst mir helfen, bitte«, flüsterte ich.

»Kann das nicht bis morgen warten? Ich hab nämlich geschlafen. Ich muss viel früher aufstehen als Sie.«

»Es tut mir Leid. Es ist nur – meine Monatsblutung hat begonnen, und ich weiß nicht, was ich tun soll.«

»Was?«

Ich wiederholte, was ich gesagt hatte, und wurde wieder rot.

»O mein Gott, der Tantenbesuch«, brummte Jenny. Sie musterte mich von Kopf bis Fuß. »Liebe Güte, Miss Maude, mit zwölf sind Sie ja noch ein bisschen jung – Sie haben doch noch gar keine Piezen!«

»So jung bin ich auch nicht. Ich werde dreizehn – in acht Monaten.« Ich wusste, wie dumm das klang, und brach in Tränen aus.

Da machte Jenny die Tür weit auf. »Ach, da brauchen Sie doch nicht weinen.« Sie legte mir den Arm um die Schultern. »Jetzt kommen Sie mal rein – vom Heulen und im Flur Rumstehen wird's nicht besser.«

Früher, als ich klein gewesen war, hatte Nanny in Jennys Zimmer gewohnt. Ich hatte es zwar nur ein oder zwei Mal betreten, seit Jenny dort lebte, aber es kam mir immer noch vertraut vor. Es roch nach warmer Haut und Wolldecken und Kampferöl, wie die warmen Wickel, die Nanny für meine Brust gemacht hatte, wenn ich erkältet gewesen war. Jennys Kleid, ihre Schürze und Haube hingen an Haken. Auf dem schmalen Kaminsims lag ihre Haarbürste, daneben stand ein Foto von Jenny mit einem Säugling auf dem Schoß. Sie saßen vor Palmwedeln, und Jenny hatte ihr bestes Kleid an. Beide sahen ernst und überrascht aus, als hätten sie nicht damit gerechnet, dass die Kamera blitzt.

»Wer ist das?«, fragte ich. Ich hatte die Photographie noch nie gesehen.

Jenny zog sich gerade an und sah kaum auf. »Mein Neffe.«

»Ich habe dich nie von ihm reden hören. Wie heißt er?«

»Jack.« Jenny verschränkte die Arme. »Also, hat Ihre Mum Ihnen irgendwas gesagt oder Sie vorbereitet?«

Ich schüttelte den Kopf.

»Natürlich nicht. Das hätte ich mir ja denken können. Ihre Mutter ist so damit beschäftigt, sich um andere Frauen zu kümmern, dass ihr gar keine Zeit bleibt, nach ihrer eigenen Tochter zu sehen.«

»Ich weiß genau, was passiert. Ich habe in Büchern darüber gelesen.«

»Aber jetzt wissen Sie nicht, was Sie tun sollen, stimmt's? Und darauf kommt's an – was man *tut*. Wer will schon so genau wissen, was passiert? ›Taten statt Worte‹ sagt Ihre Mutter doch immer, oder?«

Ich verzog das Gesicht.

Jenny schaute betreten. »Es tut mir Leid, Miss Maude«, sagte sie. »Also gut – ich borge Ihnen, was Sie brauchen, bis Sie Ihre eigenen Sachen kriegen.« Sie kniete sich vor die kleine Kommode, in der sie ihre Habseligkeiten aufbewahrt, und holte ein paar lange, dicke Stoffstreifen hervor und einen seltsamen Gürtel, wie ich ihn noch nie gesehen hatte. Sie zeigte mir, wie man den Stoffstreifen zwei Mal der Länge nach zusammenfaltet und im Gürtel festmacht. Sie erklärte mir alles mit dem Eimer und dem Salzwasser, in dem ich die Tücher einweichen musste, und dass ich ihn unter das Bett neben den Nachttopf schieben sollte. Dann ging sie in die Küche und holte einen Eimer und eine Wärmflasche für meine Schmerzen, während ich mich in meinem Zimmer wusch und die Binde mit dem Gürtel anprobierte. Ich hatte das Gefühl, als wären meine Unterröcke und meine Unterhose mit Watte ausgestopft, so dass ich watschelte wie eine Ente. Ich war mir sicher, dass jeder es mir ansehen würde.

So schrecklich es ist, dass die Sache passiert ist, während ich mit Daddy zusammen war, bin ich doch froh, dass zumindest nicht Lavinia dabei war. Sie würde es mir nie verzeihen, dass ich als Erste anfange. Sie war immer die Hübschere gewesen, die Frauliche – selbst als wir jünger waren, hat sie mich an die Frauen in den Bildern der Präraffaeliten erinnert mit den vielen Locken und der fülligen Figur. Jenny hat Recht – ich bin flach wie ein Brett und, wie Großmutter einmal sagte, meine Kleider hängen an mir wie Wäsche an der Leine. Lavinia und ich waren immer davon ausgegangen, dass sie als Erste ihre Monatsblutung bekommen würde, sie als Erste ein Korsett tragen, als Erste heiraten und als Erste Kinder kriegen würde. Manchmal hat mich das gestört, doch oft war ich insgeheim auch erleichtert. Ich habe es ihr nie gesagt, aber ich bin mir nicht sicher, ob ich wirklich heiraten und Kinder haben will.

Und jetzt muss ich den Gürtel und die Binden und die Schmerzen vor ihr verheimlichen. Eigentlich will ich keine Geheimnisse vor meiner besten Freundin haben. Aber sie verheimlicht mir auch etwas. Seit Mummy mit Caroline Black zusammensteckt, ist Lavinia ganz komisch zu ihr, doch sie sagt nicht warum. Wenn ich sie frage, sagt sie nur, dass Suffragetten böse sind, aber da steckt ganz bestimmt mehr dahinter. Es hat etwas mit Simon zu tun und dass sie mit ihm da unten im Grab war. Aber sie will es mir nicht sagen, und Simon auch nicht. Einmal bin ich eigens alleine zum Friedhof gegangen und habe ihn gefragt, aber er hat nur mit den Achseln gezuckt und weitergegraben.

Als Jenny mit dem Eimer zurückkam, nahm sie mich in den Arm. »Jetzt sind Sie eine Frau, wissen Sie das? Demnächst tragen Sie ein Korsett! Da haben Sie Ihrer Mum morgen ja was zu erzählen!«

Ich nickte. Aber ich wusste, dass ich Mummy am nächsten Tag gar nichts erzählen würde. Sie war nicht hier gewesen in dem Augenblick, als ich sie am meisten brauchte. Dann brauchte ich sie am nächsten Morgen auch nicht mehr.

Februar 1908

Kitty Coleman

Erstaunlicherweise war es schwieriger, es Maude zu sagen als Richard.

Richards Reaktion war absehbar gewesen – Wut, die er vor der Polizei zwar unterdrückte, auf dem Heimweg in der Droschke aber umso heftiger ausließ. Er tobte wegen des Ansehens der Familie, wegen der Schande, die das für seine Mutter bedeute, über die Unsinnigkeit der ganzen Sache. All das hatte ich erwartet, denn andere Frauen hatten mir von den Reaktionen ihrer Männer erzählt. Überhaupt hatte ich Glück, dass Richard sich bis dahin nie beschwert hatte. Er hielt meinen Einsatz für die WSPU für ein harmloses Vergnügen, einen Zeitvertreib zwischen Teegesellschaften. Erst jetzt wird ihm klar, dass auch ich eine Suffragette bin.

Nur eines, das er in der Droschke sagte, überraschte mich. »Was ist mit deiner Tochter?«, schrie er. »Jetzt, wo sie unwiderruflich auf dem Weg zur Frau ist, braucht sie ein besseres Vorbild als das, was du ihr bietest.«

Ich sah ihn erstaunt an – seine Ausdrucksweise war so geschraubt, dass sich mehr dahinter verbergen musste. »Was meinst du damit?«

Richard starrte mich an, ebenso ungläubig wie verlegen. »Hat sie es dir denn nicht erzählt?«

»Mir was erzählt?«

»Dass sie ihre … Dass ihre … Es hat angefangen bei ihr.« Er deutete vage auf meinen Schoß.

»Wirklich?«, rief ich. »Wann?«

»Vor Monaten schon.«

»Wieso weißt du das, wenn ich es nicht weiß?«

»Ich war mit ihr zusammen, als es passiert ist, deswegen. Und es war eine ziemlich peinliche Situation für uns beide. Sie musste dann zu Jenny gehen – du warst ja nicht zu Hause. Da hätte mir bereits aufgehen müssen, wie sehr du in diesen Unsinn verstrickt bist.«

Richard hätte noch mehr dazu sagen können, aber er spürte wohl, dass das nicht nötig war. Ich dachte daran zurück, wie bei mir die Monatsblutung begonnen hatte und ich weinend zu meiner Mutter gelaufen war und sie mich getröstet hatte.

Den Rest des Heimwegs schwiegen wir. Als wir zu Hause ankamen, nahm ich eine Kerze vom Flurtisch und ging direkt zu Maude ins Zimmer. Ich setzte mich an ihr Bett, betrachtete sie in dem dämmrigen Licht und fragte mich, welche Geheimnisse sie noch vor mir hatte und wie ich ihr sagen sollte, was ich ihr sagen musste.

Sie öffnete die Augen und setzte sich auf, noch bevor ich etwas gesagt hatte. »Was ist, Mummy?«, fragte sie. Ihre Stimme klang so klar, dass sie wohl noch gar nicht richtig geschlafen hatte.

Ich fand es am besten, aufrichtig zu sein. »Weißt du, wo ich heute war, während du in der Schule warst?«

»Im Büro der WSPU?«

»Ich war in der Caxton Hall, das Frauenparlament hat getagt. Aber dann bin ich mit einigen anderen Frauen zum Parliament Square gegangen, und wir haben versucht, ins Unterhaus zu gelangen.«

»Und – habt ihr es geschafft?«

»Nein. Ich wurde verhaftet. Ich bin gerade mit deinem Vater vom Polizeirevier in der Cannon Row zurückgekommen. Er ist natürlich außer sich.«

»Aber warum bist du verhaftet worden? Was hast du denn getan?«

»Ich habe gar nichts getan. Wir wollten uns gerade durch die Menge nach vorne drängen, als Polizisten uns packten und zu

Boden warfen. Und als wir aufstanden, warfen sie uns wieder hin, und dann noch mal. Ich habe prächtige blaue Flecke auf den Schultern und Rippen. Die haben wir alle.«

Ich fügte nicht hinzu, dass viele der blauen Flecke von der Fahrt im Polizeiwagen kamen – dass der Fahrer so scharf um die Ecken bog, dass ich hin und her geschleudert wurde, dass die Zellen im Wagen so klein waren, dass ich mir vorkam wie in einem aufrechten Sarg, oder dass es nach Urin stank – das hatten die Polizisten bestimmt extra gemacht, um die Fahrt noch schlimmer für uns zu machen.

»Ist Caroline Black auch verhaftet worden?«, fragte Maude.

»Nein. Sie war von jemandem aufgehalten worden, der mit ihr sprechen wollte, und als sie dann nach uns suchte, hatte die Polizei uns schon mitgenommen. Sie war wütend, dass sie nicht auch verhaftet worden war. Sie ist sogar eigens zur Cannon Row gekommen, um bei uns zu sein.«

Maude schwieg. Ich wollte sie fragen wegen dem, was Richard mir in der Droschke erzählt hatte, aber ich konnte es einfach nicht. Es war leichter, über das zu reden, was mir passiert war.

»Ich muss morgen sehr früh vor Gericht erscheinen«, fuhr ich fort. »Möglicherweise schicken sie mich direkt nach Holloway. Ich wollte mich jetzt von dir verabschieden.«

»Aber – wie lange wirst du denn im … im Gefängnis sein?«

»Ich weiß es nicht. Bis zu drei Monaten.«

»Drei Monate! Aber wie sollen wir die ganze Zeit ohne dich zurechtkommen?«

»Du? Um dich mache ich mir keine Sorgen. Aber ich möchte dich bitten, etwas für mich zu tun.«

Maude schaute mich eifrig an.

Noch bevor ich die Sammelkarte herausnahm und ihr von der Woche des Verzichts erzählte – eine Spendenkampagne der WSPU –, wusste ich, dass es verkehrt war. Als ihre Mutter sollte ich sie trösten und ihr Mut zusprechen. Ihr Gesicht fiel in sich zusammen, und trotzdem sagte ich ihr, dass sie all unsere Nachbarn und auch alle Besucher bitten sollte, der Karte eine

Spende beizulegen, und dass sie am Ende der Woche alles ans WSPU-Büro schicken sollte.

Ich weiß nicht, warum ich so grausam war.

Dorothy Baker

Ich habe es mir zur Regel gemacht, mich nicht für das Familienleben der Colemans zu interessieren. Ich komme morgens um halb acht, bereite die Mahlzeiten zu, und um sieben Uhr gehe ich wieder – oder wenn es abends kalt zu essen gibt, um sechs. Ich mische mich nicht ein, ich habe keine Meinung. Oder wenn doch, behalte ich sie für mich. Ich habe mein kleines Haus, meine erwachsenen Kinder mit ihren Sorgen – das ist mehr als genug. Im Gegensatz zu Jenny, die ihre Nase in alles steckt, was hier vor sich geht. Ein Wunder, dass sie ihr noch keiner abgeschnitten hat.

Aber Miss Maude tut mir wirklich Leid. Neulich abends ging ich durch dicksten Nebel nach Hause, als ich sie direkt vor mir hergehen sah. Ich habe sie noch nie zuvor in Tufnell Park gesehen. Sie hat auch keinen Grund herzukommen – ihr Leben spielt sich in anderen Stadtteilen ab, im Norden und Westen, in Highgate und Hampstead, und nicht im Osten, in Tufnell Park und Holloway. Wie es von einer Familie ihres Standes nicht anders zu erwarten ist.

Die Straßen hier sind eigentlich nicht unsicher, aber trotzdem war es mir nicht recht, sie so allein hier zu sehen, vor allem in dieser Brühe. In einer solchen Suppe kann jemand im Nu für immer und ewig verschwinden. Ich bin ihr nur gefolgt, um sicherzugehen, dass ihr nichts passierte. Es war eindeutig, wohin sie wollte. Das kann ich ihr nicht einmal verdenken – an ihrer Stelle hätte ich dasselbe getan. Aber weil ich in der Nähe von dem Kasten lebe, zieht mich wenig dahin. Allerdings sitzt auch keiner von meiner Familie da drin. Meine Kinder leben ihre Dramen im Rahmen der Gesetze aus.

Miss Maude fand sich gut zurecht, trotz des Nebels und der unbekannten Straßen; sie hat einen klugen Kopf auf ihren Schultern. Als sie angekommen war, blieb sie stehen und guckte. So wie der Kasten im Nebel aufragte, hat sie bestimmt einen Schrecken bekommen. Die Burg, so heißt er hier in der Gegend. Und er sieht auch wirklich wie eine Burg aus, mit dem großen Torbogen und den steinernen Türmen mit den Zinnen. Höchst ungewöhnlich für ein Gefängnis. Wenn meine Kinder sich trauten, haben sie früher hier Ritter und Edelfräulein gespielt. In einer Ziegelmauer, weit von der Straße zurückgesetzt, ist eine Reihe kleiner Fenster eingelassen; dahinter müssen wohl die Gefangenen sitzen.

Dann erlebten wir beide eine Überraschung – marschierte doch diese kleine Black vor dem Eingang auf und ab! Sie ist ein winziges Ding, aber sie trug einen langen grauen Mantel, der ihr um die Knöchel wehte, und deswegen wirkte sie sehr viel größer. Und sie sang:

Christ'bel-klein hat 'nen Plan
Für die weite Welt steht's an,
Wahlrecht tät
Steh'n uns gut
Sind sehr wohlgemut.
Doch die Männer weinen sehr,
Hab'n nun keine Weiblein mehr,
Da besinn'n sich die Herrn,
Tun's Wahlrecht uns bescher'n.

Dann drehte sie sich zu der Fensterzeile um und rief: »Kopf hoch, meine Liebe – die Hälfte hast du schon hinter dir. Nur noch drei Wochen! Und wenn du rauskommst, wartet viel Arbeit auf dich!« Ihre Stimme ging im Nebel fast unter – wie sie sich einbilden konnte, dass jemand drinnen sie hören würde, ist mir ein Rätsel.

Miss Maude hatte genug gesehen – sie machte kehrt und rannte davon. Ich ihr nach, aber rennen kann ich heutzutage nicht mehr, da geht mir die Puste aus, und ich hab sie aus den Augen verloren. Mittlerweile war es fast dunkel, und ich machte mir wirklich Sorgen um sie. Die Geschäfte waren geschlossen, und bald würde kein anständiger Mensch mehr unterwegs sein, den sie nach dem Weg fragen konnte.

Dann bog ich um die Ecke, und sie stürzte aus dem Nebel auf mich zu; sie sah völlig verängstigt aus.

»Miss Maude, was um Himmels willen suchen Sie denn hier?«, sagte ich und tat, als wüsste ich von nichts.

»Mrs. Baker!« Sie war so erleichtert, mich zu sehen, dass sie mich am Arm packte.

»Sie sollten zu Hause sein und nicht hier durch die Straßen irren«, tadelte ich sie.

»Ich bin – ich habe einen Spaziergang gemacht und mich verlaufen.«

Ich sah sie an. Was sollte ich groß Ausflüchte machen? »Sie wollten wohl sehen, wo sie ist?«

»Ja.« Miss Maude ließ den Kopf sinken.

Mir schauderte. »Ein finsterer Kasten. Es hat mir nie recht gefallen, ihn direkt vor der Haustür zu haben. He, du!«, rief ich einem Jungen zu.

»Guten Abend, Mrs. Baker.«

»Miss Maude, das ist Jimmy, der Sohn meiner Nachbarin. Jimmy, bringst du sie zum Boston Arms? Von dort kennt sie sich wieder aus.«

»Vielen Dank, Mrs. Baker«, flüsterte Miss Maude.

Ich zuckte mit den Schultern. »Das geht mich alles gar nichts an«, sagte ich. »Von mir erfährt niemand einen Ton. Und jetzt passen Sie auf, wo Sie hintreten, im Nebel sieht man die Hand vor Augen nicht.«

Ich hielt Wort.

März 1908

Simon Field

Es gießt wie aus Kübeln, also lässt Jenny mich ins Haus. Mrs. Baker sagt nichts, als sie mich sieht, sie brummt nur. Aber sie kocht mir ein weiches Ei.

»Heiliger Heiland«, sagt Jenny, als sie zum Fenster rausguckt, während ich am Tisch sitze und esse. »Was für 'n Wetter, jemand im Gefängnis zu besuchen.«

»Wer geht ins Gefängnis?«, frage ich.

Mrs. B. knallt einen Topf Wasser auf den Herd und guckt Jenny böse an. Jenny reagiert gar nicht darauf – sie sagt immer, was ihr gerade in den Kopf kommt.

»Der gnädige Herr und Miss Maude. Bis jetzt haben sie sie nicht besuchen dürfen – die ersten vier Wochen dürfen die Suffragetten keinen Besuch kriegen. Zuerst wollte der Herr allein hingehen, aber ich hab sie streiten hören, und Miss Maude hat ihren Kopf durchgesetzt, das arme Seelchen. Ihre Mum fehlt ihr. Weiß der Himmel, warum, die war sowieso fast nie da.«

»Genug, Jenny«, sagt Mrs. B.

»Ist doch egal – es ist bloß Simon.«

»Was ist egal?« Maude kommt die Treppe runter und steht da, die Arme überm Bauch. Ich finde, sie sieht krank aus.

Jenny und Mrs. B. drehen sich beide zu ihr um. »Nichts, Miss Maude«, sagt Jenny. »Haben Sie genug gegessen?«

»Ich habe keinen großen Hunger, danke.«

»So ein Pech aber auch, nicht bloß der Regen an so einem Tag, sondern auch noch Tantenbesuch.«

Maude guckt zu mir und dann ganz finster zu Jenny.

»Jenny, du meine Güte, lass das Mädchen in Ruhe!« Mrs. B. schreit eigentlich fast nie. »Jetzt räum oben den Tisch ab.«

Jenny flitzt davon. Über den Tantenbesuch sage ich nichts, ich will mir ja nicht den Mund verbrennen. »Hallo«, sage ich nur.

»Hallo.«

Es ist schwer, mir Maudes Ma im Knast vorzustellen. Wer hätte je gedacht, dass sie dort landen würde? Nachdem ich das von Jenny gehört hatte, habe ich es eines Tages ganz beiläufig Mr. Jackson erzählt. Da ist er zusammengezuckt, als hätte ihn jemand gekniffen.

»Guter Gott. Wieso ist sie dort?«

Um ehrlich zu sein, ich wusste es nicht. »'ne Frauensache, Sir.«

Er starrte mich so an, dass ich irgendwie noch was sagen musste. »Sie wissen schon, die Frauen, wo auf Fahrrädern durch die Gegend fahren und auf'm Bürgersteig rumkritzeln und bei Versammlungen rumschreien und so.«

»Du meinst die Suffragetten?«

»Wahrscheinlich, Sir.«

»Guter Gott«, sagte er noch mal. »Das Gefängnis ist kein Ort für eine Frau. Ich hoffe, sie wird nicht misshandelt.«

»Wahrscheinlich nicht mehr als andere, wo im Gefängnis sitzen, Sir. Mein Vetter war sechs Monate drin und hatte hinterher nix als 'n paar Flohbisse.«

»Das ist kein großer Trost, Simon.«

»'tschuldigung, Sir.«

Ich würde Maude gern was Nettes sagen, aber mir fällt nichts ein, das ihr helfen könnte. Dann klopft es an der Hintertür, und Livy kommt rein, tropfnass, und da komme ich sowieso nicht mehr dazu, was zu sagen. Ich hab nicht das Gefühl, als würde Maude sich groß freuen, sie zu sehen. Livy stürzt sich auf sie und drückt sie fest an sich. Dann sieht sie mich über Maudes Schulter, aber sie sagt nichts. Seit ich sie geküsst hab, ist sie irgendwie ganz komisch zu mir. Das ist über'n Jahr her, und seitdem ist sie irgendwie anders. Da hat mein Pa wohl doch Recht gehabt.

Überhaupt sind wir jetzt zum ersten Mal seit Ewigkeiten wieder zu dritt zusammen. Früher war das ganz anders, als die Mädchen kleiner waren und mich andauernd auf dem Friedhof besucht haben.

»Ach, du Arme, du bist ja ganz blass!«, sagt Livy jetzt. »Der Besuch nimmt dich bestimmt sehr mit.«

Bei Livy ist es so, dass sie eine Sache sagt, aber eigentlich was ganz anderes meint. Für sie ist es gar nicht so schlimm, dass Mrs. C. in Holloway sitzt – sie findet das spannend, obwohl sie das nie im Leben zugeben würde. Sie sieht so aufgeregt aus, dass ich genau weiß, was jetzt kommt.

Sie drückt Maude auf einen Stuhl. »Und jetzt«, sagt sie, »möchte ich dir einen Vorschlag machen.« Sie tut, als wäre niemand sonst da – als würde ich gar nicht am Tisch sitzen, als würde Mrs. B. nicht an der Anrichte Kartoffeln schälen und Jenny nicht das Tablett mit den Frühstückssachen zur Spülküche tragen. Aber sie weiß, dass wir da sind und ihr zuhören. »Ich weiß, dass du nein sagen wirst, also möchte ich, dass du nichts sagst, bis ich fertig bin. Versprichst du's?«

»Also gut«, sagt Maude.

»Ich will mitkommen, wenn du jetzt deine Mutter besuchen fährst.«

»Du kannst doch nicht …«

»Ich bin noch nicht fertig.«

Maude verzieht das Gesicht, hält aber den Mund.

»Du weißt, dass es schrecklich werden wird und du ganz unglücklich sein wirst. Möchtest du nicht, dass dann deine Freundin bei dir ist, dir die Hand hält und dir hilft, so tapfer wie möglich zu sein, wenn deine Mutter dich sieht?«

Wir warten alle darauf, was Maude dazu sagt – Jenny steht in der Tür zur Spülküche, Mrs. B. stiert auf die Kartoffelschalen, als würde sie nichts hören. »Aber was ist mit deiner Mutter?«, sagt Maude. »Und Daddy? Er lässt dich bestimmt nicht mitkommen.«

Livy lächelt. »Mama braucht es gar nicht zu wissen, und wegen deines Vaters mach dir mal keine Sorgen. Er wird schon ja sagen – das überlass nur mir.«

Und das wird sie auch schaffen. Livy kann jeden Mann dazu bringen, genau das zu tun, was sie will. Ich hab sie auf dem Friedhof gesehen, wie sie mit den Augen schöntut und mit ihrem Rock rumwirbelt, und die Männer tun alles, was sie sagt. Sogar Mr. Jackson holt ihr eine Gießkanne, wenn sie eine braucht – aber vielleicht tut er das auch nur, weil er immer noch ein schlechtes Gewissen hat wegen ihrem Engel. Da, wo der Steinmetz den Kopf wieder aufgesetzt hat, muss man schon genau hingucken, um die Stelle zu sehen, aber bei der Nase haben sie gepfuscht. Wahrscheinlich hätten sie's lassen sollen, wie's war. Einmal habe ich Livy die ganzen Engel mit ihren Macken und Schrammen gezeigt. Ich wollte, dass es sie bei ihrem nicht so stört, aber sie ist bloß ganz traurig geworden.

»Maude, bist du fertig?«

Alle drehen sich um und starren auf Maudes Pa, der die Treppe runterkommt. So wie Jenny und Mrs. B. sich aufführen – Jenny reißt die Augen auf, und Mrs. B. rutscht das Messer aus, und sie schneidet sich in den Daumen, so dass sie ihn ablutschen muss –, ist es klar, dass er sonst nie hier runter kommt. Bestimmt freut er sich nicht darauf, nach Holloway zu fahren, oder vielleicht gefällt's ihm auch nicht, dass das ganze Haus oben leer ist, und er will 'n bisschen Gesellschaft haben.

Sogar Maude zuckt zusammen, als sie ihn sieht. »Ja, Daddy, ich muss nur noch kurz zur – ich muss nur noch schnell was aus meinem Zimmer holen. Ich bin gleich wieder da.« Sie guckt zu Livy, dann zwängt sie sich an ihrem Pa vorbei und läuft nach oben. Er steht immer noch am Fußende der Treppe und sieht aus, als wäre er selbst überrascht, dass er hier unten ist.

Livy fängt gleich an zu kokettieren. »Mr. Coleman …«

Aber da hat Mr. C. mich entdeckt. »Mrs. Baker, wer ist dieser Junge, der hier unser Brot isst?«

Mrs. B. zuckt nicht mit der Wimper. »Das ist der Gärtnerjunge, Sir.« Das ist schlau von ihr – der Garten ist Mrs. C.s Sache. Wahrscheinlich geht Mr. C. nur mal raus, um dort 'ne Fluppe zu rauchen. Er weiß bestimmt nicht, wie der Gärtnerjunge aussieht.

Mr. C. guckt in den Regen raus. »Da hat er sich ja den richtigen Tag ausgesucht.«

»In der Tat, Sir. Hast du das gehört, Simon? Heute kannst du dir die Gartenarbeit sparen. Raus mit dir.«

Ich stürze den letzten Tee runter, setze mir die Mütze auf und gehe in den Regen raus. Jetzt kann ich Maude nichts mehr sagen und höre auch nicht, wie Livy rumscharmiert. Aber zumindest habe ich mir den Ranzen vollgeschlagen.

Lavinia Waterhouse

Es war überhaupt nicht schwierig. Ich habe einfach an sein weiches Herz appelliert. Und er hat ein weiches Herz. Es ist unverkennbar, dass er gebrochen ist, weil seine Frau im Gefängnis ist – das sieht jeder, man muss ihn sich nur genau anschauen. Aber ich glaube nicht, dass irgendjemand ihn ansieht außer mir. Ich habe auch das Gefühl, dass er und ich eine besondere Verbindung haben, wegen des Briefes. Er weiß zwar nicht, dass ich ihn geschrieben habe, doch er weiß, dass jemand sich um ihn sorgt.

Lange Zeit konnte ich nicht verstehen, warum er seine Frau nicht aus dem Haus warf, sobald er den Brief gelesen hatte, aber jetzt, wo ich älter bin und die Männer etwas besser kenne, ist mir klar, dass er seine eigenen Gefühle aus Ritterlichkeit hintanstellt, um einen Skandal zu vermeiden.

Er sagte sofort ja, als ich ihn bat, sie nach Holloway begleiten zu dürfen. Ich wiederholte mehr oder minder, was ich Maude gesagt hatte – dass ich ihr in dieser schwierigen Situation eine Stütze sein würde –, deutete aber auch an, dass er ein vorbildlicher Vater und ein Gentleman wäre, wenn er auf die Bedürfnisse seiner Tochter einginge.

Und zum Teil sagte er auch ja, glaube ich, weil ihm meine Gesellschaft lieber ist als Maudes. Auf jeden Fall war ich in der Droschke sehr viel munterer als sie. Aber wie sollte ich auch nicht munter sein – schließlich würden wir ein Gefängnis von innen sehen! Etwas Aufregenderes kann ich mir gar nicht vorstellen.

Das einzig Unangenehme (abgesehen vom Regen) war, dass die Droschke an unserem Haus vorbeifuhr und ich Ivy May zum Fenster hinausgucken sah. Mir kam es vor, als würde sie mir direkt ins Gesicht sehen, und ich betete, dass sie mich nicht verpetzte – Mama glaubte, dass Maude und ich zur Bücherei gegangen waren.

Ich habe das Gefängnis von Holloway noch nie zuvor gesehen. Als wir auf den Torbogen zugingen, wo der Haupteingang mit den Holztüren ist, drückte ich Maudes Arm. »Das sieht ja aus wie eine Burg!«, flüsterte ich.

Zu meiner Überraschung zog Maude ihren Arm weg. »Das ist kein Märchen!«, zischte sie.

Also wirklich. Ich war fast ein bisschen gekränkt, aber das legte sich gleich wieder, als ich die Frau sah, die die Seitentür öffnete und uns hineinließ. Sie war klein und dick und trug eine graue Uniform, und an ihrer Taille hing ein riesiger Schlüsselbund. Aber das Schönste war, sie hatte einen riesigen Leberfleck auf der Oberlippe. Sie sah aus wie eine Gestalt aus Dickens, aber das habe ich Maude nicht gesagt. Ich schlug die Hand vor den Mund, damit die Frau nicht merkte, dass ich lachte; sie kam mir einfach vor wie ein Gnom. Sie merkte es aber trotzdem.

Wir gingen in den Empfangsraum, und Maude und ich setzten uns auf eine schmale Bank, während der Gnom ein großes Buch aufschlug und Mr. Colemans Name und Anschrift aufnahm. Ich war überrascht, dass sie lesen und schreiben konnte.

Dann schaute der Gnom zu uns. »Von euch beiden kann nur eine rein«, sagte sie. »Es dürfen immer nur drei Besucher auf ein Mal zu ihr, und einer ist schon da. Also muss eine von euch hier bleiben.« Sie durchbohrte mich fast mit ihrem gelben Auge.

»Ein weiterer Besucher?« Mr. Coleman sah verwundert drein. »Wer ist denn das?«

Der Gnom fuhr mit dem Finger eine Spalte im Buch hinunter. »Miss C. Black.«

»Verdammt! Was zum Teufel will die denn hier?«

»Sie hat sich zum Besuch angemeldet, genau wie Sie.«

»Aber sie ist nicht mit meiner Frau verwandt. Sagen Sie ihr, dass sie gehen soll!«

Der Gnom grinste bösartig. »Sie hat ein Recht drauf, sie zu besuchen, genau wie Sie. Das muss schon Ihre Frau entscheiden, wer sie besuchen darf und wer nicht.«

Der arme Mr. Coleman war wütend, aber er konnte nichts tun. »Dann wartet ihr zwei hier auf mich«, sagte er zu uns.

»Aber ich bin doch extra mitgekommen, um Mummy zu sehen!«, rief Maude.

»Es ist besser, wenn du mit Lavinia hier bleibst. Wir können sie doch nicht allein lassen.«

Er wandte sich an den Gnom. »Können die Mädchen hier auf mich warten?«

Die Frau knurrte nur.

Ich lächelte und war erleichtert, dass er so ritterlich war.

»Aber Lavinia kann gut alleine hier bleiben«, beharrte Maude. »Oder, Lavinia?«

Ich öffnete den Mund, um zu widersprechen, doch die garstige Frau kam mir zuvor. »Ich will nicht, dass ihr beide hier meine Bank besetzt.« Sie zeigte auf Maude. »Du geh mit deinem Pa, und du« – sie deutete auf mich – »wartest hier.« Sie ging zur Tür und rief etwas in den Flur.

Ich war zu schockiert, um etwas sagen zu können. Allein bei diesem grässlichen Gnom in diesem schrecklichen Gefängnis bleiben? Und nur aus dem dummen Grund, weil sie angeblich den Platz auf dieser harten Bank brauchte? Es war eindeutig, dass sie das nur sagte, um mich zu ärgern. Ich wandte mich hilfesuchend an Mr. Coleman. Aber da stellte sich heraus, dass er leider nicht so ritterlich ist, wie ich dachte – er nickte einfach nur.

Dann kam eine zweite Frau herein, eine große, die dieselbe graue Uniform trug und ihren Schlüsselbund entnervend klappern ließ.

»H 15, Abteilung zwei«, sagte der Gnom zu ihr. »Da ist schon jemand.«

Die Wärterin nickte und bedeutete Mr. Coleman und

Maude, ihr zu folgen – was sie taten, ohne auch nur einen einzigen Blick auf mich zu werfen.

Also wirklich. Als sie fort waren, grinste der Gnom mich von hinter dem Tisch aus an. Ich war verblüfft, dass sie noch alle Zähne hatte – ich hätte gedacht, dass sie ihr ausgefallen sind. Ich achtete nicht weiter auf sie, sondern saß ganz still da, wie ein Mäuschen. Ich hatte nämlich ziemlich Angst.

Aber ein Mäuschen muss sich natürlich umschauen. Und weil es in dem Raum so wenig zu sehen gab – nur den Tisch und einige Bänke, allesamt leer –, musste ich mit dem Gnom vorlieb nehmen. Sie saß hinter dem Tisch und schrieb etwas in ihr Buch. Sie war wirklich abstoßend, schlimmer noch als die schlimmste Gestalt, die Dickens sich hätte ausdenken können. Der Leberfleck prangte höchst unansehnlich auf ihrer Lippe. Ich fragte mich, ob dort wohl Haare wuchsen. Bei dem Gedanken musste ich kichern. Ich dachte, sie hätte nicht gemerkt, dass ich sie beobachtete – ich sah sie durch die Wimpern an, während ich tat, als würde ich meine Fingernägel studieren –, aber sie knurrte: »Was gibt's hier denn zu lachen, Mädchen?«

»Ich musste an einen kleinen Scherz denken«, sagte ich tapfer. »Es hat nichts mit Ihnen zu tun. Außerdem sollten Sie mich Miss Waterhouse nennen.«

Sie besaß die Unverschämtheit zu lachen, also fühlte ich mich genötigt, ihr zu erklären, dass wir mit großer Wahrscheinlichkeit mit dem Maler J. W. Waterhouse verwandt sind, auch wenn Papa nicht der Meinung ist, und dass ich ihm geschrieben hatte, um den Verwandtschaftsgrad zu klären. (Ich sagte ihr nicht, dass Mr. Waterhouse nie auf meinen Brief geantwortet hatte.) Natürlich erwartete ich viel zu viel von einer Gefängnispförtnerin mit einem Leberfleck auf der Lippe, selbst wenn sie lesen und schreiben konnte – natürlich hatte sie noch nie von J. W. W. gehört, nicht einmal als ich ihr sein Gemälde von der Dame von Shalott beschrieb, das in der Tate Gallery hängt. Es hätte nicht viel gefehlt und sie hätte mich auch noch gefragt, wer denn Tennyson ist.

Zum Glück wurde dieses unergiebige Gespräch durch das

Erscheinen einer weiteren Wärterin beendet. Der Gnom sagte, sie wäre froh, dass diese andere gekommen war, weil ich »sogar 'nem Elefanten 'n Ohr abkauen könnte, und das mit nichts als Quatsch«.

Ich fühlte mich sehr versucht, ihr die Zunge rauszustrecken – je länger ich dort saß, desto weniger ängstlich wurde ich. Aber dann läutete eine Glocke, und sie ging, um das Tor zu öffnen. Die andere Wärterin stand nur da und glotzte mich an, als wäre ich ein Ausstellungsstück in einem Museum. Ich funkelte sie an, aber das schien sie gar nicht zu stören. Wahrscheinlich sehen sie nicht oft Mädchen meiner Herkunft hier auf der Bank sitzen – also kein Wunder, dass sie mich angaffte.

Der Gnom kam mit einem Mann zurück, der einen dunklen Anzug und eine Melone trug. Er stand am Tisch, während die Frau in ihr Buch sah und sagte: »Für heute hat sie ihre Besucher schon gehabt. Die ist ja sehr beliebt. Haben Sie sich schriftlich angemeldet?«

»Nein«, sagte der Mann.

»Sie müssen schriftlich um Erlaubnis fragen«, sagte der Gnom frohlockend. Sie schien sich am Ungemach anderer zu weiden. »Und dann liegt es an ihr, ob sie Sie sehen will oder nicht.«

»Ich verstehe.« Der Mann wandte sich zum Gehen.

Also wirklich. Zu dem Zeitpunkt konnte mich schon nichts mehr überraschen. Als er mich endlich bemerkte und wie ein nervöses Pferd zusammenfuhr, lächelte ich also nur mein süßestes Lächeln und sagte: »Guten Tag, Mr. Jackson.«

Zum Glück ging er, bevor Maude und ihr Vater zurückkehrten, sonst wäre es vielleicht zu einer unerfreulichen Szene gekommen. Zur Abwechslung hielt der Gnom den Mund und tat nichts, um noch mehr Unheil heraufzubeschwören; und auch ich sagte nichts. Es war wirklich sehr merkwürdig, dass Mr. Jackson Maudes Mutter besuchen wollte.

Der Tag war so anstrengend gewesen, dass ich nach dem Heimkommen erst mal ausgiebig ruhen und dann eine große Portion Arme Ritter essen musste, als wäre ich krank. Und die ganze Zeit wirbelten mir Gedanken im Kopf herum, die nicht zusammenpassen wollten. Sie hatten mit Maudes Mutter und Mr. Jackson zu tun. Ich tat mein Bestes, damit sie sich nicht zusammenreimten, und ich glaube, es ist mir gelungen.

Maude Coleman

Daddy und ich folgten der Wärterin einen Gang entlang in einen großen Innenhof mit Gebäuden an allen vier Seiten. Auf jedem Stockwerk gingen rundum reihenweise Türen ab, davor verliefen Stege aus schwarzem Eisen, auf denen Wärterinnen in grauen Uniformen entlanggingen.

Unsere Wärterin führte uns zwei Stockwerke hinauf und dann einen dieser Stege entlang. Von dem Eisengeländer auf meiner Seite zu dem auf der anderen Seite war über den ganzen Hof ein Metallnetz gespannt. Darin lagen seltsame Dinge – ein Holzlöffel, eine weiße Haube, ein Schuh aus brüchigem Leder.

In der Mitte einer jeden Zellentür war eine Lederklappe. Als ich mich wieder einer näherte, konnte ich nicht anders – ich musste sie einfach anheben. Ich ging langsamer, so dass Daddy und die Wärterin mir einige Schritte voraus waren, dann hob ich die Klappe und schaute durch das Guckloch.

Die Zelle war winzig – vielleicht fünf auf sieben Fuß, nicht viel größer als unsere Spülküche. Ich konnte kaum etwas sehen – ein Holzbrett, das an die Wand geklappt war, ein Handtuch, das an einem Nagel hing, eine Frau, die in der Ecke auf einem Schemel saß. Sie hatte dunkles Haar, das oben auf ihrem Kopf zusammengefasst war, olivbraune Haut, ein markantes Kinn und einen entschlossenen Mund, wie ein Soldat, der in einer Parade marschiert. Sie hielt sich sehr aufrecht, wie Großmutter es immer von mir verlangt. Sie trug ein dunkelgrünes Kleid mit aufgenähten weißen Pfeilen – das Abzeichen der Gefangenen –, eine karierte Schürze und eine weiße Haube wie die, die in dem Netz über dem Hof hing. Strickzeug lag in ihrem Schoß.

Ich wollte unbedingt, dass sie mich ansah. Und als sie mich dann endlich wirklich anschaute, wusste ich genau, wer sie war. Ich hatte Mrs. Pankhurst noch nie gesehen – die bemerkenswerte Emmeline Pankhurst, Anführerin der Suffragetten. Mummy hatte immer gehofft, sie würde einmal zu ihrem Mittwochsempfang kommen, aber das hatte sie nie getan. Einmal hatte ich gehört, wie Caroline Black ihre Augen beschrieb: »dunkelblau und so durchdringend, dass man alles für sie tun würde – man würde sogar den Mount Snowdon mit einem Spaten abtragen, wenn sie der Meinung wäre, er würde ihr den Blick verstellen.«

Mrs. Pankhurst lächelte mich an.

»Maude!«

Ich sprang von dem Spion zurück. Daddy schaute mich entsetzt an. Die Wärterin stürmte immer noch voran, blieb aber stehen, als sie Daddys Stimme hörte.

Ich lief zu ihm.

»Was hast du da gemacht, verdammt noch mal?«, flüsterte er und packte mich am Arm.

»Es tut mir Leid«, flüsterte ich zurück.

Die Wärterin knurrte: »Jetzt geben Sie Obacht und halten Sie sich dicht hinter mir, sonst kriegen Sie sie nicht zu sehen.«

Ein Stück vor uns auf dem Steg standen zwei Frauen vor einer Zellentür – die eine war eine Wärterin, die andere Caroline Black. Sie trug unter ihrem grauen Mantel ein leuchtend weißes Kleid mit mehreren Spitzenrüschen über der Brust, und auf dem Kopf einen Hut mit welken Primeln. Sie sah aus, als wollte sie im Hyde Park flanieren. Mein einfacher blauer Mantel und der alte Strohhut erschienen mir im Vergleich dazu richtig schäbig.

Als wir näher kamen, sagte sie gerade in die Zelle hinein: »Unsere Farben sind Lila für die Würde, Weiß für die Reinheit und Grün für die Hoffnung. Ist das nicht eine großartige Idee? Ich hätte mich ja heute in den Farben angezogen, aber ich wollte Primeln für dich tragen. Stell dir nur vor, wie gut sich das bei öffentlichen Versammlungen machen wird, wenn wir alle dieselben Farben tragen!« Sie sah uns entgegen, lächelte und verkündete dann: »Mehr Besuch!«

»Wer kommt?«, hörte ich aus der Zelle.

»Mummy!«, rief ich. Ich stürmte los, hielt dann aber abrupt inne – die Tür stand zwar offen, doch die Türöffnung war mit Querbalken abgeriegelt. Fast wäre ich in Tränen ausgebrochen.

Mummys Zelle war genau wie die von Mrs. Pankhurst, bis hin zu dem Knäuel grauer Wolle auf dem Schemel, daneben eine fast fertige graue Socke mit roten Streifen im Bündchen. Mummy stand an der hinteren Wand. »Guten Tag, Maude«, sagte sie. »Du kommst also deine eingesperrte alte Mutter besuchen?« Wie Mrs. Pankhurst trug sie ein Kleid aus dunkelgrünem Sackleinen, auf dem hier und da weiße Pfeile aufgenäht waren. Das Kleid war ihr viel zu groß – es hing bis auf den Boden, und von ihrer Taille war nichts zu erkennen. Aber trotzdem – ihr Gesicht war so mager, dass ich sofort sah, wie viel sie abgenommen hatte. Unter ihren Augen lagen dunkle Ringe, und ihre Haut war fleckig und gelb. Ihre Augen glänzten, als hätte sie Fieber.

»Guten Tag, Richard«, sagte sie zu Daddy, der zögernd hinter mir und Caroline Black stehen geblieben war.

Wir standen alle drei verlegen in der Tür, traten von einem Fuß auf den anderen und spähten übereinander hinweg, als wollten wir im Zoo ein wildes Tier bestaunen. Die beiden Wärterinnen rechts und links der Tür standen da wie Zinnsoldaten.

»Guter Gott, Kitty, isst du nicht genug?«, sagte Daddy.

Ich fuhr innerlich zusammen, und Caroline Black schüttelte leicht den Kopf, so dass die Primeln auf ihrem Hut wippten. Ich wünschte, er hätte etwas anderes gesagt und nicht das Erste, was ihm in den Kopf kam, aber andererseits tat er mir auch Leid – er sah so mitgenommen aus.

Doch Mummy schien sich gar nicht zu ärgern, sondern lächelte, als hätte er einen Witz gemacht. »Wenn du unsere Rationen sehen könntest, würdest du auch nichts essen. Neulich habe ich mir an einem Steinchen im Brot einen Zahn abgebrochen. Das hat mir den Appetit verdorben.«

»Mummy, ich hab dir geschrieben«, sagte ich schnell. »Aber der Brief ist zurückgekommen.«

»In den ersten vier Wochen dürfen wir keine Post bekommen«, sagte Mummy. »Das hätte Caroline dir sagen können. Und wie viel Geld hast du in der Woche des Verzichts gesammelt? Ein hübsches Sümmchen, hoffe ich.«

»Ich ... ich weiß es nicht mehr«, flüsterte ich.

»Du weißt es nicht mehr? Natürlich weißt du es. Das ist doch erst vier Wochen her, und du hast einen Kopf für Zahlen. Oder ist es dir peinlich, weil du so wenig zusammenbekommen hast? Das macht nichts – ich habe auch nicht erwartet, dass du so viel sammelst, wie ich es getan hätte. Wie viel war es denn – zehn Pfund?«

Ich ließ den Kopf hängen. Ich hatte nicht einmal ein Zehntel davon gesammelt. Eigentlich hatte ich Nachbarinnen und Gäste um Spenden bitten wollen, aber dann hatte ich es nicht über mich gebracht. Stattdessen hatte ich mein ganzes Taschengeld für den Monat hergegeben, und Mrs. Baker und Mrs. Waterhouse hatten ein paar Shilling beigesteuert. Zum Schluss hatte ich die Sammelkarte regelrecht gehasst.

»Hast du gewusst«, sagte Caroline Black, »dass einige Frauen euch zu Ehren in der Woche nur braunes Brot und Hafergrütze gegessen haben? Das Geld, das sie durch diese Gefängnisdiät gespart haben, haben sie dann der WSPU gestiftet!«

Sie und Mummy lachten, und bei Caroline Black war wieder der Zahn an der Seite zu sehen.

»Wie geht es Mrs. Pankhurst?«, fragte sie. »Hast du sie gesehen?«

»Wir machen uns etwas Sorgen«, antwortete Mummy. »Gestern ist sie nicht zu den Leibesübungen gekommen, und heute Morgen war sie auch nicht bei der Andacht. Ich hoffe, dass sie nicht krank ist.«

»Ich habe sie gesehen«, erklärte ich, froh, etwas Nützliches beitragen zu können.

»Du hast sie gesehen? Wann denn?«, fragte Mummy.

»Gerade eben. In ihrer Zelle, ein paar Türen weiter vorne.«

Mummy und Caroline Black schauten mich entzückt an. Doch unsere Wärterin runzelte die Stirn.

»Wie sah sie denn aus?«, wollte Mummy begierig wissen. »Was hat sie getan?«

»Sie hat gestrickt.«

»Hat sie etwas gesagt?«

»Nein, aber sie hat mich angelächelt.«

»Aufhören!«, schrie unsere Wärterin. »Sofort aufhören! Über solche Sachen dürfen Sie hier nicht reden. Sonst müssen Sie sofort gehen.«

»Das ist gut zu hören«, meinte Mummy, ohne auf die Wärterin zu achten. »Sie hat gestrickt? Genau wie ich.« Sie warf einen Blick zu der Wolle und der Socke auf dem Schemel und lachte. »Hier zwingen sie mich zu genau dem, was ich am wenigsten gut kann. Wenn ich rauskomme, bin ich Expertin, zumindest was das Sockenstricken anbetrifft.«

»Sind die für dich?« Ich konnte mir Mummy beim besten Willen nicht mit rot gestreiften grauen Socken vorstellen.

»Aber nein! Die sind für die Männer hier im Gefängnis. Damit wir immer etwas zu tun haben. Sonst ist es hier unerträglich öde. Zuerst dachte ich, ich würde den Verstand verlieren. Aber so weit ist es nicht gekommen. Ich kann ja immer in meiner Bibel lesen.« Sie deutete auf ein Regal, auf dem sich zwei Bücher befanden, daneben ein Teller und ein Becher aus Blech, ein hölzernes Salzfass, ein Stück gelbe Seife und Kamm und Bürste. »Und schaut, was sie uns gegeben haben!« Sie zeigte uns das zweite Buch. Ich entzifferte den Titel: *Von der Gesundheit im modernen Heim*. »Ich habe es von vorne bis hinten gelesen. Und wisst ihr, was sie einem da empfehlen – man soll nachts bei geöffnetem Fenster schlafen!« Mummy schaute zu dem kleinen, vergitterten Fenster hoch über sich und brach wieder in Lachen aus. Caroline Black stimmte mit ein.

»Kitty«, sagte Daddy leise.

Zu meiner Erleichterung hörte Mummy auf zu lachen.

»Hast du deine Lektion jetzt gelernt?«, fragte Daddy.

Mummy schaute ihn an. »Was meinst du mit ›Lektion‹?«, entgegnete sie.

»Es reicht jetzt. Wenn du wieder draußen bist, werden wir unser normales Leben weiterführen können.«

»Das kommt darauf an, was du mit ›normalem Leben‹ meinst.«

Daddy gab keine Antwort.

»Willst du damit sagen, ich soll den Kampf aufgeben, wenn ich wieder draußen bin?«

»Du willst doch nicht etwa weitermachen?«

»Aber ganz gewiss, Richard. Ich glaube, im Gefängnis habe ich erst richtig zu mir selbst gefunden. Seltsamerweise hat die Langeweile mich eisern gemacht. ›Was mich nicht umbringt, macht mich stärker.‹ Das ist Nietzsche, weißt du.«

»Du liest entschieden zu viel«, sagte Daddy.

Mummy lächelte. »Als du mich kennen gelernt hast, warst du anderer Meinung. Aber wenn ich rauskomme, werde ich zu viel zu tun haben, um zu lesen.«

»Darüber sprechen wir, wenn du wieder zu Hause bist«, sagte Daddy mit einem Blick auf Caroline Black. »Es ist zu viel erwartet, dass du hier klar denken kannst.«

»Da gibt es nichts zu besprechen. Es ist eine Entscheidung, die ich gefällt habe. Das hat nichts mit dir zu tun.«

»Es hat sehr viel mit mir zu tun – ich bin dein Mann!«

»Entschuldige, Richard, aber nichts, was ich in meinem kleinen Leben getan habe, war in irgendeiner Weise bedeutsam, bis ich zur WSPU ging.«

»Und was ist mit Maude?«

Mummy sah mich an. Sie schien ihn wirklich nicht zu verstehen. »Was soll denn mit Maude sein?«

»Willst du sagen, ein Kind zu bekommen war nicht bedeutsam?«

»Aber natürlich. Maude ist der Grund, weshalb ich überhaupt in dieser Gefängniszelle bin. Ich tue es, damit sie einmal zur Wahl gehen kann.«

»Nein, du tust es, damit du dich in der Stadt herumtreiben kannst, damit du dich wichtig fühlen kannst, wenn du deine dummen Reden hältst und dein Zuhause und deine Familie vernachlässigst.«

»Ich fühle mich in der Tat wichtig«, sagte Mummy. »Vielleicht zum ersten Mal in meinem Leben habe ich etwas zu tun, Richard. Ich arbeite! Ich bin zwar nicht so zuversichtlich wie Caroline und die Pankhursts, dass wir Frauen zu meiner Lebzeit das Wahlrecht bekommen, aber eines Tages wird unser Einsatz Erfolg haben. Maude wird die Früchte unserer Arbeit ernten, wenn schon nicht ich.«

»Steig von deiner Seifenkiste runter!«, rief Daddy. »Du behauptest, du würdest das für deine Tochter tun – aber hast du Maude jemals gefragt, was sie dazu sagt, dass du sie ständig alleine lässt? Hast du sie gefragt?«

Fünf Augenpaare richteten sich auf mich. Daddy sah wütend drein, Mummy neugierig. Die beiden Wärterinnen betrachteten mich völlig gleichmütig. Nur in Caroline Blacks braunen Hundeaugen lag ein wenig Mitgefühl. Ich wurde rot. Ich hatte Bauchschmerzen.

Ich trat einen Schritt zurück, dann noch einen, und plötzlich machte ich auf dem Absatz kehrt und lief davon.

»Halt! Stehen bleiben!«, hörte ich eine der Wärterinnen rufen.

Ich lief weiter den Steg entlang, denselben Weg, den wir gekommen waren – die Treppen hinunter, durch den Hof, einen Gang entlang, und die ganze Zeit begleiteten mich die Schreie von Frauen in grauen Uniformen, aber ich rannte immer nur weiter. Ich erreichte die Tür, stieß sie auf, lief zur Bank und fiel Lavinia in die Arme.

»Ach, du armes Ding«, sagte Lavinia und streichelte mir den Rücken, während ich weinte. »Ist ja gut, ist ja gut. War doch richtig, dass ich mitgekommen bin, nicht?«

Richard Coleman

Als wir von Holloway nach Hause kamen, ging ich schnurstracks in Kittys Damenzimmer, wo ihre ganzen Bücher sind. Dort sah ich, wie weit sie schon in diesen schwarzen Abgrund hinabgestiegen ist, den sie »die Sache« nennt.

Ich hatte mir vorgenommen, den Nietzsche zu suchen und zu verbrennen, aber stattdessen verbrannte ich jedes Flugblatt, jede Zeitung und jedes Spruchband, das ich in die Finger bekam.

Mai 1908

Albert Waterhouse

Der arme Richard. Ich hätte nie gedacht, dass ich je Mitleid mit ihm würde empfinden müssen, aber heute tat er mir wirklich Leid. Ich habe ja immer schon gesagt, dass seine Frau eine kapriziöse Person ist.

Heute Abend waren er und ich dafür eingeteilt, den Kricketplatz zu rollen, und wir waren gerade unterwegs zur Heath, als wir sie sahen. Ich muss sagen, ich bin froh, dass Trudy nie um ein Fahrrad gebeten hat. Kitty Coleman fuhr munter dahin, und ihr Kleid rutschte ihr bis zu den Knien hinauf, wie sie da so in die Pedale trat. Ich konnte eine ihrer Fesseln sehen – sehr hübsch, das muss ich schon sagen –, bevor ich den Anstand hatte wegzuschauen.

Richard tat, als würde er sie nicht bemerken, und ich folgte seinem Beispiel, aber dann klingelte sie mit der Glocke, und wir mussten den Hut ziehen. Sie winkte uns zu, dann setzte sie ihren Weg fort, und wieder blitzte ihre Fessel unter dem Rock hervor.

Ich fand, dass sie erstaunlich gut aussah dafür, dass sie sechs Wochen in Holloway gewesen ist, aber das erwähnte ich Richard gegenüber nicht. Es erschien mir das Beste, überhaupt nichts zu sagen.

Aber dann kam Richard selbst darauf zu sprechen, und das überraschte mich, weil wir sonst nicht für Vertraulichkeiten sind. »Sag mir doch, Albert, wie bändigst du deine Frau?«

Ich stolperte über einen Pflasterstein. »Wie ich meine Frau bändige?« Mit liebevoll strenger Hand, dachte ich, als ich mein

Gleichgewicht wieder gefunden hatte. Doch das sagte ich nicht – es gibt Dinge, die Männer nicht aussprechen.

»Kitty hat mich erpresst«, fuhr Richard fort.

»Wie das?«

»Sie sagt, wenn ich ihr verbiete, für die Suffragetten zu arbeiten, wird sie bei Kundgebungen Reden halten. Kannst du dir das vorstellen – der Name Coleman auf den ganzen vermaledeiten Flugblättern, die sie verteilen? Wie er auf Plakaten prangt oder auf dem Bürgersteig? Meine Mutter ist schon wegen Holloway fast gestorben vor Scham – das wäre ihr sicheres Ende. Was würdest du in meiner Situation tun?«

Ich versuchte mir vorzustellen, dass Trudy mir auf diese Art droht, aber das war unmöglich. Wenn überhaupt, ist sie um unseren guten Namen noch besorgter als ich. Und sie würde lieber einen Teller Kohle essen, als öffentlich Reden zu halten. Wenn sie mir droht, geht es um die Farbe der Vorhänge im Salon oder um den Badeort, an dem wir Urlaub machen.

Richard schaute mich an; er erwartete eine Antwort. »Vielleicht macht deine Frau gerade nur so eine Phase durch«, meinte ich. »Vielleicht legt sich das mit den Suffragetten wieder. Für den Juni planen sie doch eine Versammlung im Hyde Park, oder? Davon hat sogar Trudy gehört, und sie ist keine Suffragette. Vielleicht sind sie danach zufrieden, und deine Frau beruhigt sich wieder.«

»Vielleicht«, wiederholte Richard, aber ich fürchte, er klang nicht sehr überzeugt.

Kitty Coleman

Seit Wochen geht Maude mir aus dem Weg – seit ich aus Holloway zurück bin. Zuerst fiel es mir gar nicht auf, weil wir mit der Organisation des Umzugs im Juni so viel zu tun haben. Es soll die größte öffentliche Versammlung aller Zeiten werden, die größte weltweit. Wir haben alle Hände voll zu tun, so viel ist zu erledigen – Züge in ganz England buchen, Genehmigungen für die Marschrouten und die Nutzung des Hyde Park einholen, Besprechungen mit der Polizei, Rednerinnen und Blaskapellen organisieren, Spruchbänder nähen. Es ist, als würden wir eine Schlacht planen. Nein, nicht bloß eine Schlacht – einen ganzen Krieg.

Apropos, Caroline hat eine großartige Idee, wie sie und ich uns für den Umzug verkleiden können. Es wird spektakulär sein – ich werde meine Entlassung aus Holloway und aus meiner Verzweiflung mit einem befreienden Kostüm feiern. Es wird ein großer Tag werden.

Doch trotz der vielen Aktivitäten fiel mir auf, dass Maude das Zimmer verließ, sobald ich es betrat, und häufiger bei den Waterhouses aß als zu Hause.

Als ich mit Richard darüber sprach, zuckte er nur mit den Schultern. »Was hast du denn erwartet?«, meinte er. Es ist schwer geworden, mit ihm zu reden – seit ich aus Holloway zurück bin, geht auch er mir aus dem Weg. Nur gut, dass ich mir ein dickes Fell zugelegt habe!

Was er in meinem Damenzimmer angestellt hatte, überraschte mich eigentlich nicht. Die Männer anderer Suffragetten haben Schlimmeres getan. Damit er das nicht noch mal macht, musste ich ihn erpressen – ich bin zwar nicht stolz darauf, aber es war notwendig. Und es hat geklappt – er mag mein Engagement ja verabscheuen, aber die Angst vor seiner Mutter ist größer.

Am Samstagvormittag sah ich Maude im Salon herumstehen, und da hatte ich eine Idee. »Komm doch mit in die Stadt«, schlug ich ihr vor. »Wir fahren mit einem Automobil. Schau mal!« Ich deutete zum Fenster hinaus auf den Wagen der Jenkins', der bei uns vor dem Haus stand. Mrs. Jenkins, ein wohlhabendes Mitglied der WSPU in Highgate, hat ihn freundlicherweise für WSPU-Erledigungen in der Stadt zur Verfügung gestellt. Ihr Mann weiß nichts davon – wir benutzen den Wagen nur, wenn ihr Gatte bei der Arbeit oder woanders unterwegs ist –, und wir müssen Fred, den Chauffeur, regelmäßig bestechen, damit er stillschweigt. Aber bislang hat sich jeder Penny bezahlt gemacht.

Maude bestaunte den Wagen, der in der Sonne blitzte. Ich merkte, dass sie gerne mitkommen würde, aber das Gefühl hatte, es eigentlich nicht zu dürfen.

»Komm doch mit«, sagte ich. »Der Tag ist so schön – wir fahren auch mit offenem Verdeck.«

»Wohin fährst du?«

»Zum Clements Inn. Aber nicht für lange«, fügte ich schnell hinzu, denn ich weiß, dass sie die WSPU nicht mag. »Und dann in die Bond Street. Danach könnten wir zum Eisessen zu Fortnum and Mason's gehen – das haben wir schon lange nicht mehr gemacht.«

Ich weiß nicht, warum ich mich so um sie bemühte. Ich bin als Mutter nie besonders aufmerksam gewesen, aber jetzt, wo ich das Gefühl habe, dass ich um Maudes willen um etwas kämpfe, möchte ich sie an der Sache beteiligen – selbst wenn ich sie dafür mit Eis bestechen muss.

»Also gut«, sagte sie schließlich.

Ich bat sie und Jenny, den Berg von Spruchbändern nach draußen zu tragen, die ich bislang genäht habe – oder vielmehr, die ich zu nähen anfing, bis ich dann aufgab, weil ich nicht genug Zeit hatte und deswegen Jenny und Mrs. Baker extra bezahlt habe, um sie fertig zu nähen. Und dennoch habe ich noch bei weitem nicht so viele gemacht, wie ich versprochen habe. Ich werde Maude dafür einspannen müssen, obwohl sie noch schlechter näht als ich.

Ich liebe es, durch London zu fahren. Es ist immer noch aufregend, obwohl ich es schon so oft getan habe. Fred trägt beim Fahren eine Brille, aber ich weigere mich, eine aufzusetzen – ich habe dann immer das Gefühl, nichts zu sehen. Wir hatten die Hüte mit Schals festgebunden – meiner war lila, grün und weiß mit der Aufschrift »Wahlrecht für Frauen« (ich bot auch Maude einen an, doch sie lehnte ab) –, aber trotzdem flatterte im Wind alles wie verrückt, und der Straßenstaub flog uns in die Kleider und die Haare. Es war schrecklich aufregend. Die Geschwindigkeit ist atemberaubend – wir flitzten an Milchwagen vorbei, an Pferdefuhrwerken, an Männern auf Fahrrädern, wir überholten motorisierte Droschken und private Automobile. Lokale, Waschhäuser, Teesalons, alles flog an uns vorüber.

Sogar Maude hat es Spaß gemacht, obwohl sie nicht viel gesagt hat – nicht, dass man bei dem Motorenlärm viel hätte sagen können. Zum ersten Mal seit Monaten schien sie nicht so verkrampft, sondern kuschelte sich zwischen mich und den Spruchbändern in den Rücksitz. Als wir eine Allee von Platanen entlangfuhren, deren Wipfel sich wie ein Dach über uns wölbten, legte sie den Kopf in den Nacken und blickte nach oben.

Beim Clements Inn half sie mir, die Spruchbänder auszuladen – Fred macht nie einen Finger für uns krumm, er ist gegen die Suffragetten –, wollte aber nicht im Büro auf mich warten, sondern lieber draußen bei Fred. Ich versuchte mich zu beeilen, aber es waren so viele Genossinnen da, die ich begrüßen musste, Fragen, die ich beantworten sollte, Punkte, die wir zu besprechen hatten; und als ich wieder zum Wagen kam, waren Maude und Fred beide ziemlich missmutig.

»Entschuldigt!«, rief ich munter. »Aber jetzt geht's weiter.

Zu Collingwood's in der Bond Street, bitte, Fred.« Dieser Besuch hatte zwar nicht unmittelbar mit der WSPU zu tun, aber sehr viel mit Frauenemanzipation.

Maude schaute mich überrascht an. »Hat Daddy dir etwas Neues geschenkt?« Wenn Richard Schmuck für mich kauft, dann bei Collingwood's.

Ich lachte. »Nicht ganz. Du wirst schon sehen.«

Doch als sie die Kette in dem schwarzen Samtkästchen liegen sah, die der Juwelier mir stolz zeigte, war ihre Reaktion ganz anders als erwartet. Sie sagte gar nichts.

Die Kette bestand aus Smaragden, Amethysten und Perlen, die lilaweiße Blüten mit grünen Blättern bildeten. Die Steine stammten alle aus Ketten, die ich schon besaß: Perlen, die ich zu meiner Konfirmation bekommen hatte, Amethyste, die meine Mutter mir vermacht hatte, und Smaragde von einer Kette, die Mrs. Coleman mir zur Hochzeit schenkte.

»Sie haben wunderbare Arbeit geleistet«, sagte ich dem Juwelier. »Sie ist zauberhaft!«

Maude starrte die Kette immer noch wortlos an.

»Gefällt sie dir nicht?«, fragte ich. »Das sind unsere Farben – siehst du? Die WSPU-Farben. Viele Frauen lassen sich Schmuck in diesen Farben anfertigen.«

»Ich dachte ...« Maude brach ab.

»Was ist denn?«

»Na ja – dass ich die Ketten erben sollte, aus denen sie gemacht ist.«

»Du liebe Güte, darum geht's dir also? Jetzt erbst du stattdessen eben diese.«

»Daddy wird wütend sein«, sagte Maude leise. »Und Großmutter auch. Das waren ihre Smaragde.«

»Sie hat mir die Kette geschenkt, und ich kann damit tun, wozu ich Lust habe – das geht sie nichts an.«

Maude schwieg; und das war schlimmer als die missmutige Laune vorher.

»Und jetzt gehen wir zu Fortnum and Mason's Eis essen«, schlug ich vor.

»Nein danke, Mummy«, sagte Maude leise. »Ich glaube, ich möchte jetzt lieber nach Hause.«

Ich dachte, sie würde die Kette wunderschön finden. Offenbar kann ich es ihr nie recht machen.

Richard Coleman

Ich bemerkte sie sofort. Kitty stand im Flur und bewunderte sich im Spiegel, bevor wir zu Mutters Fest fuhren. Jenny hielt den Umhang bereit, während Maude von der Treppe aus zusah. Kittys Kleid war tief ausgeschnitten, und als ich auf ihr Dekolleté blickte, erkannte ich die Smaragde. Ich hatte sie oft an meiner Mutter gesehen, wenn sie und mein Vater zu einem Ball oder sonst einer gesellschaftlichen Verpflichtung gingen, und einmal, als sie bei der Königin eingeladen waren. Aber jetzt sahen sie hässlich aus, in einer neuen Kette mit anderen Steinen zusammen.

Ich sagte nichts – durch Kittys Erpressung ist mir jedes Widerwort unmöglich geworden. Stattdessen wurde ich wütend auf mich selbst, weil ich so wenig Macht über meine Frau habe. Das steht doch einem Ehemann nicht an – hilflos und ohne jede Autorität zu sein. Kitty wusste genau, was sie tat.

Später, als ich das Gesicht meiner Mutter beim Anblick von Kittys Kette sah, hätte ich meiner Frau am liebsten ihren wunderschönen weißen Hals umgedreht.

Edith Coleman

Ich glaube, es macht ihr Freude, mich zu quälen.

Es war schlimm genug die wenigen Male im vergangenen Jahr, als ich meinen Sohn der Form halber bei sich zu Hause besucht habe. Schlimmer noch war es, als sie nach Holloway geschickt wurde und der Name Coleman überall in den Zeitungen auftauchte. Ich war zutiefst beschämt, doch die Sache war schneller vergessen, als ich befürchtet hatte. Meine Freundinnen – meine guten Freundinnen – erwähnten es gar nicht, um mir weitere Peinlichkeit zu ersparen. Ich war nur froh, dass James nicht mehr lebte und mit ansehen musste, wie sein Name in den Schmutz gezogen wurde.

Aber das Schlimmste sind die Smaragde. James' Mutter gab sie mir am Vorabend unserer Hochzeit im stillschweigenden Einverständnis, dass ich sie schätzen und bewahren und eines Tages an die Frau meines Sohnes weitergeben würde. Damals brauchte man eine solche Vereinbarung nicht eigens auszusprechen. Es wäre mir nie in den Sinn gekommen, mit den Smaragden etwas anderes zu tun, als sie voller Stolz zu tragen und sie, wenn die Zeit gekommen war, weiterzugeben. Keine der Coleman-Frauen wäre je auf den Gedanken verfallen, sie so zu schänden, wie Kitty es getan hat.

Sie trug sie zu meiner jährlichen Mai-Gesellschaft, zu einem dunkelgrünen Seidenkleid, das viel zu tief ausgeschnitten war. Ich erkannte die Steine sofort, auch wenn ich die Kette selbst noch nie gesehen hatte. Ich würde meine Smaragde überall erkennen. Sie merkte auch, dass ich sie erkannte. Der arme Richard, der neben ihr stand, hatte keine Ahnung. Smaragde sind Frauensache, Männer verstehen nichts davon. Ich werde es ihm nie sagen.

Ich habe keine Szene gemacht – es wäre unmöglich gewesen vor all den Gästen, und diese Genugtuung wollte ich ihr auch nicht geben. Statt dessen habe ich gewartet, bis der letzte Besucher nach Hause gegangen war. Dann habe ich mich in der Dunkelheit hingesetzt und geweint.

Juni 1908

LAVINIA WATERHOUSE

Zuerst weigerte ich mich, Maude zu helfen. Ich wollte nichts mit den Spruchbändern von diesen Suffragetten zu tun haben. Aber Maude kann einfach nicht nähen, und als ich eines Tages in der Schule ihre Finger sah, ganz wund und zerstochen von der Nadel (jemand muss ihr beibringen, wie man richtig mit dem Fingerhut umgeht!), bekam ich Mitleid mit ihr, und seitdem bin ich nachmittags oft drüben und helfe ihr.

Und wie gut, das ich das tue! Sie ist so langsam, die Arme, und ihre unsägliche Mutter hat ihr einen schrecklich hohen Stapel von Spruchbändern gegeben, die sie alle nähen muss. Anfangs war es mir etwas unheimlich, im Damenzimmer zu sitzen und zu nähen – ich befürchtete jeden Moment, Maudes Mutter könnte hereinkommen, und seit ich über diese Sache Bescheid weiß, fühle ich mich in ihrer Gegenwart unbehaglich. Doch wie sich herausgestellt hat, ist sie nur selten zu Hause, und wenn doch, dann spricht sie ständig am Telephon, das sie hat installieren lassen, und achtet überhaupt nicht auf uns. Dieses Telephon macht mich nervös – ich zucke jedes Mal zusammen, wenn es läutet, und würde es um keinen Preis beantworten wollen. Maude muss dauernd den Hörer abnehmen, wenn ihre Mutter nicht da ist, und Unmengen an Nachrichten wegen Versammlungen und Petitionen und anderem Unsinn entgegennehmen.

Zum Glück nähe ich sehr flink – ich schaffe drei in der Zeit, in der Maude eins macht; außerdem sieht man bei ihr die Stiche. Und eigentlich macht es Spaß, mit ihr dort zu sitzen – wir reden und singen, und manchmal, wenn ihre Finger zu sehr bluten, näht Maude gar nicht, sondern liest aus einem Buch vor, während ich arbeite. Jenny bringt uns endlose Tassen Tee und ab und zu, wenn wir ein bisschen betteln, sogar Kaffee.

Gott sei Dank brauchen wir nur zu nähen. Das Tuch und die Buchstaben sind schon zugeschnitten, der Spruch steht auf einem Blatt Papier, das an das Tuch geheftet ist. Meist sind die Buchstaben weiß, das Tuch grün oder schwarz. Ich glaube, ich könnte mir keinen Spruch ausdenken, auch für viel Geld und gute Worte nicht. Manche sind so schwierig, dass ich mir keinen Reim darauf machen kann. Was um Himmels willen soll zum Beispiel BESTEUERUNG OHNE REPRÄSENTATION IST TYRANNEI bedeuten? Oder schlimmer noch: DAS JA DER FRAUEN STICHT ASQUITHS NEIN? Was hat denn der Premierminister damit zu tun?

Das Schönste an der Sache sind die Fehler. Das erste Mal ist es passiert, als ich die Buchstaben für die unendlich vielen Spruchbänder mit TATEN STATT WORTE (die Worte kann ich nicht mehr hören!) aufgenäht habe. Als ich das fertige Band zusammenfaltete, blickte ich zufällig noch mal darauf und stellte fest, dass ich WORTE STATT TATEN genäht hatte. Ich wäre ja bereit gewesen, die Buchstaben wieder abzutrennen, aber als ich kurz zu Maude hinüberschaute, sah ich, dass sie gar nichts gemerkt hatte – sie war ganz auf ihr Nähen konzentriert und lutschte an dem Finger, in den sie sich wieder einmal gestochen hatte. Also faltete ich das Spruchband einfach zusammen, legte es auf den Stapel und lächelte in mich hinein. Angeblich wird es Abertausende von diesen Bannern geben – Hunderte von Frauen in ganz England tun im Augenblick nichts anderes, als sie zu nähen. Alle paar Tage stürzt Maudes Mutter herein, packt den fertigen Stapel und stürmt wieder hinaus, ohne auch nur danke zu sagen. Ich glaube kaum, dass irgendjemand den Fehler auf mich wird zurückführen können.

Danach fing ich an, mehr »Fehler« zu machen – noch ein paar Mal WORTE STATT TATEN, einmal ORTE STATT WATTE. Es machte mir großen Spaß, mir Fehler auszudenken: ARBEI-

TERINNEN VERLANGEN DAS WAHLRECHT wurde zu WAHLRECHTE VERLANGEN ARBEIT; die überflüssigen Buchstaben stopfte ich in meine Schürzentasche und verwendete ein paar dazu, um aus HOFFNUNG VERSETZT BERGE BERGE VERSETZEN HOFFNUNG zu machen.

Ich hatte ein halbes Dutzend oder so fertig, als Maude mich ertappte. Sie half mir gerade, ein Spruchband zusammenzufalten, als sie plötzlich sagte: »Warte mal eben« und das Tuch ausbreitete. Darauf stand: ›WER SCHWER SEIN WILL MUSS SELBST DAS EI ERGREIFEN‹.

»Lavinia! Das muss doch ›Wer frei sein will, muss selbst das Schwert ergreifen‹ heißen! Du weißt doch, aus Byron!«

»Ach du meine Güte«, sagte ich und kicherte.

»Liest du denn nicht, was du nähst? Und wo sind die fehlenden Buchstaben?«

Ich lächelte dümmlich und holte die Buchstaben aus der Tasche. »Ich dachte, die wären übrig – jemand hätte einen Fehler gemacht«, sagte ich.

»Du weißt ganz genau, was es heißen soll«, schimpfte Maude. »Was sollen wir damit machen? Es ist zu spät, um es noch zu ändern, und wir können das Spruchband nicht verstecken – Mummy hat bestimmt alle gezählt und wird wissen wollen, warum eins fehlt.«

Ich schlug mir an die Stirn. »Dann sollte ich jetzt wohl das Ei ergreifen«, sagte ich. Das war blöd, aber Maude musste lachen. Bald lachten wir beide so sehr, dass uns die Tränen kamen. Es tat gut, Maude lachen zu sehen. In letzter Zeit ist sie immer so ernst. Schließlich haben wir das Spruchband einfach zusammengefaltet und zu den anderen auf den Stapel gelegt.

Eigentlich hatte ich nicht am Umzug teilnehmen wollen – bei der Vorstellung, von Tausenden Suffragetten umgeben zu sein, lief es mir kalt den Rücken hinunter. Aber nach dem ewigen Nähen und den vielen Sachen, die ich über sie gehört habe, überlegte ich mir, dass es vielleicht ganz lustig sein könnte. Es werden Frauen aus ganz England kommen, und nicht alle sind richtige Suffragetten, und Kapellen werden spielen, Redner treten auf, und überall ist mächtig was los. Und dann erzählte Maude mir, dass alle Frauen Weiß und Grün und Lila tragen sollen, und ich habe mir das perfekte Kostüm für uns überlegt. Wir werden unsere weißen Kleider tragen und die Strohhüte mit Blumen aus dem Garten der Colemans schmücken. Maudes Mutter mag ja liederlich sein, aber sie hat die allerschönsten Blumen.

»Rittersporn, Kornblumen, Sternjasmin und Blaues Lieschen, alle mit grünem Laub verflochten«, beschloss ich. »Das wird wirklich hübsch aussehen.«

»Aber du hast doch gesagt, dass du nicht mitgehen willst«, meinte Maude. »Und was wird deine Mutter dazu sagen?«

»Mama kommt mit«, erwiderte ich. »Und wir brauchen doch nicht beim Umzug mitzugehen, wir können ja nur zuschauen.«

Maude glaubt zwar nicht, dass Mama einwilligen wird, aber mir schlägt sie nie etwas ab.

Ich kam mir sehr töricht vor, aber ich sah keine andere Möglichkeit, sie davon abzuhalten. Als Livy und Ivy May von der Schule heimkamen, hatte ich meinen Knöchel bandagiert und saß da, den Fuß auf einen Schemel gelegt. »Ich bin nur über die Türschwelle gestolpert«, erklärte ich, als Livy Aufhebens machen wollte. »Zum Glück haben ich ihn mir nur verstaucht und nicht gebrochen.«

»Ach, Mama, du bist so unbeholfen«, sagte sie.

»Ja, ich weiß.«

»Wie lange meinte der Arzt, dass du ihn stillhalten musst?«

»Mindestens eine Woche.«

»Aber dann kannst du ja am Sonntag gar nicht mit uns zum Umzug gehen!«

»Ja, ich weiß. Es tut mir Leid, mein Herz – ich weiß doch, wie sehr du dich darauf gefreut hattest.« Mir selbst hatte davor gegraut.

Livy schrie auf. »Aber wir müssen hin! Das dürfen wir einfach nicht verpassen, oder, Ivy May?«

Ivy May begutachtete meinen Verband. Ich hätte ihn fester wickeln sollen.

»Vielleicht kann Papa mit uns hingehen«, schlug Livy vor.

»Nein«, widersprach ich rasch. Dass Albert da hineingezogen wird, kommt nicht in Frage. »Ihr geht morgens mit ihm in den Gottesdienst, und am Nachmittag spielt er Kricket. Es wird am besten sein, wenn ihr zu Hause bleibt.«

»Aber wir können doch mit Maude und ihrer Mutter gehen.«

»Nein«, widersprach ich, noch schneller.

»Uns wird nichts passieren.«

»Nein.«

Livy funkelte mich so wütend an, dass ich es beinahe nicht ertrug. »Wirklich, Livy«, sagte ich so ungezwungen, wie es mir möglich war. »Ich verstehe nicht, warum dein Herz so daran hängt. Die Sache interessiert dich doch gar nicht, und das ist auch gut so. Ich bin sicher, wen immer du heiraten wirst, wird in der Lage sein, für dich zu entscheiden, wer gewählt werden soll.«

»Im Gegenteil«, verkündete Livy. »Ich unterstütze die Frauenemanzipation von ganzem Herzen.«

Ivy May lachte. »Livy will bloß nicht ausgeschlossen werden«, sagte sie.

»Sei still, Ivy May. Ich weiß doch, dass du auch zum Hyde Park gehen willst«, sagte Livy.

»Unterstützt du wirklich die Frauenemanzipation?«, fragte ich, überrascht von meiner eigenen Tochter.

»Aber ja! Die Farben sind einfach phantastisch – die Schals und der Schmuck in Lila, Grün und Weiß. Und die Frauen, die in Automobilen herumflitzen, so voller Leben und Leidenschaft …« Als Livy meine Miene sah, brach sie ab.

»Ich kann weder die Suffragetten noch den Umzug gutheißen«, sagte ich streng und hoffte, damit wäre die Sache beendet.

Was sie natürlich nicht war. Livy schmollte zwei Tage lang und weigerte sich, mit mir zu sprechen, bis ich schließlich, am Vorabend des Umzugs, klein beigab. Nichts hält sie davon ab, ihren Willen durchzusetzen, nicht einmal die Ränke ihrer dummen Mutter. Und da Livy nicht merken sollte, dass ich sie hintergangen hatte, konnte ich sie nicht einmal begleiten, sondern musste sie Kitty Colemans Obhut überlassen.

Ivy May ertappte mich dabei, wie ich mit meinem »verstauchten« Fuß auftrat. Sie hat kein Wort gesagt. Sie ist wirklich ein liebes Ding.

Maude Coleman

Wir stiegen an der Euston Station aus dem Omnibus und zwängten uns durch die Menschenmenge, die sich schon auf dem Bürgersteig versammelt hatte. Frauen strömten aus dem Bahnhof; sie kamen mit Sonderzügen aus dem Norden. Lavinia und ich nahmen Ivy May in unsere Mitte und hielten sie fest an der Hand, als wir uns durch das Meer von Dialekten aus Birmingham, Manchester und Lancashire drängten und zwängten.

Mummy bewegte sich rasch durch die Menge – das Gewühl schien sie nicht im Mindesten zu stören, was mich überraschte, weil ihr doch sonst jede Einengung zuwider ist. Als wir endlich vor der St. Pancras Station standen, musterte sie die Gesichter der Frauen in weißen Kleidern, die mit den Spruchbändern auf der Straße beisammen standen. »Ach, da sind sie ja!«, rief sie und bahnte sich einen Weg durch die Menge auf dem Bürgersteig, um auf die Straße zu gelangen.

Dort war mehr Platz, und ich konnte freier atmen. Es war seltsam, in der Mitte der breiten Straße zu stehen und nicht ständig Kutschen und Karren ausweichen zu müssen – nur eine endlose Reihe von Frauen in weißen Kleidern, die sich vor und hinter uns erstreckte, und auf dem Bürgersteig Männer und Frauen, die uns zusahen.

Mummy führte uns zu einer Gruppe von Frauen, von denen ich viele schon von ihren Mittwochsempfängen kannte. »Hier sind wir, Eunice«, sagte Mummy und legte die Hand auf den Arm einer Frau, deren Gesicht von Sommersprossen übersät war und auf deren Schärpe »SPRUCHBANDWART« stand. »Und da ist Caroline!«, rief Mummy und winkte. »Caroline!«

Caroline Black eilte herbei, das Gesicht ganz gerötet, ihre Haare lösten sich unter ihrem Hut. Über der Schulter trug sie eine Stange, von der ein großes Bündel hing. Mummy gab ihr einen Kuss. »Hast du alles?«

»Ich glaube schon«, keuchte Caroline Black. »Aber Gott sei Dank, dass ich die Rüstung schon gestern von dem Jungen hab herbringen lassen, sonst hätte ich es nie geschafft.«

Ich hatte keine Ahnung, wovon sie redete, aber bevor ich fragen konnte, wandte Mummy sich an mich. »So, Maude, jetzt lasse ich euch bei Eunice. Sie wird sich um euch kümmern.«

»Aber du marschierst doch auch mit, oder?«, fragte ich und versuchte, nicht panisch zu klingen, obwohl mir ziemlich mulmig war. »Du marschierst doch mit uns?«

»Ich bin beim Umzug dabei, ja, aber ich habe in einem anderen Abschnitt zu tun. Ihr seid hier gut aufgehoben – einen Großteil der Frauen kennst du doch.«

»Wo gehst du hin? Was machst du?«

»Das ist eine Überraschung.«

»Aber wir dachten, du würdest bei uns bleiben. Wir haben Mrs. Waterhouse gesagt, dass du auf uns aufpasst.«

Mummy schüttelte ungeduldig den Kopf. »Was ich zu tun habe, ist viel wichtiger, als auf euch aufzupassen. Und ehrlich gesagt glaube ich, dass Eunice euch sehr viel besser im Auge behalten kann als ich. Sie ist Spruchbandwart für diesen Abschnitt des Umzugs und sehr zuverlässig. Bei ihr seid ihr in guten Händen. Ich treffe euch, wenn alles vorüber ist, nach dem Großen Salut um fünf Uhr. Kommt zum Podium 5, wo Mrs. Pankhurst eine Rede hält. Wir treffen uns dort. So, und jetzt müssen wir wirklich los. Amüsiert euch, Mädchen! Und vergiss nicht, Maude, Podium 5 nach dem Großen Salut.« Sie nahm Caroline Black am Arm und verschwand in der Menge. Ich versuchte, die beiden nicht aus den Augen zu verlieren, aber das war unmöglich – es war, als wollte ich ein Zweiglein in einem Sturzbach verfolgen.

Lavinia war ganz blass geworden. »Was sollen wir bloß tun ohne sie?«, stöhnte sie, was ziemlich scheinheilig ist, wo sie doch Mummy gar nicht leiden kann.

»Na, Mädchen, wir machen uns einen tollen Tag, was?«, rief Eunice, während sie zwei Frauen half, ihr Spruchband – darauf stand HOFFNUNG VERSETZT BERGE – zu befestigen. »Ich muss nur kurz die anderen Banner in meinem Abschnitt prüfen. Ihr bleibt hier, bei diesem Banner, bis ich wiederkomme.« Und sie verschwand, bevor wir etwas erwidern konnten.

»Verdammt noch eins«, sagte ich leise. Alle hatten uns verlassen, wir waren ganz auf uns gestellt.

Lavinia starrte mich an; wahrscheinlich schockierte sie mein Fluchen nicht minder als die missliche Lage, in der wir uns befanden. »Vielleicht hat Mama doch Recht gehabt«, sagte sie. »Vielleicht hätte ich zu Hause bleiben sollen. Mir ist schon ganz blümerant.«

»Hör auf«, sagte ich scharf. »Wir schaffen das schon.« Der Nachmittag würde schwierig genug werden, auch ohne dass sie in Ohnmacht fiel. Ich sah mich nach etwas um, das sie ablenken würde. »Schau mal die Blaskapelle da drüben – die Hackney Borough Brass Band«, las ich von ihrem Wimpel vor. »Sind die Uniformen nicht schmuck?« Ich wusste, dass Lavinia Männer in Uniform bewunderte. Sie sagt immer, dass sie am liebsten einen Offizier heiraten möchte. Die Musiker warfen feixende Blicke auf die vielen Frauen. Ein Euphoniumspieler zwinkerte mir zu, bevor ich wegschauen konnte.

Lavinia starrte an dem Banner hoch, bei dem wir auf Eunice warten sollten. »Berge versetzen Hoffnung«, verkündete sie plötzlich und kicherte.

»Was hast du gesagt?«

»Nichts, gar nichts.«

Nach einer Weile fühlten wir uns ein bisschen besser. Die Frauen um uns herum unterhielten sich und lachten und waren ganz aufgeregt, an diesem Tag dabei zu sein. Alles vereinte sich zu einem großen Summen von Frauengeräuschen, manchmal schrill und laut, aber nicht so furchterregend, als wären sie alle

Männer. Es war schwer, sich von der guten Laune nicht anstecken zu lassen. Und es waren eindeutig nicht nur Suffragetten da. Viele der Frauen waren aus bloßer Neugier gekommen, wie wir; sie trugen keine Spruchbänder und schrien auch nicht. Einige Frauen hatten ihre Töchter dabei, die zum Teil noch sehr klein waren. Ich sah sogar drei ganz kleine Mädchen, alle weiß gekleidet mit grünen und lila Schleifen im Haar, die ganz in unserer Nähe in einer Ponykutsche saßen.

Lavinia drückte meinen Arm und sagte: »Das ist alles schrecklich aufregend, findest du nicht? Alle Welt ist da!«

Nur Mummy nicht, dachte ich. Ich fragte mich, was sie und Caroline Black wohl taten.

Dann spielte die Kapelle, dirigiert von einem Mann mit einem mächtigen Schnurrbart, einen Marsch aus *Aida*, und alle nahmen Haltung an, als wäre der ganze Umzug plötzlich an einem Draht straff gezogen worden. Und aus der Menge stieg ein erwartungsvolles Summen auf. Plötzlich war Eunice wieder da. »Und jetzt – die Banner hoch!«, rief sie. Die Frauen, die um sie herum standen, hoben die Stangen und steckten sie in die Halterung an ihrer Taille; dann hoben andere, die die Spruchbänder hochschwingen sahen, die ihren, bis ich vor und hinter uns nichts als Spruchbänder sah, die über einem Meer aus Köpfen wehten. Zum ersten Mal wünschte ich mir, ich würde auch ein Banner tragen.

Nach ein paar Minuten, als wir uns nicht in Bewegung setzten, verebbte das Summen wieder.

»Gehen wir denn nie los?«, rief Lavinia und hüpfte von einem Fuß auf den anderen. »Ich will, dass wir jetzt losgehen!«

Und plötzlich gingen wir tatsächlich los. Die Banner schwankten, vor uns tat sich eine Lücke auf.

»Los!«, rief Eunice. »Jetzt kommt, Mädchen!«

Als wir uns in Bewegung setzten, jubelten die Menschen auf dem Bürgersteig, und ich spürte, wie mir ein Schauer den Rücken hinunterlief. Außer unserem gab es noch sechs weitere Umzüge, die von verschiedenen Punkten in London losmarschierten und sich im Hyde Park treffen sollten. Es war unheimlich aufregend, sich als Teil eines großen Ganzen zu fühlen, von Tausenden und Abertausenden von Frauen, die alle zur selben Zeit genau dasselbe taten.

Es dauerte eine Weile, bis der Zug seinen Rhythmus gefunden hatte. Anfangs kamen wir nur stockend voran, vorbei am Bahnhof St. Pancras, dann an der Euston Station. Rechts und links der Straße standen Männer und schauten uns zu, einige mit missbilligendem Gesicht, ein paar johlten, aber die meisten lächelten auf dieselbe Art wie mein Onkel, wenn er meint, ich hätte etwas Dummes gesagt. Die Frauen auf dem Bürgersteig machten uns mehr Mut, sie lächelten und winkten, und einige reihten sich sogar in den Umzug ein.

Zuerst war Lavinia ganz aufgeregt, summte mit der Kapelle mit, lachte, als ein Spruchband vor uns im Wind zu flattern begann. Doch als wir gleichmäßiger ausschritten, auf halbem Weg zwischen Euston und der Great Portland Station, wurde sie missmutig. »Ist das alles, was wir tun? Immer bloß gehen?«, stöhnte sie.

»Im Hyde Park werden Reden gehalten. Bis dahin ist es nicht mehr weit. Und gleich gehen wir die Oxford Street entlang, da kannst du dir die ganzen Geschäfte ansehen.« Ich klang sehr bestimmt, aber in Wirklichkeit hatte ich keine Ahnung, welche Route wir nehmen würden. Ich kannte mich in London nicht gut aus – ich war nur selten in der Stadt gewesen, und wenn, dann war ich einfach Mummy oder Daddy gefolgt. Ich kannte die Hauptflüsse Afrikas besser als die Straßen von London.

»Da ist Simon.« Ivy May zeigte mit dem Finger.

Es war eine Erleichterung, unter den vielen Fremden ein bekanntes Gesicht zu sehen. »Simon!«, riefen Lavinia und ich gleichzeitig.

Als er uns sah, begann er zu strahlen, trat vor und reihte sich bei uns ein.

»Was tust du denn hier, ungezogener Junge?«, fragte Lavinia und drückte seinen Arm.

Simon errötete. »Ich hab nach euch gesucht.«

»Marschierst du mit uns?«, fragte ich.

Simon sah sich um. »Hier sind doch keine Männer dabei, oder?«

»In der Kapelle sind nur Männer. Bleib bei uns.«

»Na ja, vielleicht ein bisschen. Aber dann muss ich los und im Hyde Park das Pferd abholen.«

»Welches Pferd denn?«

Simon schaute überrascht. »Das Pferd für die Damen. Für deine Ma. Hat sie dir nix davon erzählt?«

»Mummy hat kein Pferd. Sie kann Pferde nicht leiden.«

»Das Pferd gehört einem, wo ein Freund von Mr. Jackson ist. Sie leihen es nur für heute aus.«

»Mr. Jackson? Was hat denn der damit zu tun?«

Simon sah aus, als wünschte er sich, überhaupt nichts gesagt zu haben. »Deine Ma hat Mr. Jackson gefragt, ob er wen kennt, der ihr ein Pferd borgen könnte. Ein weißes Pferd hat's sein müssen. Und ein Freund von ihm hat eins, da oben um die Ecke von der Baker Street. Der hat's ihr geborgt und mir gesagt, ich soll's abholen und ihm wieder zurückbringen. Dafür hat er mich sogar bezahlt.«

Die Kapelle begann das Lied vom Piratenkönig aus *Die Piraten von Penzance* zu spielen. Ich versuchte zu begreifen, was Simon da sagte, aber das Denken fiel mir schwer inmitten der vielen Leute und dem ganzen Lärm. »Mummy geht doch nie auf den Friedhof. Wie soll sie da Mr. Jackson sehen?«

Simon zuckte mit den Schultern. »Er hat sie in Holloway besucht. Und vor kurzem hab ich sie auf'm Friedhof miteinander reden hören – über die Suffragen und das alles.«

»Aber sie reitet doch nicht auf dem Pferd, oder? Wo ist sie denn?«

Wieder zuckte Simon mit den Schultern. »Guck sie dir doch selbst an. Die sind ganz vorne, am Anfang vom Umzug.«

»Ist es weit?«

»Komm, ich zeig's dir.« Sofort mischte Simon sich wieder unter die Menge, die auf dem Bürgersteig stand; wahrscheinlich war er erleichtert, nicht mehr mit den Frauen marschieren zu müssen.

Ich wollte ihm folgen, aber Lavinia packte mich am Arm. »Und was ist mit mir?«, rief sie.

»Bleib hier. Ich bin gleich wieder da.«

»Aber du kannst mich doch nicht alleine hier lassen!«

»Du bist doch nicht alleine – Ivy May ist bei dir. Und bleibt bei diesem Spruchband«, fügte ich hinzu und deutete auf HOFFNUNG VERSETZT BERGE. »Ich bin gleich wieder da. Und Eunice wird bestimmt auch bald wieder hier sein. Sag ihr, dass ich vorausgegangen bin, um mir die Spruchbänder anzuschauen. Sag ihr nicht, dass ich nach Mummy suche.«

»Wir kommen mit!«, rief Lavinia, aber ich riss mich los und zwängte mich durch die Menge, bevor sie mir folgen konnte. Was immer Mummy tun mochte – ich wollte nicht, dass Lavinia das sah.

Simon Field

Ich kann nur sagen, das hat Mrs. C. nicht angehabt, als ich ihr vorhin das Pferd gebracht hab. Sie hat's wohl unter ihrem Kleid angehabt.

Ich bin wie vom Donner gerührt, aber ich versuche, mir nix anmerken zu lassen. Ich muss nur immer auf ihre Beine gucken. Ich hab nur einmal solche Frauenbeine gesehen, bei einem Weihnachtstheater, da gab's *Dick Whittington*, und selbst da hat die Frau dicke Strümpfe angehabt, und das Gewand obenrum ging ihr bis zu den Knien. Aber Mrs. C. hat sich nicht als Dick verkleidet, sondern als Robin Hood. Sie trägt ein kurzes grünes Hemd, einen Gürtel um die Taille, kleine grüne Stiefel und eine grünlila Mütze mit einer weißen Feder drauf. Und ihre Beine sind nackt von den Knöcheln bis zu … na ja, ganz hoch rauf jedenfalls.

Sie führt das weiße Pferd, auf dem Miss Black reitet. Man würde ja erwarten, dass Miss Black sich als Maid Marian verkleidet hätte oder als Bruder Tuck oder so, aber sie trägt eine richtige Rüstung und einen silbernen Helm mit 'ner weißen Feder, die auf und ab wippt mit dem Pferd zusammen, wie die Straußenfedern bei den Pferden in 'nem Trauerzug. Sie hält die Zügel in der einen Hand und in der anderen eine Fahne, wo was draufsteht, was ich nicht lesen kann.

Maude starrt sie nur an. Kein Wunder – alle starren Kitty Colemans Beine an. Ich muss schon sagen – schöne Beine hat die. Ich werde ganz rot, wenn ich sie angucke, und ganz steif, obwohl die vielen Leute um mich rum sind. Ich muss mir die Hände vorhalten, damit's niemand mitkriegt.

»Wer soll Miss Black denn sein?«, frage ich, um mich abzulenken.

»Die Jungfrau von Orleans.« Maude klingt, als würde sie die Wörter ausspucken.

Von der Jungfrau hab ich noch nie was gehört, aber das sage ich Maude nicht. Ich weiß, dass sie keine Lust hat zu reden.

Wir stehen ein Stück vor ihnen auf dem Bürgersteig, damit wir sie sehen können, wie sie auf uns zukommen. Als sie vorbeiziehen, sieht Maude aus, als würde sie ihrer Ma was sagen wollen, aber dann tut sie's doch nicht. Mrs. C. guckt sie nicht an – sie lächelt ganz komisch, und es ist, als würde sie ganz weit nach vorne gucken, als würde sie da in der Ferne was sehen und kann es gar nicht erwarten hinzukommen.

Dann sind sie vorbei. Maude sagt nix, und ich auch nicht. Wir gucken bloß dem Umzug zu. Dann lacht Maude gemein.

»Was ist?«, sage ich.

»Auf dem Banner von Caroline Black ist ein Fehler«, sagt sie, aber was für ein Fehler das ist, will sie mir nicht sagen.

Kitty Coleman

Die meiste Zeit während des Umzugs kam ich mir vor wie im Traum.

Ich war so aufgeregt, dass ich kaum etwas hörte. Das Schnattern der Zuschauer, das Klirren und Ächzen des Sattelzeugs, das Rasseln von Carolines Rüstung – das war alles da, aber sehr fern. Es klang, als wären die Pferdehufe durch Decken gedämpft, oder als wäre die Straße mit Sägespänen bestreut, wie man es gelegentlich bei Begräbnissen tut.

Und ich konnte nicht richtig sehen. Ich versuchte, einzelne Gesichter entlang der Route auszumachen, aber sie waren alle verschwommen. Immer wieder glaubte ich, jemanden zu erkennen – Richard, John Jackson, Maude, selbst meine tote Mutter –, aber es waren nur Gesichter, die ihnen ähnlich sahen. Es war einfacher, nach vorne zu blicken, auf unser Ziel, was immer das sein mochte.

Was ich sehr deutlich spürte, waren die Sonne und die Luft an meinen Beinen. Nachdem ich mein Leben lang schwere Kleider getragen habe, deren Stoffmassen wie Bandagen um meine Beine lagen, war es ein unglaubliches Gefühl.

Dann hörte ich ein Knallen, das nicht gedämpft war. Ich schaute in die Menge, konnte plötzlich klar sehen, und da war jemand, der wie mein verstorbener Bruder aussah, dort auf dem Bürgersteig mir gegenüber. Er starrte Caroline so verblüfft an, dass ich zu ihm gehen und nachsehen musste, was er da so fasziniert betrachtete.

Dann kam wieder ein Knall. Kurz bevor sich das Pferd aufbäumte, las ich Carolines Banner – darauf stand: WORTE STATT TATEN.

Verdammt, dachte ich, wer hat diesen dummen Fehler gemacht? Dann landete der Huf auf meiner Brust.

Lavinia Waterhouse

Als Maude mit Simon zurückkam, wollte ich zuerst überhaupt nicht mit ihr reden – den ganzen Portland Place entlang nicht und die Upper Regent Street, und auch nicht, als wir eine Weile auf der Oxford Street stehen blieben. Ich konnte ihr nicht verzeihen, dass sie mich einfach hatte stehen lassen.

Sie sagte auch nichts, marschierte nur weiter, ihr Gesicht wie sieben Tage Regenwetter, und ihr fiel überhaupt nicht auf, dass ich sie gar nicht beachtete. Nichts ist ärgerlicher, als wenn jemand nicht bemerkt, dass man ihn bestraft. Es kam mir sogar eher so vor, als würde sie mich bestrafen – ich war doch so neugierig, was mit Maudes Mutter und dem Pferd war, aber weil ich nicht mit ihr redete, konnte ich sie schlecht danach fragen. Ich wünschte mir, Ivy May würde mit mir reden, damit mein Schweigen Maude gegenüber mehr auffiel. Ich richtete ihr den Hut, der ihr gefährlich tief im Nacken saß, aber als Dankeschön nickte sie bloß. Sie redet einfach nie, wenn man es will.

Der Umzug kam wieder zum Stehen. Simon lief davon, um sein Pferd abzuholen, und wir gingen auf den Marble-Arch-Eingang des Hyde Park zu. Das Gewühl wurde immer dichter, weil auch viele Zuschauer, die bis jetzt auf dem Bürgersteig gestanden hatten, in den Park drängten. Es war, als wäre ich ein Sandkörnchen in einem Stundenglas und müsste warten, durch die winzige Öffnung getrichtert zu werden. Es wurde so eng, dass ich Maude und Ivy May an der Hand packte.

Dann waren wir drinnen, und plötzlich hatten wir wieder

Platz, es war sonnig und grün und es gab viel frische Luft. Ich schlang sie in mich hinein, als wäre sie Eiscreme.

In der Ferne hatte sich ein ganzes Meer von Menschen um mehrere Karren versammelt, auf denen Grüppchen von Suffragetten standen. In ihren weißen Kleidern sahen sie aus wie Schäfchenwölkchen am Horizont.

»Weitergehen! Weitergehen!«, rief eine Frau hinter uns, die eine Schärpe mit der Aufschrift AUFSICHT trug. »Tausende hinter euch warten auch darauf, in den Park zu kommen. Geht zu den Podien, bitte, und bleibt in der Formation.«

Eigentlich sollte der Umzug bis unmittelbar vor die Podien gehen, doch sobald die Leute im Park waren, rannten sie wild durcheinander, und an Ordnung war nicht mehr zu denken. Männer, die entlang der Route vom Bürgersteig aus zugesehen hatten, mischten sich jetzt unter die Frauen, die mitmarschiert waren, und als wir im Durcheinander in die Nähe der Karren kamen, wurde das Gedränge wieder größer, es war ein einziges Schieben und Stoßen. Mama wäre außer sich gewesen, wenn sie uns hätte sehen können, ohne jede Aufsicht unter all den Männern. Ganz kurz sah ich die dumme Eunice, wie sie einer Frau zurief, sie solle ihr Spruchband einholen. Dass sie auf uns aufpassen sollte, war ihr völlig egal.

Überall waren Spruchbänder. Ich suchte nach einem, das ich genäht hatte, aber es waren so viele, dass meine Fehler darin untergingen. Ich hätte nie gedacht, dass sich so viele Menschen an einem Ort zusammenfinden könnten. Es war beängstigend, aber auch aufregend, wie wenn einem im Zoo ein Tiger mit seinen gelben Augen direkt ins Gesicht starrt.

»Siehst du irgendwo Podium 5?«, fragte Maude.

Ich konnte nirgends Ziffern erkennen, aber Ivy May wies auf ein Podium, und wir versuchten uns dorthin vorzudrängen. Maude zog mich in eine Menschenmasse hinein, und ich musste Ivy Mays Hand, die ganz verschwitzt war, immer fester umklammern.

»Lass uns hier bleiben«, rief ich Maude zu. »Da vorne sind zu viele Leute!«

»Nur ein Stück noch – ich suche nach Mummy.« Maude zerrte mich weiter.

Plötzlich waren es zu viele Menschen. Die kleinen Lücken, in die wir uns gezwängt hatten, wurden plötzlich zu einer Mauer aus Beinen und Rücken. Leute hinter uns drängten nach vorne, ich spürte, wie fremde Menschen mich an Armen und Schultern schubsten.

Und dann spürte ich eine Hand auf meinem Popo, die Finger fuhren sacht hin und her. Ich war so überrascht, dass ich im ersten Moment gar nichts tat. Die Hand zog mein Kleid hoch und fummelte an meiner Unterhose herum, direkt da inmitten all der Leute. Ich konnte gar nicht glauben, dass niemand es bemerkte.

Als ich ein Stück beiseite rückte, kam die Hand mir nach. Ich drehte mich um – der Mann hinter mir war etwa so alt wie Papa, groß, grauhaarig, mit einem dünnen Schnurrbart und einer Brille. Er schaute starr zum Podium. Ich wollte gar nicht glauben, dass es seine Hand sein sollte – er sah so respektabel aus. Ich hob die Ferse und trat fest auf den Fuß hinter mir. Der Mann zuckte zusammen, die Hand verschwand. Einen Augenblick später war er fort, und jemand anderes nahm seinen Platz ein.

Mich ekelte, und ich flüsterte Maude ins Ohr: »Lass uns weggehen von hier«, aber das ging in einem Hornruf unter. Die Menge schob sich weiter nach vorne, Maude wurde in die Frau vor sich gestoßen und ließ meine Hand los. Dann wurde ich grob nach links geschubst. Ich hielt nach Maude Ausschau, konnte sie aber nirgends entdecken.

»Ich bitte um Ihre Aufmerksamkeit, meine Damen und Herren! Hiermit eröffne ich diese Versammlung, die anlässlich dieses überaus denkwürdigen Tages im Hyde Park stattfindet«, erklang eine Stimme. Eine Frau war auf eine Kiste gestiegen und überragte jetzt all die anderen Frauen, die sie auf dem Karren umringten. In ihrem fliederfarbenen Kleid sah sie aus wie eine Lavendelblüte auf einer Schale mit Vanille-Eiscreme. Sie stand sehr aufrecht und still da.

»Das ist Mrs. Pankhurst«, flüsterten die Frauen um mich.

»Ich freue mich sehr, eine so große Anzahl von Menschen hier zu sehen, Frauen *wie* Männer, die das Grundrecht der Frauen unterstützen, ihren Platz neben den Männern einzunehmen und bei Wahlen ihre Stimme abzugeben. Premierminister Asquith sagte, er müsse erst einen Beweis sehen, dass der Volkeswille hinter dem Verlangen nach dem Frauenwahlrecht steht. Nun, Mr. Asquith, in dieser Stunde kann ich Ihnen sagen: Wenn Sie jetzt hier, an dieser Stelle, stünden, wo ich stehe, und das große Meer von Menschen sähen, das ich sehe, dann bräuchten Sie keinen weiteren Beweis mehr!«

Die Menge tobte. Ich legte die Hände auf die Schultern der Frau neben mir und sprang hoch, um über die Menschen hinwegzusehen. »Maude!«, rief ich, aber es war zu laut, als dass sie mich hätte hören können. Die Frau warf mir einen finsteren Blick zu und schüttelte meine Hände ab.

Mrs. Pankhurst wartete, bis der Tumult sich etwas gelegt hatte. »Da uns ein Nachmittag von Reden bevorsteht«, fuhr sie dann fort, »werden wir ohne weitere Umstände …«

»Maude, Maude!«, rief ich.

Mrs. Pankhurst machte eine Pause und deutete mit dem Kopf auf die Frau neben sich. »Ich habe das Vergnügen, Ihnen unsere erste Rednerin vorstellen zu dürfen – hier ist …«

»Maude!«

»Lavinia!«, hörte ich und sah über die Menge hinweg eine winkende Hand, ein ganzes Stück zu meiner Rechten. Ich winkte zurück und winkte immer weiter, während ich mich zu der Hand vorkämpfte.

Mrs. Pankhurst schwieg wieder. »Psst! Psst!«, zischten die Frauen auf dem Podium. Ich drängte mich immer weiter voran, schob Menschen beiseite, achtete nicht auf das, was da vorne vor sich ging. Dann sah ich vor mir die Girlande aus Rittersporn und Sternjasmin, die ich am Morgen für Maudes Strohhut geflochten hatte, und nach einem letzten Schubsen und Stoßen hatte ich sie erreicht.

Wir hielten uns fest umklammert. Maudes Herz schlug heftig, und ich zitterte.

»Lass uns hier weggehen«, flüsterte Maude. Ich nickte. Ohne ihre Hand loszulassen, folgte ich ihr, während sie uns einen Weg von dem Podium fort bahnte, durch das Menschengewühl, das Mrs. Pankhurst lauschte.

Endlich hatten wir wieder Luft um uns. Als wir die Bäume am Rand der Menge erreichten, blieb ich stehen. »Ich glaube, ich muss mich übergeben«, sagte ich.

Maude führte mich zu einem Baum, wo ich mich hinknien konnte, ohne gesehen zu werden. Hinterher fanden wir ein schattiges Fleckchen, wo wir uns niederließen. Einige Minuten sagten wir gar nichts, betrachteten nur die Leute, die an uns vorbeischlenderten oder hasteten, sich aus dem Zuhörerkreis um ein Podium lösten und sich zu einem anderen gesellten. Von unserem Platz aus konnten wir vier Podien sehen. Die Frauen, die darauf standen und sprachen, waren aus der Ferne winzige Gestalten, deren Arme sich wie Windmühlenflügel bewegten.

Ich hatte furchtbaren Durst.

Irgendwann würde Maude etwas sagen, das wusste ich, und die Frage stellen, die gestellt werden musste. Ich hatte Angst davor.

»Lavinia«, sagte sie schließlich. »Wo ist Ivy May?«

Zum allerersten Mal an dem Tag begann ich zu weinen. »Ich weiß es nicht.«

Maude Coleman

Mummy saß nur zwei Bäume von uns entfernt. Das stellten wir aber erst fest, als die Versammlung zu Ende war.

Es hatte überhaupt keinen Sinn, nach jemandem zu suchen, solange die Reden gehalten wurden und die Menschen so dicht gedrängt beisammen standen. Lavinia war verzweifelt, aber ich wusste, dass Ivy May vernünftig ist – sie mag ja wenig sagen, aber sie hört alles und wusste bestimmt, dass wir Mummy nach dem Großen Salut – was immer das war – beim Podium 5 treffen sollten.

Das sagte ich mir selbst und auch Lavinia, wenn sie mir einmal zuhörte. Irgendwann legte sie dann den Kopf in meinen Schoß und schlief ein. Das sieht ihr ähnlich, in einem dramatischen Moment zu schlafen. Sie liebt nur das Melodramatische – wenn es wirklich dramatisch wird, findet sie es langweilig. Ich zappelte ein bisschen, weil ich wollte, dass die Reden endlich vorbei waren und Lavinia aufwachte.

Endlich ertönte ein Hornruf. Beim zweiten Mal setzte Lavinia sich auf; ihr Gesicht war rot und voller Schlaffalten. »Wie spät ist es?«, fragte sie gähnend.

»Ich weiß nicht genau. So gegen fünf.«

Die Menge in der Ferne wedelte mit den Armen und jubelte. Wieder erscholl das Horn. Ein Schrei stieg auf wie ein Orchester, das bei einer Symphonie zu einem Crescendo ansteigt. Es klang, als würden alle »Walhecht im Blauen« sagen. Erst beim dritten Mal wurde mir klar, dass sie »Wahlrecht für Frauen!« riefen. Der letzte Ruf war laut wie ein Donnerschlag, das anschließende Lachen und Jubeln wie der Regen, der aus den Wolken herunterprasselt.

Dann, plötzlich, löste die Menge sich auf, und ein Menschenstrom bewegte sich auf uns zu. Ich suchte unter den vorbeiziehenden Gesichtern nach einem bekannten. Ich sah sogar Eunice, die mit einem verwaisten Spruchband mitsamt Stange vorbeilief. Sie bemerkte uns nicht, und wir versuchten auch nicht, sie anzuhalten.

»Wir sollten zum Podium 5 gehen«, sagte ich. »Irgendjemand wird schon dort sein.«

Wir hakten uns unter und bahnten uns einen Weg durch die Menge, was aber sehr schwierig war, weil alle in die Gegenrichtung strömten, weg von den Podien. Überall sah ich erschöpfte Gesichter – durstige Kinder, gereizte Frauen, besorgte Männer, die sich fragten, wie sie in diesem Gewühl nach Hause kommen sollten. Jetzt, wo die Menschen nicht mehr in einem Zug marschierten, würde es auf den Straßen vor dem Hyde Park chaotisch zugehen, ein Gewusel von Menschen, Droschken und überfüllten Omnibussen. Wir würden Stunden brauchen, um nach Hause zu kommen.

Schließlich näherten wir uns dem Podium, das ich als Nummer 5 in Erinnerung hatte, aber das Tuch mit der Ziffer war schon entfernt. Mrs. Pankhurst und die anderen Frauen waren von dem Karren heruntergestiegen, und ein Mann spannte ein Pferd davor.

»Sie nehmen die Podien weg!«, schrie ich. »Wie sollen wir dann je Mummy finden?«

»Da ist Caroline Black«, sagte Lavinia und zupfte mich am Ärmel. »Was in aller Welt hat sie denn da an?«

Caroline Black trug noch ihre Jungfrau-von-Orleans-Rüstung und trat von einem Bein aufs andere. Die weiße Feder auf ihrem Helm wippte auf und ab. Sie sah grimmig aus, und mir hob sich der Magen, als ich sie allein dort stehen sah.

»Da seid ihr ja!«, rief sie und lächelte mich gar nicht so freundlich an, wie sie es sonst immer tat. »Wo seid ihr bloß gewesen? Ich suche schon seit Ewigkeiten nach euch!«

»Wo ist Mummy?«, fragte ich.

Beinahe wäre Caroline Black in Tränen ausgebrochen. »Deine Mutter – sie hat einen kleinen Unfall gehabt.«

»Was ist passiert?«

»Alles lief so gut, das ist ja das Schlimme.« Caroline Black schüttelte den Kopf. »Wir hatten großen Spaß, die Genossinnen und die Zuschauer haben uns wirklich enorm unterstützt. Und das Pferd war wunderbar, ganz sanft und traumhaft zu reiten. Wenn nur ...«

»Was ist passiert? Wo ist sie?« Beinahe hätte sich meine Stimme überschlagen.

»Irgendjemand in der Menge auf dem Bürgersteig in der Oxford Street hat ein paar Knallfrösche losgelassen. Das Pferd hat gescheut, und in dem Moment ist Kitty vor uns getreten, um mein Banner anzusehen – weiß der Himmel, warum. Das Pferd bäumte sich auf – beinahe hätte es mich abgeworfen. Als es wieder runterkam, hat es sie in die Brust getreten.«

»Wo ist sie jetzt?«

»Unseligerweise hat sie darauf bestanden, den Umzug bis zum Ende mitzumachen, das Pferd zu führen und alles, als wäre nichts geschehen. Sie sagte, ihr wäre nichts passiert, sie wäre nur ein bisschen kurzatmig. Und ich war so dumm, ich habe es ihr nicht ausgeredet. Dann wollte sie während der Reden nicht weggehen – sie sagte, sie müsste euch hinterher hier treffen.«

»Wo in Gottes Namen ist sie?«, schrie ich. Lavinia fuhr zusammen, und einige Leute starrten zu uns herüber. Aber Caroline Black zuckte nicht mit der Wimper.

»Sie sitzt da drüben unter den Bäumen.« Sie wies in die Richtung, aus der wir gekommen waren.

Als ich auf die Bäume zugehen wollte, packte Lavinia mich am Arm. »Und was ist mit Ivy May?«, rief sie. »Wir müssen sie finden!«

»Jetzt gehen wir zuerst zu Mummy, und dann suchen wir Ivy May.« Ich wusste, dass Lavinia wütend auf mich war, aber ich achtete gar nicht auf sie, sondern ging einfach weiter.

Mummy saß an den Baumstamm gelehnt da. Sie hatte ein

Bein untergeschlagen, das andere, nackt und bloß, vor sich ausgestreckt.

»O mein Gott«, flüsterte Lavinia. Ich hatte vergessen, dass sie Mummy noch nicht in ihrem Kostüm gesehen hatte.

Mummy lächelte, als wir zu ihr kamen, aber ihr Gesicht war angespannt, als bemühte sie sich, etwas zu unterdrücken. Ihr Atem ging schwer. »Hallo, Maude«, sagte sie. »Hat dir der Umzug gefallen?«

»Wie geht es dir, Mummy?«

Mummy fasste sich an die Brust. »Es tut weh.«

»Wir müssen dich nach Hause schaffen, Liebes«, sagte Caroline Black. »Kannst du laufen?«

»Sie darf nicht laufen«, unterbrach ich sie; ich erinnerte mich an den Krankenpflegeunterricht in der Schule. »Das könnte alles noch schlimmer machen.«

»Du willst also Arzt werden, ja?«, sagte Mummy. »Das ist gut. Ich dachte immer, dass du Astronom werden würdest, aber auch ich kann mich irren. Solange du irgendetwas wirst, ist es mir egal, was. Außer vielleicht Ehefrau. Aber das erzähl Daddy lieber nicht.« Sie krümmte sich, als sie Luft holte. »Geh zur Universität.«

»Psst, Mummy, du darfst nicht reden.«

Ich sah mich um. Caroline Black und Lavinia schauten mich an, als läge die Verantwortung bei mir.

Dann sah ich eine vertraute Gestalt auf uns zukommen.

»Gott sei Dank, dass Sie da sind, Mr. Jackson!«, rief Lavinia und packte ihn am Arm. »Können Sie nach Ivy May suchen?«

»Nein«, unterbrach ich. »Sie müssen Mummy zu einer Droschke tragen. Sie muss sofort zum Arzt.«

Mr. Jackson blickte zu Mummy. »Kitty, was ist passiert?«

»Ein Pferd hat sie getreten, und sie bekommt keine Luft«, sagte ich.

»Hallo, John«, murmelte Mummy. »So geht's im Leben – ich verkleide mich als Robin Hood und bekomme vom Theatergaul einen Tritt versetzt.«

»Ivy May ist verschwunden, Mr. Jackson!«, schrie Lavinia.

»Meine kleine Schwester ist in dem schrecklichen Gewühl verloren gegangen!«

Mr. Jackson schaute von Mummy zu Lavinia. Ich wusste, er würde keine Entscheidung treffen – das musste ich für ihn tun. »Mr. Jackson, Sie gehen eine Droschke holen!«, befahl ich ihm. »Sie bekommen eher eine als ich oder Lavinia, und Sie können Mummy hintragen. Caroline, Sie bleiben hier bei Mummy, und Lavinia und ich suchen nach Ivy May.«

»Nein!«, schrie Lavinia, aber Mr. Jackson war schon losgelaufen.

Mummy nickte. »Gut, Maude. Du kannst sehr gut Verantwortung übernehmen.« Sie blieb am Baum gelehnt sitzen, Caroline Black in ihrer Rüstung kniete neben ihr.

Ich nahm Lavinia an der Hand. »Wir finden sie«, sagte ich. »Das verspreche ich dir.«

Lavinia Waterhouse

Wir fanden sie nicht. Wir suchten überall, aber wir fanden sie nicht.

Wir gingen kreuz und quer durch den Park, wo die vielen Menschen gestanden hatten; das Gras war zertrampelt, als wäre eine Rinderherde durchgezogen. Jetzt waren viel weniger Menschen da, also hätte es kinderleicht sein müssen, ein einzelnes kleines Mädchen zu finden. Aber da war keins. Statt dessen trieben sich Gruppen von jungen Männern herum. Ich bekam es richtig mit der Angst zu tun, vor allem, als sie zu uns herüberriefen. Maude und ich hakten uns fest unter.

Es war zum Verzweifeln – wir konnten keinen Polizisten finden, nicht einmal eine der Suffragetten mit den Schärpen, auf denen SPRUCHBANDWART oder AUFSICHT stand, die während des Umzugs überall gewesen waren. Es war kein einziger vernünftiger Erwachsener da, der uns helfen konnte.

Dann johlte eine Gruppe übler Männer: »He, ihr da, Mädchen! Wollt ihr nicht einen mit uns trinken?«, und näherte sich uns. Also wirklich. Maude und ich nahmen die Beine in die Hand, um aus dem Park rauszukommen. Die Männer folgten uns zwar nicht, aber ich weigerte mich, noch einmal zurückzugehen – das war einfach viel zu gefährlich. Wir standen am Marble-Arch-Eingang und mussten die Augen mit der Hand gegen die frühe Abendsonne schützen, als wir die Rasenfläche absuchten.

Ich hielt nicht nur nach Ivy May Ausschau, sondern auch nach Simon. Wir hatten ihn nicht mehr gesehen, seit er fortgegangen war, um das Pferd zu holen (das Maudes Mutter in der Aufmachung geführt hatte! Ich bin sprachlos. Kein Wunder, dass das Pferd sie getreten hat.) Er hatte gesagt, er würde später vielleicht auch in den Park kommen. Während ich mich umsah, stellte ich mir immer wieder vor, wie sie gleich zusammen auftauchen würden, Simon mit Ivy May an der Hand. Sie würden jeder ein Eis essen und mir und Maude eins mitbringen. Ivy May würde mich frech angucken, ein bisschen lächeln, ihre Augen würden funkeln, und ich würde sie kneifen, weil sie mir einen solchen Schrecken eingejagt hatte.

»Sie ist nicht hier«, sagte Maude. »Mittlerweile hätten wir sie längst entdeckt. Vielleicht ist sie nach Hause gefahren. Vielleicht ist sie denselben Weg zurückgegangen, den wir hergekommen sind, nach Euston, und ist dort in den Omnibus gestiegen. Ivy May ist nicht dumm.«

Ich hielt das Täschchen hoch, das an meinem Handgelenk baumelte. »Sie hat aber gar kein Geld für den Bus«, flüsterte ich. »Ich hab's ihr abgenommen, damit sie's nicht verliert.«

»Vielleicht hat sie auch so nach Hause gefunden«, wiederholte Maude. »Vielleicht sollten wir den Weg zurückgehen, den der Umzug genommen hat, und nach ihr suchen.«

»Ich bin so müde. Ich glaube, ich kann keinen Schritt mehr gehen. Bleiben wir doch noch eine Weile hier.«

Und dann sahen wir ihn auf uns zukommen. Er sah ganz klein aus auf dem großen, weiten Rasen, er ließ die Arme baumeln und stieß mit dem Fuß herumliegende Sachen vor sich her – Papierfetzen, Blumen, einen Damenhandschuh. Er schien gar nicht überrascht, uns zu sehen, und auch nicht, als Maude sagte: »Wir haben Ivy May verloren.«

»Ivy May ist weg«, sagte ich. »Sie ist einfach weg.« Ich begann zu weinen.

»Wir haben sie verloren«, wiederholte Maude.

Simon schaute uns an. Ich habe ihn noch nie so ernst dreinblicken sehen.

»Vielleicht ist sie den Weg zurückgegangen, den wir gekommen sind«, meinte Maude. »Komm mit uns und hilf uns beim Suchen.«

»Was hat sie denn an?«, fragte Simon. »Darauf hab ich vorhin nicht geachtet.«

Maude seufzte. »Ein weißes Kleid. Ein weißes Kleid, wie alle anderen. Und einen Strohhut mit Blumen an der Krempe, wie unsere.«

Mit Simon zusammen liefen wir die Oxford Street entlang. Jetzt konnten wir nicht mehr mitten auf der Straße gehen, denn da fuhren lauter Pferdedroschken und Omnibusse und Automobile. Wir blieben auf dem Bürgersteig, wo es von Menschen wimmelte, die alle von der Versammlung nach Hause wollten. Simon ging auf den anderen Bürgersteig hinüber, schaute in Türeingänge und Gässchen und beäugte alle Gesichter, die uns entgegenkamen.

Ich konnte es nicht fassen, dass wir tatsächlich den ganzen Weg noch einmal zu Fuß gehen sollten – ich hatte solchen Durst, und meine Füße taten mir so weh, dass ich glaubte, ich würde es nicht schaffen. Aber dann, als wir die Upper Regent Street entlanggingen, sah ich in einem Hinterhof eine Pumpe zum Pferdetränken, und da ging ich hin und hielt das Gesicht unter den Wasserstrahl. Es war mir völlig egal, ob das Wasser schlecht war oder meine Haare nass wurden – ich hatte solchen Durst, ich musste einfach trinken.

Die Glocke im Uhrturm der St. Pancras Station schlug gerade acht, als wir endlich an unseren Ausgangspunkt zurückkamen.

»Mama wird vor Sorge vergehen«, sagte ich. So müde ich war, mir graute davor, nach Hause zu fahren und Mama und Papa ins Gesicht sehen zu müssen.

»Es ist noch ganz hell«, sagte Maude. »Heute ist der längste Tag des Jahres – wusstest du das? Na ja, der zweitlängste, nach gestern.«

»Du liebe Güte, Maude, halt den Mund.« Ich konnte es nicht ertragen, dass sie sprach wie eine Lehrerin zu ihren Schülern. Außerdem hatte ich schreckliches Kopfweh.

»Wir sollten nach Hause fahren«, sagte Maude, ohne auf mich zu achten. »Dann können wir es deinen Eltern sagen, und sie können die Polizei rufen. Und ich kann herausfinden, was mit Mummy passiert ist.«

»Deine Mutter«, sagte ich. Plötzlich war ich so wütend, dass ich sie am liebsten angespuckt hätte. Maude hatte Mr. Jackson mit ihrer Mutter davongeschickt, anstatt dass er uns half. Er hätte Ivy May gefunden, davon bin ich überzeugt. »Deine blöde Mutter hat uns diesen ganzen Schlamassel eingehandelt!«

»Es ist nicht ihre Schuld!«, rief Maude. »Du warst es doch, die unbedingt zum Umzug wollte!«

»Deine Mutter«, wiederholte ich. »Du weißt doch überhaupt nicht, was sie alles gemacht hat.«

»Sei still, Livy«, warnte Simon. »Wag es ja nicht!«

Maude schaute zwischen uns hin und her. »Ich will es auch gar nicht wissen, was immer es ist«, sagte sie zu mir. »Erzähl mir nie auch nur ein Wort davon!«

»Geht nach Hause, ihr beiden!«, sagte Simon. Ich habe noch nie zuvor erlebt, dass er die Stimme erhob. »Da ist ein Omnibus.« Er schob uns sogar in dessen Richtung.

»Aber wir müssen doch nach Ivy May suchen!«, widersprach ich und blieb stehen. »Wir können doch nicht einfach in den Bus steigen und sie dieser schaurigen Stadt ausliefern.«

»Ich gehe zurück und suche nach ihr«, sagte Simon.

Dafür hätte ich ihn küssen mögen, aber er lief schon davon, die Euston Road hinunter.

Jenny Whitby

Dass ich einen solchen Anblick würde sehen müssen, hätte ich nie im Leben gedacht.

Ich wusste nicht, wer es sein sollte, der da am Sonntagabend an der Tür läutete. Ich war gerade von meiner Mum zurückgekommen, hatte noch nicht mal Haube und Schürze angezogen. Normalerweise bin ich um die Zeit noch gar nicht da – sonst komme ich immer erst später, wenn Jack schon schläft, aber heute war er vom Herumtoben so müde, dass er gleich nach dem Abendessen ins Bett fiel.

Vielleicht war's ja die Gnädigste oder Miss Maude, denen in der Menge ein Langfinger den Schlüssel geklaut hatte. Oder eine Nachbarin, die eine Briefmarke borgen wollte oder der das Lampenöl ausgegangen war. Aber als ich die Tür aufmachte, stand da der Mann vom Friedhof mit der Gnädigsten in den Armen. Und nicht nur das – sie hatte nicht einmal einen Rock an! Ihre Beine waren nackt, wie Gott sie geschaffen hat. Und sie blinzelte, als wäre sie gerade aufgewacht.

Bevor ich ein Wort sagen konnte – ich starrte sie nur mit aufgerissenen Augen an –, stand Mr. Jackson schon im Haus und die Suffragettendame Miss Black hinter ihm, ganz hektisch. »Wir müssen sie ins Bett bringen«, sagte er. »Wo ist ihr Mann?«

»Im Bull and Last«, sagte ich. »Da ist er immer nach dem Kricket.« Ich ging ihm voraus in ihr Zimmer hinauf. Miss Black trug eine komische Blechrüstung, die bei jedem Schritt rasselte. Sie sah so sonderbar aus, dass ich mich fragte, ob ich nicht träumte.

Mr. Jackson legte die Gnädigste aufs Bett und sagte: »Bleiben Sie hier bei ihr – ich hole ihren Mann.«

»Und ich rufe den Arzt«, sagte Miss Black.

»Da ist einer an der Highgate Road, kurz hinter dem Pub«, sagte ich. »Soll ich nicht …«

Aber sie waren schon fort, bevor ich vorschlagen konnte, dass doch ich gehen könnte, damit Miss Black bei ihrer Freundin blieb. Fast kam's mir vor, als wollte sie überhaupt nicht bei ihr bleiben.

Also waren nur die Gnädigste und ich im Zimmer. Sie lag da und guckte mich bloß an. Ich wusste nicht, was ich tun sollte. Ich zündete eine Kerze an und wollte gerade die Vorhänge zuziehen, als sie flüsterte: »Lass sie offen. Und mach das Fenster auf.«

Sie sah lächerlich aus in dem grünen Kostüm, und dazu die bloßen Beine. Mr. Coleman würde einen Anfall kriegen, wenn er sie so sah. Nachdem ich das Fenster aufgemacht hatte, setzte ich mich aufs Bett und zog ihr die grünen Stiefelchen aus.

»Jenny, ich möchte dich was fragen«, sagte sie ganz leise.

»Ja, gnä' Frau?«

»Weiß irgendjemand, was mit mir passiert ist?«

»Was mit Ihnen passiert ist, gnä' Frau?«, wiederholte ich. »Sie haben einen kleinen Unfall gehabt, sonst nichts.«

Ihre Augen funkelten, und sie schüttelte den Kopf. »Jenny, wir haben keine Zeit, lange drum herum zu reden. Lass uns endlich einmal offen und ehrlich sein – weiß irgendjemand, was vor zwei Jahren mit mir war?«

Ich hatte schon beim ersten Mal kapiert, wovon sie redete, auch wenn ich so getan hatte, als wüsste ich's nicht. Ich stellte die Stiefel auf den Boden. »Niemand außer mir. Und Mrs. Baker – die hat sich's gedacht. Ach ja, und Simon.«

»Der Junge vom Friedhof? Woher weiß er davon?«

»Sie sind doch zu seiner Mum gegangen.«

»Und das sind alle – sonst weiß niemand davon?«

Ich sah ihr nicht direkt in die Augen, sondern zog ihr die grüne Kappe vom Kopf. »Nein.« Von Miss Livys Brief sagte ich nichts. Wozu sollte ich sie in dem Zustand noch mehr aufregen? Simon, Mrs. Baker und ich, wir würden den Mund halten, aber was Miss Livy eines Tages sagen würde, konnte niemand wissen – oder was sie vielleicht schon gesagt hatte. Aber das brauchte die Gnädigste nicht wissen.

»Ich möchte nicht, dass die Männer es erfahren.«

»Nein.« Ich drehte sie zur Seite, um ihre Tunika hinten aufzuknöpfen.

»Versprich mir, dass sie es nie erfahren werden.«

»Versprochen.«

»Versprich mir noch etwas.«

»Ja, gnä' Frau.«

»Versprich mir, dass du dich darum kümmerst, dass meine Schwiegermutter nie Maude in ihre Krallen bekommt.«

Ich zog ihr die Tunika aus und hätte fast aufgeschrien. Ihre Brust war ein einziger riesengroßer blauer Fleck. »Herr im Himmel, was ist Ihnen denn da passiert, gnä' Frau?«

»Versprich's mir.«

Jetzt wusste ich, warum sie so redete. »Ach, gnä' Frau, in ein, zwei Tagen sind Sie wieder auf dem Damm. Gleich kommt der Doktor, der wird sich um Sie kümmern. Miss Black holt ihn gerade. Und Mr. – der Herr ist gegangen, um Ihren Mann zu holen.« Die Gnädigste wollte was sagen, aber ich ließ sie nicht zu Wort kommen, sondern plapperte einfach immer weiter, was mir gerade in den Kopf kam. »Er ist jetzt unten im Pub, aber im Nu ist er da, ganz bestimmt. Jetzt ziehen wir Ihnen nur noch schnell das Nachthemd an, bevor alle kommen, ja? Das ist das hübsche, mit den Spitzen an den Ärmeln und überall. Das ziehen wir Ihnen jetzt mal über den Kopf, so. Und Ihre Haare – ja, so ist's gut. Na, das ist jetzt doch schon viel besser, oder nicht?«

Sie ließ sich still wieder zurücksinken, als wäre sie zu schwach, um gegen meine Worte anzukämpfen. Sie keuchte und rasselte ein bisschen beim Atmen. Ich konnte es gar nicht ertragen, das zu hören. »Ich gehe nur schnell die Lampen anzünden«, sagte ich. »Für den Herrn und den Doktor. Ich bin gleich wieder da.« Ich lief aus dem Zimmer, bevor sie was sagen konnte.

Mr. Coleman kam nach Hause, als ich die Lampen unten im Flur anzündete, und dann kamen der Doktor und Miss Black. Sie gingen nach oben, und dann wurde es ganz still. Ich konnte nicht anders – ich musste einfach raufschleichen und an der Tür horchen.

Der Doktor redete so leise, dass ich nur »innere Blutung« verstand.

Dann ranzte Mr. Coleman Miss Black an. »Warum zum Teufel haben Sie nicht gleich einen Arzt geholt, als das Pferd sie getreten hat?«, schrie er. »Sie haben doch mit der riesigen Menschenmenge geprahlt – unter zweihunderttausend Leuten muss doch ein Arzt gewesen sein!«

»Sie wissen nicht, wie es dort zugegangen ist«, sagte Caroline Black. »Es war ein solches Gedränge, dass es kaum möglich war, zu reden oder sich zu rühren, geschweige denn, einen Arzt zu finden.«

»Und warum haben Sie sie nicht sofort nach Hause gebracht? Wenn Sie auch nur einen Funken Verstand besäßen, hätte sie jetzt vielleicht nichts als ein paar blaue Flecke.«

»Glauben Sie wirklich, ich hätte sie nicht angefleht, nach Hause zu gehen? Offensichtlich kennen Sie Ihre Frau sehr schlecht, wenn Sie denken, sie hätte getan, was ich ihr sagte. Sie wollte zum Hyde Park und die Reden hören, an diesem historischen Tag, und nichts, was ich oder sonst jemand gesagt hätte – und nicht einmal Sie, Sir –, hätte sie davon abhalten können.«

»Wortgeklingel!«, schrie Mr. Coleman. »Sogar in einem solchen Augenblick könnt ihr Suffragetten nichts als Phrasen dreschen! Dieser verfluchte historische Tag! Haben Sie denn nicht einmal ihre Brust untersucht, nachdem es passiert ist? Haben Sie sich nicht angesehen, was ihr passiert ist? Und wer in Gottes Namen hat Kitty gesagt, sie solle ein Pferd führen? Sie ist hoffnungslos, wenn's um Pferde geht!«

»Es war ihre Idee. Niemand hat sie dazu gezwungen. Sie hat mir nie gesagt, dass sie mit Pferden nicht umgehen kann.«

»Und wo ist Maude?«, sagte Mr. Coleman. »Was ist mit meiner Tochter?«

»Sie ... sie ist auf dem Heimweg ... bestimmt.« Mittlerweile weinte Caroline Black.

Ich wollte nichts mehr hören. Ich ging in die Küche und stellte den Kessel auf. Dann setzte ich mich an den Tisch und weinte selbst.

Ivy May Waterhouse

Über seine Schulter sah ich einen Stern herunterfallen. Das war ich.

Simon Field

Ich habe noch nie ’ne Leiche gesehen. Das klingt wahrscheinlich komisch von ’nem Totengräber, wo ich doch den lieben langen Tag nichts wie Leichen um mich rum habe, aber die sind in Kisten, zugenagelt und mit Erde obendrauf. Manchmal stehe ich in ’nem Grab auf’m Sarg, und zwischen mir und der Leiche ist grade mal ein Zoll Holz. Aber ich habe noch keine gesehen. Wenn ich nicht so viel auf dem Friedhof wäre, würde ich andauernd Leichen sehen. Komisch, eigentlich. Meine Ma und meine Schwestern, die haben Hunderte gesehen, alles Frauen und ihre Kinder, wo bei der Geburt gestorben sind, oder Nachbarn, wo verhungert oder erfroren sind.

Es ist komisch, jemand, den ich kenne, so zu sehen. Wenn ich nicht eigens nach ihr gesucht hätte, hätte ich sie gar nicht erkannt. Dabei ist sie gar nicht zerschunden oder zerquetscht oder so was. Sie ist nur einfach nicht da. Sie hat ihre Beine, die Arme, den Kopf, alles am richtigen Platz, sie liegt hinten in dem Hof hinter einem Stapel Ziegel. Und ihr Gesicht ist sauber und glatt, der Mund ist zu, die Augen ein klein bisschen auf, als würde sie unter den Wimpern durchgucken und nicht wollen, dass man sieht, wie sie schaut. Aber wenn ich ihr ins Gesicht gucke, kann ich sie einfach nicht sehen. Sie ist kein Mensch mehr, sondern ein Ding, wie ein Sack Kartoffeln.

»Ivy May«, sage ich ganz leise und hocke mich neben sie. Ich rede mit ihr, obwohl ich weiß, dass sie tot ist. Vielleicht hoffe ich, dass sie wieder zurückkommt, wenn ich sie mit ihrem Namen anrede.

Aber sie kommt nicht zurück. Sie macht nicht die Augen auf und guckt mich mit dem Ivy-May-Blick an, wo sagt, dass sie alles weiß, was passiert, aber nix sagt. Sie setzt sich nicht auf und streckt die Beine von sich, wie sie's sonst immer tut. Sie steht nicht da, so fest, dass man denkt, nix und niemand könnte sie umschmeißen.

Die Leiche liegt einfach da. Und ich muss sie irgendwie zurückbringen, von einem Hof in einer Nebenstraße von der Edgware Road nach Dartmouth Park.

Wie soll ich das schaffen, ohne dass jemand mich sieht?, frage ich mich. Es ist ein weiter Weg. Wer mich sieht, denkt bestimmt, ich war's.

Dann gucke ich zum Eingang vom Hof und sehe einen Mann da stehen. Er ist groß. Von seinem Gesicht sehe ich nicht viel, nur das Blitzen von seiner Brille im Licht der Laterne und einen dünnen Schnurrbart. Er starrt mich an, aber als er merkt, dass ich ihn ansehe, verschwindet er wieder hinter dem Haus.

Vielleicht denkt er jetzt, ich wär's gewesen, und geht zur Polizei. Aber ich weiß, dass er das nicht tut. Er war's, er hat's getan. Mein Pa sagt, Verbrecher kommen immer zurück an den Ort ihrer Schandtaten – sie müssen einfach noch mal hingehen und herumschnüffeln. Das ist, wie wenn ein Zahn locker ist und man pult immer dran rum, oder an 'ner Schrunde.

Ich laufe aus dem Hof raus, um nach ihm zu suchen, aber er ist weg. Ich weiß aber, dass er wiederkommt, und wenn ich sie jetzt nicht mitnehme, kommt er wieder und holt sie.

Ich richte ihr das Kleid ein bisschen, und die Haare, und stecke ihr einen Schuh an den Fuß, der runtergefallen ist. Als ich sie mir auf den Rücken hebe, sehe ich den Strohhut, wo unter ihr gelegen hat. Er ist ganz kaputt, die Blumen sind zerquetscht, und es ist schwer, ihn aufzuklauben mit Ivy May auf dem Rücken, also lasse ich ihn liegen.

Wenn irgendjemand mich fragt, sage ich, sie wäre meine Schwester und wär eingeschlafen. Aber ich mache einen Bogen um die Kneipen und halte mich an die kleinen Straßen und dann an die Parks – Regents Park und dann Primrose Hill und zum

Schluss ein Stück durch Hampstead Heath, und ich sehe kaum Leute. Und niemand fragt. Zu der Nachtzeit sind die Leute, wo unterwegs sind, viel zu beduselt, um was zu merken, oder sie sind selbst auf 'ner krummen Tour und scheren sich nicht um andere.

Den ganzen Heimweg über denke ich an den Hut. Ich wünschte, ich hätte ihn nicht dort gelassen. Es gefällt mir nicht, dass irgendwas von ihr dort liegen bleiben soll. Als also alles vorbei ist, als ich sie nach Hause gebracht hab, gehe ich zurück, den ganzen Weg durch die Parks und die Straßen. Es dauert nicht lange, ohne ihr Gewicht auf dem Rücken. Aber als ich in den Hof komme und hinter den Ziegeln nachgucke, ist der Hut schon weg, und die Blumen und alles auch.

Maude Coleman

Ich wartete auf den Eisenstufen, die von der Terrasse in den Garten führen. Die Luft roch nach Jasmin und Minze und Gras, alles feucht vom Tau. Vom Teich unten im Garten hörte ich Frösche quaken und aus dem Fenster hinter mir Jenny, die in der Küche saß und weinte.

Warten ist mir immer schon schwer gefallen – es kommt mir wie eine Vergeudung vor, und ich bekomme ein schlechtes Gewissen, als sollte ich eigentlich etwas anderes tun. Aber jetzt konnte ich nichts anderes tun – es gab nichts zu tun. Großmutter war gekommen, saß im Damenzimmer und strickte wie besessen, aber auf die Art wollte ich mich nicht beschäftigen. Statt dessen schaute ich zu den Sternen hinauf und suchte nach den Sternbildern – der Große Bär, die Krähe, der Wolf.

Von der Kirchturmuhr schlug es Mitternacht.

Daddy kam, blieb in der offenen Terrassentür stehen und zündete sich eine Zigarette an. Ich drehte mich nicht zu ihm um.

»Die Nacht ist ganz klar«, sagte er.

»Ja.«

»Schade, dass wir das Teleskop nicht im Garten aufbauen können – vielleicht könnten wir sogar die Jupitermonde sehen. Aber das wäre nicht recht, nicht wahr?«

Ich gab keine Antwort, obwohl ich denselben Gedanken gehabt hatte.

»Es tut mir Leid, dass ich dich angeschrien habe, als du heimgekommen bist, Maude. Ich habe mir solche Sorgen gemacht.«

»Das ist schon in Ordnung.«

»Ich hatte Angst, ich hätte auch dich verloren.«

Ich rutschte auf dem kalten Metall umher. »So darfst du nicht reden, Daddy.«

Er hustete. »Du hast Recht.«

Dann hörten wir den Schrei, einen langen, gellenden Schrei, aus der Richtung, in der das Haus der Waterhouses lag. Mich schauderte.

»Was in Gottes Namen war denn das?«, fragte Daddy.

Ich schüttelte den Kopf. Ich hatte ihm nicht erzählt, dass wir Ivy May verloren hatten.

Hinter uns räusperte sich jemand. Der Arzt war nach unten gekommen, um uns zu holen. Jetzt, wo das Warten vorüber war, wollte ich mich nicht von den Stufen fortbewegen. Ich wollte meine Mutter nicht sehen. Ich hatte mein ganzes Leben lang auf sie gewartet, und jetzt würde ich lieber immer weiter auf sie warten, wenn das die einzige Alternative war.

Daddy schnippte die Zigarette in den Garten und folgte dem Arzt. Ich hörte sie im taufeuchten Gras zischen. Als das Zischen vorbei war, ging ich ebenfalls hinein.

Mummy lag ganz still da, das Gesicht bleich, ihre Augen waren offen und glänzten unnatürlich. Ich setzte mich zu ihr. Sie richtete ihren Blick auf mich. Ich wusste, dass sie darauf wartete, dass ich etwas sagte.

Ich hatte keine Ahnung, was ich sagen oder tun sollte. Lavinia und ich hatten solche Szenen immer wieder durchgespielt, aber nichts davon erschien mir richtig, jetzt, wo ich wirklich an Mummys Bett saß. Es kam mir dumm vor, etwas Melodramatisches zu sagen, und lächerlich, etwas Banales zu sagen.

Aber schließlich sagte ich doch etwas Banales. »Im Garten riecht es heute Abend besonders schön. Vor allem der Jasmin.«

Mummy nickte. »An Sommerabenden habe ich den Duft von Jasmin immer geliebt«, sagte sie. Dann schloss sie die Augen.

War das alles, worüber wir geredet haben würden – über Jasmin? Offenbar. Ich drückte ihr fest die Hand und schaute sie genau an, als könnte ich mich dann besser an sie erinnern. Ich brachte es nicht fertig, mich zu verabschieden.

Der Arzt legte mir die Hand auf die Schulter. »Sie sollten jetzt gehen, Miss.«

Ich ließ Mummys Hand los, ging nach unten und in den Garten hinaus, wanderte durch das nasse Gras zum hinteren Zaun. Die Leiter lehnte noch dagegen, obwohl Lavinia und ich uns nur noch selten am Zaun trafen. Ich stieg hinauf. Die Leiter der Waterhouses war nicht da. Einen Moment balancierte ich oben auf der Mauer, dann sprang ich und landete im Gras, mein Kleid wurde nass. Als ich wieder zu Atem gekommen war, ging ich durch den Garten zur Terrassentür, die direkt in den hinteren Salon der Waterhouses führt.

Die Familie saß in einem halbkreisförmigen Tableau, als hätte ein Maler es arrangiert. Ivy May lag auf der Chaiselongue, die Haare um ihren Kopf ausgebreitet, die Augen geschlossen. Lavinia kauerte zu den Füßen ihrer Schwester, ihr Kopf auf der Lehne der Chaiselongue. Mrs. Waterhouse saß in einem Sessel neben Ivy Mays Kopf und hielt ihre Hand. Mr. Waterhouse lehnte am Kaminsims, eine Hand über den Augen. Simon stand an der Tür, den Kopf gesenkt.

Als ich sie dort beieinander sah, alle zusammen und doch ganz allein in ihrer Trauer, wusste ich, dass Ivy May tot war.

Ich hatte das Gefühl, als wäre mein Herz völlig leer, und auch mein Bauch war wie ausgehöhlt.

Als ich eintrat, schauten sie alle zu mir. Lavinia sprang auf und warf sich weinend in meine Arme. Ich sah über ihre Schulter zu Mrs. Waterhouse. Es kam mir vor, als würde ich mich in ihrem Gesicht gespiegelt sehen. Ihre Augen waren trocken, ihr Ausdruck war der eines Menschen, der einen Schlag bekommen hat, von dem er sich nie mehr erholen wird.

Und aus dem Grund richtete ich meine Worte direkt an sie. »Meine Mutter ist tot.«

Kitty Coleman

Ihr ganzes Leben lang war Maude an meiner Seite, ob sie nun tatsächlich da war oder nicht. Ich schob sie fort, aber sie blieb bei mir.

Jetzt hielt ich mich an ihrer Hand fest und wollte nicht loslassen. Sie war es, die mich loslassen musste. Und als sie das schließlich tat, wusste ich, dass ich allein war, dass es an der Zeit war zu gehen.

Simon Field

Am nächsten Tag hat Mr. Jackson das weiße Pferd erschossen, direkt in den Kopf.

Später, als mein Pa und Joe und ich beim Graben waren, kam die Polizei und holte mich ab zum Befragen. Mein Pa war nicht mal überrascht. Er schüttelte bloß den Kopf, und ich wusste, was er dachte – ich hätte mich nie mit den Mädchen einlassen sollen.

Die Polizei hat mich alle möglichen Sachen gefragt, was ich an dem Tag gemacht habe – nicht nur, wie ich nach Ivy May gesucht habe, oder wie ich sie gefunden habe, sondern auch wegen dem Pferd und Kitty Coleman und Mr. Jackson. Ich fand, dass sie damit ziemlich daneben lagen, und ziemlich unfreundlich waren sie obendrein. Fast, als wollten sie's sich leicht machen und sagen, ich wär's gewesen.

Wie es klang, als wollten sie mich gleich anklagen, sagte ich: »Wer wäre so dumm, 'nem Mädchen das anzutun und es dann zu ihren Eltern heimzubringen?«

»Du wärst überrascht, wozu Verbrecher alles fähig sind«, sagte einer von den Polizisten.

Ich dachte an den großen Mann mit der Brille da im Hof. Aber als ich dann hab beschreiben sollen, wie ich Ivy May gefunden habe, hab ich ihnen nichts von ihm gesagt. Es wäre einfacher für mich gewesen – dann hätten sie jemand gehabt, nach dem sie suchen konnten.

Aber ich wusste, dass er schon lange fort war – die Trantüten würden ihn nie finden.

Aber ich. Ich werde ihn finden, irgendwann. Wegen Ivy May.

John Jackson

Ich traf mich mit Miss Coleman an ihrem Familiengrab. Ich hatte mir überlegt, sie zu bitten, zu Faraday zu kommen, wo ihre Mutter und ich uns immer getroffen hatten. Aber der Gedanke war töricht und sentimental, und außerdem war es riskant – wenn uns jemand allein bei den Abweichlern sah, würden vielleicht Fragen gestellt werden; in der Wiese jedoch würde jeder glauben, dass wir uns über die Vorbereitungen für die Beerdigung unterhielten.

Sie war ganz in Schwarz gekleidet, die Haare hochgesteckt unter einem schwarzen Strohhut. Ich hatte sie noch nie mit hochgesteckten Haaren gesehen – sie wirkte mehrere Jahre älter. Sie weiß es wohl nicht, aber allmählich sieht sie Kitty immer ähnlicher.

»Danke, dass Sie gekommen sind, Miss Coleman«, sagte ich, als wir nebeneinander am Grab standen. »Ich möchte Ihnen mein herzliches Beileid aussprechen. Es war für uns alle ein großer Schock. Aber jetzt ist Ihre Mutter bei Gott.« Ich blinzelte schnell und sah zu Boden. Ich spreche Trauernden hier auf dem Friedhof oft mein Beileid aus, aber dieses Mal merkte ich, wie dürftig diese Worte sind.

»Meine Mutter glaubte nicht an den Himmel«, sagte Maude. »Das wissen Sie selbst.«

Ich fragte mich, was sie mir mit diesen letzten Worten zu verstehen geben wollte. Wie viel wusste sie von meiner Beziehung zu ihrer Mutter? Ihre Miene war verschlossen und gab nichts preis.

»Simon hat mir nicht gesagt, weshalb Sie mich sehen wollten, als er mir Ihre Nachricht überbrachte«, sagte sie. »Vermutlich hat es mit der Beerdigung meiner Mutter zu tun, aber darüber haben Sie doch gestern schon mit meinem Vater gesprochen.«

»Ja, er war gestern hier. Aber eine Sache, die ich eigentlich mit ihm besprechen wollte, habe ich dann doch nicht erwähnt. Ich dachte, vielleicht könnten Sie und ich darüber reden.«

Maude hob die Augenbrauen, sagte aber nichts.

Es ist nicht einfach, so etwas zu sagen – es gibt keine feststehenden Wendungen oder beschönigenden Floskeln, um den Schock des Vorschlags zu mildern. »Ihre Mutter hat mir gesagt, sie würde lieber eingeäschert als begraben werden.«

Maude schaute auf die Coleman-Urne, studierte sie, als hätte sie sie noch nie zuvor gesehen. »Das weiß ich. Sie hatte immer Angst, bei lebendigem Leib begraben zu werden.«

»Vielleicht könnten dann Sie Ihrem Vater ihren Wunsch übermitteln.«

»Warum haben Sie es ihm gestern nicht gesagt?«

Ich zögerte. »Sie hat nur inoffiziell darüber gesprochen – sie hat es nicht schriftlich verfügt oder ihrem Mann mitgeteilt. Mir steht es nicht zu, ihm das zu sagen.«

Maude schürzte die Lippen. »Daddy weiß, dass sie eingeäschert werden wollte. Die beiden haben oft darüber gestritten. Er findet, wir sollten uns an das halten, was die Gesellschaft in Bezug auf die Entsorgung von … von Leichen vorschreibt.«

»Er will nicht einwilligen, obwohl er weiß, dass es der Wunsch seiner Frau war?«

»Er tut das, was sich am besten macht.« Maude brach ab. »Er hatte sie verloren, und jetzt, wo er sie wiederhat, wird er sie nicht wieder hergeben.«

»Was Menschen mit ihren Toten tun, hat meist viel mehr mit ihnen als mit den Verstorbenen zu tun«, sagte ich. »Glauben Sie etwa, dass diese Urnen und Engel den Toten irgendetwas bedeuten? Nur ein sehr selbstloser Mann würde dem Willen seiner Frau entsprechen, ohne Rücksicht auf seine eigenen Wünsche und Vorstellungen – oder die der Gesellschaft. Ich hatte gehofft, Ihr Vater wäre ein solcher Mann.«

»Aber wenn all diese Monumente den Toten nichts bedeuten, dann ist ihnen doch auch egal, was wir mit ihnen tun, oder nicht?«, antwortete Maude. »Wenn es ihnen gleichgültig ist, sollten wir dann nicht tun, was für uns wichtig und richtig ist? Wir sind schließlich diejenigen, die zurückbleiben. Ich habe mir oft gedacht, dass ein Friedhof mehr für die Lebenden da ist als für die Toten. Wir errichten eine Grabstätte, um unsere Toten nicht zu vergessen und unsere Erinnerungen an sie.«

»Wird die Urne auf Ihrem Familiengrab Sie an Ihre Mutter erinnern – wer sie war und was sie wollte?«

»Nein, die Urne hat mit meiner Mutter nichts zu tun«, gab Maude zu. »Wenn meine Mutter ihr Grab wählen könnte, stünde eine Statue von Mrs. Pankhurst darauf, und unter ihrem Namen würde ›Wahlrecht für Frauen‹ stehen.«

Ich schüttelte den Kopf. »Wenn Ihre Mutter ihr Grab wählen könnte, gäbe es weder ein Monument noch irgendwelche Worte. Es wäre ein Beet Wildblumen.«

Maude zog die Stirn kraus. »Aber Mummy ist doch tot, oder? Sie ist wirklich tot. Also kann sie ihr eigenes Grab nicht mehr gestalten.«

Sie war eine bemerkenswerte junge Frau – nur wenige könnten so etwas sagen, ohne zu weinen.

»Und weil sie tot ist«, fuhr sie fort, »ist es ihr doch sicher gleichgültig, was mit ihrer Leiche passiert. Sie wird nicht bei lebendigem Leib begraben werden – das wissen wir. Auf wen es jetzt ankommt, sind wir – vor allem mein Vater. Er steht stellvertretend für uns alle, und er muss entscheiden, was am besten ist.«

Ich beugte mich vor und fegte eine Spinne vom Grab der Waterhouses. Ich wusste, es war nicht recht von mir, etwas von ihr zu verlangen – immerhin war sie erst dreizehn und hatte gerade ihre Mutter verloren. Aber um Kittys willen musste ich es tun. »Ich bitte Sie nur, Miss Coleman«, sagte ich sanft, »Ihren Vater daran zu erinnern, was Sie von den Wünschen Ihrer Mutter wissen – und was zweifellos auch er weiß. Natürlich liegt die Entscheidung in seiner Hand.«

Maude nickte und wandte sich zum Gehen.

»Maude«, sagte ich.

»Ja?«

»Da ist noch etwas.«

Sie schloss kurz die Augen, dann sah sie mich an.

»Die Beisetzung …« Ich brach ab. Ich konnte es ihr nicht sagen – ich würde damit gegen meine professionelle Pflicht verstoßen und könnte meinen Posten verlieren, wenn ich auch nur ein Wort sagte. Aber irgendwie wollte ich sie warnen. »Es wäre besser, wenn Sie eher früher als später mit Ihrem Vater sprechen.«

»Gut.«

»Es ist recht dringlich. Vielleicht dringlicher, als Sie ahnen.«

»Ich spreche noch heute mit ihm.« Maude wandte sich um und ging schnell den Weg entlang auf den Eingang zu.

Ich blieb noch eine Weile dort stehen und betrachtete die Grabstätte der Colemans. Es war schwer, mir vorzustellen, dass Kitty dort begraben liegen sollte. Wenn ich die groteske Urne sah, konnte ich nur Hohn lachen.

Richard Coleman

Sie kam zu mir, als ich im Arbeitszimmer saß und Papiere sichtete. Ich sah auf. »Was ist, Maude?«

Sie holte tief Luft – sie war eindeutig nervös. »Mummy hat mir einmal gesagt, sie möchte gerne eingeäschert werden und dass ihre Asche verstreut wird.«

Ich schaute auf meine Hände. Auf der einen Hemdmanschette war ein Tintenfleck. »Deine Mutter hat vieles gesagt, von dem nichts eingetreten ist. Sie sagte einmal, sie möchte vier Kinder haben. Siehst du hier irgendwelche Geschwister? Manchmal besteht ein Unterschied zwischen dem, was wir denken, und dem, was wir tun.«

»Aber …«

»Das reicht, Maude. Über die Sache gibt es nichts mehr zu sagen.«

Maude zitterte. Meine Stimme war schärfer gewesen, als ich beabsichtigt hatte. In letzter Zeit fällt es mir schwer, meinen Ton zu beherrschen.

»Es tut mir Leid, Daddy«, flüsterte sie. »Ich habe nur an Mummy gedacht. Ich wollte dich nicht verärgern.«

»Du hast mich nicht verärgert!« Ich drückte den Federhalter so fest auf das Papier, dass die Feder zerbrach. »Verdammt!« Ich warf den Federhalter auf den Tisch.

Maude verschwand ohne ein weiteres Wort.

Je früher diese Woche vorbei ist, desto besser.

Lavinia Waterhouse

Erworben bei Jay's in der Regent Street, 22. Juni 1908:

1. 1 schwarzes Kleid aus Paramattaseide für mich – für das Begräbnis und sonntags; mein altes Merinokleid für den Alltag. Es gab ein noch schöneres Seidenkleid mit Flor um den Halsausschnitt, aber das war zu teuer.

2. 1 schwarzes Kleid aus Bombasin für Mama. Es sieht so billig aus und glänzt schrecklich, so dass ich sie überreden wollte, auch Paramatta zu kaufen, aber sie sagte, soviel Geld hätten wir nicht, und sie möchte, dass ich die Seide bekomme, weil es mir wichtiger ist. Sehr lieb von ihr.

3. 1 schwarzer Baumwollunterrock für mich, zwei Unterhosen mit schwarzen Seidenbändern.

4. 1 schwarzer Filzhut mit Schleier für mich. Auf dem Schleier habe ich bestanden – ich sehe so hässlich aus, wenn ich geweint habe, und werde den Schleier sehr oft herunterziehen müssen, um meine verweinten Augen und die rote Nase zu verbergen. Mama sagte, sie würde sich keinen neuen Hut kaufen, sondern einen ihrer alten einfärben. Wenigstens hat sie ein paar Straußenfedern als Besatz gekauft.

5. 2 Paar schwarze Baumwollhandschuhe für Mama und mich. Sie haben 4 wunderschöne Gagatknöpfe an der Seite. Mama hatte die einfachen ohne Knöpfe ausgesucht; sie hat gar nicht gemerkt, dass ich sie ausgetauscht habe. Außerdem 1 Paar Handschuhe, 1 Hutband und 1 schwarzer Krawattenschal für Papa.

6. 7 schwarz bordierte Taschentücher – 2 für Mama, 5 für mich. Ich wollte sehr viel mehr haben, aber Mama war dagegen. Sie hat überhaupt nicht geweint, aber ich bestand darauf, dass sie sich welche kauft für den Fall, dass sie doch weint.

7. 200 Blatt Papier mit schwarzem Rand in mittlerer Breite.

8. Bestellung von 100 Gedenkkarten mit folgendem Text:

IVY MAY WATERHOUSE
10 Jahre
»Die zarte Blume, allzu früh gebrochen,
Erblühet nun im Himmelsreich;
Am Jüngsten Tage, wenn ans Tor sie pochen,
Tausende sich wünschen: Ach, wären sie mir gleich.«

Ich habe den Gedenkspruch ausgesucht, da Mama im Geschäft überwältigt wurde und vor die Tür an die frische Luft treten musste. Der Verkäufer sagte, der Spruch sei eigentlich für ein Neugeborenes gedacht und nicht für jemanden in Ivy Mays Alter, aber ich finde ihn wunderschön, vor allem die Zeile »Erblühet nun im Himmelsreich«, und habe meinen Willen durchgesetzt.

Ich hätte den ganzen Tag bei Jay's verbringen mögen – es ist so tröstlich, in einem Warenhaus zu sein, das sich nur dem widmet, was man selbst gerade durchlebt. Aber Mama weigerte sich, länger als nötig zu bleiben, und wurde mir gegenüber sogar sehr kurz angebunden. Ich weiß nicht, was ich mit ihr machen soll – sie ist so blass, die arme Seele, und sagt kaum ein Wort, außer um mir zu widersprechen. Die meiste Zeit ist sie auf ihrem Zimmer und liegt im Bett, als wäre sie krank. Selbst wenn Gäste da sind, kommt sie nur selten nach unten, und deswegen muss ich alle Pflichten der Gastgeberin übernehmen – Tee einschenken, Elizabeth bitten, mehr Kuchen und Brötchen zu bringen. Heute kamen so viele Verwandte, dass der Kuchen nicht reichte, und ich musste Elizabeth zum Bäcker schicken, um mehr zu holen. Ich selbst kann gar nichts essen, nur hin und wieder eine Scheibe Rosinenbrot – das empfiehlt der Leibarzt des Königs, damit man bei Kräften bleibt.

Ich habe Mama die Beileidsbekundungen gezeigt, die wir erhalten haben, aber sie liest sie offenbar überhaupt nicht. Ich musste sie alle beantworten, denn ich fürchte, wenn ich die Aufgabe Mama überlasse, wird sie es einfach vergessen, und es geht nicht an, auf die Antwort warten zu lassen.

Die Leute sagen die erstaunlichsten Dinge über Ivy May – dass sie ein Engel war, dass sie eine wunderbare Tochter war und Mama eine große Stütze, wie tragisch es für uns ist und wie sehr sie allen fehlen wird. Manchmal würde ich diese Leute am liebsten fragen, ob sie denn glauben, *ich* wäre gestorben. Aber das geht natürlich nicht, also schreibe ich in solchen Fällen nur meinen Namen groß und deutlich hin, so dass kein Zweifel bestehen kann.

Beim Frühstück sagte Mama, sie wolle nicht, dass ich wieder in die Schule gehe, und ich solle den Rest des Schuljahres zu Hause lernen. (Dagegen habe ich nichts, da ich keine Lust habe, im Klassenzimmer zu sitzen. Wahrscheinlich würde ich nur stören, weil ich immer im falschen Augenblick anfinge zu weinen.) Und im nächsten Schuljahr soll ich dann auf die Sainte Union in der Highgate Road gehen. Mir hüpfte das Herz – die Mädchen tragen dort wirklich adrette Uniformen. Ich war natürlich auch überrascht, schließlich ist es eine katholische Schule, aber vielleicht sollte es mich nicht wundern – Mama hatte den Priester von St. Joseph's in Highgate gebeten, sie gestern Abend zu besuchen. Papa verlor kein Wort darüber. Wenn es ihr ein Trost ist, zum Katholizismus zurückzukehren – was soll man dazu sagen?

Papa hat mit den Vorbereitungen alle Hände voll zu tun, und ich glaube, es tut ihm gut. Da Mama nicht dazu fähig ist, habe ich ihm nach Kräften geholfen. Als der Bestatter zu uns kam, habe ich das Kleid ausgewählt, das Ivy May tragen wird (weiße Baumwolle mit Puffärmeln, es gehörte früher mir), die Blumen (Lilien) und ihre Frisur (offene Locken und eine Krone aus weißen Rosen). Papa hat alle anderen Fragen über den Sarg und die Pferde und derlei beantwortet und auch mit den Leuten vom Friedhof und dem Pfarrer und mit der Polizei gesprochen.

Letzteres war ein großer Schock für mich, denn Papa brachte einen Polizisten ins Haus, der mich ausfragen wollte! Er war recht freundlich, aber er stellte mir so viele Fragen über diesen grauenvollen Nachmittag im Hyde Park, dass ich schließlich ganz durcheinander war und nicht mehr genau wusste, wann genau ich Ivy May aus den Augen verloren hatte. Ich tat mein Bestes, tapfer zu sein, aber ich fürchte, ich habe alle Taschentücher nass geweint, die wir gerade gekauft hatten. Zum Glück war Mama oben und brauchte sich nicht die ganzen Einzelheiten anzuhören. Hinterher standen Papa Tränen in den Augen.

Der Polizist fragte mich immer wieder nach den Männern in der Menge. Er fragte sogar nach Simon, als wäre Simon jemand, der verdächtig sein könnte! Da habe ich ihm aber die Meinung gesagt. Und ich habe ihm von den Männern erzählt, die Maude und mich bei der Demonstration gejagt haben, und wie viel Angst wir hatten.

Ich habe ihm nichts von dem Mann erzählt, der mir die Hand auf den Popo gelegt hat. Ich weiß, ich hätte es tun sollen – auf genau so etwas war er aus. Aber es war mir zu peinlich, darüber zu sprechen. Und ich konnte die Vorstellung nicht ertragen, dass dieser Mann meine Schwester in die Hände bekommen haben sollte. Wenn ich dem Polizisten davon erzählt hätte, wäre es mir wie ein Eingeständnis erschienen, dass es tatsächlich so gewesen ist. Ich wollte Ivy May vor ihm beschützen, zumindest in meinem Kopf, wenn schon sonst nicht.

Niemand hat darüber geredet, was wirklich mit Ivy May passiert ist. Aber ich kann es mir denken. Ich bin nicht dumm. Ich habe die Spuren an ihrem Hals gesehen.

Heute Abend stand ich am Fenster in meinem Zimmer und sah Maude an ihrem stehen. Wir winkten uns zu, aber es war sehr merkwürdig, und nach einer Sekunde trat ich ins Zimmer zurück. Wir dürfen uns gegenseitig nicht besuchen, da man in der Trauerzeit keine Besuche machen darf. Außerdem glaube ich nicht, dass es mir ein Trost wäre, Maude jetzt zu sehen –

ich kann immer nur daran denken, wie ihre Mutter uns in der Riesenmenge allein ließ und wie Ivy Mays schwitzige Hand aus meiner rutschte.

Ich setzte mich auf mein Bett und schaute zu Ivy Mays kleinem weißem Bett in der Ecke. Wir würden nie mehr nachts in unseren Betten liegen und flüstern und uns Geschichten erzählen – oder vielmehr, ich habe Geschichten erzählt, und sie hat mir zugehört. Jetzt bin ich ganz allein.

Es tat mir so weh, das Bett anzusehen, dass ich auf der Stelle nach unten gegangen bin und Papa bat, es wegzunehmen.

Gertrude Waterhouse

Die Schuld lastet so schwer auf mir, dass ich nicht aus dem Bett aufstehen kann. Der Priester ist gekommen, und der Arzt, aber keiner von beiden vermag mir zu helfen.

Ich erzählte ihnen nicht – ebenso wenig wie Albert –, dass ich mir den Knöchel in Wirklichkeit gar nicht verstaucht hatte. Albert, die gute Seele, hielt die Verletzung für echt. Wenn ich das nicht vorgetäuscht hätte, wenn ich mit den Mädchen zum Umzug gegangen wäre – oder wenn ich mich gegen Livy durchgesetzt und ihr verboten hätte hinzugehen –, würde Ivy May jetzt noch bei mir sein.

Ich habe meine Tochter durch meine eigene Dummheit getötet, und wenn sie nicht mehr ist, will auch ich nicht mehr leben.

EDITH COLEMAN

Als Allererstes kündigte ich dem impertinenten Dienstmädchen. Es tut mir Leid, einzugestehen, dass irgendetwas in einem Haus der Trauer mir Genugtuung bereiten kann, aber so war es. Natürlich greinte sie und rang die Hände, aber ihre Theatralik hatte keinerlei Wirkung auf mich – wenn überhaupt, bestärkte sie mich nur in meinem Glauben, das Richtige zu tun, und zwar gerade noch zur rechten Zeit.

Jenny besaß doch tatsächlich die Dreistigkeit, Maude ins Spiel zu bringen. »Was soll bloß aus ihr werden?«, heulte sie.

»Maudes Leben geht weiter wie gewohnt. Ich werde mich um sie kümmern – ich bin jetzt hier und werde so lange bleiben, wie ich gebraucht werde. Aber das geht dich nichts an.«

Jenny sah sehr bekümmert aus.

»Ich habe dich vor zwei Jahren fortgeschickt«, erinnerte ich sie, »aus Gründen, die du sicherlich nicht vergessen hast. Meine Schwiegertochter hätte dich nie wieder einstellen dürfen. Pack deine Sachen und geh. Dein letzter Wochenlohn wird dir zugeschickt.«

»Und was ist mit meinem Empfehlungsschreiben?«

Ich schnaubte. »Glaubst du wirklich, ich würde einem Mädchen wie dir eine Empfehlung schreiben?«

»Aber wie soll ich dann eine andere Stellung finden?«

»Das hättest du dir überlegen sollen, bevor du dich zu dem Mann gelegt hast.«

Das Mädchen lief aus dem Zimmer. Zu meiner Überraschung

erschien wenig später Mrs. Baker und bat mich, Jenny zu behalten.

»Warum sollte ich ein Mädchen behalten, dessen Moral so sehr zu wünschen übrig lässt?«, erwiderte ich. »Glauben Sie mir, es ist sehr viel besser für sie, wenn sie zu Hause bleibt und sich um ihr Kind kümmert, das arme Balg.«

»Und wovon soll sie es ernähren – von Luft?«

»Wie bitte?«

»Es geht jetzt nicht um Jennys Sohn, gnä' Frau«, sagte Mrs. Baker. »Ich bitte Sie um Miss Maudes willen, Jenny zu behalten. Das arme Mädchen hat gerade ihre Mutter verloren – es täte mir in der Seele weh, wenn sie noch jemanden um sich verliert. Jenny war schon hier, als Miss Maude zur Welt kam. Sie gehört für sie fast zur Familie.«

»Das Mädchen gehört für Maude nie und nimmer zur Familie!« Ich war so entrüstet, dass ich an mich halten musste, nicht zu schreien. »Wie können Sie es wagen, sie mit den Colemans auf eine Stufe zu stellen! Und Maude braucht sie nicht – sie hat mich.« Durch den Verlust ihrer Mutter hat sie eine Großmutter gewonnen, hätte ich beinahe gesagt, verbiss es mir dann aber doch.

Und so ging Jenny. Maude sagte kein Wort, obwohl sie im Flur stand und sie gehen sah. Sie war sehr blass.

Und dann traf ich eine weitere Entscheidung – um ihret- und um Richards willen. Schon am Morgen nach Kittys Tod trafen die ersten Blumen ein – kunstvolle Arrangements aus Lilien, Iris, Kornblumen, weißen Rosen, alle mit lilafarbenen, grünen und weißen Schleifen gebunden. Auf den Karten standen Sprüche wie »Unserer gefallenen Kameradin« und »Hoffnung versetzt Berge – im Himmel wie auf Erden« und »Sie ließ ihr Leben für die Sache«. Und das Teufelsding von Telephon läutete in einem fort, so dass ich einen Mann kommen ließ, der es abstellte. Dann kamen die Suffragetten persönlich und erkundigten sich nach dem Begräbnis, bis ich dem Mädchen, das Jenny ersetzt, sagte, es solle sie alle abweisen. Es war ganz eindeutig, dass Kitty für sie zur Märtyrerin geworden ist. Mir graute bei der Vorstellung, was passieren würde, wenn die Suffragetten in Scharen zur Beerdigung kämen – sie würden sie zu einer politischen Kundgebung degradieren. Ich würde es mir nie verzeihen, wenn ich gestattete, dass James' Familienname wieder einmal in den Schmutz gezogen würde.

Das würde ich nicht zulassen. Ich sprach mit Richard über meinen Plan, und er stimmte sofort zu. Danach war es nicht weiter schwierig, alles zu unserer Zufriedenheit zu organisieren – schließlich ist Diskretion im Bestattungswesen oberstes Gebot.

Jenny Whitby

Sie kam mir nachgelaufen, als ich mit meiner Tasche die Straße entlangging. Da weinte ich schon nicht mehr – ich machte mir zu viel Sorgen, was denn jetzt aus mir werden sollte, um noch weinen zu können. Sie hat nichts gesagt, hat nur die Arme um mich geworfen und mich fest gedrückt.

Sie kann ja auch nichts tun – was soll schon 'ne Dreizehnjährige gegen eine solche Großmutter ausrichten? Mir ist schrecklich zumute, weil ich das Versprechen breche, das ich ihrer Mum wegen der Hexe gegeben hab, aber bei so einer kann ich nichts erreichen – das hätte die Gnädigste wissen müssen. Und ich kann auch nichts tun, um ihr Geheimnis vor den Männern zu bewahren. Das liegt jetzt in der Hand Gottes – oder vielmehr, in der von Miss Livy.

Das sollte mir jetzt aber egal sein – ich habe meine eigenen Sorgen, nämlich wie ich meine Mum und meinen Kleinen und mich über Wasser halten soll ohne Lohn und ohne Empfehlungsschreiben. Ich habe keine Zeit zu weinen. Wenigstens habe ich in meiner Tasche den Rest vom Silber der Gnädigsten, aber das reicht auch nicht ewig.

Albert Waterhouse

Ich schäme mich für meine Tochter. Ich weiß, diese letzten Tage sind sehr schwer für sie gewesen, wie für uns alle; ich hatte mich bereits gefragt, ob sie unter der Belastung nicht zusammenbrechen würde. Aber ich wünschte, Livy und Maude hätten sich nicht in aller Öffentlichkeit derart hässliche Dinge gesagt, und das direkt an Ivy Mays Grab – meine arme Ivy May, die ich nicht vor verderbten Männern beschützen konnte. Ich bin nur froh, dass Trudy gerade von einer ihrer Schwestern getröstet wurde und die beiden Mädchen nicht hörte – sie wäre bestürzt gewesen, zu vernehmen, dass über sie gestritten wurde.

Anfangs ging es um Maudes Kleid. Ich kann solche Dinge nicht beurteilen, aber sie trug ein sehr schönes Seidenkleid, auf das Livy eindeutig neidisch war. Livy sagte etwas in der Art, dass das Kleid ostentativ sei für eine Dreizehnjährige.

Darauf sagte Maude: »Lavinia, du weiß nicht einmal, wie man das Wort schreibt, und noch weniger verstehst du, was es bedeutet. Trauerkleidung kann schon per Definition nicht ostentativ sein.«

Ich war etwas überrascht, da Maude sonst sehr sanftmütig ist. Aber sie hat auch gerade ihre Mutter verloren. Und Livy war schockiert – und verlor jede Kontrolle über sich, wie ich leider sagen muss.

»Ich weiß genug, um zu wissen, dass du zu einem solchen Kleid keinen runden Strohhut tragen kannst«, sagte Livy. »Und unter einem Strohhut steckt man sich auch nicht die Haare hoch – das sieht dumm aus. Und hinten fällt es dir schon herunter.

Dein Haar ist nicht dick genug, um es hochzustecken, wie ich es tue.«

»Vielleicht hast du vergessen, dass ich keine Mutter mehr habe, die ich um Rat fragen kann«, sagte Maude. »Und auch keine Schwester und nicht einmal mehr ein Dienstmädchen.«

»Ich habe auch keine Schwester mehr! Hast du das vergessen?«

Maude war ihr Lapsus sichtlich peinlich, und wenn Livy ihr erlaubt hätte, sich zu entschuldigen, wie sie es offenbar tun wollte, wäre der Streit womöglich zu Ende gewesen. Aber natürlich konnte Livy nicht der Versuchung widerstehen, ihren Triumph auszukosten. »Du denkst nur an dich. Hast du auch nur einen Gedanken an meine arme Mama verschwendet, die ihre Tochter verloren hat? Kann es etwas Schlimmeres geben, als das eigene Kind zu verlieren?«

»Vielleicht, die Mutter zu verlieren«, sagte Maude leise.

Diese Vergleiche waren so abscheulich, dass ich schließlich eingreifen musste – und mir wünschte, ich hätte es schon früher getan. (Das wünsche ich mir oft, wenn es zu spät ist.) »Livy, möchtest du nicht mit deiner Mutter zur Kutsche gehen?«, fragte ich und warf gleichzeitig Maude einen Blick zu, der hoffentlich mein Mitgefühl ausdrückte.

»Papa, wie oft muss ich es dir noch sagen – ich heiße Lavinia.« Livy kehrte Maude den Rücken zu und ging zu ihrer Mutter. Ich wollte gerade etwas sagen – was, das wusste ich nicht –, aber ehe ich es tun konnte, war Maude schon verschwunden und lief über den Friedhof davon.

Nachts konnte ich nicht schlafen und ging mit meiner Kerze nach unten, um in *Cassell's* und *The Queen* nachzulesen. Ich habe noch nie einen Frauenratgeber in die Hand genommen – zum Glück habe ich wenig mit all diesen Haushaltsdingen zu tun. Doch schließlich fand ich, wonach ich suchte: In beiden Büchern steht, dass ein Kind genauso lange um seine Eltern trauert wie Eltern um ein Kind, nämlich ein Jahr.

Ich ließ beide Bücher aufgeschlagen auf dem Tisch liegen, doch als ich am nächsten Morgen herunterkam, waren sie fortgeräumt.

Maude Coleman

Ich konnte nicht aufhören zu zittern. Ich bin noch nie so außer mir gewesen.

Was mir am schrecklichsten ist, sind die abscheulichen Dinge, die auch ich gesagt habe. Lavinia hat mich dazu gebracht, meine schlechteste Seite hervorzukehren, und das ist für mich viel schlimmer als das, was sie gesagt hat. Mittlerweile weiß ich, dass sie öfter dumme und taktlose Dinge sagt, aber es ist mir immer gelungen, nicht auf ihr Niveau zu sinken – bis jetzt.

Ich blieb lange bei dem schlafenden Engel sitzen. Ich hatte nicht gewusst, wohin ich laufe, bis ich dort war. Und da hat er mich gefunden. Wahrscheinlich hatte ich erwartet, dass er kommt. Er setzte sich auf das Ende der Marmorplatte, sah mich aber nicht an und sagte auch nichts. Das ist seine Art.

Ich schaute in den leuchtend blauen Himmel hinauf. Es war ein obszön sonniger Tag für eine Beerdigung, als wollte Gott uns alle verspotten.

»Ich hasse Lavinia«, sagte ich und schlug gegen eine Quecke, die aus dem Sockel des Engels wuchs.

Simon brummte. »Das klingt wie was, was Livy sagen würde.«

Das stimmte.

»Aber du bist nicht Livy«, fuhr er fort.

Ich zuckte mit den Achseln.

»Hör mal, Maude«, sagte er und schwieg dann wieder.

»Was ist?«

Simon klopfte mit dem Finger auf den Marmor. »Wir heben jetzt das Grab für deine Ma aus.«

»Hm.« Was sollte ich sonst dazu sagen?

»Es ist zu früh. Für ein Begräbnis in zwei Tagen? Im Sand? Wir sollten es erst morgen Nachmittag graben. Wenn's einen ganzen Tag offen bleibt, könnte es einstürzen. Es ist sowieso schon gefährlich genug. Im Sand hilft das Abstützen nicht immer, noch dazu mit dem Grab von Ivy May gleich nebendran. Es gefällt mir gar nicht, zwei Gräber so dicht aneinander zur selben Zeit auszuheben – auf der Seite hält die Erde nicht richtig. Aber anders geht's wohl nicht, oder?«

»Wer hat euch denn gesagt, dass ihr Mummys Grab heute und nicht morgen ausheben sollt?«

»Mr. Jackson. Heute Morgen. Mein Pa wollte nicht, aber er hat gesagt, wir müssen's machen, gleich nach Ivy Mays Beerdigung. Er sagt, er steht dafür grade, wenn was passiert.«

Ich wartete darauf, dass Simon weiterredete. Ich konnte an seinem Gesicht sehen, dass er mir noch etwas sagen wollte, aber er brauchte Zeit, ein Schritt nach dem anderen.

»Also hab ich mich 'n bisschen umgeguckt. Im Arbeitsbuch im Pförtnerhaus konnte ich nix finden. Dann hab ich gehört, dass unsere Kapelle hier für morgen früh gebucht ist. Pa weiß aber, dass bei den anderen Gräbern, die wir für morgen ausgehoben haben, die Särge von draußen kommen. Und es steht nicht da, wofür die Kapelle gebucht ist.«

Ich schüttelte den Kopf. »Der Gottesdienst für Mummy ist am Freitagnachmittag in St. Anne's. Das hat Daddy mir gesagt.«

»Dann hat einer der Mietwaisen bei Ivy Mays Begräbnis grade eben erzählt, dass er morgen eine Beerdigung hier in der Kapelle hat«, fuhr Simon fort, als hätte ich nichts gesagt. »Das muss deine Ma sein. Ihr Grab ist das Einzige, für das kein Sarg da ist.«

Ich stand auf – es tat mir weh, ihn so über Mummy reden zu hören, aber ich wollte ihn nicht sehen lassen, wie sehr seine Worte mich trafen. »Danke, dass du mir das erzählt hast«, sagte ich. »Ich werde versuchen, herauszufinden, ob sich etwas geändert hat.«

Simon nickte. »Ich dachte, das würdest du vielleicht wissen wollen«, sagte er linkisch.

Ich fragte mich, ob Simon wusste, dass Mr. Jackson wegen einer Einäscherung mit mir gesprochen hatte – schließlich hatte er alles andere ja auch herausgefunden. Aber wenn, dann sagte er nichts. Bei Ivy Mays Grab hatte Mr. Jackson mir einen fragenden Blick zugeworfen, und ich hatte nur mit dem Kopf geschüttelt. Zu der Zeit musste er bereits vermutet haben, dass Daddy sich geweigert hatte – sonst hätte er von uns gehört.

Ich fragte Simon nach etwas anderem – etwas, das er bestimmt wusste. »Was ist an jenem Tag mit Ivy May passiert?« Ich sah ihm direkt ins Gesicht. »Niemand will es mir sagen.«

Simon wand sich voller Unbehagen. Lange Zeit sagte er gar nichts, und ich überlegte, ob ich die Frage wiederholen müsste. Dann räusperte er sich. »Jemand hat sie erwürgt.«

Seine Antwort war so knapp, dass ich spürte, wie es mir selbst die Kehle zuschnürte. Langsam setzte ich mich wieder. »Ein Mann?«, brachte ich hervor.

Simon nickte. Ich sah ihm an, dass ich keine weiteren Fragen stellen durfte.

Einen Moment blieben wir schweigend sitzen.

»Es tut mir Leid wegen deiner Ma«, sagte er unvermittelt. Dann beugte er sich zu mir, drückte mir flüchtig einen Kuss auf die Wange, sprang auf und lief davon.

Als ich nach Hause kam, stieß ich im Flur mit Großmutter zusammen, die einen Blumenstrauß inspizierte; jemand hatte ihn gerade vorbeigebracht – Lilien gebunden mit grünen, weißen, lilafarbenen und schwarzen Schleifen. »Suffragetten!«, murmelte sie. »Nur gut, dass wir …« Als sie mich sah, hielt sie inne. »Bist du schon vom Essen zurück?«

»Ich bin noch nicht bei den Waterhouses gewesen«, gestand ich.

»Du bist nicht da gewesen? Dann schau aber zu, dass du rüberkommst. Das gebietet der Respekt. Die Mutter von dem armen Kind ist ganz grau vor Kummer. Ein schrecklicher, schrecklicher Tod. Ich hoffe sehr, dass sie den Mann erwischen, der …« Wieder hielt sie inne.

»Ich gehe gleich«, log ich. »Ich muss nur … ich muss nur

vorher kurz mit Mrs. Baker sprechen.« Ich lief nach unten, um ihr nicht erklären zu müssen, warum ich nicht zu dem Trauermahl gehen wollte. Ich konnte es einfach nicht ertragen, Mrs. Waterhouses starres Gesicht zu sehen. Ich konnte mir nicht vorstellen, wie es war, ein Kind zu verlieren, und noch dazu auf eine so grausame und geheimnisvolle Weise. Ich konnte es nur mit meinen Gefühlen über den Verlust meiner Mutter vergleichen: eine brennende Leere und eine große Verunsicherung, weil etwas, was einfach immer da gewesen war, plötzlich nicht mehr da war. Mummy war in den letzten Jahren vielleicht abwesend oder fern gewesen, aber zumindest war sie am Leben gewesen. Es war, als hätte Mummy mich vor einem Feuer geschützt, und dann wurde sie plötzlich weggenommen, so dass ich auf einmal die sengenden Flammen spürte.

Für Mrs. Waterhouse musste das Grauen so groß sein, dass ich gar keine Worte dafür fand.

War das eine schlimmer als das andere, wie Lavinia offenbar meinte? Ich wusste es nicht. Ich wusste nur, ich konnte es nicht ertragen, Mrs. Waterhouses toten Blick zu sehen, ohne dass sich ein Abgrund in mir auftat.

Statt zum Trauermahl zu den Waterhouses zu gehen, stieg ich nach unten und fragte Mrs. Baker nach unserem. Da sie alles vorbereitete, würde sie auf jeden Fall wissen, ob sich an den Plänen etwas geändert hatte.

Sie rührte gerade in einem Topf Aspik auf dem Herd. »Hallo, Miss Maude«, sagte sie. »Sie sollten etwas essen – Sie haben in den letzten Tagen gar nichts angerührt.«

»Ich habe keinen Hunger. Ich … ich wollte fragen, ob für Freitag alles rechtzeitig fertig wird. Großmutter wollte, dass ich Sie das frage.«

Mrs. Baker warf mir einen merkwürdigen Blick zu. »Natürlich wird alles fertig.« Sie rührte weiter in ihrem Topf. »Ich habe gerade heute Vormittag mit Ihrer Großmutter gesprochen. So schnell ändert sich da nichts. Der Rinderaspik kann sich über Nacht setzen, der Schinken wird heute Nachmittag angeliefert. Heute Abend sollte alles bereit sein. Mrs. Coleman will, dass ich mit allem frühzeitig fertig bin, damit ich ihr morgen bei anderen Dingen zur Hand gehen kann – sie ist mit der Aushilfe nicht besonders zufrieden. Nicht dass ich jede Arbeit mache. Auf den Knien rutsche ich nicht herum, das kommt nicht in Frage.« Sie funkelte den Topf an. Ich wusste, dass Jenny ihr fehlte, obwohl sie das nie sagen würde.

Es war unverkennbar, dass sie glaubte, die Beerdigung würde am Freitag stattfinden. Wenn Daddy den Tag verlegt hatte, dann wusste nur er Bescheid und wahrscheinlich auch Großmutter. Ich hatte nicht den Mut, einen von ihnen zu fragen, mal abgesehen davon, dass sie es mir sowieso nicht sagen würden.

Als ich am nächsten Morgen zum Frühstück herunterkam, saßen Daddy und Großmutter in ihrer besten Trauerkleidung am Tisch, vor ihnen eine unberührte Tasse Kaffee. Beide hatten einen merkwürdigen Gesichtsausdruck, doch sie sagten nur: »Guten Morgen, Maude«, als ich mich vor die Schüssel mit kalt gewordenem Haferbrei setzte. Ich versuchte zu essen, brachte aber nichts hinunter, also rührte ich nur mit dem Löffel in der Grütze herum.

Es klingelte an der Tür. Daddy und Großmutter fuhren zusammen. »Ich gehe schon«, sagte Großmutter zu der Aushilfe, die an der Anrichte stand. Ich schaute zu Daddy, aber er wollte mich nicht ansehen – er blickte nur in die Zeitung, obwohl ich nicht glaube, dass er wirklich las.

Dann hörte ich vom Flur her leise Stimmen und wenig später schwere Schritte auf der knarzenden Treppe. Bald waren die Schritte über mir, in Mummys Zimmer, und da wusste ich, dass Simon Recht hatte.

»Warum hast du das getan, Daddy?«

Er weigerte sich noch immer, mich anzusehen. »Iss deine Grütze auf, Maude.«

»Ich bin nicht hungrig. Warum hast du die Beerdigung vorverlegt?«

»Geh und zieh dein neues Kleid an, Maude.« Großmutter stand in der Tür.

Ich rührte mich nicht von meinem Stuhl. »Ich will wissen, warum du das getan hast. Ich habe ein Recht, es zu erfahren.«

»Du hast keine Rechte!«, brüllte mein Vater und schlug mit der Hand auf den Tisch, so dass aus beiden Tassen Kaffee spritzte. »Solche Worte will ich nie wieder von dir hören! Du bist meine Tochter, und du tust, was ich dir sage! Jetzt geh und zieh dich um!«

Ich rührte mich nicht von meinem Stuhl.

Daddy schaute mich wütend an. »Habe ich in meinem eigenen Haus keine Autorität? Gehorcht mir hier niemand? Ist ihr Einfluss so groß gewesen, dass nicht einmal meine eigene Tochter tut, was ich ihr sage?«

Ich rührte mich nicht von meinem Stuhl.

Daddy streckte die Hand aus und fegte die Schüssel mit meiner Hafergrütze vom Tisch. Sie zerschellte vor den Füßen des entsetzten Dienstmädchens.

»Richard«, sagte Großmutter warnend. Sie wandte sich mir zu; ihr Gesicht war faltiger als sonst, als hätte sie schlecht geschlafen. »Die Beerdigung deiner Mutter findet heute Vormittag statt. Unserer Ansicht nach ist es besser, einen Gottesdienst im engsten Kreis abzuhalten, damit er nicht von den falschen Elementen vereinnahmt wird. Jetzt geh nach oben und zieh dich um. Schnell, ich rede unterdessen mit Mrs. Baker. Die Kutsche wird bald hier sein.«

»Ich wollte nicht, dass die Suffragetten die Beerdigung zu ihrer Sache machen«, sagte Daddy plötzlich. »Du hast doch miterlebt, was passierte, als sie aus dem Gefängnis kam – die reinste Siegesfeier. Ich werde nicht zulassen, dass sie sie zur Märtyrerin machen – nur über meine Leiche. Gefallene Kameradin, nennen sie sie. Zur Hölle mit ihnen!« Als er sich zurücklehnte, war sein Gesicht so schmerzverzerrt, dass ich ihm sein Verhalten beinahe verzieh.

Ich wusste, dass ich nichts tun konnte, deswegen lief ich nach oben. Als ich an Mummys Zimmer vorbeikam – das ich die ganze Woche gemieden hatte und alles, was dort getan werden musste, Großmutter überließ –, hörte ich ein Hämmern. Sie nagelten den Sarg zu.

Ich zog mich schnell um. Dann fiel mir ein, dass ich doch etwas tun konnte. Ich holte mir ein Blatt Papier und schrieb einen kurzen Brief, überlegte einen Moment die Adresse, die ich so oft auf den Leserbriefseiten der Lokalzeitung gesehen hatte. Dann griff ich nach Hut und Handschuhen und lief wieder nach unten, vorbei an Daddy und Großmutter, die im Flur standen und überraschte Gesichter machten, als ich in die Küche weiterflitzte.

Mrs. Baker stand am Tisch, die Arme vor der Brust verschränkt, und starrte zornig auf die ganzen Platten voller Speisen, die dort arrangiert waren, in der Mitte ein großer, glasierter Schinken.

»Mrs. Baker«, flüsterte ich. »Wenn meine Mutter Ihnen je etwas bedeutet hat, dann suchen Sie jetzt jemanden, der diesen Brief sofort besorgt. Bitte, um ihretwillen. So schnell wie möglich, sonst ist es zu spät.«

Mrs. Baker warf einen Blick auf die Adresse, marschierte ohne ein Wort zur Hintertür und riss sie auf. Als ich mit Daddy und Großmutter in den Wagen stieg, sah ich, wie sie gerade einem Jungen in der Straße das Briefchen zusteckte. Ich weiß nicht, was sie zu ihm sagte, aber er rannte davon, als würde er seinem Hut im Wind nachjagen.

Es regnete in Strömen. Der Bestatter hatte Stroh vor unserem Haus ausgelegt, um das Getrappel der Pferdehufe zu dämpfen, aber das war gar nicht notwendig – der Regen übertönte alle anderen Geräusche. Einige Nachbarn hatten die Trauerkutschen gesehen und standen in der Haustür, aber die meisten hatten die Bestattung erst morgen erwartet.

Schweigend saßen wir im Wagen. Ich starrte zum Fenster hinaus. Häuser zogen vorüber, dann die lange Mauer aus Backstein und Eisen, die die Gräber von der Straße trennt. Die gläsernen Seitenwände des Wagens vor uns, in dem sich der Sarg befand, waren regenverspritzt. Den ganzen Weg entlang zogen Menschen kurz den Hut, als wir vorüberfuhren.

Am Friedhof trat Mr. Jackson mit einem großen Schirm zum Wagen und half erst Großmutter, dann mir beim Aussteigen. Er begrüßte mich mit einem kurzen Nicken, und es gelang mir, ihm auch zuzunicken. Dann führte er uns durch das Tor zum Eingang der Kapelle, wo Tante Sarah auf uns wartete. Sie war zwölf Jahre älter als Mummy und lebte in Lincolnshire. Die beiden waren sich nie besonders nah gewesen. Sie gab mir einen Kuss auf die Wange und reichte Daddy die Hand. Dann gingen wir zum Gottesdienst in die Kapelle.

Ich saß in der ersten Reihe zwischen Daddy und Tante Sarah, Großmutter neben Daddy. Zuerst waren es nur wir vier und dazu der Vikar von St. Anne's, der den Gottesdienst leitete. Aber als wir das erste Lied sangen, hörte ich, wie Stimmen hinter mir in »Nearer my God to Thee« einfielen, und drehte mich um. Mr. Jackson und Simon standen hinten in der Kapelle.

Gerade als wir das zweite Lied gesungen hatten – »Abide with me« (das Mummy ja gehasst hatte), ging krachend die Tür auf. Caroline Black stand auf der Schwelle, keuchend, der Hut schief auf dem Kopf, die Frisur aufgelöst. Daddy erstarrte. »Verdammte Person«, murmelte er. Caroline Black setzte sich in eine Bankreihe auf halber Höhe und schaute zu mir. Ich nickte ihr zu. Als ich mich wieder nach vorn umdrehte, spürte ich Daddys Zorn, und ich lächelte ein bisschen und hob das Kinn, wie Mummy es immer getan hatte, wenn sie ihm trotzte.

Verdammte Person, dachte ich. Du bist selbst eine verdammte Person.

Als alles vorbei war – als der Sarg über den Friedhof getragen und in das Grab hinabgelassen worden war, über dem drohend die riesige Urne aufragte; als Simon und sein Vater anfingen, es in dem strömenden Regen mit Erde aufzufüllen; als ich mich von meiner Mutter entfernte, um den Heimweg anzutreten – da streckte Caroline Black die Hand nach meiner aus. Und da endlich begann ich zu weinen.

DOROTHY BAKER

Die Verschwendung von dem vielen Essen war eine Sünde. Sie hat sich nicht einmal entschuldigt – sie sagte nur, die Pläne hätten sich geändert, und zum Trauermahl wären sie nur zu viert. Und ich hatte alles für fünfzig vorbereitet!

Wenn nicht Miss Maude gewesen wäre, hätte ich auf der Stelle gekündigt. In einer Woche hat sie ihre Mum und Jenny verloren – und nach allem, was die Zugehfrau der Waterhouses sagt, ihre beste Freundin auch. Das wäre einfach zu viel, wenn ich jetzt auch noch ginge.

Simon Field

Was heute passiert ist, werde ich Maude nie erzählen. Wahrscheinlich keiner Menschenseele nicht.

Nach Kitty Colemans Begräbnis fangen mein Pa und Joe und ich an, das Grab aufzufüllen. Die Erde ist sandig, deswegen ist es schwer, viel auf einmal reinzuschaufeln, trotz dem Regen. Es ist immer schwerer, in der Wiese zu graben, wo Sand ist. Beim Lehm muss man mit dem Spaten stechen, aber er pappt zusammen, also geht es einfacher als bei Sand.

Mit dem Grab sind wir ganz besonders vorsichtig, weil es so nah neben dem von Ivy May ist. Es ist zwölf Fuß tief, damit noch Platz ist für Maude und ihren Pa und die Oma, wenn für die die Zeit kommt. Wir haben extra viele Stützplanken eingesetzt und fest in den Sand reingeschlagen, so fest es nur geht. Sand ist teuflisch, wenn man nicht vorsichtig ist.

'ne Weile schaufeln wir also den Sand rein, das Grab ist halb voll. Es schüttet wie aus Kübeln, und wir sind nass bis auf die Knochen. Dann fällt meinem Pa die Kappe ins Grab.

»Ich hol sie«, sage ich zu ihm.

»Nee, Junge, lass man, die hol ich selbst«, sagt er und springt rein, als wäre er wieder ein Junge. Landet genau auf seiner Mütze und lacht. »Ins Schwarze«, sagt er. »Jetzt schuldest du mir 'n Bier.«

»Und wo willst du das Bier herkriegen?«, frage ich und lache. »Dafür musst du doch viel zu weit laufen.«

Die einzige Kneipe in der Gegend, in der Totengräber was zu trinken kriegen, ist der Duke of St. Albans unten an der

Swain's Lane, und die lassen meinen Pa nicht mehr rein, weil er mal so besoffen war, dass er versucht hat, die Wirtin zu küssen, und dann einen Stuhl zu Kleinholz gemacht hat.

Und dann kracht's auf einmal, und die Stützstrebe auf der Seite von Ivy Mays Grab bricht raus. Das passiert, wenn die Erde drum herum sich bewegt. Mein Pa kann sich bloß noch ducken, damit die Bohle nicht auf ihm landet, dann stürzt die Seite vom Grab ein.

Eigentlich müsste das alles ja ganz schnell gehen, aber so kommt's mir gar nicht vor. Mir kommt's vor, als hätte ich ewig Zeit, um zu sehen, wie mein Pa hochguckt, als hätte er's grade donnern gehört und würde aufs Blitzen warten. »Oh«, sagt er, oder das meine ich zumindest.

Dann prasselt die Erde auf ihn runter, immer mehr, bis sie ihm zur Taille geht. Dann kommt 'ne kleine Pause, aber lang kann sie nicht sein, weil Joe und ich uns noch nicht gerührt haben, kein Wort gesagt, nicht mal gemuckt haben.

Mein Pa guckt mich 'ne Sekunde an, und fast ist es, als würde er mich anlächeln. Dann regnet wieder 'ne Ladung Erde runter und haut ihn um.

»Mann unter!«, schreie ich so laut ich kann durch den Regen. »Mann unter!« Die Worte hört hier keiner gern.

Die Erde bewegt sich immer noch, als wäre sie lebendig, aber ich kann meinen Pa nicht mehr sehen. Als wäre er einfach nicht mehr da. Joe und ich gehen ums Grab rum, ganz vorsichtig, damit wir nicht noch mehr Erde lostreten. Jetzt ist die Grube drei viertel voll. Wir brauchen 'ne große Planke oder 'ne Leiter, um sie drüber zu legen und uns drauf zu stellen, aber da ist keine. Wir hatten 'ne Leiter, aber die hat sich jemand ausgeborgt.

Zum Warten ist keine Zeit, wenn jemand verschüttet ist. Ohne Luft stirbt er in ein paar Minuten. Ich springe ins Grab, obwohl ich das nicht sollte, lande auf allen vieren, wie 'ne Katze. Ich gucke und gucke, und dann sehe ich, was mein Pa mir beigebracht hat: Ich sehe seinen Finger aus der Erde ragen, nur die Spitze, die bewegt sich hin und her. Er hat dran gedacht, die Hand hochzustrecken. Ich fange an, mit den Händen rund um den Finger zu buddeln. Ich traue mich nicht, die Schaufel zu nehmen. Ich wühle wie wild, und der Sand kommt mir unter die Nägel und tut höllisch weh.

»Halt durch, Pa!«, rufe ich beim Buddeln. »Wir holen dich raus. Ich kann deine Finger sehen. Wir holen dich raus.«

Ich weiß ja nicht, ob er mich hören kann, aber wenn, dann tut's ihm vielleicht gut.

Ich buddle und buddle und suche nach seinem Gesicht und hoffe, dass er sich die andere Hand vorgehalten hat. Ich hab keine Zeit, nicht mal, um hochzuschauen. Aber wenn ich's täte, würde ich bestimmt Joe da am Rand vom Grab stehen sehen, wie er auf mich runterguckt, mit baumelnden Armen. Er ist groß und stark, und er kann stundenlang graben ohne Pause, aber er ist keiner, wo viel denkt. Die Kopfarbeit ist nicht sein Ding. Es ist schon besser, wenn er da oben stehen bleibt.

»Joe, fang's Zählen an«, sage ich und buddele immer weiter im Sand. »Fang bei zehn an und zähl immer weiter.« Ich glaube, zehn Sekunden sind's her, seit ich grabe.

»Zehn«, sagt Joe. »E-elf. Zwö-ölf ...«

Wenn er bei zweihundert ist, und ich habe das Gesicht von meinem Pa immer noch nicht gefunden, dann ist es zu spät.

»Zweiunddreißig.«

»Fünfundsechzig.«

»Hunderteinundzwanzig.«

Ich merke, dass über mir was passiert, und gucke hoch. Da liegt jetzt 'ne Leiter über dem Grab. Wenn mehr Erde runterfällt, kann ich die Sprossen packen und mich dran festhalten, damit ich nicht auch noch verschüttet werde. Dann springt jemand neben mir ins Grab. Es ist Mr. Jackson. Er packt den Berg Erde, den ich weggebuddelt habe, mit beiden Armen und schiebt ihn weg. Ich hätte nicht gedacht, dass er so viel Kraft hat, aber er räumt den Sand weg, damit ich mehr Platz habe. Er tut genau, was nötig ist, ohne dass ich's ihm sagen muss.

»Hundertachtundsiebzig.«

Meine Finger finden was. Das ist die andere Hand von meinem Pa. Ich buddele um die Hand rum und finde seinen Kopf, dann grabe ich darum und hebe seine Hand weg, damit sein Mund und die Nase frei sind. Er hat die Augen zu, und er ist ganz weiß im Gesicht. Ich halte das Ohr an seine Nase, spüre aber keinen Atem, wo mich kitzelt.

Dann schiebt Mr. Jackson mich zur Seite und legt seinen Mund auf den von meinem Pa, als täte er ihn küssen. Er atmet ein paar Mal in seinen Mund, dann sehe ich, dass die Brust von meinem Pa rauf und runter geht.

Ich gucke nach oben. Rund ums Grab stehen die ganzen Männer, alle still und stumm – Totengräber, Gärtner, Steinmetzen, sogar Kompostjungen. Die Nachricht ist schnell rumgegangen, und alle sind herbeigelaufen. Und alle haben sie die Mütze abgenommen, obwohl's in Strömen gießt, und gucken zu und warten.

Joe zählt immer noch. »Zweihundertsechsundzwanzig, zweihundertsiebenundzwanzig, zweihundertachtundzwanzig.«

»Du kannst aufhören mit dem Zählen, Joe«, sage ich und wische mir übers Gesicht. »Mein Pa schnauft wieder.«

Joe hört auf. Auf einmal bewegen sich die Männer wieder, treten vom einen Fuß auf den anderen, husten, reden leise – alles, was sie nicht gemacht haben, solange sie gewartet haben. Manche von ihnen mögen meinen Pa nicht, weil er's so mit dem Fusel hat, aber niemand will, dass 'n Mann im Grab verschüttet wird.

»Gib mir einen Spaten, Joe«, sagt Mr. Jackson. »Wir haben noch viel Arbeit vor uns.«

Ich bin noch nie mit Mr. Jackson unten in einem Grab gewesen. Er ist mit der Schaufel nicht so geschickt wie ich oder die anderen Gräber, aber er will unbedingt mit mir dort unten bleiben, bis wir meinen Pa rausgeholt haben. Und er sagt den anderen auch nicht, dass sie wieder an die Arbeit gehen sollen. Er weiß, dass sie das alle bis zum Ende mit ansehen wollen.

Ich mag es, mit ihm zu arbeiten.

Es dauert lange, bis wir meinen Pa ausgegraben haben. Wir müssen ganz vorsichtig sein, damit wir ihm nicht wehtun. 'ne

Weile hat er die Augen noch zu, als würde er schlafen, aber dann macht er sie auf. Ich rede auf ihn ein, während ich buddle, damit er keine Angst kriegt.

»Wir graben dich jetzt aus, Pa«, sage ich. »Die Planke hat nicht gehalten, als du unten im Grab warst. Aber du hast dir die Hand vors Gesicht gehalten, wie du's mir beigebracht hast, und es ist alles in Ordnung. Gleich haben wir's.«

Er sagt immer noch nichts, guckt nur nach oben zum Himmel, und der Regen strömt runter, über sein Gesicht. Es ist, als würde er's gar nicht merken. Mir wird ganz angst und bang, aber davon sage ich nix, weil ich niemandem einen Schreck einjagen will.

»Guck mal«, sage ich, weil ich ihn dazu bringen will, dass er was sagt. »Guck mal, Mr. Jackson höchstpersönlich gräbt dich aus. Das hätt'st du dir auch nie träumen lassen, dass der Meister für dich den Spaten schwingt, was?«

Mein Pa sagt immer noch nichts. Sein Gesicht kriegt langsam wieder Farbe, aber in seinen Augen fehlt noch was.

»Ich schulde dir doch noch 'n Bier, Pa«, sage ich, ich bin jetzt ganz verzweifelt. »Aber wahrscheinlich werden dir heute Abend viele Männer 'n Bier spendieren. Ich wette, dass sie dich wieder in den Duke of St. Albans reinlassen heute Abend. Und vielleicht lässt sich die Wirtin sogar 'n Kuss von dir geben.«

»Lass ihn man, Junge«, sagt Mr. Jackson ganz leise. »Er hat gerade ganz schön was durchgemacht. Er wird eine Weile brauchen, sich davon zu erholen.«

Danach arbeiten wir weiter, ohne zu reden. Als mein Pa endlich freigeschaufelt ist, untersucht Mr. Jackson ihn, ob er sich was gebrochen hat. Dann nimmt er meinen Pa in die Arme und hebt ihn zu Joe hinauf. Joe legt ihn in das Wägelchen, in dem sie sonst Steine herumkarren, und zwei Männer schieben ihn den Berg runter zum Tor. Mr. Jackson und ich steigen aus dem Grab, wir sind beide über und über voll Erde, und Mr. Jackson geht los, dem Karren nach. Ich stehe da und weiß nicht genau, was ich tun soll – das Grab ist noch nicht zu, und das ist unsere Arbeit. Aber dann greifen zwei andere Totengräber zum Spaten. Sie sagen nichts – sie und Joe machen sich einfach dran, das Grab zuzuschaufeln.

Ich gehe Mr. Jackson und dem Karren hinterher. Als ich ihn einhole, will ich ihm was sagen, um ihm zu danken – etwas, wo mit ihm und mir zu tun hat, und ihm zeigt, dass ich nicht bloß irgendein Totengräber bin. Da unten in Kitty Colemans Grab waren wir so nah beisammen, daran will ich ihn erinnern. Also sage ich was, was ich weiß über ihn und sie, wo er sich dran erinnert und weiß, wie dankbar ich ihm bin, dass er meinem Pa das Leben gerettet hat.

»Das mit dem Kind tut mir Leid, Sir«, sage ich. »Und ihr hat's bestimmt auch Leid getan. Hinterher war sie nie mehr die Alte, stimmt's?«

Er dreht sich um und guckt mich komisch an. »Welches Kind?«, fragt er.

Da wird mir klar, dass er nichts davon gewusst hat. Aber jetzt ist es zu spät. Also erzähl ich's ihm.

Mai 1910

Lavinia Waterhouse

Das Erste, was ich dachte, als ich die Glocken läuten hörte, war, dass sie Mama in ihrem anfälligen Zustand stören könnten. Aber letztlich war Mama diesem König nie so zugetan wie seiner Mutter. Natürlich ist sein Tod sehr traurig, und die arme Königin Alexandra tut mir Leid, aber es ist nicht wie damals, als Königin Victoria starb.

Ich stieß das Fenster auf und beugte mich hinaus. Eigentlich hätte es ja regnen sollen, oder neblig sein, aber so war es natürlich nicht – es war ein wunderschöner Maimorgen, sonnig und lau. Das Wetter tut nie, was es tun sollte.

Es war, als würden überall Glocken läuten. Das Geräusch war so trauervoll, dass ich mich bekreuzigte. Dann erstarrte ich. Jenseits des Gartens hatte Maude ihr Fenster ebenfalls geöffnet und beugte sich in ihrem weißen Nachtgewand heraus. Sie blickte mich direkt an, und es kam mir vor, als würde sie lächeln. Beinahe wäre ich vom Fenster weggetreten, aber das wäre zu unhöflich gewesen, da sie mich ja schon gesehen hatte. Also blieb ich stehen, und dann tat ich etwas, worauf ich ziemlich stolz bin – ich nickte ihr zu. Sie nickte auch.

Wir haben seit fast zwei Jahren nicht miteinander geredet – seit Ivy Mays Beerdigung. Es war erstaunlich einfach, ihr aus dem Weg zu gehen. Wir sind nicht mehr auf derselben Schule, und wenn ich sie auf der Straße treffe, wende ich einfach den Kopf ab und tue, als würde ich sie nicht sehen. Manchmal, wenn ich Ivy May auf dem Friedhof besuchen will, sehe ich Maude am Grab ihrer Mutter stehen, und dann stehle ich mich davon und gehe spazieren, bis sie weg ist.

Nur einmal ließ sich eine Begegnung nicht vermeiden. Das war vor über einem Jahr. Ich war mit Mama unterwegs und sie mit ihrer Großmutter, also war es unmöglich, ihr auszuweichen. Maudes Großmutter fand gar kein Ende, Mama ihr Beileid auszusprechen, während Maude und ich dastanden, auf unsere Schuhe starrten und kein Wort sagten. Es war schrecklich unangenehm. Ab und zu warf ich doch einen Blick zu ihr und stellte fest, dass sie das Haar jetzt auch alltags hochsteckt und dass sie ein Korsett trägt! Ich war so schockiert, dass ich am liebsten etwas gesagt hätte, aber das tat ich natürlich nicht. Hinterher überredete ich Mama sofort, mir auch ein Korsett zu kaufen.

Ich habe Mama kaum etwas über den Bruch mit Maude erzählt. Sie weiß, dass wir uns gestritten haben, aber nicht, worüber – es würde ihr das Herz brechen, zu wissen, dass es zum Teil auch um sie ging. Ich weiß, sie hält Maude und mich für dumm. Vielleicht stimmt das auch. Ich würde es Maude gegenüber nie zugeben, aber sie fehlt mir. In der Sainte Union habe ich kein Mädchen gefunden, das auch nur annähernd eine solche Freundin ist, wie Maude es war. Die Mädchen dort sind alle ziemlich gemein zu mir, wahrscheinlich weil ich so viel hübscher bin als sie. Es kann eine Last sein, ein Gesicht wie das meine zu haben – obwohl ich es nach Abwägen aller Vor- und Nachteile doch lieber behalten möchte.

Wahrscheinlich bedeutet mein Kopfnicken, dass ich Maude vergeben habe.

Ich ging zum Frühstück nach unten, noch im Morgenrock, und setzte wegen des Königs ein angemessen trauriges Gesicht auf. Doch Mama schien die Glocken überhaupt nicht zu bemerken. Sie ist jetzt so füllig, dass sie nicht mehr richtig am Tisch sitzen kann, deshalb lag sie auf der Chaiselongue und aß einen Teller Toast mit Orangenmarmelade, während Papa ihr aus der Zeitung vorlas. Selbst als er die traurige Nachricht verkündete, lächelte Mama in sich hinein; sie hatte eine Hand auf ihren Bauch gelegt.

»Das ist wirklich sehr betrüblich«, sagte ich und gab ihnen beiden einen Kuss auf den Scheitel.

»Ach, guten Morgen, meine Liebe«, sagte Mama. »Möchtest du spüren, wie das Kleine sich bewegt?«

Also wirklich. Daraufhin wäre ich am liebsten aus dem Zimmer gelaufen. Es ist ja schön und gut, dass Mama sich auf das neue Kind freut, zumal in ihrem Alter, und es ist gut, dass ihre Wangen wieder Farbe bekommen haben. Aber es kommt mir vor, als hätte sie Ivy May völlig vergessen.

Doch Papa warf mir ein Lächeln zu, als würde er mich verstehen, und um seinetwillen blieb ich und zwang mich, eine Schüssel Hafergrütze zu essen, obwohl mir gar nicht danach zumute war.

Als ich zum Ankleiden wieder oben war, stand ich lange Zeit vor meinem Schrank und überlegte hin und her, was ich anziehen sollte. Ich wusste, dass ich wegen des Königs eigentlich Schwarz tragen sollte, aber allein schon beim Anblick des alten Merino-Fetzens wurde mir flau. Vielleicht hätte ich das wunderschöne Seidenkleid von Jay's angezogen, aber das habe ich ein Jahr nach Ivy Mays Tod verbrannt, da man Trauerkleidung nicht aufbewahren darf – sonst könnte man das Schicksal dazu herausfordern, einem bald wieder einen solchen Schlag zu versetzen.

Außerdem wollte ich mein blaues Kleid tragen. Ich liebe es. Es hat nämlich auch eine besondere Bedeutung – ich trage es so oft wie möglich, vor allem jetzt, kurz vor Mamas Entbindung. Ich wünsche mir einen Bruder. Ich weiß, das ist dumm, aber ich denke, wenn ich Blau trage, könnte das helfen. Ich will keine zweite Schwester – das würde mir zu weh tun und mich daran erinnern, wie kläglich ich Ivy May im Stich gelassen habe. Ich habe ihre Hand losgelassen.

Also zog ich mein blaues Kleid an. Zumindest ist es dunkelblau – so dunkel, dass es aus der Ferne für schwarz gehalten werden könnte.

Das besonders Traurige an diesem Tag ist nicht nur, dass der König gestorben ist, sondern dass mit seinem Tod auch seine

Mutter endgültig von uns gegangen ist. Wäre sie verschieden, hätte ich ohne einen weiteren Gedanken zu verschwenden Schwarz getragen. In letzter Zeit habe ich immer häufiger das Gefühl, dass ich die Einzige bin, die an sie zurückdenkt und sie sich als Beispiel nimmt. Sogar Mama blickt nur nach vorne. Allmählich bin ich es Leid, immer gegen den Strom zu schwimmen.

Maude Coleman

Lange Zeit lag ich im Bett und versuchte zu bestimmen, welche Glocke zu welcher Kirche gehört: St. Mary's Brookfield oben am Berg, St. Michael's und St. Joseph's oben in Highgate, St. Anne's, unsere Kirche, am Fuß. Bei allen Kirchen läutete nur eine tiefe Glocke, und obwohl jede eine etwas andere Tonhöhe hat und ein winziges bisschen schneller oder langsamer läutet, klangen sie doch alle gleich. Ein solches Läuten habe ich seit Königin Victorias Tod vor neun Jahren nicht gehört.

Ich steckte den Kopf zum Fenster hinaus und sah Lavinia. Sie stand am Fenster und bekreuzigte sich. Wenn ich sie sonst zufällig irgendwo sah – in ihrem Garten oder auf der Straße –, hat es mir immer einen Stich versetzt. Aber jetzt war ich so erstaunt, sie diese ungewohnte Geste machen zu sehen, dass ich völlig vergaß, bei ihrem Anblick traurig zu sein. Das Bekreuzigen hat sie wohl in der Sainte Union gelernt. Ich musste daran denken, wie sie vor vielen Jahren Angst davor hatte, auf dem Friedhof zu den Abweichlern zu gehen, wo auch die Katholiken begraben sind, und lächelte. Seltsam, wie die Dinge sich ändern.

Dann sah sie mich, zögerte kurz und nickte, um mein Lächeln zu erwidern. Dabei hatte ich eigentlich gar nicht sie angelächelt, aber da sie nickte, meinte ich auch nicken zu müssen.

Dann wandten wir uns ab, und ich zog mich an; ich stand eine Weile vor meinem Schrank und überlegte, was ich anziehen sollte. Das schwarze Seidenkleid hing noch da, aber es passt mir nicht mehr und müsste ausgelassen werden – meine Figur hat sich verändert, seit ich es das letzte Mal anhatte, und außerdem trage ich jetzt ein Korsett. Nach Mummys Tod habe ich fast ein Jahr lang Schwarz getragen, und mir war klar geworden, warum man in der Trauerzeit Schwarz trägt. Nicht nur weil es die Stimmung des Trauernden widerspiegelt, sondern auch weil man sich nicht überlegen will, was man anziehen soll. Lange Zeit wachte ich morgens auf und war erleichtert, nicht unter meinen Kleidern eines heraussuchen zu müssen – die Entscheidung war mir abgenommen. Ich wollte keine Farben tragen oder mich mit meinem Aussehen beschäftigen müssen. Erst als ich wieder Farben tragen wollte, wusste ich, dass ich allmählich darüber hinwegkam.

Manchmal fragte ich mich, wie Lavinia mit der langen Trauerzeit um Ivy May zurechtkam – sechs Monate für eine Schwester, obwohl ich vermute, dass sie dem Beispiel ihrer Mutter folgte und ein Jahr lang Schwarz trug. Und jetzt fragte ich mich, was sie wohl wegen des Königs tragen würde.

Ich sah wieder meine Kleider durch. Dann entdeckte ich Mummys Taubengraues und dachte, dass es vielleicht das Richtige sein könnte. Es überrascht mich immer noch, dass ihre Kleider jetzt mir passen. Großmutter gefällt es nicht, wenn ich sie trage, aber seit dem Schlaganfall kann sie nicht mehr sprechen, und es gelingt mir, ihre finsteren Blicke zu missachten.

Vermutlich denkt sie zum Teil auch an Daddy, und ich tue mein Bestes, Mummys Kleider nicht in seiner Gegenwart zu tragen. In dem Augenblick sah ich ihn im Garten stehen und eine Zigarette rauchen – das hatte Mummy ihm immer verboten, weil er die Kippen einfach ins Gras wirft. Ich ging in dem grauen Kleid nach unten und schlüpfte auf die Straße hinaus, bevor er mich sah.

Auf der Swain's Lane verkündeten die Zeitungsjungen lauthals den Tod des Königs, und in einigen Läden hingen bereits schwarzpurpurne Fahnen. Doch niemand strich das Gitterwerk schwarz, wie sie es nach dem Tod der Königin getan hatten. Einige Leute trugen Schwarz, andere nicht. Sie blieben stehen, um zu plaudern, aber nicht im gedämpften Ton der Trauernden, sondern sie sprachen ganz jovial über den König. Ich weiß noch, als die Königin starb, kam alles zum Erliegen – niemand ging zur Arbeit, die Schulen blieben geschlossen, kein Geschäft war geöffnet. Bei uns zu Hause wurden das Brot und die Kohlen knapp. Jetzt hatte ich nicht das Gefühl, dass es dazu kommen würde – der Bäcker würde das Brot liefern, der Milchmann die Milch, der Kohlenmann die Kohle. Es war ein Samstag, und wenn ich zur Heath hinüberging, würde ich Kinder sehen, die auf dem Berg ihre Drachen steigen ließen.

Eigentlich hatte ich ein Buch in die Bücherei zurückbringen wollen, doch sie war geschlossen; an der Tür hing ein kleiner Hinweis auf den Tod des Königs. Einige ehren noch die alte Tradition. Ich schaute über die Straße zum Friedhofseingang und dachte daran, wie das weiße Tuch von der Bücherei auf den Trauerzug gefallen war, und an Mr. Jackson und Caroline Black. Es kam mir vor, als würde das alles sehr lange her sein, aber andererseits kam es mir vor, als hätte ich Mummy erst gestern verloren.

Ich wollte nicht nach Hause gehen, also überquerte ich die Straße, schritt durch das Portal und wanderte den Hauptweg über den Friedhof hinauf. Auf halbem Weg sah ich Simons Vater auf einer Grabplatte sitzen, den Rücken an ein keltisches Kreuz gelehnt. Er hatte die Hände auf die Knie gestützt und blickte in die Ferne, wie alte Männer am Meer es tun. Seine Augen spiegelten das Blau des Himmels wider, deswegen war es schwer zu sagen, was er betrachtete. Ich wusste nicht, ob er mich sah, aber ich blieb trotzdem stehen. »Guten Tag.«

Seine Augen wanderten umher, schienen sich jedoch nicht auf mich zu richten. »Tag«, sagte er.

»Es ist sehr traurig – das mit dem König, nicht?«, sagte ich, weil ich das Gefühl hatte, ein bisschen mit ihm reden zu müssen.

»Traurig, das mit dem König«, wiederholte Simons Vater.

Ich hatte ihn schon lange nicht mehr gesehen. Jedes Mal, wenn ich Simon bei der Arbeit besucht hatte, war sein Vater gerade nicht da gewesen, hatte eine Leiter oder einen Schubkarren oder ein Seil geholt. Einmal hatte ich ihn gegen ein Grab gelehnt schlafen sehen, aber ich hatte gedacht, er würde seinen Rausch ausschlafen.

»Wissen Sie, wo Simon ist?«, fragte ich.

»Wo Simon ist.«

Ich legte ihm eine Hand auf die Schulter und sah ihm tief in die Augen. Obwohl sie auf mich gerichtet waren, schienen sie nichts wahrzunehmen. Es war, als wäre er blind, obwohl er sehen konnte. Irgendetwas stimmte nicht mit ihm – es war eindeutig, dass er nie wieder einen Spaten zur Hand nehmen würde. Ich fragte mich, was wohl mit ihm passiert war.

Ich drückte ihm die Schulter. »Macht nichts. Es war schön, Sie zu sehen.«

»Schön Sie zu sehen.«

Tränen brannten mir in den Augen und der Nase, als ich meinen Weg fortsetzte.

Ich versuchte, nicht in die Nähe unserer Grabstätte zu gehen, sondern schlenderte eine Weile hierhin und dorthin, studierte Kreuze, Säulen, Urnen und Engel, alle schweigend und hell in der Sonne. Aber irgendwie landete ich schließlich doch dort.

Sie saß schon da und wartete auf mich. Als ich sie sah, dachte ich zuerst, sie würde ein schwarzes Kleid tragen, doch als ich näher kam, merkte ich, dass es blau war – genau dasselbe Blau, das Mummy beim Tod von Königin Victoria getragen und womit sie einen Skandal hervorgerufen hatte. Bei dem Gedanken musste ich lächeln, aber als Lavinia mich fragte, warum ich lächelte, verschwieg ich ihr den wahren Grund.

Simon Field

Da sitzen sie, jede auf ihrem Grab, genau wie früher. Ich hab sie schon lang nicht mehr zusammen gesehen, aber keine wollte mir sagen, was mit der anderen ist, wenn wir allein waren. Den Mädchen ist in zu kurzer Zeit zu viel passiert.

Sie sehen mich nicht – ich hab mich gut versteckt.

Aber sie sind nicht ganz wie früher – sie haken sich nicht unter und lachen auch nicht. Sie sitzen weit auseinander und reden höflich miteinander. Ich höre Maude fragen: »Wie geht es deiner Mutter?«

Livy kriegt ein ganz komisches Gesicht. »Mama wird jetzt jeden Tag ein Kind bekommen.«

Maude guckt so überrascht, dass ich beinahe lachen muss und mich verrate. »Das ist ja wunderbar! Aber ich dachte … ich dachte, sie wäre zu alt, um Kinder zu kriegen. Und – nach Ivy May …«

»Offenbar nicht.«

»Freust du dich?«

»Natürlich«, sagt Livy. »Schließlich geht das Leben weiter.«

»Ja.«

Beide gucken sie auf ihr Grab, auf Ivy Mays und Kitty Colemans Namen.

»Und deine Großmutter – wie geht es ihr?«, fragt Livy.

»Sie lebt noch bei uns. Vor einigen Monaten hatte sie einen Schlaganfall und kann nicht mehr sprechen.«

»Du meine Güte.«

»Ehrlich gesagt ist es nicht so schlimm. Jetzt ist es sehr viel einfacher, mit ihr umzugehen.«

Da kichern die beiden, als hätte Maude etwas Ungezogenes gesagt. Ich komme hinter dem Grab vor und schlurfe laut durch den Kies auf dem Weg, damit sie mich hören. Beide fahren zusammen. »Hallo«, sagt Maude, und Livy sagt: »Wo bist du gewesen, ungezogener Junge?«, und es ist wieder wie früher. Ich hocke mich neben das Grab von meinem Opa, ihnen gegenüber, nehme zwei Steinchen in die Hand und reibe sie zwischen den Fingern aneinander.

»Woher hast du gewusst, dass wir hier sind?«, fragt Maude.

Ich zucke mit den Achseln. »Ich hab gewusst, dass ihr beide kommen würdet. Schließlich ist der König gestorben, oder nicht?«

»Lang lebe der König«, sagen beide gleichzeitig, und dann lächeln sie sich an.

»Ist es nicht ein Jammer?«, sagt Livy. »Wenn Mama einen Jungen bekommt, wird sie ihn George nennen müssen. Der Name gefällt mir nicht so gut wie Edward. Teddy hätte ich ihn genannt. Georgie klingt nicht so schön.«

Maude lacht. »Deine dummen Bemerkungen haben mir gefehlt.«

»Psst«, sagt Livy.

»Simon, ich habe deinen Vater vorhin gesehen«, sagt Maude auf einmal.

Ich lasse die Steinchen fallen.

»Was ist mit ihm passiert?«, fragt sie ganz leise.

»'n Unfall.«

Maude sagt nichts.

»Er ist verschüttet worden. Wir haben ihn rausgeholt, aber …« Ich zucke wieder mit den Achseln.

»Das tut mir Leid«, flüstert Maude.

»Mir auch«, sagt Livy.

»Ich muss dich was fragen«, sage ich zu Livy.

Sie starrt mich an. Ich wette, sie denkt an den Kuss unten im Grab, damals vor vielen Jahren. Aber das meine ich nicht.

»Du weißt doch, ich hab auf alle Gräber hier einen Totenschädel gemalt. Auf alle hier unten auf der Wiese. Außer auf eurem.« Ich zeige mit dem Kopf auf den Waterhouse-Engel. »Du hast mir mal gesagt, vor Jahren, als die Königin gestorben ist, ich soll's nicht tun. Also hab ich's auch nicht gemacht. Aber jetzt tät ich's gern. Wegen Ivy May. Um nicht zu vergessen, dass sie da liegt.«

»Was – um daran erinnert zu werden, dass sie nur noch aus Knochen besteht?«, sagt Livy. »Das ist grauslich!«

»Nee, darum geht's nicht. Um dich dran zu erinnern, dass sie noch da ist. Klar, 'n Teil von ihr verwest, aber ihre Knochen werden noch Ewigkeiten da sein, Hunderte von Jahren. Länger als diese Steine, das wette ich. Länger als mein Totenkopf. Und darum geht's – nicht um das Grab und was draufsteht.«

Maude guckt mich ganz komisch an, und da wird mir klar, dass sie das mit meinem Totenschädel auch nicht verstanden hat, die ganzen Jahre nicht, auch wenn sie viel schlauer ist als Livy.

Eine Weile sagt Livy gar nichts. Dann sagt sie: »Also gut.«

Ich stehe auf und gehe mit meinem Taschenmesser hinter den Sockel.

Als ich den Totenschädel einritze, reden die beiden weiter.

»Es ist mir egal, ob Simon sein Zeichen in den Engel ritzt«, sagt Livy. »Seit er kaputt war, ist er für mich nie mehr dasselbe gewesen wie vorher. Ich erwarte ständig, dass er wieder herunterfällt. Und ich kann die Bruchstelle an der Nase und am Hals immer noch sehen.«

»Ich habe unsere Grabstätte nie gemocht«, sagt Maude. »Sie erinnert mich überhaupt nicht an Mummy, auch wenn ihr Name draufsteht. Wusstest du, dass sie eingeäschert werden wollte?«

»Was? Und im Kolumbarium liegen?« Livy klingt schockiert.

»Nein, sie wollte, dass ihre Asche verstreut wird, auf einem Blumenbeet. Das hat sie gesagt. Aber Daddy wollte es nicht.«

»Das würde ich meinen.«

»Mir kam es immer verkehrt vor, sie hier zu begraben, aber das ist jetzt nicht mehr zu ändern. Wie du sagst, das Leben geht weiter.«

Ich bin mit dem Totenkopf fertig und klappe das Messer zu.

Ich bin froh, dass ich's gemacht hab, als hätte ich mich endlich am Rücken gekratzt, wo's juckt. Das war ich Ivy May schon lange schuldig. Als ich hervorkomme, nicke ich den beiden zu. »Ich muss jetzt wieder an die Arbeit. Joe wird sich wundern, wo ich abbleibe.« Ich schweige kurz. »Ihr kommt mich wieder besuchen? Beide?«

»Natürlich«, sagen sie.

Ich weiß nicht, warum ich das gefragt habe, weil ich die Antwort kenne, und das ist 'ne andere, als wo ich gehört hab. Die Mädchen sind fast groß und spielen nicht mehr auf dem Friedhof. Maude hat sich die Haare hochgesteckt und sieht jeden Tag mehr wie ihre Mutter aus, und Livy ist – na, Livy eben. Mit achtzehn wird sie heiraten, wahrscheinlich 'nen Soldaten.

Ich halte Maude die Hand hin. Sie guckt überrascht, nimmt sie aber.

»Auf Wiedersehen«, sage ich. Sie weiß, warum ich das mache, weil sie die richtige Antwort auch kennt. Plötzlich steht sie auf und gibt mir einen Kuss auf meine dreckige Backe. Livy springt auf und gibt mir 'nen Kuss auf die andere. Sie lachen, dann haken sie sich ein und gehen den Pfad zum Eingang runter.

Da hinter Ivy Mays Grab ist mir 'ne Idee gekommen. Wie ich Maude so zugehört habe, hab ich an das Grab von ihrer Ma denken müssen und wie mein Pa da verschüttet worden ist. Ich hab mir immer gedacht, dass das vielleicht ein Zeichen war, dass sie nicht da liegen wollte. Manchmal denke ich, dass Mr. Jackson dasselbe denkt. Sein Gesicht, wie ihr Sarg ins Grab runtergelassen wurde – das war, als würde in seinen Gedärmen ein Messer umgedreht.

Ich gehe runter zu Mr. Jackson. Er ist im Pförtnerhaus und spricht mit 'ner Familie wegen einer Beerdigung, also warte ich im Hof. Es kommen dauernd Männer vorbei, die Schubkarren zum Abladeplatz schieben. Hier hört die Arbeit nie auf, nicht mal für 'nen König.

Als Mr. Jackson seine Kunden verabschiedet hat, räuspere ich mich. »Kann ich kurz mit Ihnen reden?«, sage ich.

»Worum geht es, Simon?«

»Um was, was ich Ihnen nur da drinnen sagen kann. Ohne dass die anderen was hören.« Ich deute auf die Schubkarren.

Er guckt mich ganz erstaunt an, aber dann geht er mit mir ins Pförtnerhaus und macht die Tür zu. Er setzt sich an seinen Schreibtisch und rückt das Buch zurecht, in das er gerade alles für die nächste Beerdigung geschrieben hat – Tag und Zeit und Grab und Tiefe und Grabmal.

Er ist gut zu mir gewesen. Doch. Er beschwert sich nie, dass mein Pa nicht mehr graben kann. Er zahlt ihm sogar dasselbe wie früher und lässt mir und Joe extra Zeit, um fertig zu werden. 'n paar von den anderen Gräbern ärgern sich drüber, aber Mr. Jackson fährt ihnen übers Maul. Manchmal gucken sie meinen Pa an, und ich sehe, wie's ihnen gruselt. »Die Gnade Gottes«, flüstern sie dann. »Ohne die ...« Sie reden nicht viel mit uns, mit mir und Joe. Als wären wir verflucht. Na, sie werden mit mir leben müssen. So, wie ich das sehe, gehe ich nirgendwo anders hin. Außer wenn's 'nen Krieg gibt, was Mr. Jackson manchmal sagt. Aber dann werden sie auch reichlich Totengräber brauchen.

»Worum geht's, Simon?«, fragt Mr. Jackson. Er hat Angst davor, was ich ihm sagen könnte, ob ich noch 'ne Überraschung für ihn auf Lager hab. Ich find's immer noch nicht gut, dass ich ihm das mit Kittys Kind verraten hab.

Es ist nicht leicht, das zu sagen. »Ich bin oben beim Coleman-Grab gewesen«, sage ich nach 'ner Weile. »Maude und Livy waren da.«

Mr. Jackson hört auf, mit dem Buch herumzufummeln, und legt die Hände auf den Schreibtisch.

»Maude hat gesagt, dass ihre Mutter verbra... eingeäschert werden wollte. Und sie hat gemeint, wenn sie sich jetzt das Grab anguckt, ist da nichts von ihrer Mutter außer ihrem Namen.«

»Hat sie das gesagt?«

»Ja. Und da hab ich mir gedacht ...«

»Du denkst zu viel.«

Beinahe rede ich nicht weiter, weil er so todtraurig klingt.

Aber irgendwas hält uns zusammen, ihn und mich, wegen Kitty Coleman.

»Ich finde, wir sollten was dagegen tun«, sage ich.

Mr. Jackson guckt zur Tür, als hätte er Angst, dass jemand reinkommen könnte. Er steht auf und sperrt die Tür ab. »Was meinst du damit?«

Also erzähle ich ihm von meiner Idee.

Eine Weile sagt er gar nichts. Guckt nur seine Hände an, die auf dem Schreibtisch liegen. Dann ballt er sie zur Faust.

»Das Problem sind die Knochen«, sagt er. »Das Feuer muss lange Zeit sehr heiß brennen. Vielleicht gibt es dafür eine besondere Kohle.« Er hört auf.

Ich sage nix.

»Es könnte einige Zeit dauern, das zu organisieren.«

Ich nicke. Wir haben Zeit. Ich weiß genau, wann wir das machen – wenn alle woandershin gucken.

Gertrude Waterhouse

Als sie ins Zimmer kam, sagte ich kein Wort wegen des blauen Kleides. Am Morgen hatte ich gar nicht bemerkt, was sie trug. So überrascht ich war, ich verbarg es, indem ich über das Baby redete. Ich hoffe, sie trägt wenigstens am Beerdigungstag des Königs Schwarz. Wie es heißt, soll die Beisetzung in vierzehn Tagen stattfinden.

Aber vielleicht ist es auch gut, dass Livy Blau trägt. Ich glaube, zur Zeit könnte ich die Dramatik, mit der sie trauert, nicht ertragen. Die liebe Ivy May wäre entsetzt gewesen angesichts des Aufhebens, das ihre Schwester um sie gemacht hat, zumal sie sie zu Lebzeiten nie groß beachtet hat.

Sie fehlt mir. Das Gefühl vergeht nie, habe ich festgestellt, und auch mein Schuldgefühl nicht – obwohl es mir schließlich gelungen ist, mir selbst zu verzeihen.

Vielleicht bin ich Livy gegenüber ungerecht. Sie ist im vergangenen Jahr doch sehr viel erwachsener geworden. Und sie sagte, sie hätte sich mit Maude versöhnt. Darüber bin ich froh. Die Mädchen brauchen einander, was immer in der Vergangenheit vorgefallen sein mag.

»Weißt du was, Mama«, sagte Livy gerade. »Die Colemans haben Elektrizität bekommen, und Maude sagt, es wäre großartig. Wirklich, ich finde, wir sollten das auch machen lassen.«

Doch ich hörte gar nicht richtig zu. Ich fühlte etwas in mir, das kein Stoßen war. Es fing an.

Albert Waterhouse

Ich gebe zu, ich hatte schon ein paar Bier intus. Mit den Trinksprüchen auf Trudys Gesundheit und den Tod des alten Königs und die Gesundheit des neuen Königs sind doch einige Gläser zusammengekommen. Und ich war schon seit dem Nachmittag da, seit es bei Trudy anfing. Als Richard abends kam, war ich mehr oder minder ein Stützpfeiler vom Tresen im Bull and Last.

Er schien es nicht zu merken. Gab mir einen aus, als er hörte, dass Trudy im Kindbett lag, und redete über Kricket und welche Spiele wegen des Königs ausfallen würden.

Dann fragte er mich etwas Merkwürdiges. Ehrlich gesagt, überlege ich immer noch, ob er es wirklich gesagt hat oder ob mir bloß das viele Bier einen Streich spielte. »Maude möchte zur Universität gehen«, sagte er.

»Wie bitte?«

»Sie kam heute zu mir und sagte, sie möchte auf ein Internat gehen, das sie auf die Prüfungen für Cambridge vorbereitet. Was meinst du?«

Beinahe hätte ich gelacht – Richard hat mit seinen Weibsbildern nichts als Ärger. Bei den Coleman-Frauen ist einfach alles möglich. Ich dachte daran, wie Kitty Coleman meinen Arm genommen hatte, als ich sie damals nach Hause begleitete, und wie ihre hübschen, schlanken Fesseln unter ihrem Rock auf dem Fahrrad hervorblitzten, und ich konnte nicht lachen. Ich wollte weinen. Ich studierte den Schaum auf meinem Bier. »Lass sie«, sagte ich.

In dem Augenblick kam unsere Zugehfrau hereingelaufen und sagte mir, ich hätte einen Sohn bekommen. »Gott sei gedankt!«, rief ich und gab eine Lokalrunde aus.

Richard Coleman

Heute Abend saß Maude mit mir im Garten, während ich eine Zigarette rauchte. Dann rief Mrs. Baker nach ihr, und sie ging ins Haus, so dass ich allein war. Ich betrachtete den Rauch, der zwischen meinen Fingern hochkräuselte, und dachte: Sie wird mir fehlen, wenn sie nicht mehr da ist.

Dorothy Baker

Ich hätte nicht so lange warten dürfen, bis ich Miss Maude davon erzählte. Aber woher hätte ich das wissen sollen? Ich versuche, mich nicht in anderer Leute Angelegenheiten zu mischen. Und solange ihre Großmutter den Haushalt führte, konnte ich nichts sagen. Der Schlaganfall war der reinste Segen. Miss Maude ist regelrecht aufgeblüht, seit es ihrer Großmutter das Mundwerk versagt hat.

Direkt nach dem Schlaganfall habe ich erst mal nichts gesagt – es gehört sich nicht, jemandem zuwiderzuhandeln, dem gerade so etwas passiert ist. Aber neulich kam ein Brief zurück, den ich Jenny geschrieben hatte, mit dem Vermerk »verzogen«. Natürlich war der Umschlag aufgeschlitzt worden und die Münzen waren weg. Ich habe ihr ab und zu ein paar Shilling geschickt, wenn ich's erübrigen konnte, um ihr ein bisschen unter die Arme zu greifen. Ich wusste, dass sie sehr knapp dran waren, sie und ihre Mutter und Jack. Jetzt konnten sie sich offenbar nicht einmal mehr die Miete leisten.

Später, als ich mit Miss Maude das Essen für die kommende Woche besprach, beschloss ich, etwas zu sagen. Vielleicht hätte ich es beiläufiger tun sollen, aber das ist nicht meine Art. Wir waren fertig, ich klappte das Buch zu und sagte: »Mit Jenny stimmt etwas nicht.«

Miss Maude richtete sich gerade auf. »Was ist mit ihr?« Wir sprechen nie über Jenny, deswegen war sie überrascht.

»Ein Brief, den ich ihr geschrieben habe, ist zurückgekommen – sie und ihre Mum sind umgezogen.«

»Das bedeutet nicht unbedingt, dass etwas nicht stimmt. Vielleicht sind sie in eine bessere Wohnung gezogen.«

»Das hätte sie mir gesagt. Und für was Besseres hat sie kein Geld.« Ich hatte Miss Maude nie gesagt, wie schlimm es um sie stand. »Für Jenny ist es sehr schwer gewesen, seit Ihre Großmutter sie damals ohne Empfehlungsschreiben weggeschickt hat.«

»Ohne Empfehlungsschreiben?«, wiederholte Miss Maude, als würde sie das nicht verstehen.

»Ohne Empfehlungsschreiben bekommt sie keine neue Stellung als Hausmädchen. Sie arbeitet in einem Bierlokal, und ihre Mum wäscht anderer Leute Wäsche. Ihr Auskommen ist wirklich sehr karg.«

Mittlerweile sah Miss Maude regelrecht schockiert aus. Sie ist oft noch recht naiv, was die Welt da draußen betrifft. Ich wagte nicht, ihr zu sagen, was Arbeit in einem Bierlokal bedeuten kann.

Dann überraschte sie mich. »Wie kann sie so einen Sohn großziehen?«

Bis dahin war ich nicht sicher gewesen, ob sie wusste, dass Jack Jennys Sohn ist. Aber sie sagte es ganz ruhig und gar nicht abschätzig.

Ich zuckte mit den Schultern.

»Wir müssen sie suchen«, sagte Miss Maude. »Das ist das Mindeste, was wir tun können.«

»Wie denn? London ist groß, und sie könnte überallhin gezogen sein. Wenn die Nachbarn die neue Adresse gewusst hätten, dann hätten sie sie dem Postboten gegeben.«

»Simon wird sie finden«, erklärte Miss Maude. »Er kennt sie. Er wird sie finden.«

Ich wollte etwas entgegnen, aber sie war so voller Vertrauen zu dem Jungen, dass ich es nicht über mich brachte, ihr die Hoffnung zu nehmen.

»Und wenn wir sie tatsächlich finden?«, sagte ich. »Was dann? Wir können sie nicht wieder einstellen, das neue Dienstmädchen macht sich sehr gut. Das wäre ungerecht ihr gegenüber.«

»Ich werde dem neuen Dienstmädchen selbst eine Empfehlung schreiben.«

Es ist erstaunlich, wie schnell ein Mädchen erwachsen werden kann, wenn sie's will.

Simon Field

Als Maude mir sagt, ich soll nach Jenny suchen, frage ich nicht warum. Manchmal will ich das Warum gar nicht wissen. Es ist nicht schwer, sie zu finden – sie ist nämlich bei meiner Ma gewesen, und die sagt mir, wo sie ist. Als ich hingehe, hocken sie und ihre Ma und Jack in einem winzigen Zimmer ohne ’ne Krume Brot – Jenny hat ihr ganzes Geld dafür hergegeben, was meine Ma mit ihr gemacht hat.

Ich gehe mit ihnen in ein Lokal und setze ihnen was zu essen vor – Maude hat mir Geld dafür gegeben. Der Junge und seine Oma verdrücken alles, was sie kriegen können, aber Jenny pickt am Essen nur herum. Sie ist ganz grau im Gesicht.

»Mir ist schwummerig«, sagt sie.

»Das geht vorbei«, sage ich, weil das meine Ma immer sagt, wenn eine Frau bei ihr gewesen ist. Vor ’n paar Jahren wollte Jenny nix davon wissen, was meine Ma für Frauen tun kann, aber jetzt ist alles anders. Jetzt weiß sie, wie es ist, ein Blag zu haben und ihm nichts zu essen vorsetzen zu können. Da überlegt sich’s jeder, noch ’n Wicht in die Welt zu setzen.

Aber ich sage nix. Ich brauche Jenny nicht dran erinnern, dass alles anders geworden ist. Ich halte den Mund und zwinge sie, ein bisschen Suppe zu essen.

Ich hab sie wohl grade noch rechtzeitig gefunden.

Lavinia Waterhouse

Also wirklich. Ich weiß ja nicht. Ich weiß wirklich und wahrhaftig nicht, was ich denken soll. Maude sagt mir immer wieder, ich müsste mich bemühen, toleranter zu sein, und vermutlich wäre jetzt genau der richtige Zeitpunkt dafür. Aber es fällt mir sehr schwer. Jetzt habe ich noch zwei weitere Geheimnisse vor ihr.

Ich bin gerade vom Friedhof heimgekommen – von wo auch sonst? Irgendwie dreht sich unser ganzes Leben um den Friedhof. Ich war allein hingegangen, um unsere Grabstätte zu besuchen. Kurz vor der Beisetzung des Königs war mir danach. Mama konnte natürlich nicht mitkommen, weil sie noch im Bett bleiben muss, mit dem kleinen Georgie neben sich. Als ich ging, schliefen sie beide, zu meinem Glück, denn sonst hätte ich sie ungern allein gelassen. Elizabeth ist zwar da, aber Georgie mag ich ihr nicht anvertrauen – sie würde ihn bestimmt fallen lassen. Papa ist bei der Arbeit, obwohl er sagte, es sei die ganze Woche sehr öde und ruhig gewesen, jeder mache ein langes Gesicht und arbeite wenig – alle warten darauf, dass der König beigesetzt wird.

Ich hätte Maude fragen können, ob sie mitkommt, aber wir hatten gestern den ganzen Tag zusammen in Whitehall in der Schlange gestanden, um den König aufgebahrt zu sehen, und ich war's ganz zufrieden, allein zu sein.

Ich ging zu unserem Grab und stellte Ivy May einen frischen Strauß hin und jätete ein bisschen – auch das Grab der Colemans, das etwas vernachlässigt aussah. In der Hinsicht sind die

Colemans manchmal etwas lax. Und dann saß ich einfach nur da. Es war ein wunderschöner sonniger, ruhiger Nachmittag. Ich konnte das Gras und die Blumen und die Bäume um mich herum regelrecht wachsen spüren. Ich dachte an den neuen König – König George V. Ich sagte mir seinen Namen sogar einige Mal vor. Es fällt mir leichter, mich mit ihm abzufinden, wo ich jetzt einen Bruder habe, der nach ihm benannt ist.

Dann hatte ich die Idee, die Engel aufzusuchen. Ich hatte sie alle schon so lange nicht mehr gesehen. Natürlich begann ich mit unserem und ging dann weiter und zählte. Mittlerweile gibt es weit mehr als einunddreißig, aber ich suchte nur nach den alten aus meiner Kindheit. Es war, als würde ich alte Freunde wieder treffen. Ich fand dreißig, konnte aber um nichts auf der Welt den einunddreißigsten entdecken. Ich war mitten auf dem Friedhof, oben in der nordwestlichen Ecke, und suchte immer noch, als ich die Glocke hörte, die ankündigt, dass der Friedhof bald geschlossen wird. Dann fiel mir ein, dass ich den schlafenden Engel vergessen hatte, und ich lief die Egyptian Avenue hinunter zu ihm. Ich hatte das Gefühl, erst gehen zu können, wenn ich ihn gesehen hatte, wie er auf der Seite liegt und schläft, die Flügel sorgsam zusammengefaltet.

Ich eilte den Weg entlang auf den Eingang zu. Es war schon sehr spät – niemand war mehr da, und ich hatte Angst, dass das Tor vielleicht schon geschlossen sein könnte. Trotzdem lief ich auf die Wiese, um mich noch kurz von Ivy May zu verabschieden.

Und da entdeckte ich Simon und Joe und Mr. Jackson, die gerade die Granitplatte auf dem Coleman-Grab abhebeln wollten! Ich war so entsetzt, dass ich nur mit aufgerissenem Mund dastand. Einen schrecklichen Augenblick lang dachte ich, ich hätte auch Maude verloren. Dann bemerkte Simon mich und ließ den Spaten fallen, und dann hielten auch Joe und Mr. Jackson inne. Alle sahen so schuldbewusst drein, dass ich wusste, dass etwas nicht stimmte.

»Was in aller Welt tut ihr da?«, rief ich.

Simon warf einen Blick auf Mr. Jackson und sagte dann: »Livy, komm mal her und setz dich ’ne Minute.« Er deutete auf den Fuß meines Engels. Vorsichtig setzte ich mich hin – seitdem er heruntergefallen ist, traue ich ihm nicht mehr ganz.

Simon erklärte mir alles. Zuerst verschlug es mir die Sprache. Aber als ich mich wieder etwas gefasst hatte, sagte ich: »Es ist meine Christenpflicht, euch daran zu erinnern, dass es illegal und auch unmoralisch ist, was ihr da vorhabt.«

»Das wissen wir«, antwortete der ungezogene Junge – fast klang er frohlockend!

»Es ist ihr Wunsch gewesen«, sagte Mr. Jackson ganz leise.

Ich sah ihn an. Wenn ich auch nur ein Wort sagte, würde ihn das seine Stelle kosten, und Simon ebenfalls. Wenn ich der Polizei davon berichtete, würde ich sein und Simons Leben zerstören und Maude und ihren Vater zutiefst verletzen. Das war eine Möglichkeit.

Aber davon würde Ivy May auch nicht wieder lebendig werden.

Sie sahen mich alle ängstlich an, als wüssten sie, was mir durch den Kopf ging.

»Wollt ihr Maude davon erzählen?«, fragte ich.

»Zu gegebener Zeit«, sagte Mr. Jackson.

Ich ließ sie noch ein Weilchen schmoren. Auf dem Friedhof war es ganz still, als warteten alle Gräber auf meine Antwort.

»Ich werde es niemandem erzählen«, sagte ich schließlich.

»Ganz bestimmt nicht, Livy?«, fragte Simon.

»Glaubst du, ich könnte kein Geheimnis bewahren? Ich habe Maude nie gesagt, was mit ihrer Mutter passiert ist – mit dem Kind. Das habe ich für mich behalten.«

Mr. Jackson fuhr zusammen und errötete. Ich sah ihn an, und nach all den Jahren verstand ich endlich, welchen Platz er in Kitty Colemans Geschichte einnahm. Zu meiner großen Überraschung empfand ich Mitleid mit ihm.

Noch ein Geheimnis mehr. Aber ich werde es nicht weitererzählen. Ich überließ sie ihrer schaurigen Arbeit und eilte nach Hause und versuchte, nicht mehr daran zu denken. Es war nicht weiter schwer – sobald ich zu Hause war und meinen kleinen Bruder in den Armen hielt, war es ganz leicht, alles zu vergessen außer seinem süßen Gesicht.

Maude Coleman

Mitternacht war schon lange vorbei, als Daddy und ich die Anhöhe von Parliament Hill erreichten. Wir waren eben im neuen Observatorium der Hampstead Scientific Society am Whitstone Pond gewesen, um den Halleyschen Kometen zu sehen, und gingen über die Heath nach Hause.

Es war enttäuschend gewesen – der zunehmende Mond schien so hell, dass sich der Komet nur schwach abzeichnete, obwohl der lange, geschwungene Schweif trotzdem eindrucksvoll war. Aber Daddy liebt das Observatorium – er hat sich so dafür eingesetzt –, und ich wollte ihm den Abend nicht verderben, indem ich mich über den Mond beschwerte. Ich war eine der wenigen Frauen gewesen und hatte kaum etwas gesagt.

Doch nun, da der Mond tiefer am Himmel stand, war der Komet deutlicher zu erkennen, und ich war weniger angespannt als in der Kuppel mit dem schmalen Himmelsspalt, inmitten all der Männer, die Brandy tranken und Zigarren rauchten. Auf dem Hügel waren noch viele Menschen unterwegs, um sich den Kometen anzusehen. Jemand spielte auf einem Akkordeon sogar eine Tanzweise, aber niemand fühlte sich aufgefordert – immerhin würde in wenigen Stunden der König beigesetzt werden. Merkwürdig, dass der Komet ausgerechnet in der Nacht vor seinem Begräbnis am Himmel stand. Lavinia würde Großes hineindeuten, aber ich wusste, dass es ein bloßer Zufall war, und für die meisten Zufälle gibt es eine Erklärung.

»Komm, Maude, lass uns nach Hause gehen«, sagte Daddy und schnippte den Rest seiner Zigarette ins Gras.

Aus dem Augenwinkel sah ich etwas aufflammen. Ich schaute zur nächsten Anhöhe Richtung Highgate hinüber und sah dort ein riesiges Feuer brennen, das die Bäume rundum erhellte. Unter den sich wiegenden Ästen glaubte ich auch die Libanonzeder auf dem Friedhof zu erkennen.

Dieses Feuer war bestimmt kein Zufall – wahrscheinlich hatte es jemand für den König entzündet. Ich lächelte. Ich liebe Feuer. Fast kam es mir vor, als würde es auch meinetwegen brennen.

Daddy verschwand schon in der Dunkelheit den Berg hinab, aber ich blieb noch eine Weile stehen und schaute immer wieder zwischen dem Kometen und den Flammen hin und her.

Es dauert ewig. Wir sind die ganze Nacht zugange. Er hat Recht gehabt mit den Knochen.

Hinterher, als die Sonne aufgeht, holen wir ein paar Eimer und füllen sie halb mit Sand. Dann mischen wir die Asche unter und verstreuen alles auf der Wiese. Mr. Jackson will wilde Blumen dort wachsen lassen, wie sie es sich gewünscht hat. Mal was anderes als die Blumenbeete und die geharkten Kieswege.

In einem Eimer ist noch ’n bisschen was drin, das kippe ich an den Rosenstrauch von meinem Opa. Dann weiß ich, wo auf jeden Fall ’n Teil von ihr ist, wenn Maude mal danach fragt. Außerdem ist Knochenmehl gut für die Rosen.

Danksagung

Die Danksagung ist der einzige Teil eines Romans, in dem eine Autorin (oder ein Autor) mit ihrer »normalen« Stimme spricht. Deswegen achte ich beim Lesen von Danksagungen immer auf Hinweise, die mir über die Schreibenden, über ihre Arbeitsweise und ihr Leben, aber auch über ihre Verbindung zur realen Welt Aufschluss geben können. Vermutlich sind einige von ihnen verschlüsselt. Doch in dieser hier finden sich keine verborgenen Anspielungen – es ist meine gewöhnliche Stimme, in der ich meinen Dank für Hilfe der einen oder anderen Art ausdrücken möchte.

Manchmal frage ich mich, ob Danksagungen überhaupt notwendig sind, oder ob sie nicht vielleicht die Illusion zerstören, dass Bücher fertig geformt aus dem Kopf der Autorin oder des Autors schlüpfen. Doch Bücher entstehen nicht aus dem Nichts. Andere Bücher und andere Menschen steuern auf verschiedenste Art und Weise zu ihnen bei. Bei der Arbeit an diesem Roman habe ich mich auf viele andere Bücher gestützt. Am hilfreichsten waren mir *The Victorian Celebration of Death* von James Steven Curl (Stroud 2000), *Death in the Victorian Family* von Pat Jalland (Oxford 1996), *Death, Heaven and the Victorians* von John Morley (London 1971) und mein Lieblingsbuch *On the Laying Out, Planting, and Managing of Cemeteries, and on the Improvement of Churchyards* von J.C. Loudon (Redhill 1981).

Es ist das Vorrecht einer Autorin, Dinge zu erfinden, selbst wenn historische Gestalten und geografische Orte in der Handlung auftauchen. Der Friedhof in diesem Roman ist großteils Fakt, aber ebenso auch Fiktion – konkrete Details und Phantasie haben sich verwoben, ohne dass es nötig wäre, sie zu entwirren. Auch wenn am Ort der Romanhandlung tatsächlich ein Friedhof existiert, war es nicht mein Anliegen, ihn akkurat darzustellen. Er ist vielmehr ein Ort in meinem Kopf, der von fiktiven Menschen belebt ist; Ähnlichkeiten sind rein zufälliger Natur.

Ebenso habe ich einige historische Details aus der Geschichte der Suffragettenbewegung abgewandelt, um sie dem Handlungslauf des Romans anzupassen. Ich habe mir die Freiheit genommen, Emmeline Pankhurst Worte in den Mund zu legen, die sie nicht wirklich geäußert hat, doch hoffe ich, dass ich dem Geist ihrer zahlreichen Reden treu geblieben bin. Eine Jungfrau von Orleans und ein Robin Hood marschierten tatsächlich bei einem Umzug mit, und zwar in der von mir beschriebenen Kleidung, allerdings nicht zu der Kundgebung im Hyde Park. Gail Cameron von der Suffragette Fellowship Collection im Museum of London war mir eine große Hilfe bei der Beschaffung nützlicher Informationen.

Und schließlich gilt mein Dank meinem hilfreichen Quartett Carole Baron, Jonny Geller, Deborah Schneider und Susan Watt: Sie reichten mir die Hand, wenn ich strauchelte.